納維內斯山脈
安蒂恩
泰亞斯河
帝
國
提伯昂
錫拉斯
雷河
（黑巖學院）
賽拉
突襲者之窟
努爾
賽拉山脈
萎潭
大荒原
邊境
納維恩
卡喀斯

幻想藏書閣

奇幻基地出版

灰燼餘火

AN EMBER IN THE ASHES

莎芭・塔伊兒 著

聞若婷 譯

Sabaa Tahir

獻給卡詩，是你教我如何讓我的神智強於我的恐懼。

帝國階級表

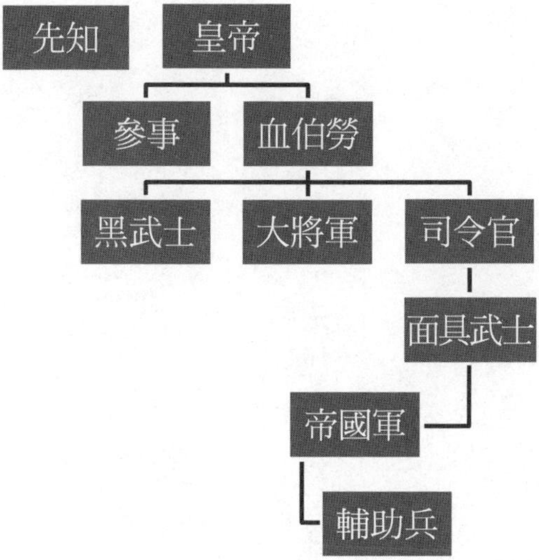
先知
皇帝
參事
血伯勞
黑武士
大將軍
司令官
面具武士
帝國軍
輔助兵

社會階層表

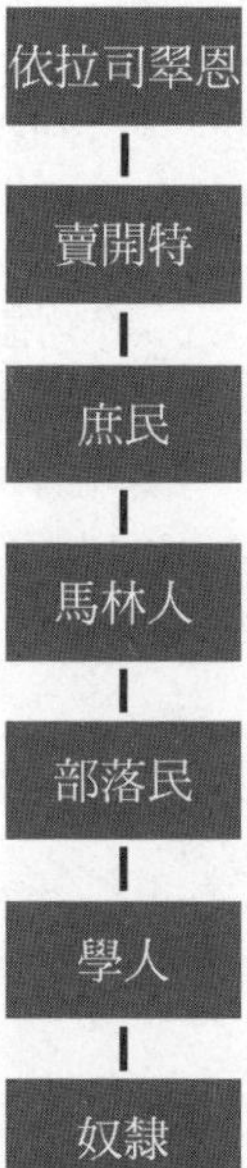
依拉司翠恩
賣開特
庶民
馬林人
部落民
學人
奴隸

主要人物介紹

維托瑞亞家族

伊里亞斯．維托瑞亞斯：主角之一，黑巖學院第一名應屆畢業生，即將成為面具武士。
崑恩．維托瑞亞斯：伊里亞斯的外公，維托瑞亞家族的族長，也是帝國大將軍。
凱銳絲．維托瑞亞：伊里亞斯的母親，黑巖學院司令官，以冷酷無情著稱。
※唯有武人階級才有姓氏，而姓氏規則是男性以「s」結尾，女性以「a」結尾，家族名稱也是「a」結尾。因此以維托瑞亞家族為例，男性姓氏為「維托瑞亞斯」，女性則是「維托瑞亞斯」。

學人家族

蕾雅：主角之一，學人階層，父母早年過世，與哥哥戴倫及外公外婆同住。
戴倫：蕾雅的哥哥。
蜜拉：蕾雅的母親，多年前已過世。
傑翰：蕾雅的父親，多年前已過世。
莉絲：蕾雅的姊姊，多年前已過世。

亞奇拉家族

海琳．亞奇拉：亞奇拉族長長女，伊里亞斯摯友，黑巖學院唯一女子畢業生。
漢娜．亞奇拉：次女，個性刁鑽叛逆，總跟海琳唱反調。
莉薇雅．亞奇拉：么女，個性溫柔、善解人意。
亞奇拉家族族長：海琳的父親。

第一部

突擊搜捕

1 蕾雅

破曉前是這世界最黑暗的時刻，連鬼魂都在休息，我哥哥卻才剛回家。他身上散發出鋼鐵、煤炭和冶煉場的氣味——敵人的氣味。

他彎下稻草人般的瘦長身軀鑽進窗戶，一雙赤腳踩在地上鋪的燈芯草上，沒發出半點聲音。一股熱騰騰的沙漠氣流隨著他而湧入，撩動了疲軟垂落的窗簾。哥哥的素描簿掉落在地上，他快腳將它掃到帆布床底下，好像它是條蛇似的。

戴倫，你去了哪裡？在我的想像裡，我有勇氣提出這個問題，而戴倫也對我有足夠的信任並作出回答。你為什麼老是不見人影？外公和外婆需要你，我也需要你啊！

已經快要兩年了，每天晚上我都想問出口，卻夜復一夜地提不起勇氣。我就剩他一個手足了，可不希望他像對所有人那樣也對我關上心門。

可是今晚不同。我知道他的素描簿裡畫了什麼，我知道那代表什麼。

「妳怎麼還沒睡？」戴倫輕聲說，將我由思緒中驀然驚醒。他的警覺心像貓兒一樣強，這是遺傳自媽媽。我在帆布床上坐起身，他把燈點亮。沒必要再裝睡了。

「早就進入宵禁時間，已經有三組巡邏隊經過了。我很擔心你。」

「蕾雅，我能避開士兵，我經驗豐富。」他將下巴靠在我的床上，露出媽媽那種促狹的甜笑。我對這表情很熟悉，如果我作了噩夢或是家中粒米不剩，他總會用這種表情安慰我。沒事的，那張臉如此表示。

他瞥向我放在床邊的書。「《暗夜裡的集會》，」他唸出書名，「感覺毛毛的，內容在講些什麼啊？」

「我才剛開始看而已。主角是個精靈——」我打住話頭。聰明，真聰明。他喜歡聽故事，而我喜歡講故事。「這不重要啦。你去哪兒了？今天早上外公有十幾個病人耶。」

我替你代班，因為他一個人處理不了那麼多病患。但這下子外婆只好獨力把貿易商的果醬裝罐，結果她沒裝完，所以貿易商不肯付我們錢，今年冬天我們得捱餓了。你對這些為什麼毫不在意？

我在心裡說著這些話，而戴倫的笑容已經消失無蹤。

「我不是當治療師的料，」他說，「外公也知道。」

我有點動搖，但又想起今天早上外公那副喪氣失望的樣子。我想到了素描簿。

「外公和外婆都很依賴你。至少找他們談一談嘛，已經好幾個月了。」

我等著聽他說我不懂，叫我別管。但他只是搖搖頭，便霍地躺到他的床上，還閉起眼睛，似乎根本懶得回答。

「我看到你畫的東西了。」話衝口而出，戴倫立刻坐起來，表情非常嚴肅。「我不是故意偷看的，」我說，「有一頁掉了出來，我今天早上換燈芯草時無意間發現的。」

「妳告訴外公、外婆了嗎？他們也看到了？」

「沒有，可是——」

「蕾雅，聽我說。」該死，我才不想聽，我不想聽他找藉口。「妳看到的東西很危險，」他說，「不能對任何人提起，絕對不能。不光是我會有生命危險，還有別人——」

「戴倫，你在替帝國工作嗎？你在替『武人』做事嗎？」

他沉默了。我覺得在他的眼中已看到了答案，覺得好想吐。哥哥背叛了自己的族人？哥哥竟與帝國同流合污？

要是他偷藏穀物，或者賣書，或是教小孩子認字，我都能理解，還會敬佩他做這些我沒有勇氣做的事。犯下這些「罪行」的人會被帝國搜捕、監禁和處死，但教六歲小孩認字並不是壞事，至少我們「學人」不這麼認為。

可是戴倫做的事太噁心了，這是背叛。

「帝國殺了爸媽啊，」我低聲說，「還有大姊。」

我想朝他大吼大叫，卻只能費力地吐出這幾個字。

五百年前，武人攻占了學人的土地，從那之後就一直壓迫和奴役我們。學人帝國曾經擁有舉世一流的大學和圖書館，而現在呢？我們多數的族人甚至分不清學校和兵器庫。

「你怎麼能站在武人那一邊？戴倫，你說啊？」

「蕾雅，妳誤會了。我願意向妳解釋一切，可是——」

他突然停住，我想催促他說清楚，他卻快速地抬起一手要我噤聲。他歪著頭靠向窗戶。

我聽到薄薄的牆壁另一側傳來外公的鼾聲、外婆在夢裡翻身的聲音，還有一隻哀鳩的呢喃。都是熟悉的聲音，家的聲音。

戴倫卻還聽到了別的。他臉色刷白，眼神閃現驚惶。「蕾雅，」他說，「突搜隊。」

「可是既然你替帝國做事——」士兵怎麼還會來我們家突擊搜捕？

「我沒有替他們做事。」他的語氣很冷靜，比我的心情冷靜多了。「把素描簿藏起來，他們要的就是它，他們來找它了。」

說完他便走出房門，把我單獨留在房裡。我光裸的雙腿像冷掉的糖漿一樣舉步維艱，雙手感覺像兩塊木頭。蕾雅，動作快啊！

帝國的突擊搜捕行動通常會在白天進行，因為士兵希望學人的母親和幼兒都能看到，希望父親和兄長都能目睹另一個男人的家庭成為奴隸。雖然這類突擊搜捕已經夠惡劣了，但夜間的行動卻更可怕。會在夜裡行動，表示帝國不希望有目擊者。

我不禁懷疑：這是真的嗎？我是不是在作噩夢？

是真的，蕾雅，快點行動。

我把素描簿丟向窗外的樹籬裡，藏在那兒是個爛主意，但已經沒有時間了。外婆蹒跚地進了我的房間，她那雙手在攪拌大缸裡的果醬或是替我編辮子時總是無比穩定，但現在卻像驚弓之鳥般地顫抖，迫切希望我的動作能快一點。

她拽著我進入走廊。戴倫和外公正站在後門邊。外公的滿頭白髮像稻草堆一樣蓬亂，衣服也皺巴巴的，但他布滿深深皺紋的臉龐已全無睡意。他對哥哥低語了一句什麼，然後就把外婆最大的一把菜刀交到他手裡。我真不知道抵抗有何意義，這把菜刀對上武人的賽拉鋼刀，簡直是不堪一擊。

「妳和戴倫從後院離開，」外婆的目光快速在一扇扇窗戶間移轉，「他們還沒包圍整棟屋子。」

不，不要，不要啊。「外婆。」我低聲喚她，卻踉蹌地被她推向外公。

「躲到東邊去——」她驀地吞回剩下的句子，目光直直地盯著前側窗戶。我看到破舊的窗簾之間，有張液態銀形成的臉孔一閃而過。我的胃頓時揪成一團。

「面具武士，」外婆說，「他們帶了面具武士來。蕾雅，趁他進屋前快走！」

「那妳呢？還有外公呢？」

「我們會拖住他們。」外公輕輕把我推出後門，「親愛的，妳要守口如瓶。照戴倫的話去做，他會照顧妳。去吧。」

戴倫細瘦的影子落在我身上，一把拉住我的手，屋門在我們後頭闔上了。他彎下腰好隱身在陰影中，無聲地越過後院的沙地。我真希望自己也能感染他那股信心，雖然我已經十七歲了，大到能夠克制恐懼，卻仍緊緊攫著他的手，好像那是世上唯一可靠的東西。

我沒有替他們做事，戴倫剛才是這麼說的。那他替誰工作？他不只知道怎麼靠近賽拉城的冶煉場，還詳細地畫下了帝國最珍貴資產的製造過程；那個資產就是能夠一次劈開三個人、無堅不摧的希姆彎刀。

五百年前，武人入侵時之所以能擊垮學人，就是因為擁有優於我們的鋼鐵兵器。從那之後，我們更是無從學習任何煉鋼術。武人嚴密看守這項鍛造工藝的祕密，就像守財奴守住他的黃金。任何人被逮到靠近冶煉場，又說不出好理由脫身的話，不管他是學人還是武人，都得面臨被處死的命運。

既然戴倫沒替帝國工作，那他是怎麼靠近冶煉場的？又是怎麼被武人察覺的？

屋子另一頭的前門，傳來拳頭敲擊的聲音。靴底磨地沙沙響，刀劍相碰叮叮噹。我慌亂地望向周圍，以為會看到帝國軍那身銀盔甲和紅披風，但後院杳無人跡。清涼的夜風吹拂，我脖子上的汗仍然一直往下流。此時我聽見遠方的黑巖學院傳來鼓聲，那裡是專門訓練面具武士的地方。鼓聲將恐懼削尖，直刺心臟。不是隨便什麼突擊搜捕行動，都值得帝國派出那幫銀面怪物。

敲門聲又來了。

「奉帝國之名，」有個不耐煩的聲音喊道，「我命令你開門。」

戴倫和我同時僵住。

「聽起來不像面具武士。」戴倫小聲說。面具武士講起話來輕柔陰惻，語氣像把彎刀似的能切穿你。帝國軍用來敲門和宣布命令的時間，早就夠讓面具武士闖進屋內，並且殺光所有擋他去路的人。

戴倫和我四目相接，我們有同一個念頭：如果面具武士沒和前門的士兵待在一起，那他人在哪兒？

「蕾雅，別怕，」戴倫說，「我不會讓妳受到傷害的。」

我很想相信他，但恐懼如同潮水般拉扯著我的腳踝，想要把我拖下海。我想起住在隔壁的夫妻：三個星期前，他們遭到突擊搜捕，進了監獄，然後被賣為奴隸。運書犯，武人宣判他們的罪名。又過了五天，外公最高齡的一位病患，一位幾乎走不了路的九十三歲老人，在自家被處決，喉嚨劃出一道貫通兩耳的傷口。而他的罪名是什麼呢？反抗軍共犯。

士兵會怎麼對付外婆和外公？把他們關進大牢？把他們賣為奴隸？殺害他們？

我們到了後院門邊，戴倫踮起腳尖輕輕拉開門閂，門外巷弄內傳來刮擦聲，令他頓時停止動作。一股微風輕輕掠過，揚起一團塵土。

戴倫將我推到他的身後，手中緊握著刀柄，關節都泛白了。後院門吱呀一聲緩緩滑開。我又驚又恐、脊椎發毛，緊靠在哥哥的肩頭後窺視著巷弄。

門外什麼都沒有，只有沙塵正安靜地飄動著。除了偶爾颳起的風和鄰居緊閉的窗扉，看不出任何異狀。

我鬆了口氣，從戴倫身後繞到前方。

就在那一刻，面具武士由黑暗中現身，朝後院門走來。

2 伊里亞斯

那個逃兵在天亮之前就會沒命。

他的足跡像中了槍的鹿一樣，歪歪扭扭地印在賽拉城地下墓穴的塵土間。這些地道將會困死他，地底的空氣太滯悶，腐敗的死亡氣味太濃郁。

我看到腳印的時候，它們的主人已經離開超過一個小時。守衛應該已經嗅到他的氣息了，可憐的混蛋。如果他運氣好，會在追捕過程中就喪命。要是運氣不好……

別想了。把背包藏好，然後閃人。

我把裝滿食物和飲水的背包塞進一座壁窖，窖中的頭骨被擠得咔啦作響。要是海琳看到我怎麼對待這些遺骨，肯定要把我狠刮一頓。不過話說回來，如果海琳發現我在這裡，褻瀆先人絕對只是她黑名單上最微不足道的一項。

*她不會發現的，至少在木已成舟之前不會發現。*我內心的愧疚感隱隱騷動，但把它壓了下去。海琳是我認識的人之中最堅強的，沒有我也能過得很好。

我回頭張望，這動作似乎已重複了上百遍。地道裡寂靜無聲，那位逃兵已經把士兵們引向與我相反的方向。但我知道安全只是種假象，絕對不能放鬆警戒。我快速做著自己的工作，把枯骨重新堆在壁窖前來掩蓋我的痕跡，同時眼觀四面、耳聽八方，隨時準備因應突發狀況。

這種日子只要再過一天就好，這種充滿偏執、隱瞞和謊言的日子。再過一天我就畢業了，然後將會獲得自由。

我正在調整壁窖裡的頭骨位置，悶熱的空氣忽然流動起來，就像有頭熊剛從冬眠狀態甦醒。青草和雪的氣味穿過地道裡的惡臭湊向我的鼻腔。我只有兩秒鐘時間能遠離壁窖，並且蹲下來檢視地面，假裝這裡好像有足跡。她已經來到我背後了。

「伊里亞斯？你在這裡做什麼？」

「妳沒聽說嗎？有逃兵。」我刻意將注意力集中在沙地上。我的臉從額頭到下巴都被銀面具給蓋住，理論上應該沒人能判讀我的表情，可是在黑巖軍事學院受訓的十四年來，我和海琳．亞奇拉幾乎朝夕相處，她搞不好光聽聲音都知道我在想什麼。

她默不作聲地繞到我面前，我抬頭直視她的眼睛，那雙眼眸有著淡淡的藍色，就像南方島嶼的溫暖海水。我的面具鬆鬆地掛在臉上，它是個獨立的外來物，能隱藏我的五官和情緒。可是小琳的面具已緊貼著她的臉，就像銀色的第二層皮膚，因此當她居高臨下地看著我時，我能看出她的眉頭微微皺了起來。

*放輕鬆，伊里亞斯，*我默默告訴自己。*你只是在找逃兵。*

「他沒往這裡來。」小琳說。她一手撫過頭髮，那頭帶有銀色光澤的金色髮辮一如往常地盤成緊實的皇冠狀。「德克斯帶了一支輔助兵，從北方瞭望塔那裡進入東側地道了。你覺得他們會逮到他嗎？」

儘管輔助兵受的訓練不像帝國軍那麼精良，更比不上面具武士，卻仍是毫不留情的獵人。「那是當然的。」我沒能成功掩飾語氣中的惋惜，海琳狠狠地瞪了我一眼。「那個懦

我可是確認過了。」

弱的廢物。」我趕緊補救。「不過妳怎麼會醒著？妳今天早上不用值班啊。」

「都是討厭的鼓聲，」海琳環視著地道說，「每個人都被吵醒了。」

對了，鼓聲。有逃兵，夜班時分的鼓聲如此宣告，所有執勤中的單位都到圍牆邊支援。海琳一定自願加入追捕行動了。我的副排長德克斯大概告訴她我朝這個方向來，他根本不覺得這有什麼大不了的。

「我覺得逃兵或許會往這裡跑。」我遠離剛藏好的背包，察看另一條地道。「大概猜錯了吧。我去找德克斯好了。」

「我雖然不想，但不得不承認你經常料事如神。」海琳歪著頭朝我微微一笑，我又感覺到罪惡感蠢蠢欲動，好像有隻手握住我的腸子亂扭。等她知道我幹了什麼好事，一定氣炸了，氣到永遠不原諒我。沒差，你已經作了決定，現在沒有回頭路了。

小琳用她老練的小手劃過地上的沙土。「我從來沒見過這條地道。」

我的脖子慢慢淌下一滴汗，我沒管它。

「這裡又熱又臭，」我說，「跟別條地道沒什麼兩樣。」走了啦，我很想加一句，但加了這一句就像是在腦門刺上「我在打歪主意」的刺青。我閉緊嘴巴，交叉手臂靠在地下墓穴的牆上。

戰場是我的聖堂。我在腦中複誦外公教我的口號，那是我六歲那年和他初次見面時，他教我記下的。他堅稱這套口號能砥礪心智，就像磨刀石砥礪刀刃一樣。劍尖是我的祭司。死亡之舞是我的禱詞。致命一擊是我的解放。

海琳仔細察看我先前留下的模糊足跡，不知怎麼地就循著它走向我放背包的壁窖，來到堆在開口處的頭骨山前方。她起了疑心，我們之間的氣氛突然變得緊繃。

該死。

我得分散她的注意力。趁她的目光在我和壁窖之間遊移的同時，我開始懶洋洋地打量她的胴體。她身高五呎八吋——比我矮了半呎，是黑巖學院唯一的女學生，穿上所有學生清一色都穿的貼身黑色工作服，而她那結實且苗條的體態總是吸引許多愛慕的眼光。唯我例外，我們的友情已經太久了，因此對她不會有遐想。

快啊，快點注意我，注意我色瞇瞇的眼光，然後對我發飆吧。

我像剛入港的水手般厚顏無恥地望向她的雙眸，她張開嘴，狀似打算狠狠數落我，卻又回頭看向壁窖。

要是被她看到背包、猜出我在打什麼主意，我就完蛋了。帝國的律法規定她必須舉發我，海琳可能極不情願那麼做，但她畢生沒違反過任何一條規定。

「伊里亞斯——」

我在心裡開始編織謊言。小琳，我只是想開溜個兩天，需要時間思考事情，又不想讓妳擔心。

咚—咚—咚—咚。

鼓聲響起。

我不假思索地就把各自獨立的鼓聲轉譯成背後的訊息。抓到逃兵了。全體學員立刻至大操場報到。

我的胃直往下沉，心裡其實有一部分還曾天真地期盼那名逃兵好歹能逃出城。

「還挺快的，」我說，「我們該走了。」

我朝主地道走去，海琳如我所料地跟了上來。她寧可戳瞎自己的眼睛，也不可能違抗直接下達的命令。海琳是正統武人，對帝國的忠實程度遠勝過對自己的母親，身為優秀的面具武士學員，將黑巖學院的校訓銘記在心：職責為先，至死方休。

不曉得她要是發現我在地道中進行的真正勾當，會有什麼反應。

不曉得她要是知道我痛恨帝國，會有什麼感想。

不曉得她要是察覺她最好的朋友計畫當逃兵，會有什麼作為。

3

蕾雅

面具武士從容地穿過巷弄，巨靈之掌輕鬆地垂在身側。賦予其名號的奇特金屬有如銀漆般覆蓋住他的額頭到下巴，顯露出臉上每個細節，包括細細的眉毛和稜角分明的顴骨。一身量身訂做的銅皮盔甲緊貼著肌肉，更加凸顯其充滿爆發力的體態。

一股微風引得黑披風飄揚，面具武士環顧後院，彷彿剛抵達花園派對現場。他淺色的眼珠盯住了我，沿著我的身軀往上滑，停在臉上，以爬蟲般的空洞目光凝視著我。

「妳真是個漂亮的小東西啊。」他說。

我拉了拉短連身裙破爛的下襬，由衷希望自己穿的是白天那件顯不出輪廓、長度直達腳踝的長裙。面具武士沒有任何動靜，表情完全沒透露出內心的想法。不過我仍然猜得到。

戴倫站到我身前，瞥了一眼圍籬，好像在評估衝到那裡要花多少時間。

「小子，這裡只有我一個人。」面具武士對戴倫說話的語氣，就和死氣沉沉的屍體一樣。「其他人都在你家，想跑就跑吧。」他退離後院門，「但我堅持你得把女孩留下。」

戴倫舉起菜刀。

「真有騎士精神啊。」面具武士說。

接著他出手了，好似晴空莫名閃現一道銅銀交錯的閃電。在我倒抽一口氣的同時，面具武士已經把我哥摜在沙地上，並以單邊膝蓋將他扭動的身軀牢牢釘住。外婆的菜刀掉在地上。

我迸出一聲尖叫，在沉靜的夏夜裡聽來很孤單。幾秒後，彎刀的刀尖輕搔我的喉嚨。我甚至沒看見面具武士何時拔出武器。

「安靜。」他說，「雙手舉高，進屋裡去。」

面具武士一手揪著戴倫的脖子拎起他，另一手拿著彎刀逼我前進。我哥全身癱軟，臉上沾著血，眼神渙散。他看起來就像是魚鉤上垂死掙扎的魚，面具武士緊捏著他的脖子。屋子的門開了，一名身穿紅披風的帝國軍走了出來。

「指揮官，屋子裡都安全了。」

面具武士將戴倫推向那名士兵。「把他綁起來，他力氣很大。」

說完，他一把揪住我的頭髮，我忍不住痛叫出聲。

「唔。」他的臉湊向我的耳邊，我只能縮成一團，恐懼鯁住了我的喉嚨。「我一向喜歡黑髮女孩。」

不知道他有沒有姊妹、妻子或情人，不過就算有也沒用。對他來說，我不是別人的親人，只是一件可以被征服、使用、丟棄的物品而已。面具武士拖著我通過走廊進入前廳，態度就像獵人拖著獵物一樣自然。反抗呀，我對自己說。反抗呀。而他彷彿感應到我想展現勇敢的可悲企圖心，大手一收，劇痛立刻刺入我的腦殼。我全身癱軟，任由他拖著我前進。

帝國軍站滿了前廳，四周都是翻倒的家具和打破的果醬罐。這下子貿易商什麼貨都拿不到了。花了那麼多天熬煮，搞得我頭髮和皮膚都是杏桃和肉桂味；那麼多玻璃罐，先蒸過再晾乾，裝滿之後再密封……都白費了，全都白費了。

室內燈火通明，外婆和外公跪在地板正中央，雙手被縛在身後。押著戴倫的士兵推了他一把，讓他跌坐在他們身旁。

「長官，要把這女孩綁起來嗎？」另一名士兵摸著自己皮帶上掛著的繩索，不過面具武士只是讓我站在兩名魁梧的帝國軍之間。

「她不會惹麻煩的。」他的眼神狠狠刺向我。「對吧？」我搖搖頭，身體向後縮，真恨自己如此懦弱。我偷偷地摸了摸箍在我二頭肌上的臂鐲，那是媽媽的遺物，早已失去光澤；我想從上頭熟悉的花紋中找到力量，但沒找著。換作是媽媽一定會反抗，她寧死也不受屈辱。但我沒辦法，我已經被恐懼困住了。

一名帝國軍走進房間，神情頗為不安。「指揮官，東西不在這裡。」

面具武士低頭看向我哥。「素描簿在哪裡？」

戴倫直視前方，緘口不語。他的呼吸聲低沉而穩定，眼神看起來也不再渙散了。事實上，他幾乎像是胸有成竹。

面具武士做了個細微的手勢，一名帝國軍立刻抓住外婆的脖子拎她站起來，將她脆弱的身體摜在牆上。外婆咬住嘴唇，藍眼珠閃著光。戴倫想站起來，但另一名士兵按住他。

面具武士撿起一塊果醬罐碎片，像毒蛇吐信般嚐了嚐果醬。

「可惜都糟蹋了。」他用玻璃碎片的邊緣輕輕劃過外婆的臉，「妳以前一定是個美人，看看這雙眼睛。」他轉向戴倫。「我該把它們挖出來嗎？」

「在小臥室窗外，樹籬裡面。」我聲如蚊鳴地說，不過在場的士兵們都聽見了。面具武士點點頭，其中一個帝國軍消失在走廊裡。戴倫沒看我，但我能感覺到他很氣餒。你幹嘛叫我藏呢？我很想叫嚷，你幹嘛把那天殺的玩意兒帶回家？

帝國軍帶著素描簿回來。接下來彷彿過了無限久的時間，室內唯一的聲響就是面具武士瀏覽圖畫的沙沙翻頁聲。要是素描簿的其他部分和我發現的那頁類似，我就知道面具武士看到了什麼：武人的刀、劍、鞘、熔鐵爐、配方、說明——都是學人不該知道的東西，更別說還畫在紙上了。

「小子，你是怎麼進入兵器區的？」面具武士將目光由素描簿向上移，「是反抗軍買通某個庶民階級的苦力放你偷溜進去的嗎？」

我竭力憋住一聲嗚咽，半是慶幸戴倫並非叛徒，又半是憤怒他竟如此愚蠢。跟學人反抗軍打交道，是要被判死刑的。

「我自己想辦法進去的。」我哥說，「反抗軍和這件事沒有任何關係。」

「有人看見你昨晚宵禁開始後進入地下墓穴——」面具武士的語氣幾乎顯得百無聊賴，「——同行的還有登錄在案的反抗軍。」

「昨天晚上他早在宵禁開始前就回家了。」外公開口說，聽他說謊的感覺真奇怪。不過他的話毫無作用，面具武士目光專注地盯著戴倫、判讀著他的表情，就像我目不轉睛地讀書時那樣。

「那些反抗軍今天被捕了，」面具武士說，「其中一人死前供出你的名字。你和他們在一起做什麼？」

「他們跟蹤我。」戴倫的語氣十分冷靜，好像他曾經歷過這種狀況，好像他一點也不害怕。「我以前從沒見過他們。」

「不過他們卻知道你有素描簿呢，還告訴了我。他們是怎麼知道的？他們對你有什麼要求？」

「我不知道。」

面具武士將玻璃碎片深深壓入外婆眼睛下方的柔軟皮膚裡，她鼻孔翕張，細細的血流沿著臉頰一道垂直的皺紋往下淌。

戴倫猛力地吸了一口氣，這是他情緒緊繃的唯一跡象。「他們想要我的素描簿，」他說，「我拒絕了。我發誓。」

「他們的藏身處在哪裡呢？」

「我沒看見，他們把我的眼睛蒙住了。我們在地下墓穴裡。」

「地下墓穴的哪裡？」

「我沒看見。他們把我的眼睛蒙住了。」

面具武士打量我哥許久，我真不知戴倫怎能在這種目光下保持冷靜。

「看樣子你是有備而來呀！」面具武士的語氣中摻入極細微的訝異，「挺直腰桿，呼吸均勻，用同樣的答案應付不同的提問。小子，是誰訓練你的？」

看戴倫不回答，面具武士聳聳肩。「在牢裡待個幾週，你的舌頭就會鬆了。」外婆和我害怕地對看一眼。要是戴倫進了武人監牢，我們就再也見不到他了。他會被審問好幾個星期，之後，他們要不是把他賣掉當奴隸，就是殺了他。

「他只是個孩子，」外公慢吞吞地說，好像在安撫生氣的病患，「拜託你——」

寒光一閃，外公像石頭般咚地倒地不起。面具武士的動作實在太快了，我根本弄不清楚他做了什麼，直到外婆衝向前、直到她發出尖銳的哀號聲，那股撕心裂肺的痛楚才使我雙膝一軟。

外公。天啊，不要是外公。我腦中熱辣辣地浮現十幾種誓約。我再也不會違抗命令了，我再也不會做錯事，我再也不抱怨我的工作，只要讓外公活下去。

可是外婆扯著頭髮尖叫，要是外公還活著，絕對不會任由她這麼痛苦，他受不了讓外婆這麼悲痛。戴倫的平靜像被一把鐮刀割去，驚恐將他的臉染成雪白，而我也感覺到同樣深入骨髓的驚恐。

外婆顫巍巍地站起身，蹣跚地朝面具武士跨出一步。他朝她伸出手，彷彿是要伸手搭住她的肩膀。我在外婆眼中看到的最後一種情緒是恐慌，緊接著面具武士戴著臂鎧的手腕抖了一下，在外婆頸部製造出一條纖細的紅線，那條線在她倒地的過程中不斷加寬加深。

她的身軀倒落在地，發出咚的一聲，眼睛仍是睜開的，眼裡閃著淚光，鮮血由她的脖子汩汩流出，滲入我們去年冬天合力編織的地毯裡。

「長官，」一名帝國軍說，「還有一個小時天就亮了。」

「把男孩帶走。」面具武士沒看外婆第二眼。「然後把這裡燒了。」

說完他轉頭看向我，我真希望自己能像影子般沒入身後的牆壁裡，這種強烈的盼望勝過我曾想要得到的任何事物，不過我也很清楚這樣想有多愚蠢。面具武士緩慢地朝我跨出一步，我兩側的士兵相視而笑。面具武士直視我的眼睛，好像能嗅到我的恐懼，他是一條讓獵物嚇得目不轉睛的眼鏡蛇。

不，拜託，不要。消失，我想要消失。

面具武士眨眨眼，眼中閃現陌生的情緒——我說不上來是訝異還是錯愕。那不重要，因為就在這一刻，戴倫一躍而起。在我唯唯諾諾的時候，他已經設法為自己鬆綁。戴倫伸出利爪般的雙手，直探面具武士的咽喉。憤怒賦予戴倫獅子般的力量，在那瞬間，他彷彿成為我們的母親再世：蜂蜜色的頭髮散發光芒、雙眼噴火，嘴裡發出野性的嗥叫。

面具武士後退一步踩進外婆頸部周圍蓄積的血泊中，戴倫撲在他身上，把他摺倒在地，拳頭如雨水般落下。眾帝國軍先是不可置信地僵立原地，然後才恢復清醒，又叫又罵地一擁而上。戴倫雖然從面具武士的腰間拔出了一把匕首，但隨即被帝國軍擒抱壓制。

「蕾雅！」我哥大叫，「快逃——」

別逃，蕾雅。去救他。戰鬥。

但我想起面具武士冰冷的目光、兇狠的眼神。我一向喜歡黑髮女孩。他會強暴我，然後殺死我。

我打了個冷顫，退入走廊。沒人阻攔我，沒人注意我。

「蕾雅！」戴倫發出了我從沒聽過的狂亂的、被逼到死角的嘶吼。他剛才叫我逃，但如果是我發出了這樣的叫聲，他絕對會趕過來、絕不會坐視不管。我停下腳步。

去救他呀，蕾雅，有個聲音在我腦中下令。快去。

另一個聲音響起，更急切、更有力的聲音。

妳救不了他的。照他的話去做：快逃。

我已瞥見火光閃爍，鼻子也聞到煙味。其中一個帝國軍開始放火燒房子了，幾分鐘之內，它就會被大火吞噬。

「這次把他綁牢了，送他到審問牢房裡去。」面具武士站起身來，揉著他的下巴。他一看到我沿著走廊退開，身體立刻變得異常僵硬。我逼自己直視他的目光，他把頭微微一偏。

「逃吧，小女孩。」他說。

我哥還在戰鬥，他的慘叫聲直刺我心。我當下就知道，自己將一遍又一遍地聽到他的叫聲，在腦海中每日每時地迴盪，直到我嚥氣，或者是我修正了今日的過錯。

我仍然逃了。

學人區狹窄的街道和灰撲撲的市場從我身旁飛掠而過，有如噩夢中的場景。每跨出一步，腦中都有個聲音吶喊著要我轉身回去救戴倫。而每跨出一步，我都更不可能這麼做，直到所有可能性消失，直到我腦中只剩下「逃」這個字。

士兵們追了出來，但我畢竟是在學人區這些低矮的泥磚屋之間長大的，很快就擺脫了追兵。

天亮了，我驚慌的奔逃轉為踉蹌行走，由一條巷弄晃進下一條巷弄。我要去哪裡？我該怎麼做？我需要計畫，卻不知從何著手。誰能提供我幫助或安慰？我的鄰居們會拒絕我，深恐幫助我將危及他們自己的性命；我的親友不是死了就是身陷囹圄；我最好的朋友札拉從去年一場突擊搜捕行動後便失蹤了，其他朋友也各有麻煩纏身。

我孤立無援。

太陽愈升愈高，我發現自己正置身學人區歷史最悠久的街廊深處的一棟空建築裡。這幢嚴重受損的建物躋身在有如迷宮般的頹圮建築群之間，像頭負傷的野獸蜷伏著。空氣中瀰漫著垃圾的臭氣。

我縮在某個房間一角，辮子鬆脫，頭髮無可救藥地披散糾結著，短連身裙下襬的紅色縫邊被扯開，鮮豔的線頭鬆垂著。外婆在我十七歲生日時為我縫了這些布邊，幫我單調的衣裳添一點花樣。這是少數她能負擔得起的禮物。

現在她死了，外公死了。爸媽和姊姊在很久以前就死了。戴倫也被抓了，被拖進某間審問牢房，天知道武人會在那裡對他做些什麼。

人生由太多無意義的時刻所組成，某一天的某一刻發生了某件事，之後的每一秒便隨之改變。戴倫嘶吼的那一刻——就是這種轉捩點。它代表了勇氣和意志力的考驗，而我沒通過測試。

蕾雅！快逃！

我為何要聽他的話呢？我應該要留下的，應該要做點什麼才對。我哀鳴著抱住頭，不斷地聽到他的聲音。他現在在哪裡？他們開始審問了嗎？他一定很想知道我怎麼樣了，他一定很想知道妹妹怎麼能夠拋下他不管。

陰影間有什麼東西鬼鬼祟祟地動了一下，引起我的注意，嚇得我寒毛直豎。是老鼠嗎？還是烏鴉？那影子動了動，黑暗中有兩隻眼睛發出惡意的光。接著，更多對眼睛一一出現，都是狹長且邪惡的眼睛。

幻覺，我聽到外公的聲音在我腦中作診斷。受驚的症狀。

不管是不是幻覺，那些影子看起來十分逼真。那些眼睛如小太陽般炯炯發光，並且像鬣狗般繞著我轉，每轉一圈就變得更大膽。

「我們看到了，」它們陰森森地說，「我們知道妳的弱點。他會因妳而死。」

「不。」我低聲說。但影子是對的，我留下戴倫，拋棄了他。是他叫我逃的，這點並不能改變什麼。我怎麼能如此懦弱？

我緊握住媽媽的臂鐲，但摸著它讓我的心情更加低落。媽媽一定能智取面具武士，一定能用某種方式拯救戴倫和外公、外婆。

就連外婆都比我勇敢。外婆身體虛弱，卻有雙燃燒的眼睛，背脊挺直得有如鋼鐵。媽媽繼承了外婆的火焰，戴倫則繼承了媽媽的火焰。

但我沒有。

逃吧，小女孩。

幻影一吋吋逼近，我閉上眼睛抵抗它們，希望它們消失。我在腦中撈取紛亂不堪的各種念頭，試著將它們兜攏聚集。

我聽到遠處傳來叫喊和靴子頓地的聲音，如果士兵們還在找我，這裡並不安全。

也許我應該讓他們找到我，讓他們為所欲為。我拋棄了血親，活該得到懲罰。

當初驅使我逃離面具武士的本能，現在同樣使我站起身來。我走到街上，融入早晨愈來愈密集的人潮裡。有少數學人同胞多看了我一眼，有的帶著警惕，有的帶著同情。不過多數人完全不看我，這使我產生思考，究竟自己曾有多少次在這些街道上與逃亡中的人擦身而過，卻不知道他們剛被剝奪了全世界。

我在一條滿是泥濘污物的巷弄裡停下來休息，學人區的另一頭正升起濃濃黑煙，隨著接近天空而變得稀薄。那是我的家在燃燒。外婆的果醬、外公的藥物、戴倫的畫作、我的書本，全都沒了。我之所以為我的一切，全都沒了。

不是一切，蕾雅，妳還有戴倫。

巷弄中央有個鐵格柵門，離我只有一兩公尺。它就和學人區所有格柵門一樣，通往賽拉城的地下墓穴：那裡聚集了骷髏、鬼魂、老鼠、盜賊……很可能還有學人反抗軍。

戴倫是在替他們偵察嗎？是反抗軍把他弄進兵器區的嗎？不管我哥是怎麼回答面具武士的，這都是唯一合理的答案。謠傳反抗軍鬥士近來膽子更大了，不僅招募學人，還吸收北方自由國家馬林的馬林人，以及沙漠領地中受到帝國保護的部落民。

外公、外婆從不在我面前談論反抗軍的事，但我在深夜裡曾聽到他們喃喃說著反抗軍如何營救學人囚犯、如何重挫武人。說起鬥士們如何劫掠武人的商賈階級「賣開特」的沙漠商隊，以及暗殺他們的上流階級「依拉司翠恩」的成員。只有反抗軍敢於挺身對抗武人，儘管他們行蹤飄忽、捉摸不定，卻是學人僅有的武器。要說有任何人能靠近冶煉場的話，一定就是他們了。

我突然醒悟到：反抗軍或許能幫我。我的家被突擊搜捕、付之一炬，我的親人被殺害，都是因為有一名反抗軍把戴倫的名字告訴帝國。如果我能找到反抗軍，說明事情經過，他們或許能幫我把戴倫從牢裡救出來——不光是因為他們欠我一個公道，也是因為他們奉行「伊札特」，也就是和學人歷史同樣悠久的榮譽準則。反抗軍鬥士是學人之中最優秀、最英勇的人，這是我爸媽在被帝國殺害前教導我的事。如果我開口求援，反抗軍不會拒絕我的。

我朝格柵門走去。

我從沒進入過賽拉城的地底墓穴，它們像蛇一般在整座城市的地底蜿蜒，總計有幾百哩長的地道和洞窟，有的是裝滿了累積幾世紀的骸骨。現在沒人再用這些地窖來埋葬死者了，連帝國都不曾完整繪製出地下墓穴的分布圖。如果神通廣大的帝國都獵捕不到反抗軍，我又該怎麼找到他們呢？

*不找到他們，就誓不罷休。*我抬起格柵門，盯著底下的黑洞。我必須下去，必須找到反抗軍。要是不這麼做的話，哥哥就沒有半點機會了。如果我沒辦法找到鬥士並說服他們幫忙，我將再也見不到戴倫。

4 伊里亞斯

海琳和我回到黑巖學院的鐘塔前時，全校三千名學員幾乎都已經列隊整齊了。離日出還有一小時，我卻沒見到任何一雙惺忪的睡眼，人群間反而流竄著熱切的騷動。上回發生逃兵事件時，操場的地面還結著霜呢。

每個學員都知道接下來會發生什麼事，我把拳頭不斷地握緊又鬆開，實在不想目睹這些事。我和黑巖學院的每個學員一樣，都在六歲時入學，而接下來的十四年間，我已見證過數千遍的懲罰場景。我自己背上就有一幅這所學院的殘暴示意圖，但逃兵的下場總是最悲慘的一種。

我的身體如彈簧般繃緊，但已換上淡漠的眼神，保持面無表情。黑巖學院的各科教官「百夫長」會等著看我們的表現。我離脫逃就只差一步了，這時候惹惱他們絕對是不可饒恕的愚蠢之舉。

海琳和我從四班「幼齡生」面前走過，他們是年紀最輕、尚未戴上面具的一批學員，將以最清晰的視野觀看屠殺場面。年紀最小的才剛滿七歲，最大的則將近十一歲。

我們經過時，幼齡生紛紛垂下目光；我們是高年級生，他們甚至被禁止與我們說話。他們直挺挺地站好，彎刀以精確的四十五度角掛在背後，靴子擦得光可鑑人，表情和石頭一樣空白。到了這個時候，就連最稚嫩的幼齡生也已學會了黑巖學院最基本的校訓：服從、遵守，閉緊嘴巴。

幼齡生後方有一塊空地，是為了向黑巖學院的第二級學員致敬而空著的。第二級學員稱為「五年生」，因為有太多人在入校第五年死去。我們滿十一歲時，百夫長會把我們踢出黑巖學院，不提供衣物、糧食或武器，要我們盡己所能地在帝國的荒郊野外生存四年。倖存者能回到黑巖學院領受面具，再以「培訓生」的身分修習四年時間，最後兩年則是「優等生」。小琳和我都是高級優等生——已經快要完成最後一年的訓練了。

百夫長們站在操場周圍的拱門下監督我們，他們的手按在皮鞭上，靜候黑巖學院的司令官到場。他們如雕像般靜立，面具早已和臉部細節貼合為一，對他們來說，任何顯露情緒的表情都是遙遠的記憶。

我一手撫著自己的面具，真希望能把它扯下來，即使只有一分鐘也好。我和同窗們一樣，在成為培訓生的第一天起就領到了面具，當時我十四歲。不過有別於其他學員——而且這讓海琳相當氣餒——我面具的平滑液態銀材質，並不像正常情形那樣融入我的皮膚。也許那是因為只要我獨處時，都會把這該死的東西取下來吧。

自從在帝國中具有神聖地位的先知，將面具裝在絲絨襯裡盒子中遞給我的那天起，我就痛恨那副面具。我痛恨它像某種寄生蟲般吸附著我，痛恨它緊貼住我的臉，順應我的皮膚塑形。

我是唯一還沒讓面具與自己結合的高年級學員——我的死對頭們對此總是津津樂道。不過最近面具開始反擊了，它將許多細絲扣入我的頸後，藉此強力推進結合的進度。它使我感覺皮膚上像有蟲在爬，讓我感覺不再像自己。像是永遠找不回自己了。

「維托瑞亞斯。」小琳的副排長是迪米崔斯，身材瘦長、有一頭沙褐色頭髮，見我們在高級優等生的行伍中就定位後，便朝我喊道，「是誰？逃兵是誰？」

「我不知道。是德克斯和輔助兵逮到他的。」我環顧四周尋找我的副排長，但他還沒有歸隊。

「聽說是個幼齡生。」迪米崔斯盯著自鐘塔底部被血染深的卵石地面破地而出的那一大根木塊——鞭刑柱。「年紀比較大的幼齡生，入校第四年了。」

海琳和我互看一眼。迪米崔斯的小弟也在進入黑巖學院的第四年企圖叛逃，當時他年僅十歲。他在大門外撐了三小時，然後就被帝國軍抓回來面對司令官——這已是勝過大部分逃兵的紀錄了。

「也許是個優等生。」海琳掃視高年級生的隊伍，想看看有沒有人缺席。

「也許是馬可斯。」費里斯咧嘴笑著說，他是我這一排的成員，身高傲視群倫，一頭金髮不受控制地亂炸。「或是寨克。」

想得美喔。膚色黝黑、眼珠澄黃的馬可斯，就和雙胞胎弟弟寨克站在我們前一排；寨克是次子，身高較矮、體格較單薄，骨子裡卻跟他的哥哥同樣邪惡。海琳稱他們為毒蛇與蟾蜍。

寨克眼睛周圍的面具還沒有完全貼合，但馬可斯的面具已緊緊攀附在臉上，密合得完美無缺，面具下所有的臉部特徵——甚至包括濃密的斜眉——都清晰可見。假若現在馬可斯試著摘下面具，便會把半張臉一起扯掉。那樣他可能會帥多了。

馬可斯彷彿感應到海琳的目光，轉過頭來以掠食者的目光打量她，這使我的雙手有股想勒死他的衝動。

別做反常的事，我提醒自己。別引人注意。

我強迫自己轉移目光，當著全校師生的面攻擊馬可斯絕對會被列為反常。海琳注意到馬可斯輕佻的視線，雙手在身側握成拳頭，但還沒來得及給毒蛇一個教訓，警衛官已經大步走進操場。

「立正。」

三千副身軀向前彎，三千雙靴子啪地併攏，三千個背部用力一挺，好似被操偶師的手給拽直了。在緊接而來的靜默中，就連一滴淚水滑落的聲音都聽得到。

但我們沒聽見任何黑巖學院司令官走近的聲響；我們只能感覺到她，就像感覺到風暴逼近。她無聲無息地移動，由拱門下現身，就像由矮樹叢裡鑽出、擁有美麗毛皮的叢林貓科動物。她一身烏黑，從合身的軍服外套到鋼頭軍靴都是黑的。她的金髮一如往常地在頸後紮成緊實的髮髻。

她是當今世上唯一一位女性面具武士——應該說直到海琳畢業之前都是。但司令官和海琳不同，她渾身散發著致命的寒氣，彷彿她的灰眼珠和刻花玻璃般的五官都是由冰河底部的堅冰雕刻而成的。

「帶被告上前。」她說。

兩名帝國軍由鐘塔後方大步跨出，拖著一具瘦小、癱軟的身軀。我身旁的迪米崔斯身體變得緊繃了。謠言是真的——逃兵確實是個入校四年的幼齡生，年紀不超過十歲。鮮血由他的臉往下滴，滲入黑色工作服的衣領。兩名士兵把他丟在司令官跟前，他動也不動。

司令官低頭看著這名逃兵，銀色的臉孔沒露出任何情緒，但她的手無意識地移向腰間佩帶的綴滿尖刺、由烏黑鐵木製成的短馬鞭。她沒抽出馬鞭，時候未到。

「入校四年的幼齡生費爾孔尼斯．巴利亞斯，」儘管她的聲音很輕、很溫和，卻傳得很遠，「你放棄在黑巖學院的崗位，不打算回來，有何解釋？」

「沒有解釋，司令官。」他的嘴形說出我們都對司令官講過上百遍的答覆，這是你在黑巖學院闖禍時唯一的回應方式。

要保持面無表情、將眼神裡的情緒袪除，真是一大考驗。再過不到三十六個小時，我也會犯下巴利亞斯即將為之受罰的罪行，兩天後在那裡的人可能會換作我，血淋淋、支離破碎。

「我們聽聽你同儕的意見好了。」司令官將目光轉向我們，感覺就像有一股凜冽的山風猛地襲來。「幼齡生巴利亞斯是否犯下了叛國罪？」

「是的，長官！」吶喊聲撼動鋪石地面，挾帶著猛烈的暴戾之氣。

「帝國軍，」司令官說，「把他帶到柱子那裡。」

此話一出，學員們發出如雷貫耳的吼聲，將巴利亞斯由恍惚狀態中驚醒；帝國軍把他綑在鞭刑柱上時，他拚命地扭動、掙扎。

和他同屆的幼齡生，和他一同奮戰、流汗、受苦好幾年的同學，這時都用靴子跺著石板地，將拳頭揮向天空。馬可斯立在我前面那一排高級優等生之列，他高聲叫好，眼中迸射出惡意的喜悅。馬可斯凝視司令官的眼神，充滿著只該為神明獻上的敬畏。

我感覺有人在打量我，是我左側的一個百夫長。別做反常的事。我掄起拳頭和其他人一齊歡呼，內心卻對自己憎恨無比。

司令官抽出馬鞭，像對待愛人般輕撫著它，接著只聽見咻地一聲，便揮鞭抽向巴利亞斯的背。他的慘叫聲迴盪在整個操場間，所有學員都安靜下來，在短暫卻共有的一瞬間，每個人都心生憐憫。黑巖學院的規矩實在多不勝數，你實在不可能不犯錯。我們都曾被綁在那根柱子上，我們都嚐過司令官那條鞭子的狠毒滋味。

寂靜並沒有維持很久。巴利亞斯慘叫連連，學員們則以嗥叫回應，朝他高聲辱罵。馬可斯的嗓門最大，他的身體前傾，興奮到口沫橫飛。費里斯喃喃稱好，就連迪米崔斯都勉強喊了一兩聲，綠眼珠呆滯而疏離，好像他的心在很遠的地方似的。我身旁的海琳也在歡呼，但表情毫無喜悅，只有嚴肅的悲哀。黑巖學院規定要她喊出對逃兵的憤慨，因此她就這麼做了。

司令官似乎對喧鬧聲充耳不聞，全心全意地沉浸在任務裡。她的手臂以舞者般的優雅起落，繞著巴利亞斯旋轉；這名逃兵纖瘦的四肢開始痙攣，而她每揮一鞭都會停頓一下，無疑是在思索該如何使下一鞭更加痛徹心扉。

二十五鞭之後，她揪住巴利亞斯那像疲軟草莖般的脖子，把他轉正。「面對他們，」她說，「面對你所背叛的兄弟們。」

巴利亞斯以哀懇的目光望向操場，搜尋任何一絲憐憫。他真不該懷抱期望的，他的眼神頹然垂向鋪石地面。

歡呼聲仍持續著，鞭子接二連三又落了下來。巴利亞斯倒在地上，身子周圍的血泊快速擴散。他的眼皮在鼓動，我希望他已經失去了神志、失去了知覺。

我逼自己看。這就是你要離開的原因，伊里亞斯，因為你再也不想參與這種事了。

巴利亞斯口中吐出一串含混的呻吟，司令官垂下手臂，操場上鴉雀無聲。我看到逃兵在呼吸，就一下，是吐氣，然後什麼都沒了。沒人歡呼。

天亮了，太陽的光芒在黑檀木鐘塔上方的天空張開，有如染血的手指，將操場上的所有人都抹上駭人的火紅。

司令官在巴利亞斯的工作服上揩了揩馬鞭，然後才把它收回腰間。「帶他到沙丘去，」她命令帝國軍，「賞給禿鷹吃。」接著審視我們其他人。

「職責為先，至死方休。如果你敢背叛帝國，你會被逮到，然後付出代價。解散。」

排列整齊的隊伍打散了，抓回逃兵的德克斯默默地離開，黝黑而英俊的臉龐帶著微微作嘔的神色。費里斯笨拙地跟在後頭，顯然打算拍拍德克斯的背，建議他找間妓院解解悶。迪米崔斯獨自抬頭挺胸地走開了，我知道他想起兩年前被迫目睹小弟死得和巴利亞斯同樣悽慘，接下來幾個小時他都不會想與人交談。其他學員迅速漫出操場，口中仍在討論剛才的鞭刑。

「──只有三十鞭，真是弱雞──」

「──你聽到他尖叫沒有？就像膽小的娘們──」

「伊里亞斯，」海琳的語氣很輕柔，按在我手臂上的那隻手也是，「走吧，司令官會看到你的。」

她說得對，大家都在離開，我也應該做一樣的事。

但我做不到。

沒人看一眼巴利亞斯血淋淋的遺體，他是個叛徒，毫無價值。可是應該要有人留下，應該要有人為他哀悼，哪怕只是一下子也好。

「伊里亞斯，」海琳的語氣變得急迫，「快走啊，她要看到你了。」

「我需要一點時間，」我回答，「妳先走吧。」

海琳還想和我爭論，但她太顯眼了，而我又拗得很。於是她回頭瞥了最後一眼就離開了。她走了之後，我抬頭看到司令官正望著我。

我們隔著操場四目相會，我又一次有了那種經歷過上百遍的體悟：我們真是截然不同。我的髮色是黑的，而她是金髮；我的膚色煥發著金褐色的光澤，她的皮膚則雪白無比；她的嘴形總是顯露著不滿，而我隨時都像帶著笑意；我的肩膀很寬，身高超過六呎；她卻比學人女性還要嬌小，擁有唬人的苗條身段。

可是只要我們並排而立，任何人都能一眼看出她和我的關係。我母親給了我高聳的顴骨和淡灰色的眼眸，給了我無情的本能和迅捷的速度，使我成為黑巖學院近二十年以來最優秀的學員。

母親。這個字眼感覺很不對勁。母親讓人聯想到的是溫暖、愛和甜蜜，不是在孩子出世幾小時後就將他棄置在沙漠裡，不是累積多年的沉默和難以撫平的憎恨。

這個把我生下來的女人，教會我許多事情，其中之一就是自制力。我壓下憤怒與反感，清空內心的所有情緒。她皺起眉頭，嘴巴微微一扁，舉起一手探向脖子，用手指撫著由領口伸出來的奇特藍色刺青渦紋。

我預期她會走過來，質問我為什麼還待在這裡？為什麼要瞪著她挑釁？結果沒有。她只是多看了我一會兒，然後就轉身回到拱門下，消失了蹤影。

鐘塔傳出六聲鐘響，鼓聲咚咚響起。全體學員至食堂報到。帝國軍從鐘塔底部抬起巴利亞斯殘破的遺體，把他搬走了。

操場一片死寂，幾乎空無一人，只剩我盯著原本站著一個男孩的血泊處，渾身發冷地想到要是自己不夠小心的話，就會和他擁有同樣的下場。

5

蕾雅

寂靜的地下墓穴有如無月的夜晚般廣袤，但也同樣詭譎。倒不是說地道裡空蕩蕩的；我才剛穿過格柵門落地，就有一隻老鼠踩過我的赤腳溜走，距離我的臉只有幾吋的地方，還有一隻垂在蛛絲末端、拳頭大的透明蜘蛛。我只得咬住自己的手，忍著沒尖叫出聲。

救救戴倫。找到反抗軍。救救戴倫。找到反抗軍。

我有時會低聲唸出這些話，多數時候則只是在腦中默誦。這些話支持我走下去，像是咒語般能驅趕啃蝕我心智的恐懼。

我其實不確定該找些什麼。營地？藏身處？任何不屬於齧齒類動物的生命跡象？

由於帝國軍大部分的駐地都位於學人區以東，我便朝西走。即使在這地獄般的地方，我還是能準確地辨認日出日落的方向，以及北方的帝都安蒂恩，和正南方的主要港口納威恩。從有記憶以來，我便具備超凡的方向感。小時候，雖然覺得賽拉城很大，不過我總是找得到路。

我稍稍感到安慰——至少自己不會原地兜圈子。

一天中的某段時間，陽光可以透過地下墓穴的格柵門滲進地道，勉強照亮地面。這時我只能緊貼著布滿壁窖的牆面，硬是憋回因腐爛骨頭的惡臭所引起的反胃感。若是有武人巡邏隊靠得太近，壁窖很適合躲藏。骨頭就只是骨頭而已，我對自己說，巡邏隊卻能讓妳變成死人。

在日光裡比較容易拋開懷疑，說服自己能找到反抗軍。可是我遊蕩了好久，最終光線褪去了，夜晚降臨，像是有人在我眼前放下了簾幕。恐懼伴隨著黑夜湧入我心中，有如潰堤的河川。每個悶響都像殺氣騰騰的輔助兵，每個尖響都像老鼠傾巢而出。地下墓穴吞沒了我，就像蟒蛇吞沒小耗子。我打了個冷顫，深知自己在這地底下的存活機率就和耗子一樣渺小。

救救戴倫。找到反抗軍。

飢餓在我胃裡糾結成團，乾渴燒灼我的咽喉。我瞥見遠方有火炬的微光在閃爍，不禁想如飛蛾撲火一般迎上去。但火炬所在處是帝國的領地，而被分配到守地道的輔助兵通常是「庶民」，也就是武人中出身最低賤的階級。要是讓一群庶民逮到我在這下頭，我連想都不敢想他們會對我做什麼。

我感覺自己像一頭卑怯的獵物，而帝國的確就是這麼看我——看待所有學人的。皇帝說我們是蒙受他恩澤生存的自由民，不過這簡直是笑話。我們不能擁有地產、不能上學，而且觸犯最輕微的罪行都能使我們淪為奴隸。

別的族裔都不曾遭受如此嚴苛的待遇。部落民受到條約保護；在帝國入侵時，他們選擇接受武人統治，以換取族人自由行動的權力。馬林人則受地理形勢庇護，豐沛的香料、肉類和鐵礦也是他們的貿易籌碼。

在帝國之內，只有學人被視作糟粕。

那就對抗帝國啊，蕾雅。我聽到戴倫的聲音說。救救我，找到反抗軍。

黑暗拖慢我的腳步，直到我必須用爬的才能前進。我身處的這條地道變窄了，兩側牆壁愈挨愈近。我的背上汗如雨下，全身都在顫抖——我痛恨狹小的地方。我的呼吸聲粗嘎地迴盪在四周，前方則有不明的單調滴水聲。這地方聚集了多少幽魂？這些地道裡有多少含冤的厲鬼正在遊蕩？

*停止，蕾雅，世上沒有鬼。*我小時候曾浪擲好多光陰，聽部落民的說書人娓娓道出他們怪力亂神的傳說故事：夜臨者與他的精靈同胞；鬼魂、妖精、幽靈和屍鬼。學人不有時候聽來的故事會跟進我的噩夢裡，每當這種時候都是戴倫安撫我的恐懼。學人不像部落民那麼迷信，戴倫一向抱持著正統學人的懷疑態度。*這裡沒有鬼啊，蕾雅。*我聽到他的聲音在腦中響起，於是閉上眼睛，假裝他就在身邊，容許我自己因他堅定的態度而感到安心。*也沒有幽靈。世界上沒有那種東西。*

我的手伸向臂鐲，每當需要力量的時候都會不自覺地這麼做。它已經幾乎被污垢染黑了，不過我寧可保持現狀，這樣比較不引人注目。我撫摸著銀鐲上的花紋，那是許多交織相連的線條，我對它熟悉到就連作夢都能清楚看見。

媽媽和我最後一次見面時給了我這只臂鐲，那年我五歲。這是我對她僅存的少數清晰回憶了——此外還有她飄著肉桂味的髮香，以及怒海色眼眸中的光亮。

「*小蟋蟀，幫我收好，一星期就好，等我回來時再還我。*」

要是她知道我雖然保護好了臂鐲，卻弄丟她的兒子，會對我說些什麼？她會怎麼看待我犧牲哥哥來保全自己？

*修正過錯。救救戴倫。找到反抗軍。*我放開臂鐲，繼續踉蹌前進。

沒過多久，我聽到後方傳來第一波聲響。耳語聲、還有一隻靴子刮過石地的聲響。要不是地道中寂靜無聲，我很可能根本不會注意到，因為那些聲響非常細微。這樣的聲響對輔助兵而言太輕巧了，就反抗軍來說又太鬼祟。會是個面具武士嗎？

我心如擂鼓，猛然轉身，在黑暗中探尋。面具武士能夠在這麼暗的地方潛行，輕鬆得就像他們具有幽靈血統。我僵立靜待，但地下墓穴又歸於寂靜。我紋風不動、屏氣凝神，卻什麼也沒聽到。

老鼠，只是一隻老鼠。也許是隻超大的老鼠吧……

我鼓起勇氣再跨出一步，卻聞到一縷皮革和柴煙味——人的氣味，便立刻蹲伏在地，到處探摸能充作武器的東西——石塊、木棍、骨頭——任何能對抗跟蹤者的東西都好。一瞬間，火種與打火石相觸，嘶嘶聲劃破空氣，片刻後一根火炬「咻」地被點亮了。

我站起來，雙手遮臉，火焰的殘影仍在眼皮後頭陣陣搏動。等我勉強睜開眼睛時，看出有六個戴著兜帽的人影團團把我圍住，每個人都用弓箭對準我的心臟。

「妳是誰？」其中一人上前一步問道。儘管他的語氣和帝國軍一樣冷淡而平板，卻不具備武人那種高頭大馬的體格。這人赤裸的雙臂肌肉結實，移動時動作流暢而優美，一手持刀，熟練得就像刀子是屬於他身體的一部分，另一手舉著火炬。我試著迎向他的目光，但他的眼睛藏在兜帽裡。「說話。」

「我——」噤口不語這麼長時間，我只能勉強發出沙啞的聲音。「我在找……」

我怎麼就沒先想好呢？總不能告訴他們我在找反抗軍，再笨的人也不會承認自己在找叛國賊。

「搜她身。」沒等我把話說完，那個男人便下令道。

另一個身材較纖瘦、像是女性的人影把弓箭掛到背後，火炬在她身後劈啪作響，將她的臉孔隱沒在深色陰影中。她太嬌小了，不可能是武人，雙手的膚色又不像馬林人那麼黝黑，大概是學人或部落民吧？也許可以跟她講講道理。

「拜託，」我說，「讓我——」

「閉嘴。」先前那個男人說，「薩娜，找到什麼沒有？」

薩娜。這是學人的名字，因為它簡短而單純。如果她是武人的話，會擁有像阿瑰琵娜·卡西亞斯或是克莉希拉·阿羅曼之類又長又華麗的名字。

不過即使她是學人也並不表示我就安全了。謠傳有學人盜賊潛伏在地下墓穴裡，從格柵門探出來搶奪財物，而且通常會把剛好在場的人給宰了，再躲回他們的巢穴。

薩娜兩手探摸我的腿和手臂。「有只臂鐲，」她說，「也許是銀的，我看不出來。」

「妳不能拿走這個！」我掙開她的手，盜賊們剛才稍微放低的弓箭，這下又紛紛舉高。「求求你們，放我走吧，我是學人，是你們的同胞啊。」

「速戰速決吧。」男人說。接著他朝其餘同夥打了個手勢，所有人開始退回地道裡。

「我很抱歉。」薩娜嘆了口氣，卻同時抽出一把匕首。我後退一步。

「不要，求求妳。」我兩手交握，用來掩飾手指的顫抖。「這是我媽媽的東西，是我僅存的親人遺物了。」

薩娜垂下刀子，這時盜賊首領察覺到她在猶豫，便喊了她一聲，並朝我們大步走來。

他才走到一半，就有一個同夥朝他打暗號。「奇楠，注意！有輔助兵巡邏隊。」

「兩人一組散開。」奇楠放低火炬。「要是他們跟上來，就引他們遠離基地，否則吃不完兜著走。薩娜，快點拿下這女孩的臂鐲，我們要走了。」

「我們不能留下她啊，」薩娜說，「他們會發現她的，你也知道他們會做些什麼。」

「不干我們的事。」

薩娜沒有動靜，奇楠把火炬往她手裡一塞，然後揪住我的手臂；這時薩娜擠到我們之間。「我們是需要銀臂鐲沒錯，」她說，「但不是我們自己人的。別動她。」

武人清脆的口音毫無懸念地沿著地道傳來，他們還沒看到火炬的光，但再過幾秒就會瞧見了。

「該死，薩娜。」奇楠企圖繞過女人，可是她以驚人的力道把他推開，這動作使她的兜帽脫落了。火光照亮她的臉，我倒抽了一口氣。倒不是因為她比我想像中的要年邁，或是因為她的表情帶著兇猛的敵意；而是因為我在她的脖子上看到一幅刺青，圖案是握緊的拳頭高舉向空中，後方有熊熊火焰。在圖案底下，還有「伊札特」的字樣。

「妳是——妳是——」我說不出話來。奇楠的目光落在刺青上，發出一聲咒罵。

「看妳幹的好事，」他對薩娜說，「這下我們不能丟下她了。要是她告訴輔助兵曾見過我們，他們一定會大舉湧入這些地道，不找到我們誓不罷休。」

奇楠野蠻而迅速地熄滅火炬，一把抓住我的手臂，拖著我跟在他身後。我一頭撞上他堅實的背部，他扭回頭來，一瞬間，我瞥見了他眼中的憤怒光芒。他的身上散發出帶有煙味的嗆鼻氣味，一陣陣吹送到我的鼻腔。

「保持安靜，還有注意腳下。」他的距離比我想像中更近，吐出的氣息熱熱地拂過我耳邊。「否則我就把妳敲暈，留在某一個壁窨裡。現在快走吧。」我咬著嘴唇跟上，努力忽略他的恫嚇，將心思集中在薩娜的刺青上。

「我很抱——」

伊札特。這個詞是古雷語，亦即武人入侵、強迫所有人講賽拉語之前，學人所使用的語言。*伊札特*包含很多意義：力量、榮譽、傲氣；可是近一個世紀以來，它有了特殊定義：自由。

這群人不是什麼盜賊。他們是反抗軍。

6 伊里亞斯

我的腦袋被巴利亞斯的尖叫聲折磨了好幾個鐘頭。我目睹他的身軀倒下，聽見他粗啞地吐出最後一口氣，聞到鋪石地上屬於他的血腥味。

學員之死不曾為我帶來這麼大的衝擊，本就不該如此——死神是我們的老朋友，每個在黑巖學院中行走的人，都曾在某個時候與它為伴。可是巴利亞斯的死亡不同，我在這天剩餘的時光裡，一直處於暴躁易怒、心不在焉的狀態。

我奇怪的情緒反應並非無人注意。拖著沉重的腳步和其他高級優等生進行格鬥訓練結束後，我才驚覺費里斯在問我問題，已經重複了三遍。

「你看起來像是發現相好的妓女得了梅毒，」我喃喃道歉，他如此回應，「究竟怎麼搞的？」

「沒事啦。」我慢了半拍才察覺自己的語氣太衝了，一點也不像即將躍升面具階級的優等生。我應該很興奮才對——興奮到快跳起來。

費里斯和德克斯狐疑地對看一眼，我吞回一句髒話。

「你確定？」德克斯問。德克斯是個循規蹈矩之人，一向如此。我知道他每次看著我時，都在思索我的面具怎麼還沒貼合。滾！我很想這麼對他說。然而我提醒自己，他並沒有在刺探什麼，他是我的朋友，是真心為我擔憂。「今天早上，」他說，「在鞭刑的時候，你——」

「嘿，別再拷問這可憐的傢伙啦。」海琳由我們後方大步走來，朝德克斯和費里斯露齒一笑，一手隨興地搭在我肩頭上，拉著我一起走進兵器庫。她指了指一排彎刀。「伊里亞斯，去挑你的武器吧。我要和你單挑，三戰兩勝。」

她轉頭對另外兩人喃喃說著什麼，我走開了，拿起一把練習用的彎刀，評估它的平衡度。片刻之後，我感覺到她靜靜地來到我的身邊。

「妳對他們說了些什麼？」我問她。

「說你被外公刮了一頓。」

我點點頭。最好的謊言總以事實為基礎，外公是個面具武士，而他就和多數面具武士一樣，對不夠完美的任何事都不滿意。

「謝了，小琳。」

「不客氣，振作一點吧。」我皺眉，她交疊雙臂。「德克斯是你的副排長，他逮到了逃兵，你卻沒表揚他。他注意到了，你們整排的弟兄都注意到了。而且在鞭刑的過程中，你沒有……融入我們。」

「如果妳的意思是我沒有因為看到十歲男孩的鮮血而鬼吼鬼叫，那妳說對了。」

她的眼睛微瞇，足以讓我知道她內心有部分認同我，即使她自己絕對不會承認。

「馬可斯看到你在鞭刑結束後逗留在原地，他和寨克告訴所有人，你覺得這項懲罰太嚴苛了。」

我聳聳肩，才不在乎毒蛇與蟾蜍怎麼講我。

「別傻了，馬可斯非常樂意在結業式前一天擊垮維托瑞亞家族的傳人。」她提到我的家族名稱，它是帝國中十分古老又地位崇高的家族，由其頭銜的正式性就可知道。「他幾乎要指控你煽動叛亂了。」

「他大概每兩週都會搞這麼一下。」

「但這次是你自找的。」

我的目光掃向她，在那緊張的瞬間，以為她已經洞悉一切。可是她的表情不帶有憤怒或批判，只是關切。

她扳著指頭細數我的罪過。「你是執勤排的排長，卻沒有親自押送巴利亞斯回來。你的副排長替你做了這件事，你卻沒褒獎他。逃兵接受懲罰時，你幾乎掩藏不住自己的不認同。更別說離結業式只剩一天了，你的面具卻才剛開始要貼合而已。」

她等我回應，看我沉默不語，只能嘆了口氣。

「除非你比表面上看起來更愚蠢，否則連你自己都明白這些行為會給人什麼印象，伊里亞斯。要是馬可斯向黑武士檢舉你，他們將有足夠的證據來找你。」

不安感沿著我的背脊往下竄。黑武士的職責在確保軍隊忠誠，身上配戴鳥形紋章，某人一旦獲選為黑武士的隊長，便會廢除原有姓名，從此之後他的稱謂就只有「血伯勞」。他是皇帝的左右手，也是全帝國權力第二大的人。現任血伯勞偏好先凌虐後問話，若是那群黑甲混蛋半夜來找我，我大概就得在醫務室躺上好幾個星期，到時候整個計畫便都要泡湯了。

我強迫自己不直視海琳。對於帝國餵養我們的說法深信不疑，感覺一定很不錯，為什麼我就不能和她一樣——和所有人一樣呢?因為我的母親曾遺棄過我嗎?因為我人生中的頭六年和部落民生活在一起,而他們教我的是慈悲和憐憫,而不是殘忍和憎恨?因為我的玩伴是部落民、馬林人和學人,而不是依拉司翠恩同胞?

小琳遞給我一把彎刀。「合群一點,」她說,「拜託你,伊里亞斯,忍耐一天就好,然後我們就自由了。」

是嗎?所謂的自由就是以成熟的帝國公僕之姿執行任務,再之後則是在與野人和蠻族永無止盡的邊境之戰中,帶著弟兄們去送死。沒奉派參與邊境之戰的人,則會接獲城市任務,負責獵殺反抗軍或是馬林間諜。還真是自由啊!我們可以自由地對皇帝歌功頌德,自由地姦淫擄掠,自由地殺人。

真有趣,聽起來不太像自由的定義啊。

我悶不吭聲。海琳說得沒錯,我今天吸引了太多人的注意了,這在黑巖學院真是不智之舉。說到煽動叛亂罪,這裡的學員就像一群飢餓的鯊魚,只要聞到一絲血腥味,立刻蜂擁而上。

在今天剩下的時間裡,我盡力表現出即將畢業的面具武士該有的樣子——自滿、粗野、暴力。感覺像在身上塗滿穢物。

傍晚時返回像間囚室的寢室,享受幾分鐘珍貴的自由時光,我扯下面具扔在帆布床上,液態金屬鬆開我面部肌肉的瞬間,我發出了滿足的嘆息。

面具光潔的表面映照出我的倒影,我不禁對著它齜牙咧嘴起來。即使多了費里斯和德克斯總愛取笑的濃密黑睫毛,我的眼睛仍然和母親的極為相似,令我望而生厭。我不知道父親是誰，也早就不在乎，可是我已經期盼了上百次，但願他好歹遺傳給我他的眼睛。

等我逃出帝國後就沒關係了。別人看到我的眼睛時，只會想到「武人」而不是「司令官」。南方有很多武人，在那裡經商、當傭兵、做工匠。我會融入幾百人當中。

外頭的鐘塔敲了八聲鐘響，離結業式還有十二小時，離結業典禮完成還有十三小時，之後再花一小時交際閒談。維托瑞亞家族地位崇高，外公會期望我和幾十位名流握手寒暄。不過我終究會欠身告退，然後……

自由。終於得到自由。

從沒有學員在結業式之後叛逃。他們有什麼理由要逃？逼學員逃離的是地獄般的黑巖學院生活，可是我們一旦離校，就能擁有各自的指揮權、各自的任務。我們會掙得金錢、地位、尊敬。只要成為面具武士，就連出身最低的庶民都能和貴族之女婚配。但凡頭腦正常的人都不會放棄這種未來，尤其是已經通過將近十五年的培訓過程。

因此明天才是逃跑的完美時機。結業式之後的兩天非常瘋狂——派對、餐會、舞會、宴會不斷。如果我失蹤了，至少有一天的時間不會有人來找我，他們會以為我正在某個朋友家喝到爛醉如泥。

我的壁爐底下有條通道連接到賽拉城的地下墓穴，它彷彿就在我的視野邊緣蠢蠢欲動。我花了三個月才挖通那條該死的地道，又花了兩個月強化結構，以及掩飾它，好讓它不被輔助巡邏兵賊溜溜的眼睛發現。然後我還花了兩個月的時間，摸清穿過地下墓穴出城的路線。

七個月無眠的夜晚，不時扭頭察看、盡力裝作若無其事。如果我成功逃走，一切都非常值得。

鼓聲響起，揭開結業宴會的序幕。幾秒鐘後，門上傳來叩門聲。十層地獄啊。我應該在營房外頭和海琳會合的，結果我連衣服都還沒換。

海琳又敲了一次。「伊里亞斯，別再夾你的睫毛了，快出來，我們要遲到了。」

「等一下。」我說。我才剛脫掉工作服，門就開了，海琳大步走進來。我赤身裸體的狀態使她的脖子泛起一股紅暈，並別開了目光。我挑挑眉。海琳早看過我裸體幾十次了——在我受傷時、生病時，或是被司令官殘酷的體能訓練折磨得慘兮兮時。一般情況下，她看到我沒穿衣服應該只會翻一翻白眼、丟件上衣給我，僅此而已。

「快點好不好？」她笨拙地想打破突然降臨的靜默。我從掛勾上抓了軍禮服，快速扣好釦子，她彆扭的態度害我急躁起來。「他們幾個已經先走了，說會替我們留位子。」

海琳搓摩著她頸後的黑巖刺青——圖案是一個四邊帶有弧度的黑色菱形，每名學員一進學院就會被刺青。海琳接受刺青時的表現勝過我們班大部分的人；我們都哼哼唉唉的，而她既冷靜也沒掉一滴眼淚。

先知們從未解釋為什麼每個世代只挑一名女孩進入黑巖學院，甚至沒向海琳本人說明。不管是什麼原因，顯然他們並不是隨機挑選的。海琳或許是全校唯一的女生，但她能有全班第三名的成績可不是僥倖。也因此惡霸們很早就學會別去惹她了，她聰明、迅捷而且無情。

此刻的她穿著黑色軍服，充滿光澤的髮辮像頂冠冕環繞頭部，美得就像冬天的初雪。我看見她撫著頸背的修長手指，看見她舔了舔嘴唇。不曉得親吻那張嘴，還有把她推向窗戶，用我的身體抵住她，抽出她的髮夾，讓如絲綢般柔順的髮絲通過指縫，會是什麼感覺。

「呃……伊里亞斯？」

「嗯……」我發現自己正呆呆地盯著她瞧，趕緊回過神來。對你最好的朋友想入非非，伊里亞斯，太可悲了吧。「抱歉，只是……精神不濟。我們走吧。」

小琳用異樣的眼神看了我一眼，朝我的面具點點頭，它還擱在床上。「你可能需要那個。」

「對喔。」沒戴面具在外走動是要被鞭打的罪過，自從十四歲以後，我就沒看過任何優等生同窗沒戴面具的樣子了。除了海琳之外，也沒人看過我的臉。

我戴上面具，它迫不及待地貼向我，我努力忍著不打冷顫。還剩一天。然後我就要永遠摘下它。

日落的鼓聲隆隆作響，我們走出營房。藍天已成了暗紫色，炙人的沙漠熱風也冷卻了。傍晚的陰影與黑巖學院的深色岩石融為一體，使得呆板的建築彷彿異常巨大。我的目光在陰影間逡巡，偵查危險，這是我從五年生時期養成的習慣。一瞬間，我感覺到陰影正在回望著我，不過這種感覺很快又消逝了。

「你想先知們會出席結業式嗎？」小琳問。

不會，我想說。我們的聖職人員還有更重要的事做，像是把自己關在高高的山洞裡，解讀羊內臟隱含的訊息。

「可能性不大吧。」我只是這麼說。

「我猜活了五百年確實會感到膩了吧。」海琳不帶任何諷刺地說，這種想法之愚昧令我不禁皺眉。像海琳這麼聰慧絕頂的人，怎麼會真的相信先知們長生不死？

可是話說回來，相信的人不只她一個。武人相信先知的「力量」源於被死者的靈魂附身。面具武士尤其敬畏先知，因為是先知們決定哪些武人孩童能夠進入黑巖學院的，是先知們將面具交給我們。而且我們都被教導過，五世紀以前，先知們在一天之內就造出了黑巖學院。

那群紅眼睛混蛋只有十四個人，不過在他們現身的稀有場合裡，每個人都對他們唯命是從。許多帝國裡的領袖人物——將軍、血伯勞，甚至包括皇帝本人——每年都會朝聖般地前往先知們在山中的藏身處，向他們求教國家大事。儘管任何懂一點邏輯的人都應該明白他們只是一群江湖術士，但舉國上下卻深信他們擁有不死之身，還能傳遞神諭和具有讀心術。

多數黑巖學院的學員一生只會見到先知兩次：在我們被選中進入黑巖學院時，還有領受面具時。不過海琳對這些聖職人員特別著迷——我並不意外她會期盼他們出席結業式。

我尊重海琳，但關於這件事我們難以達成共識。武人的神話要是可信，部落民那些關於精靈和夜臨者的傳說也都是真的了。

外公是少數不迷信先知的面具武士，我在腦中複誦他的真言。*戰場是我的聖堂。劍尖是我的祭司。死亡之舞是我的禱詞。致命一擊是我的解放。*我只要有這篇真言就夠了，一向如此。

我竭盡全力才管住自己的舌頭。但海琳發現了。

「伊里亞斯，」她說，「我以你為榮。」她的語氣異常認真。「我知道你很煎熬，你母親……」她環顧四周，壓低嗓門說。到處都有司令官的眼線。「你母親對你比對任何人都嚴苛，但你讓她刮目相看，你很努力向上，做對了每件事。」她的語氣好誠懇，這一瞬間，我竟動搖了。再過兩天，她就不會這麼想了。再過兩天，她會恨我入骨。

想想巴利亞斯。想想你在結業之後要背負什麼職責。

我推了她肩膀一把。「妳在我面前怎麼變得多愁善感起來啦？像個娘們似的。」

「算了，臭豬。」她揍了我的手臂一拳。「只是想表示善意。」

我裝出開朗的笑聲。我逃亡以後，他們會派妳還有跟我稱兄道弟的那群人來追捕我。

我們抵達食堂大廳時，內部嘈雜的噪音像浪濤般迎面撲來——那是三千個即將放假離校或畢業的年輕男人們所發出的笑聲、吹牛聲和高談闊論聲。有司令官在場時從來不曾這麼吵，所以我微微鬆了口氣，慶幸不必見到她。

小琳拉著我走向幾十張長桌中的一張，費里斯正在說著他最近去河邊妓院大鬧的事蹟來娛樂同桌好友，就連心頭隨時縈繞著亡弟的迪米崔斯都露出笑意。

費里斯斜睨過來，目光意有所指地在我們身上跳來跳去。「你們兩個還真慢耶。」

「維托瑞亞斯為了你精心打扮，」小琳把費里斯壯碩如石的身軀用力一推，騰出位子讓我們坐下，「我好不容易才把他從鏡子前面拖走。」

全桌哄堂大笑，小琳那一排的士兵林德嚷著要費里斯把故事講完。德克斯坐在我旁邊，正和小琳的副排長崔斯塔斯爭得面紅耳赤。崔斯塔斯是位個性認真的黑髮男孩，大大的藍眼睛給人無辜的錯覺，二頭肌上有個刺青，以大寫字母拼出未婚妻的名字：伊莉雅。

崔斯塔斯身體向前傾。「皇帝都快七十歲了，而且沒有子嗣。今年可能就是『那』一年了：先知選出新皇帝的一年，新的朝代。我前幾天才跟伊莉雅說——」

「每年都有人認為時候到了，」德克斯翻了個白眼，「每年都希望落空。伊里亞斯，告訴他，告訴崔斯塔斯，他是個白痴。」

「崔斯塔斯，你是白痴。」

「可是先知說——」

我竊笑一聲，海琳眼神犀利地瞪了我一眼。*把你的懷疑留在心裡就好，伊里亞斯。*我忙著把兩個盤子堆滿食物，並將其中一盤推給她。「來，」我說，「吃點豬食吧。」

「這到底是什麼啊？」小琳戳了戳糊糊的食物，試探地嗅了一下。「牛糞嗎？」

「別抱怨了，」費里斯滿口食物地說，「真同情那些五年生，他們在外頭開心地打家劫舍四年，現在又得回來吃這個了。」

「我比較同情幼齡生，」迪米崔斯反駁道，「你能想像還要再熬個十二年嗎？或者十三年？」

大廳另一頭，多數幼齡生都和其他人一樣開心談笑；不過有些人望著我們，就像飢餓的狐狸可能望著獅子的神情——渴望著我們手上的食物。

我想像著他們將有一半的人死去、一半的笑聲沉寂、一半的身軀冰冷。那就是他們未來幾年被剝奪物資、承受苦難的日子裡將發生的情形。他們將活下來或死去，帶著坦然接受或充滿疑慮的心態去面對；但通常帶著疑慮的人都會死去。

「他們好像不怎麼在乎巴利亞斯之死。」我來不及阻止自己，這句話就從嘴巴裡溜了出來。我身旁的海琳身子一僵，像是水結成了冰。德克斯皺起眉頭表示不贊同，欲言又止，沉默籠罩全桌。

「他們何必難過？」馬可斯與寨克和他們的一夥朋友就坐在隔壁桌，此時開口說道。「那個廢物罪有應得，我只希望他撐久一點，可以死得更慘一點。」

「沒人問你的意見，毒蛇。」海琳說，「總之那孩子已經死了。」

「算他運氣好。」費里斯又起一坨食物，再讓它噁心巴拉地掉回鋼盤裡。「至少他不必再吃這種豬飼料了。」

桌邊響起此起彼落的竊笑聲，大家又開始聊起來。可是馬可斯已經聞到了血腥味，他的惡意污染了空氣。寨克的眼神轉向海琳，喃喃地對他哥說了些什麼。馬可斯不理他，一對鬣狗般的眼珠緊盯著我不放。「維托瑞亞斯，你今天早上為了那個叛徒一副失魂落魄的鬼樣，他是你朋友啊？」

「少惹我，馬可斯。」

「你也花很長時間待在地下墓穴裡呢。」

「這話是什麼意思？」海琳一手按在武器上，費里斯拉住她的手臂。

馬可斯不理她。「維托瑞亞斯，你想逃跑嗎？」

我慢吞吞地抬起頭來。*他用猜的，他在亂猜。*他絕對不可能知道。我很小心，而在黑巖學院，「小心」對多數人來說就是「偏執」的同義詞。

我這一桌變安靜了，馬可斯那桌也是。*否認啊，伊里亞斯，他們在等你說話呢。*

「你不是今天早晨值班小隊的隊長嗎？」馬可斯說，「應該很高興看到那個叛徒被逮住啊，應該親自押送他回來的。維托瑞亞斯，說他是罪有應得，說他活該。」

應該很容易才對。我不是真心的，這才是重點。可是我的嘴巴不肯動，那些話說不出來。巴利亞斯的罪不至於要被活活打死，他只是個孩子，一個太害怕待在黑巖學院的男孩，以致於賭上一切想要逃離。

沉默蔓延擴散。幾個百夫長由前方的主桌抬頭察看。馬可斯站起身，大廳裡的氣氛像洪水般迅速轉換，變得好奇而期待。

狗娘養的。

「所以你的面具才沒有密合嗎？」馬可斯說，「因為你不是屬於我們的一份子？說啊，維托瑞亞斯，說那叛徒死有餘辜。」

「伊里亞斯。」海琳小聲叫我，眼神充滿哀懇。合群一點。再一天就好。

「他——」說啊，伊里亞斯，說了也不代表什麼。「他死有餘辜。」

我冷冷地迎上馬可斯的視線，他咧嘴一笑，像是知道這句話讓我付出多大的代價。

「有那麼難嗎？雜種！」

聽見他侮辱我的言詞讓我鬆了口氣，這下子有了求之不得的藉口。我撲向他，人未到拳先至。

可是我的朋友們已經料到了。費里斯、迪米崔斯和海琳都起身攔住我，組成一堵惱人的黑髮和金髮人牆，阻擋我揍掉馬可斯臉上可恨的笑容。

「不要，伊里亞斯。」海琳說，「司令官會因為你挑起鬥毆而鞭打你，不值得為馬可斯這麼做。」

「他是個狗雜種——」

「是你才對，」馬可斯說，「至少我知道我爹是誰。我可不是被一群騎駱駝的部落民養大的。」

「你這庶民出身的人渣——」

「高級優等生，」希姆百夫長已經走到桌子末端來了，「有什麼問題嗎？」

「沒有，教官。」海琳說。「伊里亞斯，去吧，」她喃喃地說，「去呼吸點新鮮空氣，這裡有我。」

我渾身血液沸騰，用力推開食堂大門，悶著頭直走，等我回過神來，才發現自己已經走到鐘塔的天井裡。

馬可斯究竟是怎麼猜到我打算叛逃的？他知道多少？應該不多吧，否則我現在已經被叫去司令官辦公室了。去他的，差點就露餡了。只差一點點。

我在天井裡踱步，試著冷靜下來。沙漠的熱氣已經消退，一輪新月低垂在地平線上方，像食人族的笑容般又細又紅。透過拱門望去，賽拉城的燈火朦朧閃爍，在周圍廣袤的黑暗沙漠環繞下，幾萬盞油燈的光芒也顯得渺小。南方飄浮的煙幕掩抑了河面的波光，鋼鐵和冶煉場的氣味隨風吹送，是這座以士兵和兵器聞名的城市裡永恆不變的特徵。

真希望我能看看在這一切發生之前的賽拉城，在它還是學人帝國的首都時看看它。在學人的統治下，城裡的雄偉建築都是圖書館和大學，而不是營房和訓練場。說書人街四處可見舞台和劇場，而不是武器市場，現在那裡述說的唯一故事就是戰爭和死亡。

這心願太蠢了，就像希望自己會飛一樣。儘管有再多的天文學、建築學和數學知識，學人仍舊在帝國的侵略下潰不成軍。賽拉城之美早已消逝了，現在它是武人的城市。

頭頂的蒼穹發著光，星辰將天空都染白了。我內心裡長久埋沒的一部分明白這景色很美，可是卻失去讚嘆的能力，再也不像兒時的我。我小時候會爬上扎人的波羅蜜樹，想更靠近星星，內心篤定地相信增加幾公尺高度就能讓自己看得更清楚。當時我的世界由沙漠、天空和塞夫部落構成，這個部落的人救了我，使我免於曝曬至死。那時的一切都和現在大不相同。

「所有事物都會改變，伊里亞斯．維托瑞亞斯。你現在不是孩子了，而是男人，你的肩膀上承載著男人的負擔，你的面前擺放著男人的抉擇。」

我不記得自己曾拔刀，卻發現刀子已經握在手裡，並抵著我身邊一名戴著兜帽的男人的喉嚨。多年來的訓練使我的手臂穩定如石，但我的心思卻已狂亂奔騰。這男人是打哪來的？我願意用全排弟兄的性命打賭，片刻之前他還沒站在這裡。

「你他媽的是誰？」

他拉開兜帽，答案不言自明。

先知。

7 蕾雅

我們快速穿過地下墓穴，奇楠在我前頭，薩娜則緊跟在我身後。等奇楠確信我們已經甩掉輔助兵巡邏隊之後，便放慢腳步，喝令薩娜將我的眼睛蒙住。

他嚴厲的語氣令我畏縮，反抗軍已經淪落至此了嗎？變成這一幫暴徒和盜匪？怎麼會呢？才不過十二年前，反抗軍的勢力如日中天，還與部落民和馬林人結盟。他們實踐「伊札特」精神，為自由而戰、保衛無辜、將對同胞的忠誠視為至高無上的準則。

反抗軍還記得他們的精神嗎？即使可能性很低，不過要是他們記得的話，就肯幫助我嗎？就能夠幫助我嗎？

妳要使他們幫妳。又是戴倫的聲音，自信而有力，像他教我爬樹時的語氣，也像他教我閱讀時的語氣。

「我們到了。」感覺像是過了好幾個鐘頭，薩娜才低聲說道。我聽到一連串敲門聲，然後有道門打開，發出刮擦聲。

薩娜引導我前進，一股清涼的空氣迎面湧向我，經歷過地下墓穴後，這股氣流清新得有如春泉。光線從我的遮眼布邊緣滲入，菸草濃郁的青澀氣味裊裊鑽入我的鼻腔，我想起爸爸一邊抽菸斗，一邊為我畫出妖精和屍鬼的形貌。要是他看到我竟然跑到反抗軍的藏身處，不知道會說些什麼？

許多聲音喃喃碎唸，溫暖的手指伸入我的頭髮，片刻之後，我的遮眼布被解掉了。奇楠就站在我身後。

「薩娜，」他說，「給她一點苦楝葉，然後把她弄走。」奇楠轉身看向另一名鬥士，是個比我年長幾歲的女孩，他對她說話時她的臉上泛起紅暈。「麥森在哪裡？拉吉和奈維德有消息了嗎？」

「苦楝葉是什麼？」我在確定奇楠聽不到之後便問薩娜。我從沒聽過這種植物，但因為和外公一起診療的緣故，已知道大部分的藥草名稱。

「是一種麻醉藥，能讓妳忘記過去幾小時的事。」見我瞪大眼睛，她搖了搖頭。「我不會讓妳吃苦楝葉，至少不是現在。先坐下來吧，妳看起來真慘。」

我們身處的洞穴實在太暗了，很難分辨它究竟有多大。不過這裡到處點著通常只在最高級的依拉司翠恩社區才看得到的藍焰油燈，油燈之間還有松脂火炬閃爍著光芒。岩石天花板上有許多裂隙，清冽的夜風不斷灌入，還能勉強看到星星。我一定已經在地下墓穴待了將近一整天了。

「這裡的通風太好了點，」薩娜脫下斗篷，一頭黑短髮像不高興的小鳥羽毛般炸開來，「不過它總是家。」

「薩娜，妳回來啦。」一名壯碩的褐髮男子走近，好奇地打量我。

「塔里克，」薩娜和他打招呼，「我們遇到一支巡邏隊，還順便撿回一個人。幫她弄點吃的來好嗎？」塔里克走了，薩娜示意我坐在旁邊的長凳上，不理會洞穴裡四處走動的人朝我們投射的幾十道目光。

這裡的男女人數比例不相上下，多數人穿著貼身的深色服飾，而且幾乎每個人都佩帶著刀子和彎刀，好像隨時準備迎接帝國軍的突擊搜捕。有的人在磨刀，有的人在看顧爐火上烹煮的食物，少數幾個老頭子在抽菸斗。洞穴牆邊排列著許多帆布床，上頭睡滿了人。

我一邊環顧周圍，一邊撥開黏在臉上的髮絲。薩娜仔細看著我的五官，眼睛瞇了起來。「妳看起來……有點眼熟。」她說。

我鬆手讓頭髮落回原處。薩娜的年紀大到在反抗軍之中待得夠久，久到可能認識我的父母。

「我以前會到市場賣外婆做的果醬。」

「這樣啊，」她仍然盯著我瞧，「妳住在學人區？那妳為什麼——」

「她怎麼還在這裡？」剛才忙著和一群鬥士聚在角落裡的奇楠，現在又走了過來，並已拉開兜帽。他比我預期中要年輕得多，年紀更接近我而非薩娜——這或許能解釋為何他的語氣使她大為光火。他有一頭火紅色的頭髮，拂在額前甚至眼睛上，髮根顏色深到幾乎成了黑色。奇楠只比我高幾吋，但身材精瘦而結實，五官帶有學人那種對稱、精緻的特徵。他的下巴微微冒出薑黃色的鬍渣，鼻梁周圍滿是雀斑，也和其他鬥士一樣，身上佩帶著不輸面具武士的各種武器。

我發現自己目不轉睛地盯著人家瞧，趕緊轉移目光，感覺雙頰發熱，突然間能理解為什麼洞穴裡的年輕女性都向他頻送秋波了。

「她不能留下來，」他說，「把她弄出去，薩娜，現在。」

塔里克回來了，聽到奇楠的話，碰地一聲把滿盤食物擱在我後頭的桌上。「你少對她頤指氣使的，薩娜可不是什麼蠢笨的新兵，她是我們這一派的領袖，你——」

「塔里克。」薩娜一手按在男人的手臂上，不過看向奇楠的目光能粉碎石頭。「我正準備讓這女孩吃點東西，並搞清楚她在地道裡做什麼。」

「我在找你們，」我說，「找反抗軍。我需要你們的幫忙。我哥在昨天的突擊搜捕中被抓了——」

「我們不能幫忙，」奇楠說，「我們的人力已經很吃緊了。」

「可是——」

「不、可、能。」他一字一頓地說，好像我是個孩子。也許換作經歷過突擊搜捕之前，我會因為他眼中的寒光而噤口不語，但現在不會了，現在戴倫需要我。

「你又不是反抗軍首領。」我說。

「我是副指揮官。」

他的階級比我預期中高，但還不夠高。我撥開臉上的髮絲站起身。

「那麼我能不能留下來就不是你說了算的，是你的老大說了算。」我盡力振振有詞地說，不過要是他不買帳的話，我就沒招了，也許會開始苦苦哀求吧。

薩娜的笑容如刀一般銳利。「小妮子說到重點了。」

奇楠朝我走來，直到近得讓我不舒服。他身上散發的氣味融合了檸檬、風和某種煙燻味，像是雪松木。他從頭到腳地打量我，這種看人方式可說相當無恥，不過他臉上卻帶著微微困惑的表情，彷彿看到了自己一知半解的事物。他的眼眸像是深色的祕密，說不上它們究竟是黑色、褐色還是藍色的。感覺那對眼睛可以直接看透我，看到我軟弱、怯懦的靈魂。我手臂交抱，望向他處，對於身上破爛的短連身裙、髒污、割傷和擦傷感到難為情。「這臂鐲很不尋常。」他伸出一手來摸。他的指尖擦過我的手臂，彷彿送出一朵火花沿著我的皮膚蹦跳，我驀地側身。他沒有任何反應。「都黑成這樣了，我差點就沒注意到。這是銀的吧？」

「這不是偷來的好嗎？」我全身都痛，頭也暈乎乎的，但握緊了拳頭，既害怕又生氣。「而且如果你想要的話，你就得——就得先殺了我。」

他冷冷地迎向我的視線，我希望他別戳破我的大話，我們兩人都很清楚殺了我不是什麼難事。

「我大概會這麼做吧。」他說，「妳叫什麼名字？」

「蕾雅。」他沒追問我的姓氏——學人極少使用姓氏。

薩娜有點不解地望著我們兩人。「我去找麥——」

「不用了，」奇楠已經轉身離開，「我去找他。」

我坐回去，薩娜不停地瞄我的臉，試圖解答我看起來很眼熟的原因。要是她看到戴倫的話，一定馬上就知道答案了。他跟媽媽簡直像一個模子刻出來的——而任何人都不會遺忘媽媽的長相。爸爸就不同了——他總是隱身幕後，畫圖、擬策、思考。他給了我一頭不受控制的漆黑頭髮和金色眼瞳，還有高聳的顴骨和豐滿而嚴肅的嘴唇。

在學人區裡沒人認識我的父母，所以沒有人會多看戴倫和我一眼。可是反抗軍的營地不一樣，我早該想到的。

我發現自己盯著薩娜的刺青瞧，那隻拳頭和火焰令我的胃不斷翻攪。媽媽有個一模一樣的刺青，就在心臟上方，是爸爸花了好幾個月把圖案修得完美無比，然後才刺進她的皮膚裡的。

薩娜察覺到我在看什麼。「我刺上這圖案時，反抗軍和現在很不一樣。」她自顧自地解釋道，「那時候比較好，可是世事多變。我們的領袖麥森說我們得更大膽，得主動出擊。多數年輕鬥士是由麥森訓練出來的，他們都贊同他的理念。」

顯然薩娜對此並不滿意。我等著她說下去，這時洞穴遠端的一扇門開了，奇楠和一名跛腳的銀髮男子走出來。

「蕾雅，」奇楠說，「這位是麥森，他是──」

「反抗軍領袖。」我知道他的名字，因為小時候常聽父母提起；也認得他的臉，因為賽拉城裡到處都是通緝他的海報。

「看來妳就是今天上門的孤兒啦。」男人在我面前停下腳步，我起身向他致意，他揮揮手要我坐下。麥森齒間叼著菸斗，菸霧使他布滿傷痕的臉變得模糊。他的反抗軍刺青已經褪色了，卻仍隱約可見，成了他喉嚨下方皮膚上一團藍綠色的暈染。「妳想做什麼？」

「我哥哥戴倫被一名面具武士抓走了。」我仔細觀察麥森的表情，看他是不是認得哥哥的名字，但他面不改色。「昨天夜裡被抓的，他們來我家突擊搜捕。我需要你們幫忙救他回來。」

「我們不負責營救離群者。」麥森轉頭看向奇楠，「下次別再浪費我的時間。」

我努力壓抑急迫的情緒。「戴倫不是什麼離群者，要不是因為你的人，他根本不會被抓走。」

麥森快速轉過頭來。「我的人？」

「你有兩名鬥士遭到武人審問，他們死前向帝國供出戴倫的名字。」

麥森看向奇楠向他確認，年輕人有些不安。

「拉吉和奈維德，」他停頓了一下才說，「新招募進來的人。聽說他們正在進行大計畫。艾朗今天早晨在學人區西側發現他們的屍體，我幾分鐘前才聽說這件事。」

麥森罵了一聲，轉頭看著我。「我的人為什麼會向帝國供出妳哥哥的名字？他們怎麼認識的？」

如果麥森不知道素描簿的事，我也不打算告訴他，我不明白自己為什麼會這麼想。

「我也不知道，」我說，「也許他們想拉他加入，也許他們是朋友。不管是什麼原因，都是他們引帝國找上我們的。殺死他們的面具武士昨夜來找戴倫，他——」嗓子啞掉了，但我清了清喉嚨，強迫自己繼續說下去。「他殺了我的外祖父母，又把戴倫抓進大牢，全都是因為你的人。」

麥森深吸一口菸斗，仔細凝視我，然後搖搖頭。「我很遺憾妳痛失親人，真的。可是我們幫不了妳。」

「你——你欠我一筆血債，你的人出賣了戴倫——」

「然後他們用性命償還。妳不能再要求更多了。」麥森對我的少許興趣消失了。「如果我們要營救每個被武人抓走的學人，反抗軍早就消耗殆盡了。如果你們是我們自己人的話，也許還……」他聳聳肩。「可惜不是。」

「那『伊札特』呢？」我攫住他的手臂，他用力扯回手，眼中閃著怒意。「你們受到它的規範，必須協助任何——」

「規範只適用於我們自己人，包括反抗軍成員和他們的家人，也就是奉獻一切以維持我們存續的人。奇楠，給她吃苦楝葉吧。」奇楠揪住我的手臂，即使我試著甩開他，仍牢牢抓緊我。

「等一下，」我說，「你不能這麼做。」另一名鬥士過來幫著壓制我。「要是我不把他救出監牢，他們會凌虐他——他們會賣掉他或是殺死他。我只有他了——他是我僅存的家人啊！」

麥森頭也不回地走開。

8 伊里亞斯

先知的眼白紅如惡魔，與漆黑的虹膜形成鮮明對比，臉上的皮膚繃在骨骼外，有如受盡折磨的身軀被肢刑架撐開。除了眼睛之外，他的臉上不帶任何血色，正如同蟄伏在賽拉城地下墓穴裡的透明蜘蛛。

「伊里亞斯，你很緊張嗎？」先知推開我抵在他喉間的刀子，「為什麼呢？你不用怕我吧？反正我只是住在山洞裡的江湖術士，幻想著羊內臟裡有什麼玄機，不是嗎？」

真是見鬼了。他怎麼知道我有過這些想法？他還知道什麼？究竟是為了什麼而來？

「那是鬧著玩的，」我急匆匆地說，「很愚蠢的笑話——」

「你的叛逃計畫也是鬧著玩的嗎？」

我的喉嚨緊縮，唯一的念頭是：他怎麼——是誰告訴他——我要殺了他們——

「我們所犯的罪行鬼魂會反噬，」先知說，「代價很高。」

「代價……」我隔了一秒才意會過來，他這是要讓我為自己計畫將做的事付出代價。夜晚的空氣突然變冷了，我想起拷夫監獄裡的喧鬧和惡臭，帝國總將叛徒送進那裡，讓全國最冷酷無情的審問者盡情凌虐。我想起司令官的鞭子和將中庭石板染紅的巴利亞斯之血。

我的腎上腺素飆升，曾受的訓練蠢蠢欲動，在在慫恿著我攻擊眼前的先知，好擺脫他帶來的威脅。但理智戰勝了本能，先知的地位太崇高了，殺死他們實在不是可行選項；不過，向他們卑躬屈膝倒無傷大雅。

「我了解，」我說，「我會謙卑地接受懲罰，只要您認為——」

「我不是來懲罰你的，不管怎麼說，你的未來都是夠重的懲罰了。告訴我，伊里亞斯，你為什麼在這裡？你為什麼在黑巖學院裡？」

「為了行使皇帝的旨意。」我對這些話比對自己的名字還熟悉，早已複誦過無數次了，「為了抵禦內部和外部的威脅。為了保衛帝國。」

先知轉頭望向有著菱形圖紋的鐘塔。塔磚上的裝飾文字對我來說實在太熟悉，甚至不再注意到它。

讓戰役鍛鍊過的鋼鐵青年啊，預言中的偉大皇帝將由你們之中崛起，敵軍為汝喪膽，吾軍因汝堅強。而帝國將從此完滿。

「預言，伊里亞斯，」先知說道，「未來的畫面呈現在先知們眼前，所以我們才建造這所學院，所以你才會在這裡。你知道預言故事嗎？」

黑巖學院的起源故事是我當幼齡生時學到的第一課：五百年前，有一位名叫泰亞斯的殘暴戰士聚合起支離破碎的武人氏族，帶著大軍由北方南征，擊垮了學人帝國後，占據陸塊的大部分疆土，自立為皇帝，開闢自己的王朝。他有個名號叫「面具王」，因為他總戴著恐怖的銀色面具，把敵人嚇得屁滾尿流。

可是在當時已被尊奉為聖者的先知們，在預視畫面中看到泰亞斯的血脈終有斷絕的一天。當那天降臨，先知們將透過好幾項生理和心理上的測驗來選出新皇帝：這些測驗即為著名的「試煉」。泰亞斯對這項預言並不滿意，原因不言自明，但先知們勢必將宣告要用羊腸子把他絞死，因此他沒囉嗦半句話，就讓他們蓋起黑巖學院，開始在這裡訓練學員。於是五個世紀後的現在，我們就在這裡了，像泰亞斯一世那般戴著面具，等待那老傢伙的血脈斷絕，這樣我們的其中之一才能成為簇新的皇帝。

我可不相信這種事。早有無數代的面具武士們歷經培訓、服役、死亡，都沒聽說過半點關於「試煉」的消息。或許黑巖學院建立的初衷在於培植未來的皇帝，但它現在只是一座訓練場，專門訓練全帝國最致命的人才。

「我知道那故事。」我回應先知的提問。*但一個字也不相信，因為它只是裹著神話的馬糞。*

「恐怕它既非神話也不是馬糞喔。」先知一本正經地說。

我突然覺得呼吸困難，已經太久不曾感受到恐懼，以致於過了一秒才辨識出這種情緒。「你們真的會讀心術。」

「這是對複雜能力過度簡化的敘述。不過你說對了，我們會讀心術。」

*那麼你就無所不知了。*包括我的逃亡計畫、我的心願、我的怨恨，所有一切。沒人向先知打我的小報告，是我自己洩露了機密。

「你的計畫很不錯，伊里亞斯。」先知證實我的想法，「幾乎萬無一失。如果你想按原訂計畫進行，我也不會阻止你的。」

*有詐！*我的心靈在吶喊。可是我望進先知的眼眸，在其中看不到欺瞞。他在玩什麼把戲？先知們從多久以前就知道我想叛逃了？

「好幾個月了，可是一直到今天早晨你把補給品藏進地道裡的時候，我們才明白你心意已決。於是我們知道必須找你談一談了。」先知朝通往東側瞭望塔的小徑點點頭。「陪我散散步。」

我太過震驚，因此除了跟上去外什麼也不能做。如果先知並無意阻止我叛逃，那麼他想幹嘛？為什麼說我的未來已經是夠重的懲罰了？他是在暗示我會被逮到嗎？

我們走向瞭望塔，駐守在那裡的哨兵像是接到一道無聲的命令，立刻轉身走開。先知和我單獨站在塔上，眺望一路延伸到賽拉山脈的陰暗沙丘。

「我在傾聽你的想法時，聯想到泰亞斯一世。」先知說，「他和你一樣流著士兵的血液，也和你一樣不甘於向命運屈服。」看我露出難以置信的眼神時，先知笑了。「是的，我認識泰亞斯，也認識他的列祖列宗。我們這個族類已經在這片土地上行走一千年了，伊里亞斯。我們選中泰亞斯來創立帝國，正如同五百年後，我們選中你來服務帝國。」

不可能，我心中的理智面堅信著。

*閉嘴啦，理智面。*如果說這個人能讀心，那麼長生不死似乎也是合理的進階技術。這表示先知們都被死靈附身的胡話全是真的嗎？要是海琳在這裡，一定會開心得要死。

我用眼角餘光偷瞄向先知，打量他的側影時，突然覺得他的面貌異常熟悉。

「伊里亞斯，我的名字是坎恩，是我帶你來黑巖學院的，是我選中了你。」

*倒不如說是你害慘了我吧。*我努力不去回想帝國把我帶走的那個悲慘早晨，但當時的情景至今仍是我的夢魘主題。士兵將塞夫車隊團團包圍，把我從床上拖下來。我的養母麗拉瑪米衝著他們尖叫，直到她的兄弟將她拉回去。我那無血緣關係的弟弟山恩揉著惺忪的睡眼，一臉茫然地問我什麼時候回來。而這個男人、這個怪物，幾乎什麼也沒解釋地就拽

著我坐上等待的馬匹。你被選中了，你要跟我走。

在我孩提時的驚恐目光裡，先知似乎擁有更高大、更兇惡的形象。但現在他的身高只到我肩膀，看起來彷彿一陣強風就能將他颳進墳墓裡似的。

「我認為經過了這麼多年，您早就挑選過幾千個孩子了吧。」我謹慎地維持尊敬的語氣說，「那不是您的工作嗎？」

「但我對你的印象最深刻，因為先知們會夢到未來：所有的結果，所有的可能性。而你穿梭在每一種夢境裡，像是夜幕繡幃上的一縷銀絲。」

「瞧我還以為您是從帽子裡抽出我的名字的呢。」

「伊里亞斯．維托瑞亞斯，仔細聽我說。」先知不理會我的挖苦，儘管他的聲音不比先前大聲，字字句句卻像包著鐵，沉重而鏗鏘有力。「預言是真的，你很快就得面對它的真實。你想逃跑，想拋棄職責，但卻躲不開命運。」

「命運？」我發出苦笑，「什麼命運？」

這裡的一切都是血腥與暴力，而我明天畢業以後，也不會有任何改變。那些任務和機械化的暴行將不斷耗蝕我的心靈，直到先知們十四年前偷來的男孩再也半點不剩。或許這也算是一種命運吧，卻不是我自己選擇的命運。

「人生並不總是符合我們的預期，」坎恩說，「伊里亞斯．維托瑞亞斯，你是灰燼中的餘火，你將發亮、燃燒、破壞、毀滅。你改變不了，也阻止不了。」

「我並不想——」

「你想什麼並不重要。明天你就必須作出抉擇：是要叛逃還是盡義務，是要躲避命運還是面對它。如果你叛逃，先知們不會阻止你，你能逃掉，能離開帝國，能活下去。但你不會得到慰藉，你的敵人會獵捕你，陰影會在你心中萌芽，你會變成自己所痛恨的一切——邪惡、殘忍、冷酷。你會被牢牢禁錮在自己心中的黑暗裡，一如被禁錮在監獄牢房的牆壁上。」

他朝我走近，黑眼珠裡毫無憐憫。「但如果你留下，如果你盡了你的義務，就將有機會永久破除你和帝國之間的連繫，有機會成就難以想像的卓越，有機會獲得真正的自由——身體和靈魂都能自由。」

「你說如果我留下來盡我的義務是什麼意思？什麼義務？」

「時機成熟時你就知道了，伊里亞斯。你必須信任我。」

「你連話都不說清楚，要我怎麼信任你？什麼義務？我的第一項任務嗎？還是第二項任務？我得凌虐多少學人？我要犯下多少邪惡的暴行才能換得自由？」

坎恩目光定定地望著我的臉，同時一步一步地退離我。

「我什麼時候能離開帝國？一個月後？一年後？坎恩！」

他就像晨星般迅速淡去。我試圖伸手抓住他，想逼他留下來回答我的問題，但只抓到了一把空氣。

9 蕾雅

奇楠把我拖到一座洞穴門前，我的四肢癱軟無力，似乎忘了怎麼呼吸。他的嘴巴在動，但我聽不到他說的話，唯一能聽見的只有在我耳邊迴盪的戴倫的慘叫聲。

我再也見不到我哥了，如果他運氣好的話，武人會把他賣掉；運氣不好，他們會把他宰掉。無論是哪種結果，我都無能為力。

告訴他們，蕾雅。戴倫在我腦中耳語。告訴他們妳是誰。

他們可能會殺了我，我反駁道。我不曉得能不能信任他們。

如果妳不告訴他們，我就會死，戴倫的聲音說。蕾雅，別讓我死。

「你脖子上的刺青，」我朝麥森漸行漸遠的背影喊道，「拳頭與火焰的刺青，是我爸幫你刺的。你是他的第二個作品，第一個是我媽。」

麥森停了下來。

「他的名字叫傑翰，你叫他副官。我姊姊的名字叫莉絲，你叫她小母獅。我的——」

我瞬間遲疑了一下，麥森轉回身來，下巴有條肌肉在跳動。說話呀，蕾雅，他在聽呢。

「我的媽媽名叫蜜拉，但你們所有人都叫她母獅。她是領袖，反抗軍首領。」

奇楠立刻鬆開手，好像我的皮膚變成了冰塊。薩娜的驚呼聲在突然沉寂的洞穴裡迴盪，她現在想必知道為什麼覺得我眼熟了。

我不安地環視一張張錯愕的臉龐。我的父母遭到反抗軍自己人的背叛，外公、外婆始終不知道背叛者的身分。

麥森不發一語。

希望叛徒千萬別是他，希望他是好人。

要是外婆在場的話，一定會想掐死我。我這輩子都謹守著父母身分的祕密，揭穿這件事讓我感覺自己的內心被掏空了。現在怎麼辦？這些反抗軍之中有許多人曾和我的爸媽並肩作戰，而他們突然間知道了我是誰的孩子，會期望我像媽媽一樣勇敢無畏、充滿魅力，會期望我像爸爸一樣聰明絕頂、心如止水。

但我跟這些都沾不上邊。

「你和我的父母一起奮鬥了二十年，」我對麥森說，「先是在馬林，然後是賽拉城這裡。你和我媽媽同時期加入反抗軍，與她和我爸爸同時晉升位階。你是第三指揮官。」

奇楠的目光在麥森和我之間快速移動，不過臉上的其餘部分皆靜止不動。洞穴裡的所有事都暫停了，鬥士們一邊竊竊私語，一邊朝我們圍了過來。

「蜜拉和傑翰只有一個孩子，」麥森瞇著眼朝我走來，目光從我的頭髮移到眼睛和嘴唇，與他的記憶比對，「她和他們一起死了。」

「不。」我保守了這麼久的祕密，要說出來感覺就像犯了天大的錯誤，但我非說不可，這是唯一有機會扭轉局面的籌碼。

「我爸媽在莉絲四歲時離開反抗軍，那時候我媽已經懷了戴倫，他們希望讓孩子過正常的生活，所以他們消失了。沒有痕跡，沒有線索。

後來戴倫出生，又過了兩年，我也來報到。但帝國強力鎮壓反抗軍勢力，我父母建立的一切功業都即將分崩離析，他們實在無法坐視不管，想要戰鬥。莉絲已經大到能待在他們身邊，不過戴倫和我太小了，於是他們把我們倆放在外公、外婆家。那年戴倫六歲，我四歲。一年後他們就去世了。」

「女孩，妳很會編故事，」麥森說，「不過蜜拉沒有父母，她和我一樣是孤兒，傑翰也是。」

「我沒有編故事。」我壓低嗓子，以免聲音顫抖。「媽媽十六歲離家，外公、外婆不支持她這麼做。她走了以後就斷絕跟家裡的所有聯絡，他們甚至不知道她還活著，直到她去敲他們的門，請求他們收留我們。」

「妳和她一點也不像。」

這句話好似甩了我一個耳光。我知道自己和她不像，我想這麼說。我會哭泣畏縮，而不是傲然挺立地戰鬥。我丟下哥哥戴倫不管，而不是為他而死。媽媽身上永遠不會出現我這種軟弱。

「麥森，」薩娜低聲說，彷彿要是她說話大聲一點，我就會消失無蹤，「看看她，她有傑翰的眼睛和頭髮。十層地獄啊，她的臉根本就是和他一個模子刻出來的。」

「我發誓我說的是實話。這只臂鐲——」我舉起手，它在洞穴的火光下閃著微光，「是我媽的東西。她在被帝國抓走的前一週交給我的。」

「我那時就很奇怪她怎麼處理它了。」麥森僵硬的表情軟化了，眼中閃著往日記憶的光輝，「那是他們結婚時傑翰送她的定情物，她從不離身。你們為什麼從沒來找過我們？

妳的外祖父母為什麼不曾聯絡我們？我們大可以訓練你們兄姊倆，蜜拉應該會希望這樣做才對。」

我還來不及說，他就露出恍然大悟的表情。「叛徒。」他說。

「外公、外婆不知道能信任誰，他們決定誰都不信任。」

「而現在他們死了，妳哥哥鋃鐺入獄，所以妳想找我們幫忙。」麥森把菸斗塞回嘴裡。

「我們必須幫助她，」薩娜站在我身邊，一手按在我的肩頭上，「這是我們的義務。就像你說的：她是我們自己人。」

塔里克站在她身後，我發覺鬥士們分成了兩組人馬：支持麥森的人比較接近奇楠的年紀，聚在薩娜後方的反抗軍年齡較大。她是我們這一派的領袖，塔里克先前曾這麼說。現在我能體會他的意思了：反抗軍分裂成兩派，薩娜領導較年長的鬥士，而根據她之前話裡的暗示，麥森帶領年輕的一批人——同時也是兩派的共同領袖。

許多年長鬥士這時全盯著我瞧，或許是在我臉上搜尋爸媽的證明。我不怪他們，我的父母可是反抗軍五百年歷史上最偉大的領袖人物。

結果被自己人給背叛了，被逮住，被凌虐，被處決，我姊姊莉絲也與他們共赴黃泉。反抗軍受到重挫，始終沒有重新振作起來。

「如果說母獅的兒子有難，我們於情於理都該幫忙。」薩娜對聚在她身後的人說。「麥森，她救了你幾條命？救過我們所有人多少次？」

突然間，大家都有話要說。

「蜜拉和我放火燒了帝國的一座要塞——」

「她的目光可以直接看穿你的靈魂，那頭母獅啊——」

「我親眼見過她單挑十幾個輔助兵——一點恐懼也沒有——」

我也有我的故事。她想留下我們，她想拋下孩子投奔反抗軍，但爸爸不准。他們爭吵的時候，莉絲帶著我和戴倫到森林裡去，唱歌給我們聽，不讓我們聽到他們吵架。這是我最早的記憶——莉絲唱歌給我聽，而母獅就在幾公尺外怒吼。

爸媽把我們留在外公、外婆家後，我過了好幾個星期才不再心驚膽跳，才習慣和兩個似乎真心相愛的人生活在一起。

這些我都沒說出來，只是緊張地將手指交纏在一起，聽著鬥士們說話。我知道他們希望我勇敢而迷人，像媽媽那樣；他們希望我善於傾聽，真心地傾聽，像爸爸那樣。要是他們知道了我的真實本色，一定會二話不說地就把我趕出去。反抗軍可不會容忍弱者。

「蕾雅，」麥森的音量蓋過他們，大家都安靜下來，「我們沒有攻進武人監獄的人力，風險太高了。」

我沒機會抗議，因為薩娜挺身為我發言。

「如果是你被抓了，母獅不會多說半句話就去救你。」

「我們必須推翻帝國，」麥森後頭的金髮男人說，「而不是浪費時間救個無名小卒。」

「我們不能拋棄自己人！」

「要出生入死的人是我們，」另一個麥森派的人從人群後方叫道，「而你們這些老傢伙只是坐享其成。」

塔里克推開薩娜跨步向前，臉色非常陰沉。「你指的是我們在策劃和準備，確保你們這些蠢小子不會遭到埋伏——」

「夠了，夠了！」麥森舉起雙手。薩娜把塔里克往後拽，其他鬥士也都噤口不語。「互相叫囂並不能解決眼前的難題。奇楠，去找海德，帶他來見我。薩娜，帶艾朗來找我們。我們要私下商議這件事。」

薩娜匆匆離開，但奇楠紋風不動。我在他的炯炯目光下低下了頭，不知道該說些什麼才好。在洞穴裡幽暗的光線下，他的眼珠幾乎像是黑的。

「我現在看出來了，」他彷彿喃喃自語地說，「真不敢相信我幾乎看走了眼。」

他不可能認識我的父母，他看起來比我大不了幾歲。我好奇他加入反抗軍多久了，但還來不及問，他就消失在地道裡，空留我盯著他的背影瞧。

幾個小時後，我勉強吞下一些食物，並在硬得像石頭似的帆布床上假寐；星星淡去、太陽高升的時分，有扇洞穴的門開了。

麥森走進來，後頭跟著奇楠、薩娜和另外兩名年輕人。反抗軍領袖一瘸一拐地走向塔里克坐著的桌子邊，用手勢示意我過去。我加入他們時，試著判讀薩娜的表情，但她臉上不動聲色。其他鬥士們都湊攏過來，和我一樣想知道我的命運為何。

「蕾雅，」麥森說，「奇楠認為我們應該把妳留在營區裡，安全起見。」麥森說到「安全」兩字時充滿輕蔑。我身旁的塔里克斜睨著奇楠。

「她在這裡惹的麻煩比較少。」紅髮鬥士眼神閃爍，「把她哥哥劫出來會折損兵力——精良的兵力——」麥森的眼神使他住口，緊緊閉上嘴巴。雖然我幾乎不認識奇楠，但他如此堅決反對卻讓我覺得受傷，我究竟哪裡惹到他了？

「的確會折損精良的兵力，」麥森說，「所以我決定，如果蕾雅想要我們幫忙，她也必須回報我們。」兩派人馬都緊張地望著共同領袖。麥森轉頭看我。「只要妳幫我們，我們就幫妳。」

「我能為反抗軍做什麼？」

「妳會煮飯吧？」麥森問，「還有打掃？整理頭髮、熨衣服——」

「做肥皂、洗碗、買賣——會啊，你說的事情，學人區的每個自由女人都會做。」

「妳也認得字。」麥森說。我正準備否認這項指控，他卻搖搖頭。「去他的帝國規定，妳忘了我認識妳父母了？」

「這些事和幫助反抗軍有什麼關係？」

「我們會救妳哥哥離開監牢，條件是妳要替我們當間諜。」

一時之間，我雖沒吭聲，卻被引起了好奇心，完全沒料到事情會如此發展。「你要我刺探誰？」

「黑巖學院的司令官。」

10 伊里亞斯

先知來找我後的隔天早晨，我跌跌撞撞地走進食堂，活像剛嚐到第一次宿醉滋味的培訓生，詛咒著太過耀眼的陽光。我的睡眠已經夠短暫的了，還被熟悉的噩夢侵擾，夢境中的我走在一片屍橫遍野、惡臭瀰漫的戰場上，尖叫聲撕裂空氣，而我卻莫名地明白這些痛苦和磨難都是我造成的，所有的屍體都死於我之手。

真不是一天開始的好兆頭，尤其是結業日。

我遇見海琳，她和德克斯、費里斯與崔斯塔斯正準備離開食堂。海琳把一塊硬得跟石頭一樣的餅乾塞進我手裡，不理會我的抗議，逕自拖著我遠離食堂。

「我們快遲到了。」在毫無間歇的鼓聲裡，我只能勉強聽到她在說些什麼，鼓聲正命令全體畢業生到兵器庫集合，領取我們的禮服——正規面具武士的盔甲。「迪米崔斯和林德先走了。」

海琳喋喋不休地說著她有多期待穿上我們的禮服。我心不在焉地聽著她和其他人說話，在適當的時機點點頭，在必要時發出驚呼。然而，從頭到尾我都在思考坎恩昨晚對我所說的話。*你能逃掉，能離開帝國，能活下去。但你不會得到慰藉。*

我能信任先知嗎？他可能只是想把我困在這裡，希望我待在面具武士的崗位上夠久，直到轉念覺得士兵生活比流亡生活更好。我想起司令官鞭打學員時，眼中綻放出怎樣的光采，想起外公如何吹噓自己殺人如麻。他們都是我的親人；他們的血就是我的血。萬一他們對戰爭、榮耀和權力的欲望也遺傳給了我，只是我自己還沒有自覺，那該怎麼辦？我能學習陶醉於面具武士的身分嗎？先知讀了我的思想，是否也看見我內心的邪惡，而我自己卻盲目到看不見？

不過坎恩似乎確信假若我叛逃的話，也會走向同樣的命運。*陰影會在你心中萌芽，你會變成自己所痛恨的一切。*

所以我的選項是留下來變邪惡，或者逃走變邪惡。真是好極了。

我們離兵器庫還有一半路程時，小琳終於察覺我的沉默，也看到我皺巴巴的衣服和布滿血絲的眼睛。

「你沒事吧？」她問。

「沒事。」

「你看起來糟透了。」

「昨夜很漫長。」

「發生什麼——」

原本和德克斯還有崔斯塔斯走在前頭的費里斯，這時折了回來。「亞奇拉，別煩他了，這傢伙累壞啦。喂，維托瑞亞斯，你這麼早就溜去碼頭區狂歡啦？」他用大手拍拍我的肩頭，哈哈大笑。「怎麼不找我一起去。」

「少噁心了你。」海琳說。

「少假正經了。」費里斯反唇相譏。

接著他們開始唇槍舌戰，海琳對於召妓一事深表不贊同，費里斯則激烈反駁，德克斯也助陣說出校去妓院其實不算違規，崔斯塔斯則指著未婚妻的名字刺青，表示自己採取中立態度。

在滿天飛的叫罵聲中，海琳的目光一再瞟向我。她知道我不常去碼頭區。我迴避了她的眼神，她想要我解釋，但我該從何說起？嗯，是這樣的，小琳，我今天想要叛逃，可是有個該死的先知冒出來，現在……

我們抵達兵器庫，學員川流不息地湧出大門，費里斯和德克斯一馬當先地迎上去，消失在人群裡。我從沒見過高級優等生這麼……愉快。解放近在幾分鐘之遙，每個人都掛著笑容。從前和我幾乎沒交談過的優等生也都和我打招呼，拍我的背，和我開玩笑。

「伊里亞斯、海琳。」林德喊我們過去，他的鼻子是彎的，因為以前被海琳打斷過。迪米崔斯站在他身旁，臉色一如往常地陰鬱。我很懷疑他今天真能開心嗎？也許只是鬆了口氣，終於能離開親眼看著弟弟死去的地方。

林德一見到海琳，立刻扭捏地撫摸自己的鬈髮——不管他把頭髮剃得多短，它還是到處亂翹。我努力憋笑。林德已經暗戀海琳好久了，卻假裝沒這回事。「軍械士已經喊過你們的名字了，」林德點點頭指向他身後的兩疊盔甲和武器，「我們替你們領了禮服。」

海琳就像珠寶賊看到紅寶石般飛奔過去，舉起腕甲對著光細瞧，驚嘆著黑巖學院的菱形標誌是如何完美地嵌合在盾牌裡。這具合身的盔甲出自鐵勒曼鐵匠鋪——它是帝國數一數二的老字號鐵匠鋪——韌度足以阻絕大部分兵器，只有最精良的刀刃才能攻破它。這是黑巖學院給我們的最後一項禮物。

穿上盔甲後，我繫上武器：賽拉鋼製成的彎刀和匕首，既鋒利又優雅，和我們一直使用到現在的樸實鈍器相比更是如此。最後一項配件是用鐵鍊固定的黑披風，我穿戴好之後，抬頭看見海琳盯著我瞧。

「幹嘛？」我問。她的表情實在太專注，我不禁低頭察看，懷疑自己是不是把胸甲穿反了，可是所有東西都在該在的位置上啊。我再度抬起頭的時候，她已經來到我面前，替我調整披風，修長的手指擦過我的脖子。

「有點歪了。」她戴上頭盔。「我看起來如何？」

若是先知們賦予我的盔甲凸顯出我體格的力量，他們賦予小琳的盔甲則是凸顯出她的美麗。

「妳看起來……」*像個女戰神。像是風之精靈，我們都將臣服在妳的腳下。天啊，我究竟是怎麼了？*「像個面具武士。」我說。

她發出女性化的笑聲，聽起來莫名地撩人，吸引了其他學生的注意：我逮到林德在瞄她，他趕緊移開目光，心虛地揉了揉被打彎的鼻子；費里斯則咧嘴一笑，喃喃地對德克斯說了些什麼，德克斯則以評估的眼神看著她。房間另一端的寨克也在看海琳，他的表情似乎介於渴望和困惑之間。而站在寨克旁邊的馬可斯，他正看著凝視著海琳的弟弟。

「兄弟們，快看啊，」馬可斯說，「穿著盔甲的婊子耶。」

我的彎刀已經出鞘一半，海琳一手按在我的手臂上，她看著我的目光在噴火。*這是我的戰爭，不是你的。*

「馬可斯，你下地獄去吧。」海琳在近旁找到她的披風披上。毒蛇從容地晃過來，目光沿著她的身體往下爬，他在想什麼不言自明。

「亞奇拉，妳不適合穿盔甲，」他說，「我比較喜歡妳穿洋裝，或是一絲不掛。」他抬起手，以手指輕輕繞住她的一綹髮絲，然後猛力一拽，將她的臉拉向他。

我過了一秒才發覺劃破空氣的咆哮聲出自我自己。我離馬可斯只有一呎，拳頭渴望嚐嚐他的皮肉，這時他的兩個跟班泰迪亞斯和朱力亞斯從後面抓住我，把我的手臂往後扭。迪米崔斯立刻來到我身旁，狠狠肘擊泰迪亞斯的臉，但朱力亞斯隨即踹了迪米崔斯背部一腳，把他撂倒在地。

這時只見銀光一閃，海琳雙手各持一把刀，分別抵住馬可斯的脖子和胯下。

「鬆開我的頭髮，」她說，「否則我就閹了你。」

馬可斯放掉海琳淺金色的髮絲，湊在她耳邊低語了些什麼。她自信的氣勢頓時瓦解，抵住馬可斯喉嚨的刀子也遲疑了，於是他趁機用雙手捧住她的臉，吻了她。

這幕景象實在太令人作嘔，一時間我只能瞠目結舌地愣著，盡力不要吐出來。接著海琳發出含糊不清的尖叫聲，我將手臂由泰迪亞斯和朱力亞斯的桎梏中扯出。霎時間，我已經甩開他們兩個，把馬可斯從海琳身前推開，滿足地一拳又一拳揍在他的臉上。

馬可斯趁我落拳的空檔淫笑，海琳則瘋狂擦拭她的嘴。林德扳著我的肩膀，激動地要求也要給毒蛇好看。在我身後，迪米崔斯已經站起身來，正和朱力亞斯激烈扭打，但朱力亞斯技高一籌，把他淺色的頭顱摜在地上。這時，費里斯排眾而出，壯碩的身軀撞上朱力亞斯，就像公牛衝破柵欄般，直接將他掀翻在地。我瞥見崔斯塔斯的刺青和德克斯的黝黑膚色，一場混戰就此展開。

後來有人警告地低語：「司令官來了！」費里斯和朱力亞斯搖搖晃晃地站直身體，我退離馬可斯，海琳也停止搔抓她的臉。毒蛇慢吞吞地、蹣跚地站起來，兩眼都有著深色的瘀青。

我母親穿過大批優等生，直直朝海琳和我而來。

「維托瑞亞斯、亞奇拉，」她像吐出腐壞的水果般說出我們的姓，「解釋一下。」

「沒有解釋，司令官。」海琳和我異口同聲地說。

我遵照訓練，目光直直地穿透她，望向遙遠的某個點，而她冰冷的目光就像是一把鈍刀細細地鑽進我的體內。馬可斯躲在司令官身後賊笑，我只能緊咬著牙。如果他的惡行害海琳被鞭打的話，我會延後逃亡計畫，先宰了他再說。

「還剩幾分鐘就八點了。」司令官將目光轉向兵器庫裡的其他人。「你們都整理好服裝儀容到競技場報到。再有類似的事情發生，鬧事者就立刻送進拷夫監獄。聽懂了沒有？」

「是的，長官！」

優等生們默默地魚貫走出。我們在五年生階段，都曾到遙遠北方的拷夫監獄服役過六個月，擔任守衛工作。誰也不願意冒險在結業式這天打架鬧事而被送去那裡，這樣實在太蠢了。

「妳沒事吧？」等司令官離得夠遠了，我問海琳。

「我真想把臉皮撕下來，換成一張沒被那頭豬碰過的新臉。」

「妳只需要讓別人再吻妳，」我說完才醒悟到這話彷彿意有所指，「倒不是說……呃……倒不是說我在自告奮勇。我是說——」

「對啦，我懂。」海琳翻了個白眼。她的下巴已經繃緊了，我真希望自己別多嘴說什麼吻不吻的。「對了，謝謝你，」她說，「替我揍他。」

「要不是司令官出現的話，我會殺了他。」

她看著我的眼神充滿感情，我正準備問她馬可斯在她耳邊說了什麼，這時寨克從我們旁邊經過。他摸了摸褐髮，放慢腳步，好像想說些什麼。可是我殺氣騰騰地瞪著他，過了幾秒鐘，他便轉身走了。

幾分鐘後，海琳和我加入在競技場入口外列隊的高級優等生，大家很快就忘了兵器庫裡的不愉快。我們大步走進競技場，迎接我們的是家人、學員、城市官員和皇帝特使的掌聲，還有將近兩百名帝國軍組成的儀隊。

我與海琳四目相接，看見她的眼神與我同樣驚奇。站在這片場地上，而不是滿懷妒忌地待在看台上，感覺真是不真實。頭頂的天空晴朗而清澈，極目所及至地平線沒有一絲雲朵。競技場高空裝飾著旗幟，泰亞家族的紅金相間三角旗迎著風啪啪作響，旁邊則是黑巖學院制式的黑色菱形圖紋旗。

我外公崑恩．維托瑞亞斯將軍是維托瑞亞家族的族長，現在就坐在前排有遮蔭的包廂裡。約有五十名他的近親——兄弟、姊妹、姪子姪女、外甥外甥女——都聚在他的周圍。我不需要看見他的眼睛，也知道他正在給我打分數，檢視我彎刀的懸掛角度，細究我的盔甲夠不夠合身。

我獲選進入黑巖學院後，外公只消看一眼我的眼珠，就認出他女兒的血緣。外公帶我進入他家，因為母親拒絕收留我。她原本認為自己已經擺脫了我，見我大難不死肯定令她火冒三丈。

我每一次休假訓練都是和外公一起進行的，承受了責打和嚴酷的懲罰，不過也換得和同儕相比更顯著的優勢。他知道我會需要那些優勢。黑巖學院的學員少有父母不詳的狀況，更從來沒有一位是被部落民撫養長大的。這兩點都使我成為好奇——以及嘲弄的對象。不過若有任何人敢因我的背景而欺負我，外公會讓他們搞清楚狀況，通常用的工具是劍尖——而且沒多久他也教會我同樣的手法。他有時就像他女兒一樣冷血無情，但他是唯一拿我當家人對待的血親。

雖然不符規定，但在經過他面前時我舉手敬禮，很高興看到他點頭回應。

畢業生進行完一連串變換隊形的操練後，踏步走向位於場地中央的木頭長凳區，抽出彎刀高舉著。有個低沉的隆隆聲開始響起，音量愈來愈大，直到聽起來像是競技場內憑空形成了大雷雨。聲音來源是黑巖學院的其餘學員，他們用力跺著石頭座椅，發出混合了與有榮焉和嫉妒的吼聲。我身旁的海琳和林德都藏不住笑意。

儘管被喧騰包圍，我的腦中卻靜了下來。這種靜默很奇特，感覺極小又極大，而我竟被鎖在其中，踱著步子，繞著問題核心打轉。*我要跑嗎？我要叛逃嗎？*遠處傳來司令官的聲音，命令我們收起彎刀並坐下；我像從水底模模糊糊地聽見她在說話。她從高聳的講台上發表了精簡的演說，等輪到我們向帝國立誓時，我是看見周圍的人起身才跟著照做的。

留下或逃跑？我不斷問自己。留下或逃跑？

我想我的嘴唇也和大家一起動著，立誓將自己的血與身獻給帝國。司令官宣布我們完成學業，嶄新的一批面具武士爆出狂野而放鬆的歡呼聲，這才把我從沉思中拖回來。費里斯扯下名牌抛向天空，我們其他人也紛紛仿效。它們飛向空中，映著陽光有如一群銀鳥。

學員的家人都齊聲呼喚畢業生的姓名。海琳的父母和姊妹喊著：「亞奇拉！」費里斯的家人喊著：「坎德蘭！」我聽到「維杉！」、「塔利亞斯！」、「葛萊瑞亞斯！」然後，另一個聲音蓋過所有喧囂。「維托瑞亞斯！維托瑞亞斯！」外公站在包廂裡，其他家人在後方簇擁著他，提醒在場所有人：帝國勢力最大的家族今天有個兒子畢業了！

我的目光與他相遇，頭一回看見他的眼裡沒有任何批判，只有熊熊的自豪。他對我咧嘴而笑，在銀色面具的映襯下像狼露出了森森利齒，我不由自主地以笑容回應，接著內心突然一片慌亂，趕緊將目光移開。如果我叛逃的話，他就笑不出來了。

「伊里亞斯！」海琳張開雙臂擁抱我，眼睛閃閃發光。「我們辦到了！我們——」

我們同時瞥見先知群，她的手臂垂了下來。我從沒見過十四名先知全員到齊，感覺胃部直往下沉。他們來幹嘛？他們的兜帽都是放下的，露出了那些令人不安的僵硬五官。他們以坎恩為首，像幽靈般越過草坪，圍著司令官的講台站成半圓。

觀眾的歡呼聲減弱成疑問的嗡鳴。我的母親靜觀其變，手放鬆地擱在靠近彎刀刀柄處。坎恩登上講台時，她退到一旁，好像早有預期。

坎恩舉起一手要求肅靜，片刻之間，人群便鴉雀無聲。由我在場地中央的座位看去，他就像個詭異的幽靈，弱不禁風又蒼白無比。可是他一開口說話，聲音便傳遍整座競技場，力道強得使每個人都坐直了身體。

「讓戰役鍛鍊過的鋼鐵青年啊，預言中的偉大皇帝將由你們之中崛起，」他說，「敵軍為汝喪膽，吾軍因汝堅強。而帝國將從此完滿。」

「五百年前我們從顫抖的大地中挖出建造這所學院的石頭時，先知們作出這樣的預言。預言即將成真，泰亞斯二十一世的血脈即將斷絕。」

人群間發出近乎反叛的譁然，若質疑皇帝血脈的人不是先知，早就被人打倒在地了。組成儀隊的帝國軍聞言大怒，手都探向了武器，但坎恩只瞥了他們一眼，他們又都縮了回去，像是一群被威嚇的狗。

「泰亞斯二十一世不會有嫡子，」坎恩說，「他駕崩之日就是帝國的隕落之日，除非選出新的皇帝。」

「泰亞斯一世，吾國國父暨泰亞家族族長，是他那個時代最偉大的鬥士。他經過試驗、鍛鍊、磨練，才被視作足堪統治大任。帝國的人民對新領袖也抱持同樣的期許。」

真是見鬼了。我後頭的崔斯塔斯得意洋洋地以手肘碰撞瞠目結舌的德克斯。我們都知道坎恩接下來會說什麼，但我還是不敢相信自己正在聽他說出這些話。

「因此，舉行『試煉』的時機已經來臨了。」

競技場整個炸開來，或者至少聽起來像整個炸開來，因為我從沒聽過如此吵鬧的聲音。崔斯塔斯對著德克斯狂吼：「我就跟你說了吧！」德克斯則像是被人拿著榔頭兜頭敲下。林德喊著：「是誰？是誰？」馬可斯志得意滿地奸笑，看得我好想拿刀捅他。海琳一手捂著嘴，眼珠子滑稽地瞪得老大，吃力地想說出些話來。

坎恩再度舉起手，群眾又化為死寂。

「試煉就要展開了，」他說，「為了確保帝國的未來無虞，皇帝必須處於力量的巔峰，正如同當年登上王座的泰亞斯。因此我們將目光投向讓戰役鍛鍊過的鋼鐵青年：我們的面具武士生力軍。但並非所有人都能角逐這莫大的榮耀，唯有畢業生之中最優秀、最強壯之人才有資格。只有四個名額，這四位志士中將有一位成為預言中的皇帝，一位將誓言效忠成為血伯勞。其他人則將隕落，有如風中的落葉。我們也已預見這部分的結果。」

血液開始衝擊我的耳鼓。

「伊里亞斯．維托瑞亞斯、馬可斯．弗拉、海琳．亞奇拉、寨克瑞亞斯．弗拉。」他依照名次喊出我們的名字。「起立，上前。」

競技場中一片死寂。我麻木地站起身，不理會同學們探詢的目光、馬可斯臉上的竊喜、寨克猶豫不決的表情。*戰場是我的聖堂。劍尖是我的祭司……*

海琳的背挺得筆直，但她望向我、望向坎恩、又望向司令官。起初我以為她被嚇到了，後來才發現她眼中的光采，以及輕盈的腳步。

小琳和我當五年生的時候，曾被蠻族劫掠隊俘擄。我像慶典日的山羊被五花大綁，但他們只用細繩綑住海琳的手擱在她身前，還讓她坐在小馬的背上，因為他們以為她不具殺傷力。那天晚上，她用綑繩勒死了三名獄卒，再徒手扭斷另外三人的脖子。

「別人總是低估我。」事後她用困惑的語氣說。當然，她說得沒錯，連我都會犯這個錯。小琳才不是嚇到了，她是狂喜，這正是她想要的。

走到台上的路實在太短了，才不過幾秒鐘工夫，我已經和其他人一同站在坎恩面前。

「能夠獲選為參加試煉的志士，等於獲得帝國所能賜予的最高榮耀。」坎恩一一望向我們，但他的目光似乎在我身上停留得最久。「為了換取這份大禮，志士們必須立下誓約：取得志士身分後，你們必須貫徹始終參與試煉直到選出皇帝。違背這項誓約的懲罰即是死刑。」

「你們絕不可輕忽誓約的嚴重性，」坎恩說，「如果你們希望的話，可以轉身離開這座講台，你們仍然是面具武士，能獲得面具武士應有的尊敬與榮耀。我們將另選一人替補你的空缺。歸根究柢，這是你的抉擇。」

你的抉擇。這四個字讓我大感震撼。你明天必須作出抉擇：是要叛逃還是盡義務，是要躲避命運還是面對它。

坎恩指的並不是我當面具武士的義務，他是要我在試煉和叛逃間作出抉擇。

你這狡詐的紅眼惡魔。我想擺脫帝國，可是如果參加試煉的話，怎麼可能獲得自由？如果我贏了，登上帝座，一生都要跟帝國綁在一起。如果我誓言效忠，就要以副手──血伯勞──之職聽命於皇帝。

或者我會成為在風中隕落的樹葉，這只是先知愛用的漂亮說法，意思就是死亡。

拒絕他吧，伊里亞斯。逃跑吧。明天的這個時候，你已經遠走高飛了。

坎恩偏著頭望向馬可斯，好像在傾聽超越我們理解範圍的聲音。

「馬可斯．弗拉，你準備好了。」這不是詢問。馬可斯跪下來，拔出劍呈給先知，眼中閃著奇特的狂喜之光，彷彿他已經被擁立為帝。

「跟著我複誦。」坎恩說，「我，馬可斯．弗拉，以血和骨立誓，以我的榮譽和弗拉家族的榮譽立誓，我會全力投入試煉，會貫徹始終，直到新皇帝誕生，或者是我的屍身冰冷。」

馬可斯複誦了誓詞，聲音在全競技場屏氣凝神的靜默下發出回音。坎恩將馬可斯的雙手彎起包住劍刃，並且用力壓，直到他的掌心滴下鮮血。片刻之後，海琳也跪在地上，呈上她的劍，重複一遍誓詞，她的聲音像晨曦時的鐘聲般清澈地傳遍全場。

先知轉向寨克，他望著哥哥良久，才點點頭開始立誓。突然間，我成了四個志士中唯一還站著的人，坎恩來到我面前，等待我的決定。

我和寨克一樣遲疑了。坎恩的話又回到我腦中：*你穿梭在每一種夢境裡，像是夜幕繡幃上的一縷銀絲。*那麼成為皇帝是我的命運嗎？這種命運怎麼可能導向自由？我毫無統治的欲望──光是用想像的都讓我反感。

可是我的逃兵前景也不再有吸引力了。*你會變成自己所痛恨的一切──邪惡、殘忍、冷酷。*

我要相信坎恩說的：參加試煉就能找到自由嗎？我們在黑巖學院學到將人分類：平民、戰士、敵人、盟友、線人、逃兵。我們根據分類決定下一步行動。但我對先知一無所知，不知道他的動機、目的。我只能依靠直覺，而直覺告訴我，至少在這件事上，坎恩並沒有說謊。不管他的預測是不是對的，他都相信是對的。既然我的本能要我相信他，儘管有點不情願，但我只剩一種選擇了。

我的眼光始終緊盯著坎恩，膝蓋跪了下來，抽出劍，讓劍刃劃破掌心。我的血快速滴落在講台上。

「我，伊里亞斯．維托瑞亞斯，以血和骨立誓……」

11 蕾雅

黑巖學院的司令官。

我對間諜任務的好奇心迅速消退。黑巖學院是帝國訓練面具武士的機構——就是謀殺我家人、劫走我哥哥的面具武士。黑巖學院就像一隻巨大的禿鷹，蹲伏在賽拉城東的峭壁頂端，由一堆亂七八糟的樸素建築物組成，四周環繞著黑色花崗岩圍牆。沒有人知道牆壁後頭是什麼狀況，像是面具武士受到什麼樣的訓練、人數有多少、學員如何獲選等。每年都有一批新的面具武士離開黑巖學院，他們年輕、殘酷、致命。對學人——尤其是少女——來說，黑巖學院是全市最危險的場所。

麥森繼續說下去。「她失去了貼身女僕——」

「那個女孩一週前跳下懸崖，」奇楠嗆道，公然挑戰麥森的怒目，「她是今年內死去的第三名司令官女僕了。」

「安靜。」麥森說，「蕾雅，我不打算騙妳，那女人不好相處——」

「她根本就是個瘋子。」奇楠說，「別人叫她『黑巖學院的婊子』。妳受不了司令官的，這趟任務勢必要以失敗收場。」

麥森一拳搥在桌上，奇楠面不改色。

「如果你沒辦法閉上嘴，」反抗軍領袖咆哮，「就給我滾。」

塔里克張大嘴輪流看著這兩人，薩娜則若有所思地凝視著奇楠。洞穴裡的其他人也都盯著他們看，我直覺認為奇楠和麥森並不常有意見不合的狀況。奇楠一推椅子站起身，離開大桌子，消失在麥森身後竊竊私語的人群裡。

「蕾雅，妳是做這項工作的完美人選。」麥森說，「妳具備司令官期待家庭女僕擁有的所有技能，她會假設妳是文盲，我們也有門路把妳弄進去。」

「如果我曝露身分會怎麼樣？」

「死路一條。」麥森直視我的眼睛，我對他的誠實湧現苦澀的感激。「我們派去黑巖學院的每個間諜都曝光並遇害了，這任務不適合膽小之人。」

我差點笑出來。他真是挑了最差勁的人。「你還真不會推銷任務。」

「我並不需要推銷，」麥森說，「我們可以找到妳哥哥、把他救出來，而妳則可以成為我們在黑巖學院的眼睛和耳朵，很簡單的交換條件。」

「你信任我做這件事？」我問，「你幾乎不認識我。」

「我認識妳父母，這對我來說已經夠了。」

「麥森，」塔里克開口，「她只是個女孩，我們應該不需要──」

「她用『伊札特』當訴求，」麥森說，「但『伊札特』的意義不只是自由，也不只是榮譽。它還包含勇氣，包含自我證明。」

「他說得對。」我說。如果想要反抗軍幫我，總不能讓鬥士們認為我很軟弱。我的視線被一抹紅色吸引，望向洞穴另一頭，只見奇楠靠在一張帆布床上看著我，他的頭髮在火炬的映照下有如火焰。他不希望我接下這項任務，是因為不想讓同志們冒險去救戴倫。我一手按在臂鐲上。勇敢一點，蕾雅。

我轉頭看麥森。「如果我願意的話，你們就會去找戴倫？你們會救他離開監牢？」

「我向妳保證。鎖定他的位置並不難，他又不是反抗軍領袖，他們不可能送他進拷夫監獄。」麥森輕輕一笑，但他提起的那座惡名昭彰的北方監獄，讓我的皮膚掠過一陣寒意。拷夫監獄的審問者只有一個目標：讓囚犯在嚥氣前盡可能受到更多折磨。

我爸媽就死在拷夫監獄，當年只有十二歲的姊姊也是。

「等妳回報第一筆資訊時，」麥森說，「我就能告訴妳戴倫人在哪了。而妳完成任務時，我們會救他出來。」

「然後呢？」

「我們會卸下妳的奴隸手銬，把妳從學院弄出來。我們可以布置成妳自殺的樣子，這樣就不會有人追捕妳了。如果妳希望的話，可以加入我們；或者，我們可以安排你們兄妹倆到馬林去。」

馬林，自由國度。我願意用一切換取和哥哥逃到馬林，住在沒有武人、沒有面具武士、沒有帝國的地方。

可是首先必須熬過間諜任務，我必須熬過黑巖學院。

洞穴另一頭的奇楠搖了搖頭，不過我周圍的鬥士都在點頭。他們似乎在說：這正是伊札特精神啊。我沉默了，彷彿正在思考，但其實在明白救回戴倫的唯一方法就是前往黑巖學院時，早已下定決心。

「我願意。」

「很好。」麥森聽來並不意外，我懷疑他是不是早就料到我會答應了。他提高音量讓聲音傳得夠遠。「奇楠將會是妳的接應人。」

聽見這話，青年的臉色變得更加陰沉，如果還能更陰沉的話。他緊抿著嘴唇，好像正努力忍著不開口說話。

「她的手腳都割傷了，」麥森說，「奇楠，替她治傷，然後告訴她得知道些什麼。她今晚就動身去黑巖學院。」

麥森走了，後頭跟著他那一派的成員；塔里克則拍拍我的肩膀，祝我一切順利。他的同志們紛紛給予我建言：千萬別主動找妳的接應人。絕對別相信任何人。他們只是好心幫忙，卻把我弄得頭暈腦脹，於是當奇楠穿過人群來帶我時，我幾乎鬆了口氣。幾乎。他朝洞穴角落的一張桌子擺了擺頭，沒等我便逕自先走過去。

桌子附近有一道幽光，原來是座小小的噴泉。奇楠在兩只水盆裡裝滿水和某種粉末，我認出那是褐根粉。他把一只水盆放在桌上、一只放在地上。

我把手腳都擦洗乾淨，褐根的藥效滲入我在地下墓穴被刮傷的部位，痛得我齜牙咧嘴。奇楠沉默地旁觀，我在他的監督下，很羞愧地看到水迅速被髒污染黑了——接著又氣自己幹嘛要羞愧。

洗好之後，奇楠坐到我對面，握起我的手。我預期他會很粗魯，但他的動作——說不上溫柔，卻也不冷酷。在他審視我的傷口時，我想了十幾個問題想問他，但每一個問題都會讓他認為我幼稚、小家子氣，而不是強悍且自信。你為什麼很討厭我的樣子？我哪裡惹到你了？

「妳不該這麼做。」他把一種有麻痺作用的軟膏塗在較深的一道傷口上，刻意專注地盯著我的傷痕。「我是說任務。」

你早就表示得很清楚了，你這混蛋。「我絕不會讓麥森失望的，我會做自己必須做的事情。」

「我相信妳會試著這麼做，」他的直率刺傷了我，不過我早該知道他對我半點信心也沒有。「但那個女人是暴君，我們上一次派去的人——」

「你以為我想去嗎？」我衝口而出。他抬起頭，訝異地望著我。「根本沒有選擇的餘地，除非我不想救自己僅存的家人了。所以拜託你就——」閉嘴吧，我想這麼說，「就別讓我更煎熬了。」

他臉上掠過類似慚愧的情緒，看著我的眼神也少了點輕蔑。「我很……抱歉。」他講得不太甘願，不過不甘願的道歉也聊勝於無。我抽筋似地點點頭，突然發現他的眼珠既不是藍的也不是綠的，而是很深的栗棕色。妳竟然注意到他的眼睛顏色，表示妳正盯著它們看，妳得趕緊停止這麼做。藥膏的氣味很嗆鼻，我皺了皺鼻子。

「這藥膏裡加了雙薊嗎？」我問。看他聳聳肩，我從他面前取過藥瓶，又仔細聞了一下。「下次試試薺莓吧，至少聞起來不會像羊屎。」

奇楠揚起一道火紅的眉毛，拿紗布把我的一隻手裹起來。「妳對藥物很熟悉啊，這技能很有用。妳的外公、外婆是治療師？」

「我外公是。」提起外公讓我的心好痛，停頓了許久才能繼續說下去。「他在一年半以前開始正式訓練我，而在那之前我已經負責幫他製藥了。」

「妳喜歡嗎？治療病患？」

「那就是一種謀生之道吧。」多數淪為奴隸的學人都從事低賤的工作——像是農工、清潔工或碼頭工——非常辛苦的粗活兒，報酬卻少得可憐。「能有工作就已經很幸運了。不過我小時候想成為『可哈尼』。」

奇楠的嘴角彎出似有若無的笑意，雖然只是小小的變化，卻使他的整張臉都不一樣了，我胸口的重量也減輕了一些。

「部落裡的說書人？」他說，「別告訴我妳相信精靈、妖精、幽靈會在夜裡綁架小孩的神話？」

「才沒有。」我想起突擊搜捕，想起那個面具武士，輕鬆的心情頓時蕩然無存。「我不需要相信超自然故事，現在的夜裡已經有更可怕的東西在橫行了。」

他僵住了，這反應來得十分突然，我不禁抬眼直視他的眼睛。他目光中赤裸裸顯露出的情緒，讓我猛地屏住呼吸：那是痛苦的認知，對我熟悉的傷痛擁有苦澀的理解。眼前這人曾走過和我同樣陰暗的道路，也許比我的還陰暗。

接著他的臉再度罩上寒霜，手又動了起來。

「嗯。」他說，「妳仔細聽好，今天是黑巖學院的結業日，但我們剛得知，今年的典禮與以往不同，它很特別。」

他為我說明試煉和四位志士的事，然後向我交代任務。

「我們需要三項資訊：每項試煉的內容、試煉進行的地點，還有進行的時間。此外我們需要在各項試煉開始前就知道這些資訊，事後就沒用了。」

我有一打問題想問，卻沒問出口，我知道那只會讓他覺得我很笨。

「我得在學院裡待多久？」

奇楠聳聳肩，把我的手包紮好。「我們對試煉幾乎一無所知，」他說，「但我認為從頭至尾頂多延續幾週——不超過一個月吧。」

「你想——你想戴倫能撐那麼久嗎？」

奇楠沒有回答。

幾個小時後，接近傍晚時分，我、奇楠和薩娜置身異國區的一棟房屋內，面前有一位老邁的部落民。他披著傳統部落的寬鬆長袍，看起來更像一位慈祥的叔公，而不是反抗軍間諜。

薩娜說明希望他能幫什麼忙，他瞥了我一眼，就把雙手交疊在胸前。

「絕對不行，」他用口音濃重的賽拉語說，「司令官會把她生吞活剝的。」

奇楠意有所指地白了薩娜一眼，好像在說：不然妳以為他會有什麼反應？

「不好意思，」薩娜對部落民說，「我們能不能借一步說話……」她指了指以格柵屏風遮住的門洞，門洞內是另一個房間。他們消失在格柵後頭。薩娜講話的聲音太小了，我聽不見內容，但她說的話肯定沒用，因為即使隔著屏風，我都能看到部落民在搖頭。

「他不答應。」我說。

奇楠在我身旁，毫不擔憂地靠著牆。「薩娜會說服他的，她可不是平白無故就當上支派首領的。」

「真希望我能出點力。」

「試著表現得勇敢一點。」

「哪樣？像你這樣嗎？」我換上呆滯的表情，委靡地往牆上一靠，然後遙望遠方。這回奇楠在一瞬間真的笑了，他的臉像是年輕了好幾歲。

我赤腳在厚厚的部落地毯上摩擦，地毯上有著令人看了目眩的渦紋，一旁散置著許多靠墊，上頭用刺繡縫了許多迷你鏡面。屋頂上懸著彩玻璃做成的吊燈，映照出最後一抹斜陽。

「有一次，戴倫和我到一間像這樣的房子兜售外婆的果醬，」我抬起手觸摸其中的一盞燈，「我問他為什麼部落民喜歡把鏡子放得到處都是，他說——」這個記憶在我腦中無比鮮明清晰，但哥哥和外公、外婆之後的遭遇引發我胸口的劇痛，一時間我只能狠狠地閉緊嘴巴。

部落民認為鏡子能驅逐邪靈，那天戴倫說。他趁我們等待部落貿易商的空檔拿出素描簿畫畫，用炭筆細緻而快速的筆觸以捕捉格柵屏風和吊燈的精髓。顯然精靈和幽靈受不了看見自己。

在那之後，他仍舊以一如往常的冷靜與自信回答過我一大堆疑問。當時我曾好奇他怎麼會懂這麼多事情，直到現在我才想通了——戴倫傾聽的時候總是比說話的時候多，總是在觀察、學習。這方面他得自外公的真傳。

我胸口的疼痛擴大了，眼眶突然感覺熱辣辣的。

「會好的。」奇楠說。我抬起頭，看見他臉上一閃而逝的悲傷，幾乎立刻又被冰冷所取代。「妳永遠不會忘記他們，即使過了再多年也不會忘。可是有一天，妳將能經歷整整一分鐘不心痛的時刻，再來是一小時、一天。妳能期盼的也不過如此了。」他壓低音調。「妳會痊癒的，我保證。」

他別過頭去，又變得高不可攀，不過我仍然對他滿懷感激，因為這是我從突擊搜捕以來第一次覺得沒那麼孤單了。片刻之後，薩娜和部落民繞過屏風走向我們。

「妳確定這是妳希望的？」部落民問我。

我點點頭，因為我對說話沒把握。

他嘆了口氣。「那好吧。」他轉向薩娜和奇楠。「你們可以道別了，如果我現在就帶她走，還能趕在天黑前把她弄進學院。」

「妳會好好的。」薩娜緊緊抱著我，我懷疑她想說服的人是我還是她自己。「妳是母獅的女兒，而母獅生命力很強。」

直到她失去生命。我垂下眼皮，以免薩娜看出我的遲疑。她走出門，換奇楠來到我面前。我交疊手臂，不希望他以為我也需要他的擁抱。

但他沒碰我，只是偏著頭，一手握拳舉到心口——這是反抗軍的敬禮方式。

「暴虐之前，寧死不屈。」他說，然後也離開了。

半個小時後，暮色籠罩賽拉城，我跟在部落民後頭快速穿梭在賣開特區裡，這一區住著武人商賈階級最富有的一群人。我們在一座奴隸之家精雕細琢的鐵製大門前停步，部落民檢查了一下我的手銬，當他繞著我轉時，那身棕褐色袍子發出細微的布料摩擦聲。我緊握住裹著紗布的雙手以避免發抖，但部落民輕輕扳開我的手指。

「奴隸販子善於捕捉謊言，就像蜘蛛善於捕捉蒼蠅。」他說，「妳的恐懼是好東西，會使妳的故事更加可信。記住了：別開口說話。」

我猛點頭，即使想說話，也已經嚇到說不出話來了。奴隸販子是黑巖學院唯一的供應商，奇楠在與我一起走向部落民家的路途中曾如此解釋。我們的間諜花了好幾個月才博得他的信任。要是他沒選中妳去服侍司令官，妳的任務還沒開始便結束了。

有人帶我們穿過大門，片刻之後，奴隸販子繞著我轉，渾身熱得滿頭大汗。他的身高和部落民差不多，寬度卻是部落民的兩倍，大肚腩看起來快把金色錦緞上衣的釦子給撐得飛出去。

「貨色不賴。」奴隸販子打了個響指，有名奴隸女孩從宅邸角落走出來，端著一托盤飲料。奴隸販子咂巴著灌下一杯，卻很刻意地不招待部落民任何東西。「妓院會付漂亮的價錢來買她。」

「賣去當妓女，她換到的錢不會超過一百枚銀幣，」部落民以他具有催眠力量的輕柔嗓音說，「我需要兩百枚銀幣。」

奴隸販子噗哧一笑，我真想為此掐死他。他住的這一區街道都附有遮陽篷，到處可見閃亮亮的噴水池和彎腰駝背的學人奴隸。他的房子看來非常豪奢，亂七八糟地融合了許多拱門、廊柱和天井。兩百枚銀幣對他來說只是九牛一毛，光是大門外的那對石膏獅子大概就不只這個價錢了。

「我希望把她賣去當家庭女僕，」部落民繼續說，「聽說你有這個需求。」

「是沒錯啦。」奴隸販子承認，「司令官已經催了好幾天，那隻母夜叉一直在消耗女孩，真是蛇蠍心腸。」奴隸販子打量我，就像農場主人打量小母牛似的，我屏住呼吸。然後他搖搖頭。

「她太瘦小、太年輕、太標緻了，在黑巖學院撐不了一個星期，我可不想費事又要找人替補她。我出一百枚銀幣買她，把她賣給碼頭區的茉夫人得了。」

部落民的表情看來很平靜，唯有一滴汗珠慢慢淌了下來。麥森交代他必須使出一切手段把我弄進黑巖學院，但如果他突然降價，奴隸販子會起疑。要是他把我賣去當妓女，反抗軍就得再把我救出來——誰也不能保證他們的速度夠快。但如果他根本不賣掉我，我想救戴倫的希望就整個落空了。

*做點什麼呀，蕾雅。*又是戴倫的聲音，在替我加油打氣。*不然我就要死了。*

「主人，我很會熨衣服。」我還來不及考慮清楚就脫口而出。部落民張大嘴巴，奴隸販子看我的眼神，好像我是一隻突然開始表演雜耍的老鼠。

「還有，呃……我會煮飯，也會打掃和整理頭髮。」我愈說愈小聲，「我——我會是很好的女僕。」

奴隸販子用力盯著我，我真希望自己能管好嘴巴。接著他的眼睛閃現狡獪的光芒，幾乎頗含興味。

「女孩，妳很怕去接客嗎？這我就不懂了，那是正當生意啊。」他又繞著我轉，然後把我的下巴往上抬，直到我直視他那對爬蟲般的綠眼珠。「妳說妳會整理頭髮和熨衣服？那麼妳會在市場裡討價還價、辦事情嗎？」

「會的，先生。」

「妳當然不會認字，那妳會算數嗎？」

我當然會算數，而且也會認字，你這隻有雙下巴的豬。

「是的，先生，我會算數。」

「她得學會閉上嘴巴。」奴隸販子說，「我得自行吸收清潔成本，總不能讓她像個掃煙囪工人似的進黑巖學院。」他考慮了一下。「我出一百五十枚銀幣買她。」

「我可以帶她去找一戶依拉司翠恩宅院，」部落民試探地說，「她在這身泥巴底下可是個標緻的女孩，我相信他們會出個好價錢的。」

奴隸販子瞇起眼睛。我懷疑麥森的手下試圖討價還價，是不是做了錯誤的決定。快啊，你這守財奴，我在心中對奴隸販子說，多吐出一點錢來吧。

「那就一百八十枚銀幣吧，一個子兒都不能多了。拿掉她的鎖鍊吧。」

奴隸販子取出一袋銀幣，我竭力克制自己不露出如釋重負的表情。

又過了不到一小時，我已經被關在朝黑巖學院前進的鬼車裡了。我的兩手手腕上都套著寬版銀環，這是奴隸的象徵，脖子箍著頸圈，上頭有一條鍊子連到馬車內的鋼桿上。我的皮膚仍然因為被兩名奴隸女孩用力刷洗過而隱隱作痛，她們還把我狂野不馴的頭髮梳成很緊的髮髻，害得我的頭也在痛。我穿著附有緊身胸衣的黑絲洋裝，搭配有著菱形圖案的裙子；這是我穿過最高級的衣料，但一看到它就覺得討厭。

時間慢得像蟲在爬。馬車內部非常暗，我覺得自己像是瞎了似的。帝國會把尖叫的學人孩童由父母身邊搶走，丟進這種馬車裡，有的孩子還只有兩、三歲大。至於這些孩子之後有什麼下場，就只有天知道了。鬼車的稱號由來是因為消失在車裡的人，永遠都不會再出現。

別去想這些事情，戴倫悄聲對我說。把重點放在任務上，放在妳要如何救出我。

我在腦中重演一遍奇楠的指示，這時馬車開始往上坡走，速度慢得折騰死人。熱氣滲入我的身體，等熱到快要昏迷時，我開始回想某項記憶來讓自己轉移注意力——三天前，外公把指頭伸進一罐剛做好的果醬裡，笑得很開心，而外婆拿一根湯匙敲他。

失去他們是我胸中的傷口。我懷念外公獅吼般的笑聲，還有外婆講的故事，還有戴倫——我好想哥哥啊。想他的笑話和素描，還有他無所不知的傲然。少了他的人生不只是空虛，更是駭人。長久以來，他一直是我的嚮導、我的保護者、我的摯友，我不曉得該如何離開他獨自生活。想像他正在受苦受難令我備感折磨。他現在正在牢房裡嗎？他現在正在被人刑求嗎？

鬼車的角落裡有什麼東西閃了一下，看起來顏色很深又很鬼祟。

我希望是某種動物——小耗子或是，唉，大老鼠也好。可是那東西的眼睛直盯著我，目光明亮而貪婪。是一隻那種東西，突擊搜捕隔天我看過的影子。我想我快要瘋了，徹徹底底的瘋了。

我閉上眼睛，期盼那東西消失。它不消失，我便用顫抖的手去揮打它。

「蕾雅……」

「走開，你不是真的。」

那東西一吋吋逼近。別尖叫，蕾雅，我對自己說，並用力咬住嘴唇。別尖叫。

「蕾雅，妳哥哥在受苦喔。」那東西仔細地吐出每個字，似乎是想確保我沒有漏聽任何字。「武人很悠閒、很享受地在折磨他。」

「不，你是我幻想出來的。」

那東西的笑聲銳利得像玻璃被打破了。「小蕾雅啊，我就和死亡一樣真實，和粉碎的骨頭還有背叛的妹妹以及可恨的面具武士一樣真實。」

「你是幻覺，你是我的……罪惡感。」我攫住媽媽的臂鐲。

影子閃現掠食者的獰笑，現在它離我只有一呎遠了。不過這時馬車停住了，那東西惡狠狠地瞪了我一眼，便發出不滿意的嘶嘶聲，消失了蹤影。幾秒鐘後，馬車門開了，黑巖學院令人望而生畏的高牆就在我面前，充滿壓迫感的重量立刻將我腦中的幻覺驅散。

「眼睛別亂看。」奴隸販子解開把我拴在桿子上的鐵鍊，我強迫自己低頭看著卵石地面。「等司令官對妳說話的時候妳才准開口，別直視她的眼睛——很多奴隸因為犯了更小的過錯而被鞭打。她交代工作給妳時，要做得又快又好。在最初幾個星期內她便會讓妳的外表有殘缺，不過妳遲早會為此感謝她的——要是傷疤夠難看的話，高年級學員就不會太常強暴妳。」

「上一個奴隸撐了兩個星期，」奴隸販子無視於我愈來愈惶恐的表情繼續說，「司令官很不高興。當然，這是我的錯——我應該事先好好警告那女孩的。顯然在司令官打算以烙印懲罰那女孩時，她就瘋了，從懸崖跳下去，妳可別學她啊。」他狠狠地瞪了我一眼，好像父親在警告愛亂走的孩子別迷了路。「否則司令官會以為我刻意給她次級品的。」

奴隸販子朝著守大門的衛兵點頭打了個招呼，然後拽了拽我的鍊子，好像我是條狗似的。我拖著腳步隨他走。

強暴……殘缺……烙印。我做不到，戴倫，我做不到。

我打心底湧上一股想逃跑的衝動，強烈到放慢腳步、停下來，往遠離奴隸販子的方向拉扯。我的五臟六腑翻攪成一團，感覺就快吐了。可是奴隸販子用力一拉鐵鍊，我又跌跌撞撞地往前。

我無處可逃，我們從黑巖學院頂端有尖刺的升降閘門下通過、進入久聞未見的場地時，我立刻醒悟到這一點。我無處可去。再也沒有別的方法能救戴倫了。

我已經進來了，沒有回頭路。

12 伊里亞斯

我被任命為志士的幾小時後，已盡責地與外公並肩站在他氣派的門廳前，迎接來參加我的結業派對的賓客。儘管崑恩．維托瑞亞斯已屆七十七歲高齡，女人對上他的眼神時仍然會臉紅，男人則會因為他紆尊降貴地與自己握手而畏縮。燈火將他茂密的白髮染成金黃，看他挾著傲視群倫的身高，向走進他家的客人點頭致意，讓我聯想到翱翔在上升氣流中、俯瞰全世界的鷹隼。

鐘聲敲響八下時，宅第中擠滿地位最高的依拉司翠恩家族，還有少數最富裕的賣開特。唯一的庶民全是馬房小弟。

我母親並不在受邀之列。

「恭喜你，維托瑞亞斯志士。」有個可能是我表哥的小鬍子男人邊說邊伸出兩隻手與我握手，還使用了先知在結業式上賦予我的頭銜。「或者我該說：皇帝陛下。」男人鼓起勇氣迎向外公的眼神，還露出諂媚笑容。外公沒理他。

整個晚上這類事情層出不窮。我連名字都叫不出來的人，全都拿我像他們失散已久的兒子或兄弟或表兄弟般對待。他們半數人大概的確和我有血緣關係，但在今天之前，可從來沒那個心思和我攀親帶故。

滿室馬屁精之間也有我的朋友——費里斯、德克斯、崔斯塔斯和林德——但我最迫不及待要見的人是海琳。立誓結束以後，畢業生的家人就全擁向場地，我還來不及和她說話，她就被潮水般的亞奇拉家族的人給捲走了。

她對試煉有什麼想法？我們要互相競爭帝位嗎？還是維持我們進黑巖學院以來的傳統，應該分工合作？我的每個問題都導向更多問題，最迫切的問題就是：成為我所痛恨的帝國元首，怎麼可能讓我得到「真正的自由——身體和靈魂都能自由」這種結果。

有件事是確定的：儘管我處心積慮地想要逃離黑巖學院，它卻還不打算放過我。我們本來有一個月的休假，現在縮減成兩天。先知們要求在兩天後，全體學員——甚至包括畢業生在內——都要返回黑巖學院，見證試煉進行。

海琳總算抵達外公家，她的父母和妹妹都跟在後頭，而我壓根兒忘了要向她打招呼。因為我看呆了。她向外公行了個軍禮，黑披風在她身後輕盈地擺動，軍禮服使她的身材穠纖合度又光輝耀眼。她的頭髮在燭光下呈現銀色，像條河流沿著她的背後瀉落。

「當心啊，亞奇拉，」我在她走近時說，「妳看起來幾乎像個女孩子。」

「而你看起來幾乎像個志士呢。」她的笑意沒有延伸到眼睛裡，我立刻察覺有什麼事不對勁。她原先的意氣風發消失了，現在的她惴惴不安，就像每次要打一場她認為自己不會贏的仗之前那樣。

「妳怎麼了？」我問。她想從我旁邊繞過去，但我抓住她的手把她拉回來。她的眼中颳起風暴，但勉強擠出笑容，輕輕抽出被我握住的手指。「沒怎麼呀，吃的東西在哪裡？我餓死了。」

「我跟妳一起去——」

「維托瑞亞斯志士，」外公聲如洪鐘地喊道，「利夫・塔那利亞斯總督想找你聊一聊。」

「最好別讓崑恩等太久，」海琳說，「他看起來意志堅定呢。」她溜走了，我咬緊牙關，讓外公強迫我和總督進行了一番矯揉造作的對話。接下來的一個鐘頭，我又跟十幾位依拉司翠恩的高官重複了同樣枯燥的對談，然後外公終於離開源源不絕的賓客，並把我拉到一旁。

「你心不在焉，而這是你承擔不起的行為。」他說，「這些人可能很有幫助。」

「他們能替我參加試煉嗎？」

「別說蠢話了。」外公厭惡地說，「皇帝大位可不比一座小島，帝國要傾數千人之力才能運作順暢。各城總督會向你報告沒錯，但他們每一步都能誤導你、操控你，所以你需要建立起諜報網來掌控他們。學人反抗軍、邊境土匪和桀驁不馴的部落民都會把改朝換代當作製造混亂的時機。你會需要軍方的全力支援來壓制任何一絲叛亂跡象。簡言之，你需要這些人——當你的顧問、大臣、外交官、將軍、諜報頭子。」

我漫不經心地點點頭。通往人滿為患的花園那扇門邊，有個穿著誘人薄紗的賣開特女孩在向我送秋波。她長得很漂亮，真的很漂亮。我對她微笑，也許等我找過海琳之後……

外公摟住我的肩膀，把我帶離花園，我剛才正一步一步地往那邊移動。「小子，注意聽。」他說，「今天早晨的鼓聲已經把試煉的消息傳到皇帝那裡了，我的探子告訴我，他一接到消息就立刻離開首都。他和大部分皇親國戚在幾星期內就會抵達這裡——血伯勞也是，如果他還想保住項上人頭的話。」看到我訝異的表情，外公哼了一聲。「你以為泰亞家族會不反抗就交出權柄嗎？」

「但皇帝根本就崇拜先知啊，他每年都去拜訪他們。」

「的確如此，而現在他們反將他一軍，揚言要篡奪他的王朝。他會反抗的——這點不用懷疑。」外公瞇起眼睛。「你如果想贏的話，最好趕快清醒過來。我已經浪費太多時間替你收拾爛攤子了。弗拉兄弟一直在跟任何願意聽的人散播你昨天差點讓逃兵跑掉的謠言，還說你的面具沒有貼合就是不忠的證明。血伯勞人在北方是你運氣好，否則他早就給你套上枷鎖了。而現在呢，黑武士選擇不追究，是因為我提醒他們弗拉兄弟只是庶民出身的低賤胚子，而你是帝國最高貴家族的子嗣。你在聽嗎？」

「當然啊。」我裝出被這問題冒犯的表情，不過由於我的一半心思放在打量賣開特女孩上，另一半心思則在花園裡搜尋海琳的身影，外公並不買帳。「我想去找海——」

「不准你因為亞奇拉而分心。」外公說，「我真不懂她究竟是怎麼獲選為志士之一的，軍隊裡根本沒有女人的容身之地。」

「亞奇拉是全校最優秀的鬥士之一。」聽見我為她辯護，外公一掌拍在門口的古董桌上，力道大得將一只花瓶震了下來，在地上砸個粉碎。賣開特女孩驚呼一聲，趕緊溜走了。外公連眼睛都沒眨一下。

「一派胡言。」外公說，「別告訴我你對那個蕩婦有好感。」

「外公——」

「她屬於帝國所有。不過我想你若當上皇帝，是可以免除她血伯勞的職位，轉而娶她為妻。她是血統純正的依拉司翠恩，至少你們還能生一大票繼承人——」

「外公，停一停。」一想到和海琳一起製造繼承人，讓我不安地察覺到自己由脖子根部開始發熱。「我沒把她當作那種角色，她是──她是──」

外公揚起一道銀色眉毛，看我像個傻瓜一樣支支吾吾。當然我是言不由衷的，黑巖學院的學生沒什麼機會接觸女人，除非強暴奴隸或者是花錢召妓，而我一向對這兩者都沒有興趣。我在休假時有很多娛樂活動──但一年只有一次休假。海琳是女孩子，很漂亮的女孩子，而且我大部分時間都和她相處在一起。我當然用那種角度看過她，但那也不代表什麼。

「外公，她是我的戰友耶，」我說，「你可能像愛外婆那樣愛你的同袍嗎？」

「我的同袍裡可沒有高挑的金髮姑娘。」

「我可以告退了嗎？我想去慶祝畢業。」

「還有一件事。」外公消失了，片刻之後帶著一件用黑絲布包著的長包裹回來。「這是送給你的。」他說，「我本來打算等你當上維托瑞亞家族的族長時再送你，但現在你更用得上它。」

我打開包裹，手一軟，差一點把它掉在地上。

「我的天啊。」我盯著手裡握著的彎刀，這是兩支一對的兵器，上頭有精緻的黑色雕花，可能是全帝國僅有的一組。「這是鐵勒曼彎刀。」

「是這一代鐵勒曼的爺爺打造的，他是個好人，也是我的好朋友。」

數百年來，鐵勒曼家族專門出產全帝國最具天分的鐵匠，現在當家的鐵勒曼師傅每年都花好幾個月工夫打造面具武士的賽拉鋼甲。可是鐵勒曼彎刀──貨真價實的鐵勒曼彎刀，能一次劈穿五個人的身體──至少要好幾年才會有一把。「我不能收。」

我想把彎刀還回去，但外公已經快手抽走我掛在背後的普通彎刀，替換成新的鐵勒曼彎刀。

「這禮物很適合獻給皇帝，」他說，「確保你夠資格擁有它就是了。戰無不勝。」

「戰無不勝。」我跟著複誦維托瑞亞家族的家訓，接著外公就離開我去招待賓客了。

我朝餐點帳篷走去，希望能找到海琳，同時仍然因為這件禮物而心情激動。每走幾步就會有人停下來找我說話，有人往我手裡塞了一盤辣烤肉，又有人塞給我一杯飲料。一對年紀較長的面具武士哀嘆生不逢時，沒能有機會參加試煉，另外一群依拉司翠恩將軍則壓低嗓門在談論泰亞斯皇帝的事，好像他可能派了眼線潛伏在此。但每個人提到先知時語氣都敬畏有加，完全不敢造次。

等我總算逃離人群，卻遍尋不著海琳，倒是發現她的妹妹漢娜和莉薇雅正在打量看似百無聊賴的費里斯。

「維托瑞亞斯。」費里斯低聲咕噥道，我很慶幸他對待我的態度不像其他人那般阿諛奉承。「我需要你幫忙引見一下。」他意有所指地望向幾個躲在帳篷外圍、一身絲綢和珠寶的依拉司翠恩女孩，其中幾人正用令人發毛的飢渴眼神望著我。我跟少數幾名女孩挺熟的——事實上可以說太熟了點，知道她們在竊竊私語的內容準沒好事。

「費里斯，你可是堂堂的面具武士，才不需要靠人引見。你就直接去找她們說話吧，如果真的太緊張，可以找德克斯或迪米崔斯陪你。你見到海琳沒有？」

他不理會我的提問。「迪米崔斯沒來，可能是因為找樂子不符合他的道德觀。德克斯已經醉了，他難得放縱一次，真是感謝老天。」

「那崔斯塔——」

「他正忙著對未婚妻流口水呢。」費里斯對著一張桌子點點頭，崔斯塔斯正和美麗的黑髮女孩伊莉雅坐在那裡。崔斯塔斯現在看起來是我一整年看過最快樂的模樣。「林德則向海琳傾吐愛意了——」

「又來了？」

「又來了。她叫他在鼻子被打斷第二次之前快滾，他就去後花園找某個紅髮女孩尋求慰藉了。你是我僅存的希望。」費里斯色瞇瞇地看著那些依拉司翠恩少女。「要是我們提醒她們你是下一任皇帝，我敢說一個人可以弄到兩個妞。」

「這招倒是可行。」我真的考慮了一下，然後才想起海琳。「但我要去找亞奇拉。」

就在此時，她走進帳篷來，從那群女孩身邊經過，因為其中一人對她說話而停下腳步。她先是瞥了我一眼，然後悄聲說了些什麼。那女孩錯愕地張大嘴，海琳一扭身子，又走出了帳篷。

「我得去追海琳了。」我對費里斯說，他已注意到漢娜和莉薇雅，正朝她們露出邀約的笑容，同時試著撫順亂翹的瀏海。「別喝得太醉了，」我建議，「還有，除非你希望醒來時沒了命根子，否則最好離那兩位小姐遠一點。她們是小琳的妹妹。」

費里斯的笑容頓時消失，他下定決心似地走出帳篷，而我則試圖快步走向海琳。遠遠地我看到一抹金髮穿過外公廣闊的花園，朝屋後一棟破棚屋走去。派對帳篷的光照不到這麼遠的位置，我只能憑著星光引路。我留下盤子，把飲料扔了，用單手撐起身體躍上棚屋，再順勢爬上主屋傾斜的屋頂。

「亞奇拉，妳可以選一個比較好到達的位置吧。」

「這上頭很安靜。」她從黑暗裡發聲，「而且可以直接看到河流。你手上那些吃的有我一份嗎？」

「少來，在我跟那些自大狂握手時，妳大概早就吞了兩盤食物了。」

「媽媽說我太瘦了。」她用匕首叉走我盤子裡的一塊餡餅。「你怎麼隔了這麼久才來？在向哪群美女獻殷勤啊？」

我和外公的尷尬對話又清楚浮現，我們之間出現難熬的沉默。海琳和我從不討論女孩子的，她會奚落費里斯、德克斯等人的豔遇，但不包括我在內。從來就不包括我在內。

「你能相信拉薇妮雅．塔那利亞竟敢問我你有沒有提起過她嗎？我差點就用烤肉叉刺穿她那快要撐爆的馬甲了。」海琳的嗓音帶有隱約的緊張感，我清了清喉嚨。

「我──呃──」

「那妳怎麼說？」

「我說你每次去碼頭找女人時都會喊出她的名字，她就立刻閉嘴了。」

我大笑出來，這下我明白拉薇妮雅為何會露出驚恐的表情了。海琳也微笑著，但她的眼神卻很悲傷，看起來突然間很孤單。我歪著頭想對上她的眼神，她卻望向別處。不管哪裡出了問題，她都不準備告訴我。

「如果妳當上女皇，妳會怎麼做？」我問，「妳會做出什麼改變？」

「伊里亞斯，你會贏的，而我會成為你的血伯勞。」她講話的語氣如此斬釘截鐵，剎那間，就像在講什麼天經地義的事，好像正在告訴我天空是藍的。但接著她又聳聳肩，別過頭去。「可是如果我贏了，我要改變一切。擴展與南方的貿易、招募女兵、開發與馬林人的交流。還有——我要處理學人的問題。」

「妳指的是反抗軍？」

「不是，是學人區的狀況，突擊搜捕、殺戮，那些事不……」我知道她想講那些事不對，但這算煽動性言論。「事情還有改善的空間。」她說。她看著我的表情有股挑戰意味，我揚了揚眉毛。我從來不知道海琳會同情學人，這讓我又更喜歡她了。

「那你呢？」她問，「你會怎麼做？」

「我想跟妳一樣吧。」我不能告訴她我對統治完全沒興趣，永遠都不會有興趣。她不會了解的。「也許我就放手讓妳去做事，我只要躺在後宮裡就好。」

「正經一點。」

「我很正經啊。」我咧嘴對她笑。「皇帝確實有後宮，對吧？因為這是我決定立誓的唯一理由——」她真的差點把我推下屋頂，我趕緊求饒。

「這不是鬧著玩的。」她的語氣就像百夫長，我試著擺出合宜的嚴肅表情。「這是生死交關的大事，」她說，「答應我你會奮戰求勝，答應我你會盡全力贏得試煉。」她揪住我盔甲上的一條繫帶。「答應我！」

「天啊，好啦，我只是開個玩笑。我當然會力戰求勝，畢竟我可沒打算死啊，這一點妳可以放心。不過那妳呢？妳不想成為女皇嗎？」

她猛力搖頭。「我比較適合當血伯勞，而且也不想和你競爭，伊里亞斯。當我們開始反目的時候，就是讓馬可斯和寨克得逞的時候。」

「小琳……」我想再問她怎麼了，希望這番齊心合作的言論能促使她坦白，但她沒給我這個機會。

「維托瑞亞斯！」她瞪大眼睛，看著我背後的刀鞘。「那是鐵勒曼彎刀嗎？」

我給她看刀子，她展現得體的妒羨之情。在那之後我們安靜了一會兒，滿足地凝視著滿天繁星，傾聽遠處冶煉場飄起的聲響中的音樂感。

我偷偷打量她苗條的身段、精實的體格。若是海琳沒當面具武士，又會是什麼模樣？我根本無法想像她會是個典型的依拉司翠恩女孩，一心只想謀取好婚配，到處參加宴會，好讓自己受到高貴血統的男士吸引。

我猜那都不重要了。不論我們原本可能成為什麼角色——治療師或政客、法官或建築師——都被訓練給剝除了，沿著像是烏黑煙囪的黑巖學院向上飄散。

「小琳，妳今天到底怎麼了？」我問，「別假裝妳不知道我在說什麼，那未免太瞧不起我了。」

「我只是對試煉很緊張而已。」她沒遲疑或吞吞吐吐，眼光直視我的眼睛，藍色虹膜清澈而溫和，頭微微偏向一側。換作任何人都會毫無疑問地相信她，但我了解海琳，立刻打心底知道她在說謊。但另一道靈光同時閃現，源自只有在深夜才會浮現的觀察力，在這心靈充滿奇特洞見的時分，我醒悟到別的事情——她撒謊的心情並不鎮定，而是隱含著暴烈和崩潰的情緒。

我的表情令她嘆了口氣。「別再窮追不捨了，伊里亞斯。」

「果然有什麼事——」

「好吧。」她截斷我的話，「如果你告訴我昨天早晨你在地道裡的真正目的，我就告訴你我有什麼心事。」

這句話殺得我猝不及防，不禁迴避她的視線。「我說過了，我——」

「對，你說你在找逃兵，而我說我沒什麼煩心事。現在話都說開了。」她的語氣有種我不習慣的攻擊性。「沒什麼好說的了。」

在她迎向我的視線中，帶著少見的警惕。*伊里亞斯，你在隱瞞什麼？*她的表情在問。

小琳是逼供大師，她那融合了忠實和耐性的態度讓人有股想吐實的莫名衝動。例如，她知道我偷偷拿床單給幼齡生，以免他們因為尿床而被鞭打；她知道我每個月都會寫信給麗拉瑪米和山恩弟弟；她知道我曾經把一桶牛糞倒在馬可斯床上，事後她竊笑了好幾天。

可是現在有太多她不知道的事：我對帝國的厭惡、我對逃離帝國的渴望。我們已經不是小孩子了，那時可以因為共同的祕密而笑得前仰後合，而那種時光永遠不可能再重現。

到頭來，我沒回答她的問題，她也沒解答我的疑問。我們只是默不作聲地坐著，眺望城市、河流和遠方的沙漠，我們的祕密沉甸甸地隔在兩人之間。

13 蕾雅

雖然奴隸販子警告過我要低頭，我還是在反胃中帶著驚奇地偷瞄這所學院。夜的黑與石材的灰融而為一，直到分不清影子與黑巖學院建築的界線。燃著藍火的油燈，使得訓練場光禿禿的沙地充滿詭魅氛圍。遠處的月亮閃著幽光，映照在一座高得使人目眩的競技場廊柱和拱門上。

黑巖學院的學生正在放假，我的涼鞋刮擦聲是打破此地不祥死寂的唯一聲響。每道圍籬都方正得像用鉋刀刨過，每條路徑都鋪得一絲不苟，看不到任何裂痕。建築上沒有藤蔓式的花朵或葉莖，四處也不見讓學生坐著休息的長凳。

「臉朝前，」奴隸販子喝斥道，「眼睛看地上。」

我們正前往像隻黑蟾蜍般蹲伏在南側懸崖邊緣的一棟建物，它的材質和學校其他建物一樣，都是同樣陰沉的花崗岩。那就是司令官的房子。懸崖下方有一大片沙丘，有如海洋般向外延伸，看起來毫無生命力、冷酷無情。在隔著沙丘的遙遠另一端，賽拉山脈參差不齊的藍色稜線破壞了地平線。

有個嬌小的奴隸女孩打開房屋大門，我馬上注意到她的一邊眼睛罩著眼罩。最初幾個星期內她就會讓妳的外表有殘缺，奴隸販子曾這麼說。司令官也會摘掉我一隻眼睛嗎？

那不重要。我摸向臂鐲。這是為了戴倫，全都是為了戴倫。

屋內陰暗得有如地窖，寥寥幾支蠟燭只能依稀照亮深色石牆。我環顧四周，瞥見餐廳和客廳內簡樸到近乎刻苦的家具，這時奴隸販子伸出手揪住我的頭髮，用力拉扯到我以為自己的脖子會斷掉。他的另一手握著刀子，以刀尖輕撫我的睫毛。奴隸女孩整個人幾乎縮成一團。

「妳再抬頭看一眼，」奴隸販子說，又熱又臭的口氣噴在我的臉上，「我就挖出妳的眼睛。了解了嗎？」

我痛得湧出眼淚，只能拚命點頭，他鬆開手。

「別哭哭啼啼的，」我們跟著奴隸女孩上樓時，他說道，「司令官寧願拿彎刀刺穿妳，也不願容忍眼淚，而我花了一百八十枚銀幣可不是為了拿妳的屍體餵禿鷹。」

奴隸女孩帶著我們到走廊盡頭的一扇門前，她拉平原本就熨得很完美的黑洋裝，然後輕輕叩門。有個聲音命令我們進屋。

奴隸販子推開門時，我偷瞄到垂著厚重窗簾的窗戶、一張書桌，還有滿牆手繪的臉孔。接著我想起奴隸販子的刀子，趕緊牢牢盯著地面。

「你可真夠慢的。」輕柔的聲音迎向我們。

「請原諒我，司令官，」奴隸販子說，「我的供應商——」

「安靜。」

奴隸販子吞了吞口水，兩手緊張地互搓著，發出類似蛇捲起身子時的沙沙聲。我動也不動地站著。司令官在看我嗎？在檢視我？我試著露出疲憊、順從的樣子，我知道武人喜歡看到那樣的學人。

片刻後，她出現在我面前，我嚇了一跳，很訝異她竟能無聲無息地繞過書桌。她的個子比我預期中還小——身高比我矮，瘦得像根蘆葦似的，幾乎是弱不禁風。要不是那張面具，我很可能誤以為她是小孩子。她的軍服熨得完美無瑕，褲管紮進燦亮如鏡的黑靴子裡，烏黑上衣上的每顆釦子，都像毒蛇的眼睛般閃著幽光。

「看著我。」她說。我強迫自己聽命，但一對上她的眼神，立刻就像被麻痺了。看著她的臉好比看著一面平坦光滑的墓碑，她的灰眼珠裡沒有一絲人性，罩著面具的平滑五官也看不出任何和善的跡象。她的脖子左側有個褪色藍墨水繪成的渦紋——應該是某種刺青吧。

「女孩，妳叫什麼名字？」

「蕾雅。」

我的頭驀地歪向一側，臉頰感覺像著火似的，下一秒才醒悟到是她摑了我一巴掌。這一耳光打得極重，我立刻熱淚盈眶，只能拚命用指甲掐著大腿強忍逃跑的衝動。

「錯了。」司令官訓示我，「妳沒有名字，沒有身分。妳是個奴隸，就只有這樣而已，永遠都只有這樣而已。」她轉身朝奴隸販子交涉價錢。等奴隸販子解開我的頸圈時，我的臉仍在發疼。他在走出門外前又停下腳步。

「司令官，可以容我向您道賀嗎？」

「為什麼？」

「因為志士的事啊，全城都在傳呢，您的兒子——」

「滾出去。」司令官說。她背向錯愕的奴隸販子，目光停留在我的身上，而這時奴隸販子已快速退下。這個怪物竟然有後代？她生出怎樣的妖魔鬼怪啊？我打了個冷顫，希望自己永遠不必知道答案。

靜默持續延長，我仍然像根竹竿似的直立著，連眨眼都不敢。我才認識司令官兩分鐘，她已經把我嚇得魂飛魄散。

「奴隸，」她說，「妳看看我背後。」

我抬起頭，一進房時瞥見的奇怪臉孔牆，這下子清楚顯現究竟是些什麼東西。司令官後方的牆面掛滿裱了木框的海報，全是人的臉孔，有男有女、有老有少。總共有幾十幀之多，掛了好幾排。

通緝：

反抗軍間諜……學人盜賊……反抗軍信徒……

賞金：二百五十銀幣……一千銀幣。

「這些是我獵捕到的每一個反抗軍鬥士，每一個被我打入大牢、處以極刑的學人，大部分是我當上司令官之前的成績，有些是當上司令官之後的。」

紙做的墓園，這女人真夠病態。我移開視線。

「我要告訴妳的事，每一個剛進黑巖學院的奴隸都要聽。反抗軍已經嘗試過無數次想要滲透進這所學校，而我每次都識破了。如果妳是反抗軍的人，如果妳和他們聯絡，如果妳打算跟他們聯絡，我都會知道，也會毀了妳。看啊。」

我照她的話做，但試著不把那些面容看進眼裡，讓影像和文字都模糊成一片。可是我突然看見兩張凸出的臉孔，是那種就算畫得再怎麼粗劣，也沒辦法視若無睹的臉。震驚的情緒慢慢貫通我的全身，彷彿我的身體在極力抵抗，彷彿我不想相信眼前所見的一切。

賽拉城的蜜拉和傑翰
反抗軍領袖
最高優先
死活不拘
賞金：一萬銀幣

外公、外婆從沒告訴我是誰毀了我們家。一個面具武士，他們說，是哪個有什麼差別呢？而她現在就在我的面前。就是這個女人用她的鋼靴踩碎我爸媽，殺害反抗軍有史以來最偉大的領袖，重挫反抗軍的氣勢。

她是怎麼辦到的？我爸媽如此精於隱匿形跡，甚至只有少數人知道他們的長相，又遑論找到他們？

叛徒。反抗軍中有人效忠於司令官，是我爸媽信任的人。

麥森知道自己是派我潛入殺父弒母仇人的巢穴嗎？他很嚴厲，卻不像生性殘酷之人。

「要是妳惹我不高興——」司令官無情地盯著我，「——就等著加入那面牆。聽懂沒有？」

我努力將視線由父母臉上移開，點點頭，拚命阻止身體顯露出驚愕的情緒，以致於微微顫抖起來。我說話的聲音像被人扼住喉嚨般細如蚊鳴。「聽懂了。」

「很好。」她走到門邊，拉了拉一條繩子。沒多久，獨眼女孩便過來帶我下樓。司令官在我背後把門關上，我像反胃般湧上一股憤怒，想回頭去攻擊那女人，想衝著她尖聲大叫。妳殺了我媽，她有一顆獅子的心；妳殺了我姊，她的笑聲像下雨；妳殺了我爸，他只要搖搖筆桿就能捕捉真理。妳把他們從我身邊奪走，妳把他們從這個世界上奪走。

但我沒有回頭。戴倫的聲音又傳了過來。救救我，蕾雅。別忘了妳為什麼來這裡。來做間諜。

天啊，我沒注意到司令官辦公室裡的任何東西，只看到她的死亡之牆。我下次進去的時候，可得看仔細點。她不知道我識字，或許我光憑偷瞄她桌上的文件就能得知機密。

我心不在焉，幾乎沒聽到女孩輕如羽毛的耳語，差點讓它直接飄過耳邊。

「妳還好吧？」

雖然她只比我矮幾吋，看起來卻莫名瘦小，瘦得像根棍子似的身軀在洋裝裡飄蕩，臉龐消瘦，滿是驚惶神色，就像一隻挨餓的老鼠。我突然有一種病態的想法，想問她是怎麼失去那隻眼睛的。

「我沒事。」我說，「不過她似乎不怎麼喜歡我。」

「她不喜歡任何人。」

真是言簡意賅。「妳叫什麼名字？」

「我——我沒有名字，」女孩說，「大家都沒有名字。」

她的手不經意地移向眼罩，我突然覺得反胃。是這麼回事嗎？她告訴別人自己的名字，就被挖掉眼睛？

「妳要小心，」她輕聲說，「司令官能看見很多事，知道她不該知道的事。」女孩快步走在我前面，好像想用實質行動逃離自己剛剛所說的話。「來吧，我應該帶妳去見廚子的。」

我們走向廚房，一跨進去就感覺心情好轉了。廚房裡的空間寬敞、溫暖、明亮，角落裡有個巨大的壁爐和爐灶，廚房中間則擺了一張木頭工作檯。一串串皺縮的紅椒和外皮乾枯的洋蔥垂吊在屋頂上，沿著一面牆壁延伸的壁架上放滿香料，空氣裡瀰漫著檸檬和小豆蔻的氣味。要不是因為這間廚房太大了，我還以為自己回到了外婆的廚房。

水槽裡的髒鍋子堆得很高，爐灶上正燒著一壺水，有人在托盤裡放好了餅乾和果醬。工作檯邊站著一名嬌小的白髮女子，身穿和我一樣的菱形圖案洋裝，正背對著我們在切洋蔥。她前方有一扇通往戶外的紗門。

「廚子，」女孩說，「這位是——」

「廚房女孩。」女人頭也不回地喚了她一聲，她的聲音很奇怪——很沙啞，好像生病了。「我不是老早就叫妳把這些鍋子洗了嗎？」廚房女孩沒機會辯解。「別再摸魚了，快去洗。」女人叱責道，「否則妳今晚就餓著肚子睡覺吧，我可不會良心不安。」

女孩抓起圍裙立刻去洗碗，而廚子則將臉轉過來面向我，我竭力忍著不驚呼出聲，盡量不張口結舌地瞪著她慘不忍睹的臉龐。許多繩索般的鮮紅疤痕由她的額頭延伸到兩頰、嘴唇、下巴，一路探進她的黑色高領洋裝內。看起來彷彿有一頭兇惡的野獸曾將她撕碎，而她很不幸地活了下來。只有那對有如深藍瑪瑙的眼珠仍保持完整。

「妳是誰──」她仔細打量我，身體異常僵硬。接著不發一語地轉過身，跛著腳走出後門。

我求救似地望向廚房女孩。「我不是故意盯著她看的。」

「廚子？」廚房女孩畏怯地挪到門邊，把它打開一條縫。「廚子？」

廚房女孩沒得到回應，只能看看我又看看門。爐灶上的水壺發出尖銳的笛聲。

「九點的鐘聲快要敲了。」她扭著手。「那是司令官喝晚茶的時間，妳要把茶送上去，如果晚了……司令官……她會──」

「她會怎樣？」

「她──她會生氣。」女孩臉上滿是驚恐──動物般的真切驚恐。

「這樣啊。」我說。廚房女孩的恐懼具有感染力，我匆匆提起水壺往托盤裡的馬克杯倒水。「她要喝怎樣的茶？加糖？加奶？」

「她要加奶。」女孩衝向櫥櫃，拿出用布蓋著的提桶，不慎灑出一些牛奶來。「哎呀！」

「來。」我接過提桶，舀了一湯匙牛奶，努力保持冷靜。「妳瞧？都弄好了，我只要清理一下──」

「沒時間了。」女孩把托盤塞進我懷裡，然後將我推向走廊。「拜託──快點，已經快要──」

鐘聲開始響起。

「快去，」女孩說，「要在最後一聲鐘響前送到！」

樓梯很陡，而我又走得太快。托盤一歪，千鈞一髮之際我穩住牛奶壺，而茶匙卻已經噹地掉在地上。鐘聲響了第九次，接著一片沉寂。

冷靜點，蕾雅，這太荒謬了。司令官根本不會注意到我晚了五秒，可是絕對會注意到托盤裡的東西亂七八糟。我一手平衡托盤，一手撈起茶匙，又花了點時間整理茶具，然後才走向房門。

我正抬起手要敲門時，門就開了。托盤從我的手中被抽走，裝滿滾燙茶水的杯子由我頭頂飛過，砸在我身後的牆上。

我還在瞠目結舌之際，司令官把我拽進她的辦公室。

「轉過身去。」

我渾身發抖地轉身面向關閉的房門，原先聽不出那是木頭劃過空氣的咻咻聲，直到司令官的馬鞭切進我的背。劇痛令我跪倒在地，我又挨了三鞭，才感覺到她的手伸進我的頭髮裡，把我的臉拉得湊近她，銀色面具幾乎要觸碰到我的臉頰。我不禁哀叫一聲，但仍咬緊牙關忍痛，硬把眼淚給逼了回去，因為我想起奴隸販子的話。司令官寧願拿彎刀刺穿妳，也不願意容忍眼淚。

「我不會縱容延遲。」她說，眼神嚇人地平靜。「這事不會有第二次了。」

「是——是的，司令官。」我的細語聲不比廚房女孩大聲，因為再提高音量會讓人痛得受不了。那女人放開我。

「把走廊上的東西清理乾淨，明天早晨六點向我報到。」

司令官繞過我，片刻之後，我聽到大門砰然關上的聲音。

我撿起托盤時，盤中的銀器叮噹作響。我才挨了四鞭，就感覺皮膚像是被扯開後又浸泡了鹽水。血沿著我的洋裝背面往下滴。

我想要理性一點、實際一點，外公曾教我用這種態度面對傷口。乖孫女，先把衣物剪開，然後用金縷梅清潔傷口，敷上薑黃，接著包紮起來，一天換兩次藥。

可是我要到哪裡弄來新衣服？還有金縷梅？沒人幫我，我要怎麼包紮傷口？

為了戴倫。為了戴倫。為了戴倫。

可是萬一他已經死了呢？有個聲音在我腦中耳語。萬一反抗軍找不到他呢？萬一我自投羅網到頭來全是一場空呢？

不，如果我任由自己朝那個方向想，恐怕連今夜都撐不過，更別說要熬過好幾個星期以偵察司令官了。

我正把瓷器碎片疊在托盤上，卻聽見樓梯平台處傳來沙沙聲，便縮著脖子抬頭看，生怕是司令官回來了，但只是廚房女孩而已。她跪在我旁邊，默默地用抹布擦乾茶水。

我向她道謝，她像受驚的小鹿般快速抬起頭看了我一眼，擦完之後又匆匆下樓去了。

回到空蕩蕩的廚房後，我把托盤放進水槽，頹然坐到工作檯邊，頭往前跌入掌心，已經麻木到流不出淚來了。這時我想起司令官的辦公室門大概還敞開著，她的文件散置各處，任何膽子夠大的人都能看見。

司令官走了，蕾雅。上去瞧瞧妳能找到什麼。如果是戴倫就會這麼做，他會把現在這一刻視為是替反抗軍蒐集情資的絕妙機會。

但我不是戴倫。此時此刻，我沒有心思考慮任務，或者自己現在其實是間諜而不是奴隸。我滿腦子都是背後的脹痛和沾濕衣裳的血。

妳受不了司令官的，奇楠曾說，這趟任務勢必要以失敗收場。

我把頭貼向桌面，閉上眼睛抵禦疼痛。他說得對。天啊，他說得對。

第二部

試煉

14 伊里亞斯

假期時光飛逝，才一眨眼工夫，我已經和外公坐上他的黑檀木馬車前往黑巖學院，一路上聽他用各種忠告轟炸我。這回休假有一半的時間，我都在他的介紹下認識各大家族的族長，而剩下的一半時間，則聽他埋怨我沒有盡可能地多結交盟友。我告訴他想去看海琳時，他大為震怒。

「你被那女孩迷得失去了理智，」他叱責道，「難道你看不出她是個妖女嗎？」我現在想起這件事還得努力憋笑，因為我能想像海琳若是聽到自己被稱作妖女會露出什麼表情。

我的內心裡有一部分為外公感到難過。他是個傳奇人物，是個擁有無數場勝戰經驗的將軍，甚至沒人會費心去計算他究竟打過多少勝仗。他麾下的士兵莫不景仰他，不只是因為他驍勇善戰且足智多謀，更是因為他有種不可思議的能力，能在最險惡的境遇下避開死神。

不過他今年已經七十七歲了，很久之前就不再率兵參與邊境之戰。這或許能解釋為何他對試煉如此執著。

無論出於什麼理由，他的建言確實中肯。我的確需要為試煉作準備，而最好的準備方式便是多蒐集一些相關資訊。我原本期望在歷史上的某個時間點，先知們曾進一步闡述他們原始的預言——甚至詳細形容過志士們該預期什麼狀況。可惜的是儘管我仔細耙梳過外公豐富的藏書，卻一無所獲。

「該死，專心聽我說話！」外公用鋼靴踢了我一腳，疼痛沿著我的小腿往上傳，我不禁緊握住座位扶手。「你究竟有沒有聽進半個字？」

「試煉的目的在考驗志士的毅力，我或許不知道要面臨什麼事，但還是必須作準備。我一定要克服自己的弱點，並且善於利用競爭對手的弱點。最重要的是，我必須牢記：維托瑞亞是──」

「戰無不勝的。」我們異口同聲說道，外公讚許地點點頭，我則努力不洩露任何煩躁的情緒。

更多戰役，更多暴力。我只想逃離帝國，卻落入這個境地。真正的自由──身體和靈魂都能自由。我提醒自己，這是我奮鬥的目標。不是權柄，不是威勢，是自由。

「不曉得你母親怎麼看待這件事。」外公沉吟道。

「她不會支持我，這是肯定的。」

「的確。」外公說，「可是她知道你的贏面最大。如果支持正確的志士，凱銳絲能得到很大的好處；而若是支持錯人，也會失去很多。」外公深思地望向馬車窗外。「我聽過關於自己女兒的奇怪謠言，以前可能會一笑置之的事。但我想她會不擇手段地阻止你贏得試煉，你可千萬別掉以輕心。」

我們與其他幾十輛馬車一同抵達黑巖學院，外公用力握住我的手，都快把它捏碎了。「你不能讓維托瑞亞家族失望，」他懇切地說，「你不能讓我失望。」他和我握手，那力道痛得我吃不消，不曉得有朝一日我跟人握手會不會也這麼讓人害怕。

外公的馬車走了以後，海琳來找我。「因為大家都得返校見證試煉，今年暫時不會有新的一批幼齡生入校，要等到競賽結束再說。」她朝迪米崔斯揮揮手，他正從幾碼外他父親的馬車上下來。「我們還是住在原本的營房，課表也和原本一樣，不過原本的辭令學和歷史課時間，我們得輪班去守圍牆。」

「就算我們已經是正規面具武士也不例外？」

「規則不是我訂的囉。」海琳說，「走吧，我們快趕不上彎刀訓練了。」

我們擠過大批學員，朝黑巖學院的大門前進。「妳查到關於試煉的任何資料了嗎？」我問小琳。有人輕拍我的肩膀，但我沒理會。大概是哪個認真的培訓生趕著去上課吧。

「什麼都沒有。」海琳說，「我在我爸的圖書室裡熬了一整夜。」

「我也是。」真該死。亞奇拉斯族長是個法官，他的藏書從晦澀的法律書籍到數學相關的學人古籍應有盡有。把他和外公加起來，等於我們手邊擁有全帝國相關性最高的書籍，其他地方再沒什麼值得查的了。「我們應該看看──該死，幹嘛啦？」

拍打我的動作愈來愈急切，我轉過頭想叱責那個培訓生，面前卻出現一個奴隸女孩，正隔著長得不可思議的睫毛仰望我。她深金色的眼眸好清澈，讓我打心裡湧現出炙熱的震撼。一時之間，我連自己的名字都忘了。

我從來沒見過她，若是見過，一定會記得。雖然沉重的銀手銬和看起來很痛的高聳髮髻，在在顯示她是黑巖學院的苦力階級，但這女孩渾身上下卻沒有一絲「奴隸」的氣質。她的黑洋裝像手套一樣合身，滑順地貼合身材曲線，惹得許多人都要多看一眼。她飽滿的嘴唇和直挺的鼻梁會令多數女孩妒羨，包括學人及非學人女孩。我盯著她瞧，知道自己目不轉睛，也命令自己別再看了，卻仍然捨不得移開視線。我的呼吸紊亂，身體背叛了意志，直到我和她之間只距離幾吋。

「維——維托瑞亞斯志士。」她喊我名字的方式——彷彿那是值得恐懼的事物——讓我恢復理智。振作一點，維托瑞亞斯。我拉開距離，她眼中的驚恐讓我對自己深惡痛絕。

「什麼事？」我冷靜地問。

「司——司令官請你和亞奇拉志士在——在六聲鐘響前去她的辦公室報到。」

「六聲鐘響？」海琳推擠著人群通過大門衛兵，趕往司令官的屋子，一下撞翻了兩名幼齡生，又趕緊向他們道歉。「我們遲到了，妳怎麼不早點來叫我們？」

女孩尾隨著我們，嚇到不敢靠太近。「這裡人太多了——我找不到你們。」

海琳揮揮手要她別再說了。「她會宰了我們。伊里亞斯，一定是試煉的事，也許先知們對她說了些什麼。」海琳快步走向前，顯然還抱著希望能及時趕到我母親的辦公室。

「試煉要開始了嗎？」女孩雙手蒙住嘴巴。「很抱歉，」她小聲說，「我——」

「沒關係。」我沒對她笑，那只會嚇壞她。對女性奴隸而言，獲得面具武士的笑容通常不是好事。「其實我也這麼認為。妳叫什麼名字？」

「奴——奴隸女孩。」

當然是了。我母親應該已經以嚴厲的懲罰消滅她的名字了。

「是嗎，妳替司令官工作嗎？」

我希望她否認，希望她說是我母親臨時抓她來辦這件差事的，我希望她說自己是被分派到廚房或醫務室工作，那裡的奴隸並不會傷痕累累或是缺少某個身體部位。

但女孩用點頭回答我的問題。別讓我母親弄壞妳，我心裡想。女孩與我四目相接，那種感覺又浮了上來，暗潮洶湧、溫熱、強烈的感覺。不要軟弱，要戰鬥，要逃離。

一陣風從她的髮髻裡颳出一綹髮絲，橫掠過她的顴骨。她繼續直視我的眼睛，臉上閃過桀驁不馴的表情，一瞬間，我看到與我相同，那樣對自由的渴望，在她的眼裡熾熱點燃。我連在同儕的眼裡都不曾見過這種光芒，更別說是學人奴隸了。在這奇異的剎那間，我感覺自己不像原本那麼孤單。

可是接著她垂下目光，我不禁驚詫於自己的天真。她不能戰鬥，不能逃離，在黑巖學院絕不可能。我露出空洞的笑容；至少在這方面，我和這個奴隸具有她永遠不會察覺的相似點。

「妳什麼時候開始在這裡做事的？」我問她。

「三天前，長官，志士，呃——」她扭著雙手。

「叫我維托瑞亞斯就好。」

她走路的姿態很謹慎、很拘謹——司令官最近一定鞭打過她。然而她卻不像其他奴隸一樣駝著背或拖著腳走，她行走時挺直腰桿的優雅比言語更能清楚述說她的出身。我敢拿我的彎刀打賭——她在來此地之前是自由人。而且她毫不明白自己有多漂亮——或是在黑巖學院這種地方，她的美貌會給自己惹上什麼樣的麻煩。風又扯動她的頭髮，我聞到她的氣味，像是水果和糖的氣味。

「我可以給妳一點忠告嗎？」

她像受驚的動物猛然抬頭。至少還有警覺心。「現在的妳……」會引起一平方哩之內每個男人的注意。「很顯眼。」我把話說完。「天氣很熱，但妳該戴上兜帽或斗篷——能幫助妳融入人群的東西。」

她點點頭，眼光卻很狐疑。她用手臂抱住自己，稍微落後一點。我沒再找她說話。我們抵達我母親的辦公室，馬可斯和寨克已經坐好了，身上穿戴著全套戰鬥盔甲。我們進屋時他們都沉默了下來，顯然剛才正在談論我們。

司令官沒理會海琳和我，只是從窗前轉回身來，她原本在那兒眺望沙丘。我母親示意奴隸女孩靠近，接著反手揮了她一耳光，用力到她的嘴巴都濺出血珠。

「我說的是六聲鐘響。」

我的怒氣如洪水氾濫，司令官也察覺到了。「維托瑞亞斯，怎麼了嗎？」她緊抿雙唇，頭部微偏，彷彿在說：你是不是想插手，讓我的怒火也燒到你身上？

海琳用手肘頂我，我氣呼呼地保持沉默。

「滾吧。」母親對顫抖的女孩說。「亞奇拉、維托瑞亞斯，坐下。」

馬可斯盯著奴隸女孩走出房間，他垂涎的表情讓我想把女孩加速推出去，並且挖出毒蛇的眼睛。而寨克對女孩視若無睹，只是偷瞄著海琳。他稜角分明的臉龐有些蒼白，眼睛底下有著紫色陰影。不曉得他和馬可斯是怎麼度過假期的，是幫他們的庶民父親打鐵嗎？還是去拜訪親友？還是密謀殺害我和海琳？

「先知們在忙別的事——」司令官臉上浮現奇怪的得意笑容，「——所以要求我代替他們，向你們宣布試煉的細節。來。」司令官把一張羊皮紙滑過她的書桌桌面，我們都湊過去看。

四場考驗，帶我們尋覓四種特質：
勇氣，面對最黑暗的恐懼；
機敏，智取他們的仇敵；
堅強，包括武器、意志和心靈；
忠誠，不惜撕裂靈魂。

「這是一篇預言，你們將來會明白其中的含義。」司令官再度面向窗戶，兩手背在身後。我看著她的倒影，那副志得意滿的態度使我不寒而慄。「先知們會設計和評判試煉，不過由於這場競賽的目的在淘汰弱者，我向先知們提議整個試煉進行期間，你們得留在黑巖學院，而他們同意了。」

我盡力忍住笑聲。先知們當然同意，他們知道這地方跟地獄沒兩樣，而他們會希望盡可能提高試煉的難度。

「我已經下令要各百夫長加強你們的訓練，來因應你們的志士身分。我完全不會干涉你們在競賽過程中的作為，然而進行試煉以外的時間，你們仍然要服從我的規定，包括懲罰在內。」她開始在辦公室裡踱步，目光像刀子般刺入我，威脅要施予我鞭打或更嚴厲的罰則。

「若是你們贏得一場試煉，將會收到先知給的一樣紀念品——類似獎品的概念；如果你們通過試煉但沒有拔得頭籌，那麼獎賞就是你的生命；假如你們沒通過試煉，就要被處死。」她等了一會兒讓這令人愉快的事實沉澱，然後才繼續說下去。

「率先贏得兩場試煉的志士就是勝利者，而列名第二且贏得一場勝利的人，則會成為血伯勞，剩下的人必須死。最終不會有平手的結果。先知們希望我強調，在試煉進行中你們必須展現公認的運動家精神，不可作弊、暗算、耍詐。」

我瞥向馬可斯。叫他不准作弊簡直就像要命令他不准呼吸一樣。

「那泰亞斯皇帝怎麼辦？」馬可斯說，「還有血伯勞？黑武士？泰亞家族可不會憑空消失。」

「泰亞斯會尋求報復，」司令官由我身後經過，我的脖子出現不舒服的麻癢感。「他已經帶著族人離開安蒂恩，正朝南方來，打算破壞試煉。但先知們分享了另一則預言：久候的藤蔓環繞、扼殺橡樹，前路已明朗，就在路盡處。」

「這是什麼意思？」馬可斯問。

「意思是皇帝的舉措與我們無關。至於血伯勞和黑武士嘛，他們效忠的對象是帝國——不是泰亞斯。他們會是最先轉而擁戴新王朝的人。」

「試煉什麼時候開始？」海琳問。

「隨時都可能開始，」我母親總算坐下來，雙手手指貼合聳起，表情莫測高深，「而且可能以任何形式呈現。從你們離開這間辦公室起，就必須作好準備了。」

「如果試煉可能以任何形式呈現，」寨克頭一回開口，「我們該從何準備起？我們怎麼知道試煉開始了？」

「你們會知道的。」司令官說。

「你們會知道的。」她直直瞪著寨克，他噤口不語。「還有別的問題嗎？」司令官沒等待回應。「解散。」

我們敬禮之後成縱隊離開。我不想背對著毒蛇與蟾蜍，就讓他們先走，卻馬上就後悔了。奴隸女孩站在樓梯旁的陰影裡，馬可斯經過她時，伸手把她拉向自己。她在他手中掙扎，試圖脫離箍住她喉嚨的鐵掌。他彎下腰，對她喃喃說了些什麼。我伸手想拿彎刀，但海琳迅速握住我的手臂。「司令官。」她警告我。我母親在我們身後，交疊手臂站在房門邊旁觀。「那是她的奴隸，」海琳低聲說，「你要插手未免太蠢了。」

「可是——」

「妳不打算阻止他嗎？」我轉頭看著司令官，努力壓低音調說。

「她是個奴隸，」司令官說，彷彿這就說明了一切，「她要為自己的無能挨十鞭。如果你想幫她的話，或許你願意替她受罰？」

「當然不是，司令官。」海琳替我回答，指甲掐進我的手臂，因為她知道我就快要自找鞭打了。她用手肘頂我，催我沿著走廊走。「別管了，」她說，「划不來。」

她不用多作解釋，帝國對面具武士的忠誠度絕不抱僥倖，要是黑武士聽說我竟替學人苦力挨鞭子，一定會趕來好好修理我的。

前方的馬可斯終於笑著放開女孩，然後跟在寨克身後下樓了。女孩大口喘氣，脖子上已經冒出瘀痕。

*幫幫她，伊里亞斯。*但我不能。小琳說得對，受罰的風險太高了。

海琳大步穿過走廊，還意有所指地瞪我一眼。*快走啊。*

我們經過時，女孩把腳往後縮，試圖讓自己變小。我帶著自我鄙夷的心情走過，像對待一堆垃圾般不去注意她。我把她留在那兒面對母親的懲罰，感覺自己冷酷無情，感覺自己像個面具武士。

那天晚上，我在夢境中神遊，耳邊充斥著嘶嘶聲和細語聲。風像禿鷹繞著我的頭展翅飛翔，一雙雙炙熱得不自然的手燙得我畏縮起來。不適感演變成夢魘，我竭力想甦醒，卻只是更深地沉入夢境，直到眼前只剩下窒人的、熾亮的光。

我睜開眼睛時，注意到的第一件事是身體下有堅硬的沙質地面。第二件事是地面很燙，會把人燙掉一層皮的燙。

我顫抖著手舉高在眼前遮陽，並掃視周圍的荒地。有棵孤零零、長滿節瘤的波羅蜜樹，從幾呎之外的龜裂地面拔地而起。西方幾哩外的距離，有一大片水域，像海市蜃樓般波動著。空氣裡瀰漫著某種惡臭，結合了腐肉、壞掉的蛋和溽暑時節培訓生宿舍的氣味。這片土地極度蒼白又荒蕪，我甚至懷疑自己可能置身某顆沒有生命的遙遠星球上。

我的肌肉痠痛，彷彿維持同一姿勢躺了許久。疼痛讓我知道這不是在作夢。我踉蹌起身，成了廣袤空無之間的一抹剪影。

看來試煉已經開始了。

15 蕾雅

我一瘸一拐地走進司令官臥房時，地平線的藍天才剛透出濛亮，預示黎明即將到來。她坐在梳妝檯前，審視著鏡中的倒影，床鋪看起來像沒人睡過，每天早晨都是如此。我很懷疑她都什麼時候睡覺，甚至會不會睡覺。

她披著一件寬鬆的黑袍，使戴著面具的臉龐那股輕蔑神色柔和了不少。這是我頭一回看見她沒穿軍服的樣子。長袍由她的肩頭滑落，那不尋常的渦紋刺青露出更多，看得出是一個華麗的A字母的一部分，深色墨水襯著雪白的肌膚顯得格外鮮明。

我的任務已經持續十天了，雖然沒查到任何能救戴倫的資訊，倒是學會怎麼在五分鐘之內熨好一套黑巖學院的軍服、怎麼頂著背上的六條鞭痕將沉重的托盤端上樓、怎麼保持安靜到忘記自己的存在。

奇楠幾乎沒給我任何關於這項任務的資訊。我只知道必須蒐集與試煉有關的訊息，然後在離開黑巖學院跑腿辦事時，反抗軍會主動來聯繫我。我們可能會等個三天，奇楠說，或是十天。妳每次進城時都要準備好回報，還有，千萬別來找我們。

當時我曾努力壓抑衝動，不去問他心中那十幾個問題，例如怎麼查到他們想要的資訊？怎麼預防司令官逮到我？

現在我終於付出代價了。我不希望反抗軍主動來聯繫我了，不希望他們知道我是多麼差勁的間諜。

戴倫的聲音在我腦海深處變得愈來愈微弱。蕾雅，查到點東西吧，能救我的東西。動作快點。

不，我心裡有另一個更強悍的聲音說。低調一點，別冒險去探聽，除非妳確定不會被逮到。

我該聽從哪一個聲音？間諜的還是奴隸的？鬥士的還是懦夫的？我以為回答這種問題很簡單，不過那是我體會到真實的恐懼之前的想法。

就當下來說，我安靜地在司令官周圍移動，放下她的早餐托盤、收拾她昨天晚上喝剩的茶、替她鋪放軍服。別看我，別看我。我的懇求似乎奏效了，司令官表現得像我不存在一般。

我拉開窗簾，早晨的第一道陽光照亮室內。我暫停動作望著司令官窗外的空無，廣達數哩的呢喃沙丘，在黎明微風的吹拂下像海浪般起皺摺。一時之間，我迷失在美景當中。

這時，黑巖學院的鼓聲響起，喚醒全校學員和半數市民。

「奴隸女孩，」司令官不耐煩的語氣促使我立刻動起來，不需要再等她多說半個字，「我的頭髮。」

我從梳妝檯抽屜取出髮梳和髮夾時，瞥見自己在鏡中的倒影。與馬可斯志士一星期前相遇時留下的瘀痕已經變淡了，後來挨的十鞭也結了痂。其他傷口取代了這些：我裙子上沾到的灰塵讓我腿上挨了三鞭；沒及時替她補好衣服讓我手腕上挨了四鞭；遇上一個心情不好的優等生，讓我被打烏了一隻眼睛。

司令官展開放在她梳妝檯上的一封信。她頭部保持不動，讓我把她的頭髮向後梳，徹底忽略我這個人。在那瞬間，我僵立不動，低頭盯著她在讀的羊皮紙。她並沒有注意到，當然不會注意到。學人不識字——至少她是這麼認為的。我快速梳著她的淺色頭髮。

看看信，蕾雅。是戴倫的聲音。看看信上寫些什麼。

她會看見的，她會懲罰我。

她並不知道妳認識字，以為妳只是個蠢學人，呆呆地盯著漂亮符號看。

我吞了吞口水，我應該看的。來黑巖學院十天了，僅有的收穫卻是瘀青和鞭痕，實在太不像話了。反抗軍要求回報時，我拿不出任何東西給他們，到時候戴倫怎麼辦？

我一次又一次地偷瞄鏡子，確保司令官沉浸在讀信中。等我有了十足把握，便冒險快速往下瞥。

——南方太過危險，而且司令官不值得信賴。我建議您返回安蒂恩。如果您必得來南方，務請攜帶少量兵力——

司令官動了一下，我趕緊移開視線，深怕自己做得太明顯了。但她接著讀下去，我壯著膽子再看一眼。這時她已經翻到羊皮紙背面。

——盟軍紛紛棄絕泰亞家族，就像老鼠逃離火焰。我獲悉司令官正在計畫——

但我還沒看到司令官在計畫什麼，因為就在這一刻，我往上抬頭一看，發現她在鏡中看著我。

「這——這些符號好漂亮。」我像是喉嚨被鯁住般輕聲說道，還把一根髮夾給掉在了地上。我彎腰去撿，利用這珍貴的幾秒掩藏驚慌。我就要因為亂看被鞭打了，而看到的東西甚至沒有用處。我為什麼要讓她瞧見呢？為什麼不能更小心點？

「我不常有機會看到文字。」我補上一句。

「的確。」那女人的眼神閃了一下，似乎是在嘲弄我。「妳們這種人不需要閱讀。」她審視著髮型。「右邊太低了，把它調好。」

雖然因為心裡大大地鬆了一口氣而有想哭的衝動，卻只能謹慎地維持平淡的表情，將另一根髮夾插入她絲滑的髮間。

「奴隸，妳來多久了？」

「十天，長官。」

「交到朋友了嗎？」

這問題由司令官問出口實在太荒謬了，我差點笑出來。朋友？在黑巖學院？廚房女孩害羞到不敢跟我說話，廚子則只在下達命令時才會開口。黑巖學院其他奴隸都在主要校區工作和居住，他們全都很沉默也很疏遠——永遠形單影隻、永遠小心翼翼。

「女孩，妳的餘生都要待在這裡，」司令官邊說邊檢查梳好的頭髮，「也許妳該多認識一下工作夥伴。來。」她交給我兩封蓋好封蠟的信。「紅色封蠟那封送到信差辦公室，黑色封蠟那封送去給史匹洛．鐵勒曼，帶他的回應回來。」

我根本不敢問史匹洛．鐵勒曼是何許人也，還有該怎麼找到他。司令官會用疼痛來懲罰提問。我拿了信後便退出房間，以避免遭受無妄之災。闔上門之後，大大呼出一口氣，感謝老天，這女人太自大了，不認為她的學人苦力會認字。我邊沿著走廊走，邊偷看第一封信上的字，結果差點沒把信弄掉。收信人是泰亞斯皇帝。

她和泰亞斯的通信內容會是什麼？試煉的事嗎？我試探地用手指去掀封蠟，它還很軟，可以整個揭起來。

這時身後突然傳來刮擦聲，我趕緊轉身察看，信從手中落下。我滿腦子都在尖叫：司令官！可是走廊上空無一人。我把信撿起來塞進口袋，它像是個活物，像是我豢養的蛇或蜘蛛。我又摸了摸封蠟，然後迅速抽出手來。太危險了。

但我需要能提供給反抗軍的東西。每天離開黑巖學院替司令官辦事時，都深恐奇楠會突然把我拉到一旁，要求我回報資訊。他沒出現的每一天都像是緩刑期，我的時間遲早會用完。

我必須去取我的斗篷，因此朝位於廚房外露天走廊旁的僕人房走去。我的房間和廚房女孩以及廚子的一樣，只是一個潮濕的洞窟，有低矮的入口和充當房門的破布簾。室內空間的寬度只放得下一張草褥和當作床邊桌的木箱。

我從房間裡能聽到廚子和廚房女孩低聲交談的聲音。廚房女孩好歹比廚子友善一點，已經在工作上幫了我不只一次，而且在我來的第一天晚上，在我以為被鞭打後會痛得暈過去時，看見她匆匆走出我的房間。進房以後，只看到一罐藥膏和一杯有止痛效果的茶。

她的友誼最多就到這裡了。我問過她和廚子一些問題，也聊過天氣、抱怨過司令官，一律得不到回應。我相當確定就算我赤身裸體走進廚房裡學雞叫，還是逼不出她們半句話的。我不想再去她們那裡碰軟釘子了，但我需要有人告訴我史匹洛・鐵勒曼是誰，還有該到哪裡去找他。

我走進廚房，發現她們兩人都因熾熱的火爐而揮汗如雨。午餐已經在烤爐裡了，我的嘴裡分泌出唾液，一時之間好懷念外婆的料理。我們擁有的食物一向有限，但不管吃什麼，食物裡頭都有愛，我知道感情能把粗茶淡飯變成珍饈佳餚。在這裡呢，我們只能撿司令官剩下的殘羹，而且不管我有多餓，食物的滋味都像鋸木屑。

廚房女孩看我一眼當作打招呼，廚子則完全忽視我。她正站在一張搖搖晃晃的踏凳上，伸長手要拿一串大蒜，看起來搖搖欲墜，可是當我伸手想扶她時，她卻惡狠狠地瞪了我一眼。

我垂下手，尷尬地站了一會兒。

「妳——妳們能告訴我到哪去找史匹洛．鐵勒曼嗎？」

沉默。

「欸，」我說，「我知道我是新來的，可是司令官叫我多交點朋友，我想說——」

廚子慢吞吞地轉頭看我，她的臉色發白，好像快吐了。

「朋友。」這是她對我說過除了命令之外的第一個詞。白髮老女人搖搖頭，拿著她的大蒜走向流理台，切大蒜的動作毫無疑問地充滿了怒氣。我不知道自己犯了什麼大忌諱，但她是不會幫我的了。我嘆口氣走出廚房，得找別人打聽史匹洛．鐵勒曼的事。

「他是個鑄劍師。」我聽到柔細的聲音說。廚房女孩跟著我出來了。她扭回頭察看，擔心被廚子聽見。「妳可以在河邊找到他，在兵器區。」她快速轉身準備離去，這讓我更加迫切地想與她說話。我已經十天沒和正常人對話了，幾乎沒說過任何話，只有「是的，長官」和「不是，長官」。

「我叫蕾雅。」

廚房女孩僵住了。「蕾雅。」她在舌尖品嚐這個字眼。「我叫——我叫伊薺。」

從突擊搜捕發生以來，我第一次露出笑容。我幾乎忘了自己的名字唸起來如何。伊薺抬頭望向司令官的房間。

「司令官要妳多交些朋友，是為了利用他們來對付妳。」她小聲說，「所以廚子才會不高興。」

我搖搖頭——我不明白。

「這是她掌控我們的手段，」伊薺摸了摸眼罩，「所以廚子才對她百依百順，這也是黑巖學院所有奴隸都乖乖聽話的原因。要是妳做錯事，她不見得每次都會懲罰妳，有時候會懲罰妳關心的人。」伊薺講話的聲音小到我得湊上去聽。「如果——如果妳想交朋友，一定不能讓她知道，一定要保密。」她迅速溜回廚房，和貓兒遁入夜色一樣靈巧。

我出發前往信差辦公室，腦袋裡卻停不下來地想著她所說的話。若是司令官真的這麼病態，利用奴隸之間的友誼去對付他們，也難怪伊薺和廚子都拒我於千里之外了。伊薺就是這樣失去眼睛的嗎？廚子就是這樣得到滿臉疤痕的嗎？司令官不曾對我施予永久性的傷害——還沒有，但那是遲早的事。我口袋裡那封給皇帝的信似乎突然間變重了，我伸手進口袋裡握緊它。我敢嗎？愈快取得資訊，反抗軍就會愈快救出戴倫，我也能愈快離開黑巖學院。

在走到學院大門前的一路上我都在天人交戰，當我走近時，一向喜歡捉弄奴隸、穿著皮盔甲的輔助兵卻幾乎沒注意到我。他們的心思全放在兩名正上坡來、接近學院的騎士。我趁著他們分心時悄悄溜了出去。

雖然還是清晨，沙漠的熱氣已經襲來，我在厚重得使人發癢的斗篷下蠕動，這是我最近一貫的打扮。每次披上斗篷時我都會想到維托瑞亞斯志士，想起他第一次轉身看我時那股毫不矜持的熱切，還有他靠近時散發的乾淨而陽剛的好聞氣味。我想起他以幾乎算得上體貼的語氣說：我可以給妳一點忠告嗎？

我不曉得自己原本預期司令官的兒子會是什麼樣子。像馬可斯．弗拉那樣，在我脖子上留下一圈痛了好幾天的瘀傷？還是像海琳．亞奇拉那樣，對我說話的態度彷彿我比沙土還不如？

我以為他至少會長得像他母親──金髮、蒼白、冷酷。但他的頭髮是黑的，皮膚是金的，此外眼珠雖然是和司令官一樣的淺灰色，卻不像多數面具武士那般銳利無情。他和我目光交會的緊張瞬間，我反倒看見他眼裡所迸射出的生命力，在面具的陰影下顯得既狂亂又充滿吸引力。我看到火焰和渴望，讓我心跳加速。

還有他的面具，很奇怪地扣在他臉上，像是一件獨立的物品。這是脆弱的象徵嗎？不可能啊──我不斷聽說他是全黑巖學院最優秀的軍人。

停止，蕾雅，停止想他。要是他在體貼妳，背後肯定有什麼邪惡的意圖。要是他眼裡有火焰，那也是對暴力的渴望。他是面具武士，他們都是一丘之貉。

我沿著彎曲的道路往下遠離黑巖學院，通過依拉司翠恩區，進入處決廣場，這裡有全市最大的露天市集，全市僅有的兩間信差辦公室也有一間設在這裡。廣場名稱由來的絞刑架空蕩蕩地靜置著，不過今天才剛揭開序幕而已。

戴倫畫過一次處決廣場的絞刑架，連懸垂的屍體也畫了進去。外婆看到圖畫時打了個冷顫，說：把它燒了吧。戴倫點點頭，可是那天晚上，我還是逮到他躲在房間裡繼續畫。

「蕾雅，它是一種提醒，」他以慣有的輕聲說話方式說，「摧毀它是不對的。」

人群在廣場上緩慢地挪動，個個被熱得精神委靡。我得又推又頂才能前進一點點距離，引來商人不滿的埋怨和一個臉型乾瘦的奴隸主的用力推擠。我一個箭步鑽到一頂有著依拉司翠恩家徽的轎子篷頂下，瞧見信差辦公室就在十幾碼外。我放慢腳步，手指猶豫地伸向給皇帝的信，一旦交出去，就拿不回來了。

「布包、皮包、背包！絲質刺繡的喔！」

我需要打開這封信，需要有東西給反抗軍。可是我能到哪裡去偷看而不被人注意到呢？某個攤販後頭嗎？兩座帳篷間的陰暗處？

「我們用的都是上好的皮革和金屬零件喔！」

封蠟可以完整地掀起來，可是我不能被人推擠到。要是信紙破了或是封蠟糊了，司令官很可能會砍掉我的手，或是我的頭。

「布包、皮包、背包！絲質刺繡的喔！」

那個叫賣包包的人就在我後頭，我正想叫他閃遠點，卻突然聞到雪松木的氣味，轉身一看，只見到一個沒穿上衣的學人男性，肌肉健壯的上身曬得很黑，汗水淋漓，頭髮像火一樣紅，在一頂黑帽子下燃燒著。我錯愕地認出此人，感覺五臟六腑都在翻騰。是奇楠。

他的褐色眼珠與我視線相會，嘴裡繼續兜售商品，不過頭部微微一偏，指向往廣場外延伸的一條小巷弄。我緊張得手心冒汗，朝那條巷弄走去。該對他說些什麼？我一無所獲——沒有線索，沒有資訊。奇楠打從一開始就懷疑我的能力，而我即將證明他並沒有看走眼。

巷弄兩側都矗立著覆滿塵土的四層樓磚造建築，市集的喧囂漸漸淡去。我沒看見奇楠，不過有個披著破布的女人離開牆邊朝我走來。我警戒地打量她，直到她抬起頭。在又髒又亂的黑髮之間，赫然出現薩娜的臉龐。

跟我來，她用嘴形表示。

我想問她戴倫的情況，但她已經匆匆邁開步伐。她帶我穿越一條又一條巷弄，腳步不曾稍歇，直到我們來到離處決廣場將近一哩遠的鞋匠街附近。空氣裡瀰漫著鞋匠們的閒聊聲和野性的皮革、鞣酸、染劑氣味。我以為我們要彎進鞋匠街，但薩娜突然轉向兩棟建築間的狹窄空隙。她沿著一道樓梯走向地下室，那樓梯髒得像是煙囪內的結構。

薩娜還沒來得及敲門，奇楠就打開樓梯底端的門。他身上掛的一大堆皮囊已經不見了，取而代之的是我第一次見到他時穿戴的黑上衣和雙刀。一綹紅髮垂到他的眼前，他仔細地打量我，目光停留在瘀痕上。

「我還以為會有人跟蹤她，」薩娜邊說邊脫掉斗篷和假髮，「結果沒有。」

「麥森在等。」奇楠一手按在我的背上，把我推向狹窄的走廊。我臉一皺，縮起身體——被鞭打的部位仍然很痛。

他目光銳利地掃向我，欲言又止，只是彆扭地垂下手，微微蹙眉，帶頭沿著走廊穿入一扇門。麥森坐在門後房間裡的一張桌子邊，一支孤燭照亮滿是疤痕的臉。

「嗯，蕾雅，」他揚起灰色眉毛，「有什麼要回報給我的？」

「你能不能先告訴我戴倫的情況？」我總算能開口問出已經折磨我一週半的問題，

「他還好嗎？」

「蕾雅，妳哥哥還活著。」

我吁出一口氣，感覺又能呼吸了。

「但我暫時不能透露更多，妳要先告訴我有什麼資訊，這是我們談好的條件。」

「好歹先讓她坐下吧。」薩娜替我拉開椅子。我都沒來得及坐穩，麥森就傾身向前。

「我們時間有限，」他說，「談談妳蒐集到的所有資訊。」

「試煉在大概——大概一週以前就開始了。」我慌亂地想拼湊起手邊僅有的片段資訊，但不準備給他那封信——暫時不會。要是他弄壞封蠟或撕破信紙，我就完了。「那時候志士們都消失了。總共有四個志士，他們的名字是——」

「這些我們都知道。」麥森揮揮手忽略我的話。「他們被帶去哪裡？試煉什麼時候結束？下一場是什麼內容？」

「我們聽說有兩名志士今天回來了，」奇楠說，「事實上才剛回來不久，大概半小時以前吧。」

我想到黑巖學院守大門的衛兵興奮地交談，同時有兩名騎士沿著路飛奔。蕾雅，妳這蠢貨。要是我能更仔細地聽輔助兵聊八卦，也許就能查出是哪兩個志士成功從試煉中活下來，也許就能告訴麥森有用的資訊。

「我不知道，這事好——好困難。」我說。我邊說邊聽出自己的語氣有多可悲，不禁厭恨起自己。「司令官殺死我的父母，她有一面牆，貼滿她逮到的每個反叛軍畫像，而我爸媽就在牆上——他們的臉——」

薩娜瞪大眼睛，連奇楠看起來都不太舒服，一瞬間那股高傲的神態也不見了。我不懂自己幹嘛對麥森說這番話，也許是我內心裡有一部分好奇他知不知道是司令官殺了我爸媽吧——好奇他是不是明明知道，還派我去黑巖學院。

「我不知道。」麥森察覺我未問出口的問題而回答道，「但既然如此，這次的任務更是勢在必得。」

「我比任何人都更想成功，但我進不去她的辦公室。她從來不接待訪客，我也沒辦法偷聽——」

麥森舉起一手阻止我說下去。「那妳到底知道什麼？」

在急切的瞬間，我考慮撒謊。我曾讀過上百個英雄故事，知道他們面臨的考驗——要是捏造一個當作事實說出來，又有什麼傷害？但我做不出來，畢竟反抗軍信任我。

「我……什麼都不知道。」我盯著地板，麥森那副不敢置信的表情令我羞愧。我伸手摸著信，卻沒拿出來。太冒險了。也許他會給妳另一次機會，蕾雅。也許妳能再試一次。

「妳這段時間究竟都在做什麼？」

「求生存吧，看得出來。」奇楠說。他深色的眼瞳快速看向我，我分辨不出他是在為我辯護還是在羞辱我。

「我對母獅忠心耿耿，」麥森說，「但不能浪費時間幫助不願意幫助我們的人。」

「老天啊，麥森。」薩娜驚駭地說，「你看看這可憐的女孩——」

「是啊，」麥森睨著我脖子上的瘀痕，「看看她，真是一團糟。這項任務太困難了，我做錯了決定，蕾雅，我以為妳願意冒險，我以為妳更像妳的母親。」

這樣的屈辱比司令官的鞭打更快地把我擊倒。他說得當然沒錯，我一點都不像媽媽，她壓根兒就不會落入這般境地。

「我們會再安排把妳接出來的事。」麥森聳聳肩，站起身。「沒其它事了吧。」

「等一下……」麥森不能現在遺棄我，那戴倫就沒救了。我不甘願地取出司令官的信。「我有這個，這是司令官寫給皇帝的信，我想你可以讀一讀。」

「妳為什麼不一開始就說呢？」他接過信封，我想叫他小心一點，但薩娜比我嘴快。麥森不耐煩地瞥了她一眼，輕輕揭起封蠟。

幾秒鐘後，我的心又沉到谷底。麥森把信往桌上一丟。「沒用，」他說，「你們看。」

啟稟皇帝：

我會安排。

您永遠的忠僕，

凱銳絲·維托瑞亞司令官

「別放棄我呀。」看麥森嫌惡地搖著頭，我趕緊說道。「戴倫無依無靠，你就像我的父執輩一樣，請你想想我的父母吧！他們絕不希望你拒絕伸出援手，坐視他們唯一的兒子死去的。」

「我也想幫忙。」麥森不假辭色，挺直的肩膀和堅決的眼神都讓我想起媽媽。現在我明白他為什麼能當反抗軍領袖了。「可是妳得幫我才行。這項救援任務不光是會折損人力而已，我們賭上的是整個反抗軍的命運。要是鬥士們被抓了，我們要冒著他們被逼供成功的風險。蕾雅，我賭上一切來幫妳。」他交疊雙臂。「別讓我覺得不值得。」

「不會的，我保證不會。再給我一次機會。」

他冷冷地看了我一會兒，才轉頭看向薩娜，她點點頭，奇楠的回應則是有若干種解讀方式的聳肩。

「就一次機會，」麥森說，「再讓我失望一次，我們就不用談了。奇楠，送她出去。」

16 伊里亞斯

（七天前）

大荒原。先知把我留在大荒原，舉目所極是延伸幾百哩的鹽白色平地，光禿禿的什麼也沒有，只有怵目驚心的黑色裂縫和少許長滿節瘤的波羅蜜樹。

月亮淡淡的輪廓懸在我的頭頂，像是某件被遺忘的物品。月亮的形狀超過半圓，和昨天一樣——這表示先知們用某種方法，在一夜之間將我搬移到距離賽拉城三百哩遠的地方。昨天的這個時間，我還坐在外公的馬車裡，朝黑巖學院行進。

我的匕首穿透一張軟趴趴的羊皮紙，將它釘在樹旁的焦土裡。我把武器收回腰帶——在這種地方，有沒有武器能決定生死。羊皮紙上的字跡看起來很陌生。

勇氣試煉

鐘塔。第七天日落。

這指示夠明確了。如果今天算第一天的話，我有整整六天時間走回鐘塔，否則先知們會因為我沒通過試煉而殺了我。

空氣乾燥到光是呼吸我都覺得鼻腔被灼傷了。我感到口渴，舔舔嘴唇，彎腰鑽到波羅蜜樹貧乏的樹蔭底下，衡量自己當前的處境。

空氣裡的臭味讓我知道，西方那片閃亮的藍是萎潭，潭水的硫磺臭氣遠近馳名，而它是這片荒原中僅有的水源。潭水是徹底的鹹水，對我一點用處也沒有。反正我的路線是往東走，穿越賽拉山脈。

花兩天走到山區，再花兩天走到行者山口，那是唯一的通行點。花一天穿過山口，一天下山抵達賽拉城。剛好整整六天，如果一切都能照計畫走的話。

太簡單了。

我回想在司令官辦公室讀到的預言。勇氣，面對最黑暗的恐懼。有些人或許會怕沙漠，但不包括我在內。

表示除此之外還有別的東西，還沒現身的東西。

我把上衣撕成布條裹住腳，只有就寢時的隨身物品可以利用——工作服和匕首。我突然間強烈感謝自己昨晚做完格鬥訓練後實在太累，才會沒脫衣服就睡覺。光溜溜地穿越大荒原——本身就是很特別的折磨方式。

很快地，太陽已經落到西方荒涼的地平線下，我站在迅速冷卻的空氣裡，心想著該趕快動身了。我以穩定的節奏開始跑起來，目光往前方逡巡。跑了一哩之後，一股微風幽幽飄過，瞬間好像聞到了煙和死亡的氣味。味道一下子就散了，但我的心底卻隱隱不安。

我的恐懼是什麼？絞盡腦汁也想不出來。黑巖學院的學員多半都有懼怕的東西，不過從不會維持太久。當我們還是幼齡生的時候，司令官曾命令海琳一遍又一遍地用繩索垂降到懸崖下，直到她能面不改色為止。只有緊繃的下巴洩露她的驚恐。同一年，司令官強迫費里斯豢養一隻吃鳥的沙漠狼蛛，告誡他要是把蜘蛛養死了，自己也要丟掉小命。

這裡一定有我害怕的事物。密閉空間？黑暗？要是我不曉得自己怕什麼，就沒辦法預作準備。

午夜來了又去，周圍的沙漠依然安靜而空曠。我已經走了將近二十哩，喉嚨乾得像沙土。我舔著手臂上的汗，知道自己對鹽分的需求會和水分一樣迫切。這液體有所幫助，可是效果很短暫。我強迫自己把注意力放在疼痛的腳和腿上，人能應付疼痛，口渴卻會把人給逼瘋。

不久之後，我爬上一座小山坡，看到前方有個奇怪的景象：粼粼波動的光，像是被月光映照的湖面。只不過這附近根本沒有湖啊。我把匕首握在手裡，放慢腳步前進。

然後我聽到……一個聲音。

起初它很輕，是我可能誤認為風聲的耳語，也像是我踩在龜裂地面所引起的刮擦回音。但是聲音愈來愈近，也愈來愈清晰。

伊里亞斯——

伊里亞斯——

我的眼前出現一座矮丘，當我登上丘頂，夜風彷彿凝結成塊，挾帶著確切無疑的戰爭氣味——血腥味、糞臭味、腐爛味。矮丘下方橫亙著一片戰場——其實應該說是屠宰場，因為已經沒有人在交戰了。每個人都死了。月光映著倒地戰士的盔甲閃出幽光，這就是我在先前的山坡上看到的光。

這片戰場很奇怪，和我見過的都不一樣。沒有人在呻吟或求救。來自邊界的蠻族和武人士兵並肩躺著，我瞧見一個像是部落民貿易商的人，身邊還有另外幾具較小的屍體——是他的兒女。這是什麼地方啊？怎麼會有部落民選擇在這片不毛之地，和武人及蠻族聯軍交戰？

「伊里亞斯。」

在純然靜默中突然聽到自己的名字，真把我嚇得魂不附體，我連思考都來不及，就用匕首抵住對方的喉嚨。說話的人是個蠻族男孩，年齡不超過十三歲。他的臉塗著靛青，身上全是黑壓壓的幾何圖形紋身，這是他們族人特有的標記。即使在半月的微光下，我也認得他，化成灰我都認得。

他是我殺的第一個人。

我的目光向下移到他腹部洞開的傷口，九年前我所製造的傷口。他現在似乎對那傷口毫不在意。

我垂下手臂，向後退離。*不可能。*

這男孩已經死了。意謂這一切——戰場、氣味、荒原——一定都只是噩夢。我用力掐自己手臂想弄醒自己，男孩偏著頭看。我又掐了一次，乾脆舉起匕首劃傷自己的手，血直滴到地上。

男孩紋風不動。我醒不過來。

勇氣，面對最黑暗的恐懼。

「我死了以後，我媽嘶喊了三天、扯了三天的頭髮，」我殺的第一個人說，「她有五年都不開口說話。」他用剛開始變低沉的青少年嗓音輕聲說道。「我是她唯一的孩子。」他補了一句，彷彿在解釋什麼。

「我——我很抱歉——」

男孩聳聳肩，走開了，還比出手勢示意我跟著他到戰場去。我不想去，但他以冷冰冰的手用力箍住我的手臂，使出驚人的力道拽著我走。我們彎彎曲曲地通過第一批屍體，我低頭看，反胃的感覺滲入我的血液。

我認得這些臉，每個人都是被我殺死的。

經過時，他們的聲音在我腦中喃喃傾訴祕密——

我老婆懷孕了——

我還以為自己能先殺了你——

我爹發誓要報仇，可惜還沒報就死了——

我的雙手用力捂住耳朵，但男孩看見了，又用濕冷的手指強力拉開我的手。

「來吧，」他說，「還有很多。」

我搖頭，確切地知道自己曾殺過幾個人，以及他們何時、何地、怎麼死的。這片戰場上遠不止二十一個人，不可能全是我殺的。

但我們繼續走，現在出現我不認識的面孔了。我的心裡鬆了一口氣，因為這些想必是別人的罪孽、別人的血債。

「你殺的人，」男孩打斷我的思緒，「全是你殺的人。過去、未來，都在這裡，都是你下的手。」

我雙手冒汗，感覺頭重腳輕。「我——我不——」戰場上屍橫遍野，足足超過五百人。我怎麼可能要為這麼多亡者負責？我低頭看，左手邊有個身材瘦長的金髮面具武士，我的胃直往下沉，因為我認識他。迪米崔斯。

「不，」我彎下腰去搖他，「迪米崔斯，醒醒，起來。」

「他聽不見的，」我殺的第一個人說，「他已經走了。」

迪米崔斯的身旁躺著林德，血浸透他頭上的那一圈鬈髮，沿著他彎折的鼻梁往下淌，再從下巴滴落。幾呎外，艾尼斯也死了——他是海琳那一排的另一名弟兄。再往前望，我看到一叢白髮，以及魁梧的身軀。外公？

「不，不。」對於眼前所見，我吐不出其他任何話來，因為如此可怖的景象根本不該存在。我在另一具屍體旁蹲下來——那是我才剛見過的金眼奴隸女孩。一道赤紅的線條劃過喉嚨，她的頭髮亂七八糟地往各個方向延伸，眼睛睜大著，原本明亮的金色褪成死去太陽的顏色。我回想起她身上迷人的香味，像是水果和糖的溫暖香味。我轉身面向我殺的第一個人。

「這些都是我的朋友、我的家人，我認識的人。我不會傷害他們。」

「都是你殺的人。」男孩堅持道，他斬釘截鐵的語氣使我內心的恐懼增長。這是我的未來嗎？殺人魔？

醒過來，伊里亞斯。醒過來。但我醒不過來，因為我沒在睡覺。先知們不知用什麼方法使我的噩夢進入現實世界了，就在我眼前呈現。

「我該怎麼阻止這一切？我必須阻止啊。」

「木已成舟，」男孩說，「這是你的命運——都注定好了。」

「不！」我從他身旁擠過去。這座戰場總會有個盡頭，我要繞過它，繼續穿越沙漠，離開這個鬼地方。

可是當我抵達屠殺場面的盡頭，地面突然一斜，整座戰場立刻再度朝我前方延伸。戰場的背景倒是改了——我仍然在往東穿越沙漠。

「你可以繼續走，」我殺的第一個人用缺乏形體的聲音對著我耳語，「你甚至能走到山脈那裡，可是在你克服恐懼之前，屍體都會如影隨形。」

這是幻覺，伊里亞斯。先知的巫術。繼續走，直到找到出路。

我逼迫自己朝賽拉山脈的陰影走，可是每次走到戰場盡頭，都會感覺地面傾斜一下，然後看到屍體再度鋪滿前方的道路。這種現象每發生一遍，我就更難忽視腳邊的慘狀。我的步伐變慢了，只能吃力地踉蹌而行。我一而再地經過同樣的人，直到他們的臉孔都烙印在我的記憶中。

天色變淡了，黎明降臨。第二天了，我心想。往東走，伊里亞斯。

戰場變得燠熱，臭氣薰天。大批蒼蠅和食腐動物從天而降。我大吼大叫，拿匕首攻擊牠們，卻趕不走這些討厭的東西。我希望自己渴死或餓死，但在這個地方我既不渴也不餓，而數算的結果有五百三十九具屍體。

我不會殺這麼多人，我告訴自己。不會的。在我努力說服自己時，腦海中卻有個聲音在奸笑。你是個面具武士啊，聲音說，當然會殺這麼多人。你會殺更多的人。我試圖逃離這個念頭，用上全部意志力想脫離戰場，卻徒勞無功。

天空變暗了，月亮升起。我離不開這裡。天又亮了。第三天了。我的腦中浮現這個想法，但幾乎無法理解。我現在應該做某件事，出現在某個地方。我看向右側的山脈。那裡，我應該去那裡。我強迫自己扭轉身體。

有時候我會對死於我之手的人說話，在腦中聽到他們輕聲地回應——不是控訴，而是傾訴他們的希望、心願。我真希望他們能詛咒我。很奇怪，聽到若是我沒殺死他們，他們可能擁有什麼未來，竟令我更難受。

往東，伊里亞斯，往東走。這是我僅存的具邏輯的想法了。可是有時候我會迷失在對將來的恐懼中，而忘記必須往東走，反倒在一具具屍體間流連，向我殺死的人乞求寬恕。

黑暗。天明。第四天了。沒過多久，又進入第五天。但我何必算日子呢？哪一天又不重要。我在地獄裡，在我自己打造的地獄裡，因為我很邪惡，和我母親一樣邪惡，和任何終其一生都在享用受害者的血和淚的面具武士一樣邪惡。

去山脈那裡，伊里亞斯，有個微弱的聲音在我腦中輕聲細語，那是我僅剩的一絲理智。去山脈那裡。

我的腳在流血，臉都被風吹得裂傷了。天空在我腳下，地面在我頭頂。古老的記憶在我腦中一一閃過——麗拉瑪米教我寫我的部落名字；百夫長的鞭子第一次撕裂我背部的疼痛；與海琳坐在北方的荒野裡，看著滿天迴旋著美麗得不可思議的緞帶般的光芒。

我被一具屍體絆倒，重重摔在地上。衝擊力鬆動了我腦中的死結。

山脈。往東。試煉。這是一場試煉。

想著這些字句的同時，我把自己拖出流沙之中。這是一場試煉，而我必須活下來。戰場上的多數人都還沒死——這只是幻影。這是測試——測試我的勇氣、我的韌性——表示我一定得做某件特定的事，才能離開這裡。

「在你克服恐懼之前，屍體都會如影隨形。」

我聽到一個聲音，感覺上像是好幾天以來聽到的第一個聲音。我看到了，在戰場邊緣有個像海市蜃樓般搖曳的輪廓，是個人影。又是我殺死的第一個人嗎？我蹣跚地朝他走去，相隔只剩幾呎之遙時，我卻跪倒在地。因為那不是我殺死的第一個人，而是海琳。她渾身都是血污和刮傷，金髮糾結凌亂，用空洞的眼神凝望著我。

「不，」我啞聲說，「不要是海琳，不要是海琳，不要是海琳。」

我像是腦中只剩五個字的瘋子般反覆唸誦，海琳的鬼魂靠近我。

「伊里亞斯。」天啊，她的聲音嘶啞而煩惱，聽起來好真實。「伊里亞斯，是我，海琳啊。」

海琳來到我的噩夢戰場上了？又一名受害者？

不，我絕不會殺死自己交情最久也最深的朋友，這是鐵一般的事實，不是期望。我絕對不會殺死她的。

這一刻我終於醒悟到，自己不需要畏懼不可能發生的事。這項體悟釋放了我，讓我終於甩脫纏擾多日以來的恐懼。

「我不會殺死妳，」我說，「我發誓，用我的血與骨發誓。我也不會殺死其他人，我不會這麼做的。」

戰場消散了，氣味消散了，屍體也消散了，好像它們始終不曾真實存在，好像它們只出現在我的腦袋裡。我掙扎了五天要走到的山脈，此刻近到觸手可及，布滿石礫的步道在山上蜿蜒起伏。

「伊里亞斯？」

海琳的鬼魂還在。

一時之間，我搞不清楚狀況。她伸出手要摸我的臉，但我不禁畏縮了起來，因為我預期的觸感是亡靈冰冷的撫摸。

但她的皮膚是溫熱的。

「海琳？」

接著她一把拉過我，摟住我的頭，細聲說我還活著，她也還活著，我們都沒事，她找到我了。我雙臂環住她的腰，把臉埋進她的腹部。九年來，我第一次哭了出來。

「我們只剩兩天可以回去了。」海琳半拖半拉地帶我離開山麓丘陵、進入一座山洞後，這是她說的第一句話。

我什麼也沒說，還沒準備好要交談。火上烤著一隻狐狸，味道香得我直吞口水。夜色已經降臨，山洞外雷聲隆隆。烏雲由荒原飄來，天空裂開，豪雨透過閃電鑲邊的裂縫傾盆而下。

「我大約中午的時候看見你，」她往火裡多添了幾根樹枝，「可是大概花了兩個小時才下山。原本我以為你是一頭動物，後來陽光照到你的面具。」她向外凝視厚重的雨幕。

「你看起來糟透了。」

「妳怎麼知道我不是馬可斯？」我啞聲說。我的喉嚨發乾，於是舉起她做的蘆葦水壺再喝了一口水。「或是寨克？」

「我能分辨你和一對爬蟲類好嗎？再說馬可斯怕水，先知們不會把他留在沙漠裡；而寨克怕狹小的空間，所以他大概在地底某處吧。來，吃吧。」

我慢慢品嚐，一邊望著海琳。她一向滑順的頭髮糾結成團，金銀的髮色也失去了光澤。她的身上全是刮傷和乾掉的血塊。

「伊里亞斯，你看到什麼了？你雖然朝山的方向走來，卻不斷跌倒，在空氣裡扒抓。你提到……提到殺死我。」

我搖搖頭。試煉還沒結束，如果我想活著完成的話，就必須忘記先前看到的東西。

「他們把妳留在哪裡？」我問。

她環抱住自己的身體，弓身縮頭，幾乎把眼睛都藏住了。「西北方，在山裡。一隻尖塔禿鷹的巢裡。」

我放下狐狸肉。尖塔禿鷹是一種巨鳥，利爪有五吋長，翼展則足有二十呎長。牠們的蛋和人頭一樣大，剛孵化的幼鳥即以嗜血而惡名昭彰。但對海琳而言，最恐怖的地方在於這種禿鷹總是把巢建在雲端之上——在最不可能遭受攻擊的崇山峻嶺巔峰。

她不需要解釋自己的語氣何以如此緊繃。以前司令官逼她由懸崖垂降後，她總會發抖好幾個鐘頭。先知們當然也知道，他們從她的腦中摘取這種想法，就像小偷從樹上摘取李子一樣容易。

「妳是怎麼下來的？」

「靠運氣。母鷹離開了，幼鳥剛準備破蛋而出。但即使還沒完全孵化，牠們也夠危險的了。」

她撩起衣服，露出腹部蒼白而緊實的皮膚，那裡有一團亂七八糟的傷痕。

「我跨過鳥巢邊緣往外跳，落在十呎下的岩架上。我並不——並不知道那段距離有這麼長。不過這還不是最糟的，我一直看見……」她停下來，我知道先知們肯定也逼她面對某種險惡的幻象，等同於我的噩夢戰場的東西。她在幾千呎的高處，與死亡之間僅有幾吋寬的岩石相隔時，究竟面對過如何黑暗的威脅？

「先知們真的有病，」我說，「我真不敢相信他們會——」

「他們必須這麼做，伊里亞斯，他們必須讓我們面對恐懼，因為這樣才能找出最強的人，還記得嗎？最勇敢的人。我們應該信任他們。」

她閉上眼睛，微微顫抖。我挪過去，雙手按著她的手臂以給她支持。等她再抬起睫毛時，我發現自己能感覺到她身體的熱度，還有我們的臉中間只相隔幾吋的事實。我心猿意馬地注意到：她的嘴唇很美，上嘴唇比下嘴唇豐滿一些。我與她四目相會，那是很親密、永恆般的瞬間。她迎向我，朱唇微啟，劇烈的渴望拉扯著我的心，緊接而來的是急切的警鐘。*這是壞主意，糟糕透頂的主意。她是你的好哥兒們。停止。*

我垂下手臂，急匆匆地後退，並努力不去注意她頸部的紅潮。海琳的眼神閃著光——至於是憤怒或者難為情，我看不出來。

「總之，」她說，「我昨晚爬下山，想沿著火山口邊緣的步道走到行者山口，那是最快的路。山口另一頭有座守衛亭，我們可以弄艘船渡河，也可以弄到補給品——好歹能穿上乾淨的衣服和靴子。」她指了指自己破破爛爛又沾滿血跡的工作服。「我可不是在抱怨喔。」

她抬頭看我，眼裡有著疑問。「他們把你留在荒原，可是……」可是你又不怕沙漠？你是在沙漠裡長大的耶。

「多想無益啊。」我說。

在那之後，我們都靜了下來，等火快熄的時候，海琳說她要睡了。不過儘管她已然躺在一堆樹葉上，我也知道她是不會有睡意的。她仍然攀在高山邊緣，就像我仍然在戰場上茫然地遊走。

隔天早晨，海琳和我都睡眼惺忪、精神委靡，但還是在天亮前就動身了。如果我們想在明天日落前回到黑巖學院，今天一定要趕到行者山口才行。

我們不發一語——沒有這個必要。和海琳同行就像穿上最舒適的衣服，我們整個五年生階段都形影不離，因此很直覺地重拾當時的模式，由我來打前哨，海琳殿後。

暴風雨向北走了，留下蔚藍的天空和乾淨晶亮的大地。但是純淨的美景也掩蓋住落木和被沖刷過的步道，淤泥與碎石使得山坡地危機四伏。空氣裡有股確切無疑的緊繃感，我和先前一樣，感覺到有什麼東西正蟄伏著等待。某種未知的東西。

海琳和我不曾停下來休息。我們睜大眼睛注意著熊、山貓和神出鬼沒的獵人——任何可能以這座山為家的生物。

到了下午，我們已然爬上通往山口的高地，森林在此延伸十五哩長，有如從賽拉山脈綴著藍點的山峰之間貫穿的河流。映入眼簾的山口看來幾乎很宜人，底部鋪著樹木、起伏的丘陵和偶爾可見的金黃色野花草坪。海琳和我互看一眼，我們都感覺到了，不管接下來要出現什麼，都不用等太久了。

我們剛走進森林，危機感便迅速攀升，我用眼角餘光瞥到鬼鬼祟祟的動靜。海琳回望著我，她也看到了。

我們頻頻更改路徑，並且遠離步道，這雖然讓我們的速度變慢，但敵人也將更難偷襲我們。將近黃昏時分，我們還沒通過山口，才不得不回到步道上，藉著月光繼續趕路。

太陽剛一落山，森林裡立刻變得寂然無聲。我大叫向海琳示警，並且舉起刀子，與此同時，有個深色的形體由樹叢間衝了出來。

我不知道自己預期面對什麼。是我殺死的一支軍隊來找我復仇嗎？還是先知們變出來的噩夢中的怪獸？

總之是讓我怕到骨子裡的東西，能考驗我勇氣的東西。

我沒預期到是面具，沒預期到寨克以冰冷而呆滯的目光瞪著我。身後的海琳尖叫，我聽到兩具身軀倒在地上的撞擊聲。我轉身，看到馬可斯正在攻擊她。她看到他，驚駭得整張臉都僵住了，完全沒有反抗，任由他把她的兩手按在地上，還發出他上次親吻她時的淫笑。

「海琳！」聽見我的叫聲，她才驀然驚醒，用力朝馬可斯揮拳，並扭身掙脫他。

接著寨克就撲到我身上了，拳頭如雨滴般落在我的頭和脖子上。他的攻擊漏洞百出，幾乎是亂無章法，我很輕鬆就能避開。我繞到他的背後，順手掄出匕首。他快速地扭身躲避攻擊，再朝我衝來，還像隻狗一樣齜牙咧嘴。我從他的手臂底下鑽過去，將匕首捅入他的腰際，溫熱的鮮血潑了我一手都是。我扭轉著抽回匕首，寨克發出哀嗚，踉蹌後退。他以手按住傷口，跌跌撞撞地退進樹叢間，大聲呼喚雙生兄弟。

馬可斯雖然有副毒蛇心腸，仍然衝進森林援救寨克。馬可斯的大腿同樣血淋淋的，我感到莫大的滿足。小琳可給他點顏色瞧瞧了。我追過去，戰鬥的狂熱在我體內飆升，遮蔽了其他任何事。海琳從遠方呼喚我的名字。在我前方，毒蛇的影子與寨克會合，兩人快速撤退，絲毫沒察覺我已近在咫尺。

「搞什麼鬼，寨克！」馬可斯說，「司令官要我們在他倆通過山口前把他們解決掉，結果你卻像個受驚的小女孩跑進森林裡——」

「他刺傷我了，好嗎？」寨克聽起來上氣不接下氣，「而且她也沒說我們得同時對付他們兩個啊！」

「伊里亞斯！」

我隱約聽見海琳的叫喊聲，但馬可斯和寨克的對話讓我嚇呆了。我並不訝異母親會和毒蛇與蟾蜍狼狽為奸，但不明白她怎麼會知道小琳和我將走山口這條路。

「我們必須解決掉他們。」馬可斯的影子轉回身，我揚起匕首備戰。結果寨克抓住他。

「我們得閃人了，」他說，「不然根本來不及趕回去。別管他們了，走啦。」

我的內心中有一部分想追著馬可斯和塞克走，想辦法替我的疑問找到解答。但海琳又喊了一聲，聲音很微弱。她可能受傷了。

我回到空地時，小琳已經倒臥在地，頭歪向一側。她的一隻手臂軟綿綿地癱著，另一隻手則按著肩頭，努力想止住汩汩湧出的鮮血。

我跨了兩大步趕到她身邊，扯下我殘破不全的上衣，揉成一團按在傷口處。她的頭猛力一仰，糾結的金髮甩向背部，發出野獸般的哀號聲。

「沒事的，小琳。」我說。我的手在抖，腦中有個聲音尖聲喊著：哪裡沒事，我的好哥兒們就快死了。我繼續說話。「不會有事的，我馬上幫妳處理好。」我抓起水壺，準備清洗和包紮傷口。「跟我說話，告訴我發生什麼事。」

「我嚇到了，動彈不得。我——我在山上看到他了，他——他和我——」她打了個冷顫，這下我懂了。我在沙漠裡看到戰爭和死亡的幻影，海琳則看到馬可斯的幻影。「他的手——到處亂摸。」她用力閉緊眼睛，防衛地縮起腿。

我要殺了他，我平靜地想，下這個決定就如同在早晨裡挑選靴子一樣容易。要是她死了——他也別想活。

「不能讓他們贏，要是他們贏了……」海琳不斷吐出字句，「戰鬥吧，伊里亞斯。你必須戰鬥，必須勝利。」

我用匕首割開她的上衣，她細緻的皮膚讓我霎時間心旌蕩漾。夜幕已低垂，我只能勉強看見傷口，但能感覺到溫熱的血液不斷湧向我的手。

我往傷口倒水，海琳用她沒受傷的手使勁抓住我的手臂。我用自己殘破的上衣和從她的工作服上撕下的布料替她包紮，片刻之後，她的手癱軟下去——失去意識了。

我累得全身痠痛，但立刻著手扯下樹上的藤蔓製作揹帶。小琳沒辦法走路了，我得揹她回黑巖學院。我一邊幹活，一邊飛速思考。弗拉兄弟遵照司令官的指示偷襲我們，難怪司令官在試煉開始前一副喜形於色的得意貌，她早就擬好攻擊計畫了。可是她怎麼知道我們會在哪裡？

我想也不是太難推測吧。要是她知道先知會把我留在大荒原、把海琳放在尖塔禿鷹的地盤，勢必就能推知我們兩個要回賽拉的必經之路是山口。但若是她將這事告訴馬可斯和寨克，就表示他們作弊，刻意暗算我們，這可是先知們明言禁止的。

先知們一定知道發生了什麼事，但他們怎麼不出面處理呢？

揹帶做好了，我小心翼翼地給海琳縛上。她的皮膚像骨頭一樣死白，還冷得直發抖，感覺好輕。太輕了。

先知們再度對我施加預料之外的恐懼，我原本不知道的恐懼。海琳快死了，我從沒想過這是多麼可怕的一件事，因為她從來沒離死亡這麼近過。

疑慮排山倒海而來——我沒辦法在日落之前回到黑巖學院；醫官沒辦法救她；她會在我趕到學院之前就死去。停止，伊里亞斯。快動起來。

歷經在司令官逼迫下穿越沙漠的多年訓練，揹著海琳走根本不費吹灰之力。儘管已是深夜，我仍然走得很快。我必須先走出山區，到河邊的守衛亭弄艘船，然後划回賽拉城。我已經耗費好幾個小時做揹帶，馬可斯和寨克大大領先。就算我一路馬不停蹄，要在日落前抵達鐘塔仍然很趕。

天色變淡了，周圍嶙峋的山峰都籠罩在陰影裡。我脫離山口時，天色已經大亮，雷河在我腳下伸展，緩緩彎曲奔流，有如一條饜足的蟒蛇。河上點綴著些許駁船和小艇，賽拉城就坐落在東岸，即使隔著幾哩之遙，暗褐色的城牆仍然顯得十分宏偉。

煙霧污染了空氣，如一根黑柱般沖飛入天，雖然我在步道上看不見守衛亭，卻帶著低落的心情確定是弗拉兄弟先到了一步。我確信他們燒了守衛亭，以及毗連的船屋。

我快跑下山，可是等我趕到守衛亭時，它只剩下焦黑發臭的殘軀。相鄰的船屋則成了一堆猶在悶燒的木條，駐守在那兒的帝國軍已經全數撤離——很可能是遵從了弗拉兄弟的命令。

我解下背上的海琳。下山的顛簸路途使她的傷口又裂開了，我的背上沾滿了她的血。

「海琳？」我蹲下來，輕拍她的臉。「海琳！」她連睫毛都沒眨一下，已經迷失在自己的體內，傷口周圍的皮膚又紅又燙，看來是感染了。

我冷冷地盯著守衛亭小屋，希望能出現一艘船，任何船都好。木筏、小船、一根他媽的挖空了的木頭都好，我不在乎。任何船。但是當然什麼也沒有，頂多再一個鐘頭就日落了，要是我不能帶著海琳渡河，我們只剩死路一條。

奇怪的是，這時我腦中浮現的卻是母親的聲音，語氣冰冷而無情。世上沒有不可能的事。她對學生說過一百遍這句話——在我們因為連續模擬戰而累得虛脫，或是好幾天不曾闔眼時。她總是要求更多，多到我們以為會超出極限的程度。她會說：你們要不就找到方法完成我指定的任務，要不就在嘗試中死去。你們自己選吧。

疲憊是暫時的，疼痛是暫時的，但海琳快要死了，因為我找不到任何方法及時帶她回去——這後果將是永久的。

我瞧見水裡有一根還在冒煙、半浮半沉的木梁，還能湊合著用。我又踢又推又滾的把那該死的玩意兒弄到河邊，它先是危巔巔地沉到水面下，然後又浮上水面。接著，我小心翼翼地把海琳放上木梁，綑綁固定，自己則一手環抱木梁，拚命游向距離最近的船，就像所有風和海的精靈都在後頭追殺我似的。

這個時間的河面交通順暢，早晨堵滿河道的駁船和獨木舟大部分都不見蹤影。我對準一艘停泊在河中央的賣開特商船游過去，船員們並沒有注意到我靠近，等我游到通往甲板的繩梯旁時，便割斷把海琳綑在木梁上的繩索。她幾乎立刻沉入水裡。我一手握住滑溜的繩梯，一手抱住海琳，好不容易才把她扛到肩上，沿著繩梯登上甲板。

有個軍人體格的銀髮武人——我猜是船長——正在監督一群庶民和學人奴隸堆疊一箱箱貨物。

「我是黑巖學院的伊里亞斯．維托瑞亞斯志士，」我努力使語調和腳下的甲板一樣平穩，「我要徵收這艘船。」

男人眨眨眼，打量眼前的場景：兩名面具武士，其中一人渾身是血，彷彿被人嚴刑拷打，另一人可說是赤身裸體，帶著一星期沒刮的鬍鬚、亂七八糟的頭髮和瘋狂的眼神。但這名商人顯然待過武人的軍隊，只遲疑了一下便點點頭。

「聽從您的吩咐，維托瑞亞斯大人。」

「把這艘船開到賽拉城，立刻。」

船長對手下大聲發號施令，還不時動用鞭子。才過不到一分鐘，船隻已經軋軋地朝賽拉城碼頭駛去。我哀傷地望著西沉的太陽，祈求它至少放慢速度。只剩不到半小時了，而我還得穿越碼頭區繁忙的交通，爬上通往黑巖學院的山坡。

時間掐得很緊，太緊了。

海琳發出呻吟，我輕輕地把她放倒在甲板上。儘管河面的風很涼，她卻出了一身汗，皮膚像死人般蒼白。她的眼睛睜開了一會兒。

「我看起來這麼糟嗎？」她看見我的表情後低聲說。

「其實比原本好耶，妳很適合髒兮兮的森林野女人風格。」

她笑了，罕見的甜蜜笑容，但很快就消逝無蹤。

「伊里亞斯——你不能讓我死掉，如果我死了，那你——」

「別說話，小琳，好好休息。」

「不能死。先知說——他說如果我活下來，就——」

「噓……」

她慢慢闔上眼皮，我不耐煩地眺望賽拉城碼頭，它還在半哩之外，而且塞滿了水手、士兵、馬匹和馬車。我想催船走快一點，但奴隸們已經拚了命在划槳了，船長還不停地用鞭子驅策他們。

船隻還沒停靠，船長已經放下跳板，並呼喚在附近巡邏的一名帝國軍，讓他交出坐騎。我第一次如此感激武人遵循嚴格的紀律。

「祝你好運，維托瑞亞斯大人。」船長說。我向他道謝，然後把海琳放上馬背。她向前傾，但我沒時間調整她的姿勢了。我躍上馬，一夾馬肚，眼睛緊盯著恰好懸浮在地平線之上的太陽。

城市街景模糊閃過，我看見瞠目結舌的庶民、竊竊私語的輔助兵，還有一大堆商人和他們的攤位。我飛速經過這一切，沿著賽拉城的主要幹道奔馳，穿過處決廣場漸漸稀少的人群，踏上依拉司翠恩區的卵石街道。馬兒莽撞地奔跑，撞翻了一個小販和他的推車，我卻瘋狂到沒辦法心生愧疚。海琳的頭前後晃動，像是癱軟的牽線木偶。

「撐住啊，海琳，」我輕聲說，「就快到了。」

我們闖進一座依拉司翠恩市場，留下身後四散奔逃的奴隸，再轉過一個街角，黑巖學院已然巍然矗立在我們眼前。我們踺踺地通過大門守衛，速度之快，讓他們的臉孔都糊成一片。

太陽陷得更低了。還不行啊，我對它說，還不行。

「加油啊，」我把腳跟更用力地往馬肚裡壓，「快一點！」

接著我們穿越訓練場、上坡，進入大操場。鐘塔屹立在我眼前，還隔著珍貴的幾碼遠。我勒馬止步，然後跳下馬背。司令官站在鐘塔底部，表情僵硬——我看不出是因為憤怒還是緊張。坎恩領著另外兩名女先知站在她身邊，所有人都帶著沉默的興味望著我，彷彿我是馬戲團裡稍有娛樂價值的餘興表演。

一聲尖叫劃破空氣。操場上排滿幾百個人：學員、百夫長和家屬——包括海琳的家人。她的母親跌跪在地，女兒渾身是血的模樣讓她幾近崩潰。海琳的妹妹漢娜和莉薇雅也跟著跪倒，亞奇拉斯族長則保持石化般的表情。外公則是穿著全套戰甲站在他身邊，看起來活像即將衝刺的野牛，灰眼珠裡閃耀著驕傲的光芒。

我把海琳抱在懷裡，大步走向鐘塔。操場上這段路感覺從未如此漫長，即使我曾在溽暑中橫越過一百趟操場時都是如此。

我的身體沉重無力，一心只想倒在地上，大睡一星期。但我走完這最後幾步，把海琳放下來靠著塔，然後伸出一手觸摸石壁。在我的皮膚接觸岩石的片刻後，日落的鼓聲轟然擊響。

群眾譁然。我不確定是誰先開始歡呼的，是費里斯？還是德克斯？搞不好是外公呢。整個廣場都迴盪著歡呼聲，城裡的人一定都聽得到。

「維托瑞亞斯！維托瑞亞斯！維托瑞亞斯！」

「快去找醫生！」我對近處一名培訓生吼道，他正和其他人一起歡呼，鼓掌到一半的手僵住了，瞪大眼睛望著我。「現在！快去！」

「海琳，」我輕聲說，「撐住。」

她的臉色白得像蠟做的娃娃一般。我一手貼著她冰涼的臉頰，以拇指在她的皮膚上畫圓。她紋風不動，沒在呼吸。我用手指貼著她的喉嚨，貼在她脈搏跳動的位置上，卻什麼也沒感覺到。

17 蕾雅

薩娜和麥森爬上一道內梯離開了，奇楠則陪我走出地下室。我以為他會盡快走人，結果他卻示意我跟著走到附近一條長滿雜草的後巷。這條巷子裡幾乎空無一人，只有一群頑童蹲在地上圍著看什麼小寶物，見我們接近便一哄而散。

我悄悄瞄一眼紅髮鬥士，發現他正定定地看著我，他那熱烈的眼神使我胸中湧現無預警的心慌意亂。

「他們傷害妳了。」

「我沒事。」我說。我不能讓他認為我很軟弱，我的處境已經岌岌可危了。「戴倫才是最重要的，其他事都只是……」我聳聳肩。奇楠歪著頭，一隻拇指擦過我脖子上已經變淡的瘀痕，接著又執起我的手腕翻過來，露出司令官留下的紅腫鞭痕。他的動作像燭焰般緩慢而輕柔，我胸口的溫熱竟向上擴散到鎖骨，又向下延伸到指尖。我的脈搏飆快，對自己的反應深感不安，只得趕緊把他的手甩開。

「都是司令官弄的嗎？」

「沒什麼好擔心的。」我說話的語氣比預期中尖銳，這樣帶有攻擊性的聲音使他的眼神變冷了，我不禁有所軟化。「我做得到，好嗎？這牽涉到戴倫的性命啊。我只希望能知道……」他是不是還在附近。他好不好。他痛不痛。

「戴倫還在賽拉城，我聽到間諜回報的內容了。」奇楠陪著我往小巷更深處走。「但他並不……好，他們對他下了毒手。」

我像是比肚子挨了一擊重拳還痛。我不必問「他們」是誰，早就能知道了。審問者。面具武士。

「聽著，」奇楠說，「妳絲毫不懂偵蒐技巧，這是無庸置疑的。我教妳幾個基本訣竅：找其他奴隸閒聊——妳會很訝異能藉此知道多少事。手邊不停地找事做——縫紉、刷洗、拿東拿西，妳顯得愈忙，愈不會有人質疑妳出現的動機，不管妳人在哪裡。如果發現有機會取得真正重要的資訊，就該把握住，但永遠都要有脫身計畫。妳穿的斗篷是好東西——能幫助妳融入，可是妳走路的姿態太像自由女人了，如果我會注意到，其他人也會。拖著腳走，駝著背走，表現得畏首畏尾、毫無自信。」

「你為什麼幫我？」我問，「你並不想冒險用你的人救我哥啊。」

他轉過身，突然像是很關心旁邊那棟建築已經快崩壞的磚牆。「我爸媽也死了，」他說，「其實應該說我全家人都死了，很久以前的事。」他很快地、幾乎怒氣沖沖地瞄了我一眼，那瞬間，我在他眼中看見他失去的家人，看見火紅的頭髮和雀斑一閃而過。他有兄弟嗎？有姊妹嗎？他是長子嗎？還是么子？我想問，但他的表情拒人於千里之外。

「我仍舊認為這趟任務是很壞的主意，」他說，「但不表示我不能理解妳為什麼要這麼做，而且也不表示我希望妳失敗。」他握拳貼向心口，再把手伸向我。「暴虐之前，寧死不屈。」

「暴虐之前，寧死不屈。」我向他伸手，對於被他握在指間的每束肌肉都極度敏感。他喃喃地說。

過去十天以來，除了傷害我之外，完全沒人碰觸過我。我是多麼懷念被觸摸啊——外婆輕撫著我的頭髮；戴倫與我比腕力，假裝輸給我；外公捏捏我的肩膀向我道晚安。

我不想要奇楠放手。他彷彿也明白我的心意，多握了我的手一會兒，可是接著就轉身走開，留我一個人待在空蕩蕩的巷子裡，擎著仍酥酥麻麻的手指。

把司令官的第一封信送到信差辦公室後，我走向河邊碼頭區附近煙霧瀰漫的街道。賽拉城的夏天總是炙人，但兵器區的高溫更像餓虎撲羊。

兵器區猶如充滿動靜和聲響的蜂巢，平常日的喧鬧程度便勝過多數慶典日的市場。與我的頭一樣大的鐵鎚砸出四濺的火花，熔鐵爐的火苗散發出比血更深的紅光，每隔幾呎就能看見剛淬火的新劍噴發出棉絮般的蒸氣。鐵匠大聲下令，學徒匆匆照辦。在這些紛亂之外，還有幾百個風箱繃緊、送氣的聲響，像暴風雨中的艦隊般嘎吱呻吟。

我走進這區才幾秒，就有一排帝國軍攔住我，質問我到這裡來做什麼。我出示司令官剩下的那封信，卻和他們針對信的真實性爭辯了十分鐘。最後他們心不甘情不願地放我走了。

我因此再度思考，戴倫究竟怎麼能日復一日地潛進這個區域？

*他們對他下了毒手，*奇楠先前這麼說。戴倫面對施虐者能撐多久？當然絕對比我久。

戴倫十五歲那年曾從樹上掉下來，當時他想畫下在一座武人果園裡勞動的學人場景。他回家時手腕的骨頭都戳了出來，我一看見就嚇得尖叫，差點暈厥過去。沒事的，他對我說，外公會治好它。妳先去找他來，然後回去幫我撿素描簿。我不小心弄掉了，可不希望被別人拿走。

我哥擁有媽媽的鋼鐵意志，若說有誰能在武人的審問中活下來，那肯定是他。

我走著走著，感覺似乎有東西正在拉我的裙子，便低頭看，以為是被別人的靴子給踩住了，結果卻瞥見一個有雙斜眼睛的影子快速溜過卵石地面。這畫面引起一陣麻麻癢癢的感覺，沿著我的脊椎往上竄；我聽到低沉而殘酷的笑聲，一時間汗毛直豎——那笑聲是衝著我來的，我很確定。

我趕緊加快腳步，好不容易說服一位庶民老人指引我鐵勒曼冶煉場的位置，並在靠近大街的地方找到它，唯一標示是釘在門上的一個鐵雕花「T」字。

這裡和其他冶煉場不同，完全寂靜無聲。我敲了門，卻無人回應。現在怎麼辦？要自己開門，冒著因為擅闖而惹鐵匠生氣的風險，還是在司令官明確指示要帶回回信的情況下空手而回？

做出選擇並不難。

門後是一座前廳，覆滿灰塵的長檯隔開房間，房間後側放了幾十個玻璃展示櫃，還有另一扇較窄的門。冶煉場位於我右側，一個較大的空間，那裡冰冷而空蕩，風箱也靜止不動。鐵砧上放著一把鐵鎚，其他工具則都整齊地掛在牆釘上。這個空間讓我內心震動，聯想到之前曾看過的某個地方，一時間卻想不起來。

一排氣窗滲入微弱的光線，照亮我進門時揚起的灰塵。這裡有種被遺棄的感覺，我的焦慮激增，要是鐵匠不在這裡，我該怎麼帶回回信？

陽光熠熠地映照在整排玻璃展示櫃上，我的目光被其內的兵器吸引。這些兵器作工優雅，每一件都有著同樣精雕細琢、近乎執著的細節，從柄部到連接處到有細緻刻紋的刀身，無不用盡心血。我深受這些美麗雕紋的吸引而湊近去看，這些兵器似曾相識，就跟整間店的感覺一樣——是很重要的回憶，我應該要記得的回憶。

我突然醒悟過來，司令官的信從我忽然麻木的手心掉落。我知道了。戴倫畫過這些兵器，畫過這座冶煉場，畫過那把鐵鎚和那塊石砧。我花了太多工夫研究該怎麼救出哥哥，幾乎都忘了害他惹上麻煩的圖畫。而畫作的來源此刻就在眼前。

「女孩，妳怎麼了？」

有個武人從窄門後走出來，模樣更像河上的盜匪而不是鐵匠。他剃著平頭，到處都有穿孔——每耳各六個孔，鼻子、眉毛和嘴唇各一個孔。還有五顏六色的刺青——八角星、茂密的樹藤、鐵鎚與石砧、一隻鳥、一雙女人眼睛、天秤——從他的手腕往手臂上延伸，一路蔓延到黑色皮背心裡。他的年齡比我大不到十五歲，和多數武人一樣高大且肌肉結實，不過身形瘦削，不像我想像中的鐵匠那般魁梧。

這就是戴倫偵察的對象嗎？

「你是誰？」我太神不守舍了，竟忘了他貴為武人。

男人揚起眉毛，彷彿在說：我？妳他媽又是誰？「這是我的店，」他說，「我是史匹洛．鐵勒曼。」

當然，蕾雅，妳這白痴。我匆忙摸索司令官的信，暗自期盼鐵匠只會把我的出言不遜當成蠢笨學人的言詞不得體。他讀了信，卻什麼反應也沒有。

「她——她要我帶回音回去，先生。」

「我沒興趣。」他抬起頭，「告訴她我沒興趣。」接著就回到後屋去了。

我遲疑不決地看著鐵勒曼的背影。他知道我哥因為偵察他的店而被打入大牢嗎？這鐵匠是否曾看過戴倫的畫？他的店一向這麼冷清嗎？所以戴倫才有機會靠近？我還在努力拼湊答案時，已有一股令人不安的感覺爬向我的頸後，像是鬼魂用手指貪婪地撫觸。

「蕾雅。」

大門底下蓄積了一坨影子，黑得像灑了一地的墨汁。影子慢慢有了具體形狀，眼睛閃著幽光，我開始冒汗。為什麼在這裡？為什麼選現在？我自己幻想出來的怪物怎麼不受我的控制？為什麼我不能用意志力把它們趕走？

「蕾雅。」影子立起來，化成人的輪廓。它們有了形體和顏色，講話聲音熟悉而真切，彷彿哥哥真的站在我面前。

「蕾雅，妳為什麼丟下我不管？」

「戴倫？」我忘記這是幻覺，而且自己正站在武人的冶煉場裡，幾碼外就有一個殺氣騰騰的鐵匠。

幻影側了側頭，就像戴倫的習慣動作。「蕾雅，他們在傷害我。」

這不是戴倫，我的記憶在渙散。這是愧疚，是恐懼。它的聲音變了，變得扭曲而重疊，好像同時有三個戴倫在說話。假戴倫眼中的光芒迅速熄滅，就像太陽被暴風雨吞沒，它的虹膜深化成兩個黑洞，好像全身都填滿了影子。

「我撐不過去，蕾雅。好痛啊。」

幻影猛然伸出手來抓住我的手臂，直透骨髓的寒意掠過我的體內。我克制不住地尖聲大叫，一秒後，怪物鬆開手。我感覺背後有人，轉身看到史匹洛・鐵勒曼舉著我畢生所見最美麗的彎刀。他泰然自若地把我推向一旁，以彎刀對準幻影。

好像他能看見它們，也能聽見它們。

「滾。」他說。

幻影膨脹、竊笑，然後塌落成一堆發出笑聲的影子，鑽進我耳膜的奸笑聲有如一片片鋒利的冰。

「那男孩在我們手上了，我們的兄弟正在啃噬他的靈魂。他很快就會瘋狂、成熟，然後我們就能享用大餐。」

史匹洛將彎刀劈下，影子尖聲慘叫，聽起來像用指甲刮木板的聲音。它們擠進門底，活像大群老鼠逃離洪水，幾秒後就消失無蹤。

「你——你看得見它們。」我說，「我以為它們只存在我的腦子裡，我以為自己快要發瘋了。」

「這種東西叫食屍魔。」鐵勒曼說。

「可是……」我接受了十七年的學人實用主義教育，本能地排斥理應只是傳說生物卻真實存在的說法。「可是食屍魔是虛構的。」

「它們就和妳、我一樣真實。它們曾離開我們的世界一段時間，可是現在又回來了。不是每個人都看得見它們，它們愛吃悲慟、哀傷和血腥味。」他看看冶煉場。「它們喜歡這裡。」

他的淡綠色眼珠與我四目相交，眼神謹慎而警惕。「我改變心意了，告訴司令官我會考慮她的要求，告訴她把設計說明書送來給我看，並且告訴她必須派妳送來。」

我離開鐵匠鋪時，腦中充滿疑問。戴倫為什麼要畫鐵勒曼的店？鐵勒曼為什麼看得到食屍魔？他也看到影子幻化成的戴倫了嗎？戴倫快死了嗎？如果食屍魔是真的，那精靈也是真的嗎？

我回到黑巖學院後，專心致志地工作，讓自己沉溺在刷亮地板和清洗浴室裡，好逃避腦中如旋風般轉個不停的思緒。

夜深了，司令官都還沒回來。我走向散發著磨粉氣味的廚房，晦澀難解的黑巖學院鼓聲整天不停地迴盪，敲得我的頭都痛了。

伊蓁正在折毛巾，她冒險朝我瞥了一眼。看我露出笑容，也試探地牽動嘴角作為回應。廚子正在為準備晚餐擦桌子，一如往常地忽視我。我想起奇楠的建議：多找人閒聊，多找事情忙，便默默地拿起一籃要縫補的東西，坐到工作檯邊。我望著廚子和伊蓁，突然好奇她們有沒有血緣關係。她們歪頭的姿態很像，兩人都身材嬌小且長著金髮。而且，她們之間有種不需言語的親密感，讓我心痛地想起外婆。

最後廚子總算去睡覺了，廚房裡變得極為安靜。我哥正在城市裡某間武人牢房中受苦。蕾雅，妳得蒐集情報。妳得幫反抗軍查到點什麼。誘哄伊薺開口吧。

「外頭的帝國軍熱鬧得很啊。」我頭也不抬地邊縫補邊說。伊薺發出禮貌的嗯的一聲。

「學生也很吵，不曉得是怎麼回事。」看她沒回應，我換了個坐姿，她扭回頭來看我。

「是為了試煉的事，」她暫停折疊動作，「弗拉兄弟今天早上回來了，亞奇拉和維托瑞亞斯在最後一刻勉強趕上。要是他們再晚幾秒抵達，就會被處死。」

這是她一口氣對我說過最長的話，我得提醒自己別盯著她瞧。「妳是怎麼知道這麼多事的啊？」我問。

「整個學校的人都在談論啊。」伊薺壓低嗓音，我悄悄湊近。「就連奴隸都是。在這裡沒什麼話題好聊，除非妳想圍坐成一圈，大家來比誰的瘀青多。」

我咯咯地笑，笑的感覺很奇怪，幾乎像是做了什麼錯事，比如像是在喪禮上說笑話。但伊薺朝我微笑，感覺就沒那麼糟了。鼓聲又響起，儘管伊薺手邊的動作沒停，我卻看得出她在聽。

「妳聽得懂鼓聲？」

「鼓聲多半都是命令。藍排報到，準備守衛。全體培訓生到兵器庫集合。這一類的事。他們現在在下令巡視東側地道。」她低頭看著整整齊齊的一疊毛巾，一綹金髮拂在臉上，讓她看起來特別稚嫩。「只要在這裡待得夠久，就能學會聽了。」

我正在思索這讓人困擾的說明，前門卻砰然闔上。伊薺和我都嚇得跳了起來。

「奴隸女孩，」是司令官的聲音，「上樓。」

伊薺和我互看一眼，我訝異地發現自己的心跳快得異常。每登上一級台階，就有更深一層的恐懼慢慢滲入我的骨頭。我也不懂自己怎麼會這樣，司令官每天晚上都會叫我上樓，收她換下來的衣服拿去洗，還有替她綁好辮子準備睡覺。今天沒什麼不同，蕾雅。

我進房時，她站在梳妝檯前，閒適地將一把匕首靠在燭焰上烤著。

「妳帶回鑄劍師的回音了沒？」

我轉達鐵勒曼的回覆，司令官轉過身來，用帶有興味的冰冷目光打量我。這是我見過她最有情緒的反應了。

「史匹洛已經好幾年沒接過新案子了，他一定很喜歡妳。」她說話的語氣令我不寒而慄。她用食指試了一下刀鋒，然後抹掉滲出來的血珠。

「妳為什麼要打開？」

「長官？」

「信啊。」她說，「妳打開它了，為什麼？」她起身站到我的面前，假如逃跑有任何好處的話，我一定會立刻奪門而出，但我只能用雙手扭著上衣的布料。司令官歪著頭等我回答，好像是真的好奇，好像我或許能說出她滿意的答案。

「那是意外，我的手滑了一下……不小心刮破了封蠟。」

「妳不識字，」她說，「所以我也不認為妳是故意拆信的。除非妳是間諜，打算把我的祕密傳遞給反抗軍。」她的嘴巴彎成可能是微笑的形狀，只不過看起來全無笑意。

「我不是──我……」她是怎麼發現信被拆過了？我想到今天早上離開她房間後，在走廊聽到的刮擦聲。她看見我在擺弄它嗎？還是信差辦公室的人注意到封蠟有瑕疵？這都不重要了。我想起剛到此地時伊薺的警語。司令官能看見很多事，知道她不該知道的事。

門外傳來叩擊聲，司令官一聲令下，兩名帝國軍入內敬禮。

「把她壓住。」司令官說。

帝國軍抓住我，司令官的刀子突然令我反胃。「不要——求求您，不要——」

「安靜。」她柔聲吐出這兩個字，好像在呼喚愛人的名字。士兵把我壓進一張椅子，穿著護甲的手像手銬般沉甸甸地箍住我的手臂，膝蓋也壓住我的腳。他們的臉孔毫無表情。

「通常呢，我會挖掉一隻眼睛來懲罰這種無禮行為。」司令官沉思地說，「或是砍掉一隻手。但我想若是妳有所殘缺，史匹洛·鐵勒曼就不會對妳有興趣了。女孩，妳很幸運，我想要一把鐵勒曼彎刀。妳很幸運，他想嚐嚐妳的滋味。」

她的目光落在我胸前，落在我心口的光滑皮膚上。

「求求您，」我說，「我是不小心的。」

她湊過來，嘴唇離我只有幾吋的距離，在短暫的瞬間，她那對死氣沉沉的眼珠燃起駭人的怒光。

「蠢女孩，」她低聲說，「妳還沒學到教訓嗎？我痛恨不小心。」

她往我嘴裡塞了個口銜，接著刀子就像火、像烙鐵般在我的皮膚上刻劃遊走。她割得很慢，非常慢，皮肉的焦味充斥著我的鼻腔，我聽見自己先是哀求，再來嗚咽，繼而悶聲尖叫。

戴倫。戴倫。想想戴倫。

但我沒辦法想我哥。我迷失在疼痛裡，連他的長相都想不起來了。

18

伊里亞斯

海琳沒死。她不能死。她經歷過入學震撼、野外求生、邊界戰鬥、鞭刑伺候，都活了下來，若說現在會死於馬可斯這等卑鄙小人之手，我是萬萬不能想像的。我內心仍未長大的部分，到此刻之前不曉得還存在的部分，如此怒吼著。

操場上的人往前擠，學員們伸長脖子想看看海琳。我母親那張像冰雕的臉消失了。

「醒醒啊，海琳，」我不理會逼近的人群，逕自呼喚著她，「加油啊。」

*她走了，她承受不住了。*在彷彿永遠不會結束的那一秒間，我抱著她，麻木地醒悟到這件事。*她死了。*

「該死，別擋路。」外公的聲音聽起來很遠，可是一秒後已出現在我身旁。我驚悸地望著他，才不過幾天前，還在噩夢般的戰場上看過他的屍體，可是現在他生龍活虎地站在這裡。他一手按在海琳頸間。「還活著，」他說，「只剩一口氣了。讓路！」他揚起彎刀，群眾紛紛後退。「去找醫生！還有擔架！快點！」

「先知，」我哽咽地說，「先知在哪裡？」彷彿回應我內心的召喚，坎恩翩然現身。我把海琳交給外公，竭力克制自己不去掐住先知的脖子，回報他害我們所受的苦難。

「你有療癒能力，」我咬牙說道，「救救她，她還活著。」

「我了解你的憤怒，伊里亞斯。你感覺痛苦，悲——」他的話語聽在我耳裡，就像有隻烏鴉嘎嘎地叫個不停。

「你們規定——不能作弊。」冷靜，伊里亞斯，別錯失良機，現在很重要。「可是弗拉兄弟作弊了，他們知道我們要穿過山口，埋伏在那裡偷襲我們。」

「先知們的心智都是相通的，如果有人協助馬可斯和寨克，其他人會知道。沒有人洩露你們的行蹤。」

「甚至包括我的母親？」

坎恩停頓了耐人尋味的片刻。「甚至包括她在內。」

「你讀過她的心思了？」外公在我身邊發問，「百分之百確定她不知道伊里亞斯在哪裡嗎？」

「將軍，讀心可不像讀一本書，那需要功力——」

「你究竟能不能讀到她的心？」

「凱銳絲．維托瑞亞走在黑暗的道路上，黑暗遮蔽了她，擋住我們的目光。」

「那就是讀不到了。」外公挖苦地說。

「如果你讀不到她，」我說，「又怎麼能知道她沒幫忙馬可斯和寨克作弊？你讀過他們的心了嗎？」

「我們不覺得需要——」

「重新思考一下吧。」我的火氣升高，「我最好的朋友快死了，就因為那些狗娘養的遮住你們的眼睛。」

「希瑞娜，」坎恩對另一名先知說，「讓亞奇拉的狀況穩定下來，還有隔離弗拉兄弟，不准任何人見他們。」先知轉回頭看我。「如果你說的是真的，那麼試煉已失去公正性，我們得重新建立秩序。我們會治好她。但如果證明不了馬可斯和寨克作弊，我們就得讓亞奇拉志士聽天由命。」

我簡短地點點頭，卻在腦袋裡朝坎恩大吼大叫。你這白痴。你這愚蠢的、可恨的惡魔。你要讓那對蠢材贏了，你要讓他們殺人不償命。

外公異常沉默地陪我走向醫務室，才剛站到門前，門就先開了，司令官由門後現身。

「凱銳絲，妳在給妳的應聲蟲叮嚀嗎？」外公居高臨下地看著女兒，露出一抹冷笑。

「我不懂你的意思。」

「小姑娘，妳背叛了妳的家族。」外公說，他是全帝國唯一有膽子叫我母親「小姑娘」的人。「別期望我會忘記。」

「將軍，你有你偏愛的人選，」母親斜睨向我，我看出她眼中有一絲狂亂的怒光，「我也有我的。」

她把我們留在醫務室門口。外公看著她離去的背影，真希望我能知道他在想些什麼。當他看著她時，眼中看到了什麼？以前那個小女孩嗎？還是現在這個沒有靈魂的怪物？他知道她為什麼變成這樣嗎？他目睹了轉變的過程嗎？

「別低估她了，伊里亞斯。」他說，「她可不習慣輸。」

19 蕾雅

我睜開眼睛，看見正上方是我那小房間低矮的天花板。我不記得自己是什麼時候失去了意識，也許才昏過去幾分鐘，也許已經好幾個鐘頭了。雖然我門口的布簾是放下來的，還是能隱約瞥見天空，天色看起來彷彿在夜晚與清晨之間猶豫不決。我用手肘撐起身體，猛地憋回呻吟的衝動，疼痛仍然席捲著我，深入骨髓的痛，感覺像是與生俱來的痛。

我沒看傷口，不需要看。因為我親眼看著司令官刻字，一個粗而精確的「K」，從鎖骨延伸到心口的皮膚。她給我烙了印，用記號表明我是她的財產。這是我得帶進墳墓裡的傷疤。

清潔傷口，包紮傷口，然後回到工作崗位上。別給她再次傷害妳的藉口。

布簾動了動，伊蘅悄悄溜了進來，坐在我的草褥尾端，她的個子小到不需彎腰也不會撞到頭。

「天快亮了。」她的手向眼罩遊移，不過及時阻止了自己，用手指扭著上衣。「昨天晚上是帝國軍送妳下來的。」

「好醜啊。」我恨自己這麼說。*好軟弱啊，蕾雅，妳實在太軟弱了。*媽媽臀部有條六吋長的疤，是一個差點打贏她的帝國軍留下的。爸爸背上都是鞭痕——他從沒說過是怎麼來的。他們兩人都以身上的疤痕為傲——這些疤痕證明他們有生存的能力。*像他們一樣堅*

強，蕾雅。勇敢一點。

但我不堅強，我很軟弱，並厭倦假裝自己不軟弱。

「本來還可能更糟的，」伊薺的手抬向失去的一眼，「這是我受到的第一項懲罰。」

「怎麼——什麼時候——」天啊，實在沒有迂迴的方式能探聽這件事。我閉上嘴。

「我們來到這裡一個月之後，廚子想給司令官下毒。」伊薺把玩著她的眼罩。「我當時好像才五歲吧，這已經是超過十年前的事了。司令官聞出有毒——面具武士都受過類似的訓練。她沒碰廚子一根汗毛——只是拿了燒燙的火鉗走向我，讓廚子在旁邊看著。在她動手之前，我記得自己曾期盼有誰能來救我。是我媽？還是我爸？只要有人來阻止她都好，有人來帶我走都好。事後，我記得自己只想死掉。」

五歲。我頭一回察覺伊薺幾乎從出生以來就是奴隸，我忍耐了十一天的生活，她卻已經過了許多年。

「事後，廚子讓我保住性命，她對藥物很擅長。昨晚她想幫妳包紮，可是……嗯，妳不讓我們兩個靠近。」

我這才想起來，帝國軍把我麻痺的身軀丟進廚房，然後有雙輕柔的手、輕柔的嗓音。我拚盡僅存的力氣反抗，以為她們要傷害我。

黎明的鼓聲打破了我倆之間的寂靜。片刻之後，廚子沙啞的嗓音從走廊上傳來，詢問伊薺我醒了沒有。

「司令官要妳去沙丘那裡裝一些沙讓她洗沙浴。」伊薺說，「然後拿一份檔案去給史匹洛．鐵勒曼。但妳應該先讓廚子替妳治療一下。」

「不。」我的語氣太激動了，嚇得伊薺站起身。我立即壓低嗓門，要是在司令官身邊待上那麼多年，我也會變得像驚弓之鳥。「司令官早晨洗澡就要用到沙子了，我不希望去遲了又被懲罰。」

伊薺點點頭，給了我裝沙用的籃子，便匆匆離開了。我一站起來，便覺得天旋地轉，隨後在脖子上圍了一條布巾來遮住那個「K」，接著蹣跚走出房間。

每一步都是酷刑，每一盎司的重量都在拉扯傷口，使我頭重腳輕又噁心想吐。我不由自主地回想起司令官割我的皮膚時，那副全神貫注的表情。別人是品酒的行家，而她則是品痛的行家。她對我很有耐性——這讓整個過程更慘無人道。

我痛苦萬分地慢慢繞到房屋後頭，等我走到通往下方沙丘的懸崖步道時，整個身體都在顫抖，絕望的感覺竊據了心頭。如果我連路都走不好，還能怎麼幫助戴倫？如果每次嘗試取得情報都要受到這麼重的處罰，我還能偵察嗎？

妳救不了他的，因為妳在司令官手裡撐不了多久了。我的疑慮由心靈土壤中悄悄滋生，就像鬼祟窒人的藤蔓。這就是妳和妳的家族的結局了，像許許多多其他家族一樣——徹底消失。

步道彎來繞去，有時還會折返原路，就和變幻莫測的沙丘一樣狡詐。熱風颳在我的臉上，逼得我身不由己地流淚，直到幾乎看不清前方的路。走到懸崖底部後，我撲倒在沙地上，痛哭聲在這空曠的空間裡發出回音，但我不在乎。反正在這裡沒有人會聽見。

我從前在學人區的生活一向不輕鬆——也有可怕的時候，像是我的好友札拉被抓走時，或是戴倫和我一整天肚子餓得發痛時。我和所有學人一樣，學會在武人面前低頭看地，但至少從不需要卑躬屈膝，為他們做牛做馬。至少我的生活裡不包括這種折磨，這種永遠在等著承受更多痛苦的折磨。我有外公、外婆，他們保護我免於承受的東西，遠遠超出我的理解。我還有戴倫，他在我的生命中占了那麼大的份量，我曾以為他就和星星一樣永垂不朽。

沒有了，全都沒有了。莉絲和她愛笑的眼睛，在腦海中是如此鮮明，我簡直不能相信她已經死了十二年之久。我爸媽一心一意只想讓學人自由，卻為自己惹來殺身之禍。不在了，大家都不在了。把我留在這裡，孤苦伶仃。

沙裡冒出影子，把我團團圍繞。食屍魔。它們愛吃悲慟、哀傷和血腥味。

其中一隻發出尖嘯，嚇得我的籃子都掉了。那聲音有種毛骨悚然的熟悉感。

「發發慈悲吧！」它們用層層疊疊的尖銳嗓音嘲弄地朝著我大喊道。「求求您，發發慈悲吧！」

我認出自己的聲音，懇求司令官的聲音，便用力捂住耳朵。它們是怎麼知道的？它們是怎麼聽到的？

影子竊笑著繞圈圈，其中一隻特別大膽，露出尖牙來咬我的腿。寒意刺入我的皮膚，我大叫出聲。

「住手！」

食屍魔全嘿嘿笑，模仿我哀懇的語氣。「住手！住手！」

要是我有把彎刀，或小刀——任何能像史匹洛．鐵勒曼一樣嚇阻它們的東西都好。但我什麼也沒有，只能試著踉蹌逃離，卻一頭撞上一堵牆。

至少我感覺自己是撞上了一堵牆，但過了一下才發現那不是牆，而是一個人。一個很高的人，肩寬而健壯，像一頭山貓。

我失去平衡地向後退，有兩隻大手伸出來抓牢我。我抬起頭，僵住了，直直瞪著那對熟悉的淺灰色眼睛。

20

伊里亞斯

試煉結束後的隔天清晨，天還沒亮我就醒了，昏昏沉沉的感覺讓我醒悟到自己的飲食被人摻了安眠藥。我的鬍子刮掉了，全身都很乾淨，還有人幫我換上新的工作服。

「伊里亞斯。」坎恩從我房間的陰暗處現身。他垮著臉，好像一夜沒睡。我立刻迫不及待地問了一連串問題，他舉起手示意我停止發問。

「亞奇拉志士正由黑巖學院頂尖的醫官照料，」他說，「如果她命不該絕，就會活下來的，先知們不會干涉，因為我們查不到任何弗拉兄弟作弊的證據。我們已經宣布馬可斯是第一場試煉的勝利者，他獲得一把匕首作為獎勵，還有——」

「什麼？」

「他是第一個回來的——」

「因為他作弊——」

門開了，寨克一瘸一拐地走進來。我伸手去取外公留在我床邊的彎刀，還來不及朝蟾蜍射過去，坎恩就擋在我們之間。我爬起身，迅速把腳塞進靴子裡——這齷齪的傢伙離我十呎之內時，我才不會毫無防備地躺在床上。

坎恩將毫無血色的手指貼合聳起，審視著寨克。「你有話要說。」

「你應該治好她。」寨克脖子上的血管暴凸，他甩甩頭，活像淋濕的狗想甩乾身上的水。「停止！」他對先知說，「停止嘗試鑽進我的腦袋，只要治好她就對了，好嗎？」

「混蛋，你心虛嗎？」我想推開坎恩衝過去，但先知以超乎尋常的靈敏擋住了我。

「我並不是說我們作弊了，」塞克快速地瞄了坎恩一眼，「我只是說你應該要治好她。來吧。」

坎恩全身僵硬，專注地研究著塞克。空氣波動了一下，然後變得滯重。先知在讀他的心，我能感覺到。

「你和馬可斯找到了彼此，」坎恩皺起眉頭，「你們……被引導到對方的身邊……可是引導者既非任何一位先知，也不是司令官。」先知閉上眼睛，彷彿更專注地傾聽，然後又睜開眼睛。

「如何？」我問，「你看到什麼？」

「足以說服我先知們應該治療亞奇拉志士，但不足以說服我弗拉兄弟作弊蓄意破壞你們的事情。」

「你為什麼不能像對每個人那樣，鑽進塞克的腦袋裡看個仔細——」

「我們的力量並非沒有極限，我們無法滲透學習過如何防禦心智的人。」

我佩服地看了塞克一眼，天知道他怎麼會懂得將先知隔絕在外的方法？

「你們兩個都要在一小時內離開學院。」坎恩說，「我會通知司令官替你們解除今天的勤務。去散散步，逛逛市場，到妓院尋歡，我不在乎。晚上之前別回來，也別進醫務室，你們明白嗎？」

塞克皺眉。「我們為什麼非得離開不可？」

「因為你的念頭充滿痛苦，寨克。而你呢，維托瑞亞斯，滿腦子都是震耳欲聾的復仇聲音，我都聽不到別的聲音了。這兩種情緒都會妨礙我治療亞奇拉志士，所以你們必須離開，立刻。」

坎恩讓到一邊，寨克和我不太情願地走出門。寨克想迅速遠離我，但我有著滿肚子的疑問，才不會這麼輕易地放他脫身。我追上他。

「你們是怎麼知道我們在哪裡的？司令官是怎麼知道的？」

「她有她的門路。」

「什麼門路？你讓坎恩看了什麼？為什麼能隨心所欲地把他擋在外頭？寨克！」我扳住他的肩膀使他面向我，他雖然甩開我的手，不過卻沒有走開。

「那些關於精靈、妖精、食屍魔、幽靈的部落胡話——其實都不是胡話，維托瑞亞斯。它們不是神話，那些古老生物都是真實存在的，它們要來對付我們了。保護好她，這是你唯一擅長的。」

「你什麼時候這麼關心她了？你哥已經欺負她好多年了，也從沒看你說過半個字來阻止他。」

寨克凝視著訓練場，時間還早，那裡空無一人。

「你知道這場試煉最糟的部分是什麼嗎？」他輕聲說，「我只差一點就能永遠擺脫他了，只差一點就能自由了。」

這不是我預料中的內容。自從我們進入黑巖學院以來，有馬可斯的地方就有寨克。年輕的弗拉與他哥哥的關係，比馬可斯自己的影子還親密。

「如果你想擺脫他，為什麼還要隨著他的每個念頭起舞？為什麼不挺身對抗他？」

「我們在一起那麼久了。」寨克搖搖頭，他臉上有些部位的面具尚未完全貼合，那些部位的表情難以解讀。「少了他，我都不知道自己是誰了。」

他朝大門走去，我沒跟上。我需要讓頭腦清醒一下，便走向東側瞭望塔，給自己套上挽具，垂降到沙丘上。

周圍全是迴旋飛舞的沙子，我的思緒亂成一團。我吃力地走在懸崖底部，看著漸漸升起的太陽把地平線染白。風勢增強了，炙熱而窒人地襲來。我走著走著，覺得沙地裡像出現了形狀，像有個人形在迴轉舞動，隨著風勢的暴烈程度而茁壯。空氣裡飄著耳語聲，好像還能聽到斷斷續續的、尖銳的狂笑聲。

*那些古老生物都是真實存在的，它們要來對付我們了。*寨克是想提醒我下一場試煉的事嗎？他是不是在說我的母親和惡魔結盟？她就是這樣暗算我和小琳的嗎？我告訴自己這些想法太荒謬了。相信先知的力量是一回事，可是相信火和復仇的精靈？相信風妖、海妖和沙妖？也許寨克承受不住第一場試煉的壓力而精神崩潰了。

麗拉瑪米以前說過關於發瘋的故事。她是我們部落裡的「可哈尼」，也就是說書人，她可以用聲音、手勢或偏頭的角度，編織出一整個世界。有些傳說在我腦袋裡長駐許多年——像是夜臨者和他對學人的仇恨；妖精有能力喚醒人類身上潛藏的魔法；渴食靈魂的食屍魔大啖痛苦，就像禿鷹大啖腐屍。

但那些都只是故事。

風帶來縈繞耳際的啜泣聲。起初我以為那是出於幻想，不禁責怪起自己竟讓寨克的瘋言瘋語所影響。可是哭聲愈來愈明顯。我的前方是那條通往司令官房子的彎曲小徑，而小徑盡頭坐著一個小小的佝僂身影。

是那個有雙金色眼睛的奴隸女孩，馬可斯幾乎掐死的女孩，我在噩夢戰場上看到的死去女孩。

她一手抱住頭，另一手拍打著空氣，哭聲之間還夾雜著低語聲。她搖搖晃晃地站起來，又摔在地上，接著再度吃力地爬起來，顯然身體狀況不佳，亟須有人幫忙。我放慢腳步，考慮轉身離開，心思回到戰場上，還有我殺的第一個人的說明：戰場上的每一個人都將死於我之手。

離她遠一點，伊里亞斯，有個謹慎的聲音急切地說。別招惹她。

可是何必保持距離？戰場只是先知對我的未來所營造的幻象，也許我該讓那些混蛋瞧瞧我將怎麼對抗未來，我不會只是乖乖屈服的。

我曾經像個傻瓜呆站在這女孩面前，坐視馬可斯在她身上留下瘀青。她需要幫忙，而我袖手不理。不能再犯同樣的錯了，我擺脫所有猶豫，直直朝她走去。

21

蕾雅

是司令官的兒子：維托瑞亞斯。

他是從哪裡冒出來的？我粗暴地推開他，但馬上就後悔自己這麼做。隨便哪一個黑巖學院的學生，都會因為我擅自碰觸他的身體而揍我一頓——更別說眼前這個人不是普通學生，而是貴為司令官之子的志士。我得趕緊離開這裡，得回到房子裡去。但困擾了我一上午的虛弱感緊緊攫住我，才走了幾呎我就跌倒在地，冷汗涔涔又反胃欲嘔。

傷口感染了。我知道這些病兆，昨晚應該讓廚子替我敷藥的。

「妳剛才在跟誰說話？」維托瑞亞斯問。

「沒——沒跟誰說話，志士，長官。」不是每個人都看得見它們，鐵勒曼曾這麼形容食屍魔。顯然維托瑞亞斯就看不到。

「妳看起來糟透了，」他說，「到陰涼的地方休息一下吧。」

「沙子，我得把沙子拿上去，否則她會——她會——」

「坐下來。」他不由分說地說道，並撿起我的籃子、牽起我的手，把我帶到懸崖投下的陰影處，要我坐在一顆岩石上。

我偷瞄他一眼，他正在眺望地平線，面具映照著晨曦，好像陽光照射的水面。我與他只相隔幾呎，他渾身上下都強烈地散發著暴戾之氣，從削短的黑髮到那雙大手，到他鍛鍊得幾近完美而致命的每束肌肉。纏繞在他手臂上的繃帶和手上及臉上的刮傷，只使他更顯得兇惡。

他只帶了一件武器：配在腰間的匕首。不過他是面具武士，不需要武器，因為他本身就是武器，尤其面臨區區一介奴隸時，況且這名奴隸的身高才到他的肩膀。我想溜到遠一點的位置，可是身體感覺好沉重。

「妳叫什麼名字？妳上次沒說。」他往我的籃子裡裝沙，眼睛沒看我。

我想到司令官問過我同樣的問題，還有我誠實回答後所挨的那一耳光。「奴——奴隸女孩。」

他沉默了一會兒。「告訴我妳的真名。」

雖然他的口吻很平靜，但這卻是一道命令。「蕾雅。」

「蕾雅。」他說，「她對妳做了什麼？」

多奇怪啊，面具武士也能有如此和善的語氣？他深沉的男中音竟能帶給我安慰。如果閉上眼睛，我根本不會發現自己是在和面具武士說話呢。

但我可不能被他的聲音給騙了。他是她的兒子，如果他表現出關懷，背後一定有什麼目的——而且是不利於我的目的。

我慢吞吞地揭開圍巾。他看到那個「K」，面具下的眼神變得銳利，一時之間，眼中似乎燃起悲傷和憤怒的光芒。他再開口時，我嚇了一跳。

「可以讓我摸摸看嗎？」他抬起手，用我幾乎察覺不到的力道輕輕拂過傷口周圍的焦黑皮膚。

「妳的皮膚很燙，」他提起滿籃的沙，「傷口狀況不好，需要治療。」

「我知道，」我說，「司令官要沙子，我沒時間去——去——」維托瑞亞斯的臉似乎遊移了一下，我莫名感到輕飄飄的。接著他靠近我，近到我能感覺到他的體溫。丁香和雨水的氣味向我襲來，我閉上眼睛想阻止整個世界傾斜，卻徒勞無功。他用雙臂環繞住我，既粗獷又溫柔地抱起我。

「放開我！」我陡然生出一股力量，猛推著他的胸膛。他在做什麼？要帶我去哪裡？

「不然妳打算怎麼回到懸崖上？」他問，跨著大步，輕鬆地帶我們兩人爬上之字形山路。「妳連站都站不穩了。」

他真以為我會笨到接受他的「協助」嗎？這是他和他母親聯手策劃的詭計，之後會有更多懲罰等著我。我必須逃開他。

但他邊走，又有另一波暈眩感侵襲著我，我只能緊抱住他的脖子等待暈眩退去。如果我抱得夠緊，他就沒辦法把我丟下沙丘那裡了，除非他打算同歸於盡。

我的目光落在他手臂的繃帶上，這才想起第一場試煉昨天結束了。

維托瑞亞斯發現我在看著他。「只是刮傷而已，」他說，「先知們把我留在大荒原中間，那是第一場試煉。過了幾天沒水喝的日子之後，我開始常常跌倒。」

「他們把你留在大荒原裡？」我打了個冷顫。每個人都聽說過那地方，它讓部落民的土地幾乎顯得像人間樂土。「而你活了下來？他們至少曾事先警告過你吧？」

「他們喜歡驚喜。」

即使我病得很重，仍然因為他所說的話而大為震驚。如果連志士們都不知道下一場試煉的內容，我又怎麼可能查得出來？

「司令官不知道你要面臨什麼考驗嗎？」我幹嘛問他這麼多問題？真是不知天高地厚，腦袋一定是燒糊塗了。不過就算我的好奇心令維托瑞亞斯不滿，他也沒有表現出來。

「也許知道，不過沒差，就算她知道也不會告訴我的。」

他母親不希望他贏嗎？我有點好奇他們之間的奇怪關係，不過接著又提醒自己：他們是武人，武人跟我們不一樣。

維托瑞亞斯爬上懸崖頂端，低頭鑽過晾衣繩上飄蕩的衣物，朝奴隸房走去。他把我抱進廚房，放在工作檯邊的長凳上；伊蕎正在刷地板，她驚愕得放掉刷子，瞠目結舌。廚子瞥向我的傷口，然後搖搖頭。

「廚房女孩，」廚子說，「把沙子送上樓去。如果司令官問起奴隸女孩，就說她病倒了，我正在照顧她，好讓她快點回去工作。」

伊蕎默不作聲地拎起那籃沙，走了。反胃感鋪天蓋地而來，我不得不把頭擱在腿上好一會兒。

「蕾雅的傷口感染了，」伊蕎走了以後維托瑞亞斯說，「妳有沒有血根草汁？」

如果廚子很訝異司令官的兒子直呼我的本名，也沒表現出來。「血根草對我們這種人來說太名貴了，我有褐根和野林茶。」

維托瑞亞斯皺起眉頭，對廚子提出和外公一樣的指示。一天三次野林茶，用褐根清理傷口，不要包紮。他轉頭看我。「我會去找一些血根草，明天帶來給妳，我保證。妳會沒事的，廚子懂得草藥之道。」

我點點頭，不確定自己該不該道謝，因為我還在等他揭露幫助我的真實目的。但他沒再說什麼，顯然很滿意我的反應，把手插進口袋，便從後門出去了。

廚子窸窸窣窣地在櫥櫃裡翻找，幾分鐘後，我的手裡多了杯熱騰騰的茶。我把茶喝完，她坐到我的面前，滿臉的傷疤離我只有幾吋距離。我審視著那些疤，卻不再覺得它們醜惡可怖，是因為看習慣了嗎？還是因為我自己也有了殘缺呢？

「戴倫是誰？」廚子問。她的眼睛像藍寶石般閃爍，一時之間，我覺得那對眼睛似曾相識。「妳夜裡喊了他的名字。」

熱茶減輕了我的暈眩感，我坐直身體。「他是我哥。」

「這樣啊。」廚子往一片方形紗布上滴了些褐根油，湊到傷口上搽。我痛得皺臉，緊抓住椅子。「他也是反抗軍成員嗎？」

「妳怎麼會——」妳怎麼會知道？我幾乎這麼說出口，不過立刻醒悟過來，緊緊閉上嘴巴。

廚子逮到我說溜嘴了，立刻緊咬不放。「不難看出來啊，我見過上百個奴隸來來去去，反抗軍鬥士一向與眾不同，從不像破碎的靈魂，至少剛來的時候不會。他們還有……希望。」她彎起嘴唇，好像談的是一群染病的罪犯，而不是自己的同胞。

「我跟叛軍不是一夥的。」真希望我沒開口，戴倫總說我撒謊時聲音會變尖，而廚子像是會注意到那類細節的人。果不其然，她瞇起眼睛。

「姑娘，我不是傻瓜。妳到底知不知道自己在做什麼？司令官會查出妳的身分的，她會凌虐妳、殺死妳，然後懲罰所有她認為是妳朋友的人，那代表伊——廚房女孩。」

「我沒做錯任何——」

「從前有個女人，」她突兀地打斷我，「她加入了反抗軍，學會混合火藥和藥水，能把空氣變成火、石頭變成沙。但她陷得太深，為叛軍做了某些可怕的事——她作夢都沒想過自己會做的事。司令官逮到她，就像逮到其他無數人。她把她割得面目全非，逼她吞下熱炭，搞壞了她的嗓子。然後，她讓這女人待在她家裡當奴隸，卻首先殺光這女人認識的所有人，深愛的所有人。」

噢，不。廚子傷疤的由來竟在此刻病態地明朗化了。她點點頭，陰沉地認可了我臉上浮現的驚恐。

「我失去了一切——我的家人、我的自由——就為了從一開始便沒有勝算的任務。」

「可是——」

「在妳來之前，反抗軍曾派來一個男孩，他叫贊恩，是來當園丁的。他們和妳提起過他嗎？」

我差點搖頭回應，卻及時停住，只是交疊雙臂。她對我的沉默不以為意，因為她並沒有在試探我，她很確定。

「那是兩年前的事了。司令官逮到他，在學院地牢裡折磨他好多天。有些夜裡我們都能聽到他的慘叫聲。她處理完贊恩後，集合了黑巖學院裡的每一個奴隸，想知道誰是他的朋友。她要教我們包庇叛徒會有什麼下場。」廚子的目光定定地凝視著我。「她殺了三個奴隸才滿意，認為訊息確實傳達了下去。幸好我早就警告過伊蓉要離那個男孩遠一點，幸好她聽了我的話。」

廚子收拾起藥品，放回櫥櫃裡，隨後拿起切肉刀，剁著工作檯上預備好的一塊血淋淋的肉。

「我不知道妳幹嘛逃家，跑去跟那群叛軍混蛋一起混。」她向丟石頭般對我一個字一個字地說，「我不在乎。跟他們說妳要退出，向他們要求另外的任務，去一個妳不會害到別人的地方。因為如果妳不這麼做，不只妳自己會死，天知道我們其他人又會如何。」她用切肉刀指著我，我在椅子上往後挪了挪，看著那把刀。「這是妳要的嗎？」她問，「妳想死？想害伊薺被凌虐？」她向前傾，口沫橫飛。刀子離我的臉只有幾吋。「是嗎？」

「我沒有逃家。」我衝口而出。外公的屍體、外婆呆滯的瞳孔、戴倫抽搐的肢體，都從我的眼前一一閃過。「我甚至不是主動加入的。我的外公、外婆——有個面具武士來了——」

我咬住舌頭。閉嘴，蕾雅。我對著老婦垮下臉，不意外地，她以怒目回瞪我。

「告訴我妳加入反抗軍的來龍去脈，」她說，「我就不說出妳那骯髒的小祕密。要是妳不甩我，我就立刻去告訴樓上那隻鐵石心腸的禿鷹妳的真實身分。」她把切肉刀砍在工作檯上，然後坐到我身旁等我開口。

去她的。就算我告訴她突擊搜捕和後來的事，她還是可能會出賣我。可是如果不開口，我也相信她會立刻去找司令官的。她瘋狂到絕對做得出來。

我別無選擇。

在我述說那天晚上的經過時，她保持沉默和靜止的姿態。說完以後，我已哭腫了眼，但廚子殘破的臉卻沒洩露出任何情緒。

我用袖子抹了抹臉。「戴倫還困在監獄裡，他們遲早會把他折磨至死，或者賣掉當奴隸。我得在那之前把他救出來，可是我一個人辦不到。叛軍說如果我替他們當間諜，他們就會幫我。」我搖搖晃晃地站起來，「妳可以威脅要把我的靈魂送給夜臨者，沒差。戴倫是我唯一的家人，我非救他不可。」

廚子什麼也沒說，過了一分鐘，我想她是選擇不理我了。正當我朝門口走去時，她開口了。

「妳的母親，蜜拉。」一聽到媽媽的名字，我快速轉回頭去。廚子正在審視著我。「妳長得不像她。」

我實在太訝異了，連否認都懶得否認。廚子應該有七十好幾了，我父母率領反抗軍的年代，她應該也有六十幾歲。她的真名是什麼？擔任過什麼角色？「妳認識我媽？」「認識她？是的，我認識她。我一向比較喜歡妳──妳──妳爸。」她清了清喉嚨，煩躁地甩甩頭。真奇怪，我從來沒聽她結巴過。「他是好人，聰──聰明人，跟──跟妳母──母──母親不同。」

「我媽是母獅──」

「妳媽──沒妳──說得那麼好。」廚子講話的語調變得像低聲咆哮。「她從來──從來聽不進別人的諫言，只顧自私行事。*母獅咧*。」她嘴形扭曲地吐出這個名號。「就是她害──害──我留在這裡的。」廚子現在的氣息很紊亂，好像某種症狀發作了似的，但仍吃力地說下去，堅決要一吐為快。「母獅，反抗軍，和他們的偉大計畫。叛徒，騙子，傻──傻瓜。」她站起來，伸手拿切肉刀。「千萬別信任他們。」

「我沒有選擇的餘地，」我說，「非信任他們不可。」

「他們在利用妳。」她的手在顫抖，只好用力扶著工作檯，喘著氣說出最後幾個字。「他們會拿——拿——拿走東西，然後——然後——就把妳丟給狼群。我警告過妳了，記住，我警告過妳了。」

22

伊里亞斯

子夜十二點整，我穿著全副盔甲、武器，裝備齊全地回到黑巖學院。經過「勇氣試煉」之後，我絕不會讓自己呈現沒穿鞋子、只帶了一把匕首的無防備狀態。

雖然我一心想知道小琳的狀況，還是克制住衝去醫務室的衝動。坎恩的禁令毫無爭辯的餘地。

我昂首闊步地經過大門守衛，強烈期盼別遇上母親。我怕自己一看到她就會發狂，尤其知道她的陰謀幾乎害死海琳，也尤其因為今天早晨我看到她對奴隸女孩施加的酷刑。

當一看到刻在那個女孩——蕾雅——身上的「K」時，我握緊了拳頭，瞬間也想讓司令官嚐嚐同樣疼痛的滋味。看看那個母夜叉喜不喜歡。同時間，我又羞愧得想退離蕾雅，因為做出這麼邪惡之事的女人和我流著同樣的血，她與我有一半相同。我自己的反應——對暴力的貪欲——就是明證。

我和她不一樣。

真的嗎？我回想噩夢戰場，五百三十九具屍體，就連司令官也要孜孜矻矻才能奪取這麼多性命。如果先知是對的，我的確和母親不一樣，根本比她更糟。

你會變成你所痛恨的一切，在我考慮逃跑時坎恩曾這麼說。可是拋下面具怎麼可能讓我比在戰場上看到的那個自己更糟？

我沉浸在思緒中，以致於回到寢室時，沒注意到優等生宿舍有什麼異狀。不過片刻之後，我還是察覺了。林德沒在打鼾，迪米崔斯沒在喃喃呼喚弟弟的名字，費里斯的房門也不像往常那樣敞開著。

宿舍裡空無一人。

我拔出彎刀。唯一的聲響是緊貼著黑磚牆的油燈偶爾發出的爆裂聲。

這時，油燈一盞接一盞地熄滅。走廊一端的門底滲出灰煙，有如一團騰湧的暴風雲擴張開來。瞬息之間，我醒悟到現在是什麼狀況了。

第二場試煉：「機敏試煉」，已經正式展開。

「當心！」我背後有個聲音大吼。海琳——生龍活虎的海琳——推開我後方的門衝了出來，身上穿戴著完整的盔甲，頭髮也梳得整整齊齊。我很想撲上去擁抱她，卻只能快速地伏在地上，同時有一連串鋒利的流星鏢疾速劃過剛才我脖子所在的位置。

流星鏢後頭跟著三名攻擊者，他們像蟄伏的蛇一樣由煙霧中跳出來，動作輕盈而快速，身體和臉孔都裹著喪禮般的黑布。我幾乎還沒來得及站起身，其中一名刺客已經用彎刀抵住我的喉嚨。我滾向後方，橫掃他的腿想將他撂倒，但卻只踢到空氣。

怪了，他就在那裡啊——剛剛——

我旁邊的海琳快如水銀地舞動她的彎刀，同時有名刺客正一步步把她逼向煙霧。「晚安啊，伊里亞斯。」她在彎刀相碰的噹噹聲之中喊道，並與我四目相對，臉上漾開壓抑不住的笑容。「想我嗎？」

我忙得沒空回答。另外兩名刺客快速衝向我，儘管我已左右開弓地使用雙彎刀對抗，卻占不了上風。最後，我左手的刀終於命中目標，刺進對手的胸膛。一瞬間，我的內心湧上了嗜血的勝利感。

結果攻擊者只是閃了一下就消失了。

我僵住了，懷疑自己是不是看錯。另外那名刺客趁我遲疑的時候，用力推我往後進入煙霧中。我像是掉進全帝國最暗、最黑的山洞裡，試著摸索前進，但四肢感覺像鉛一樣重，沒多久就滑倒在地，全身都重得抬不起來。一支流星鏢破空飛過，我只隱約知道它擦破了我的手臂。我的雙彎刀掉在走廊的石地上，海琳發出尖叫聲，聽起來悶悶的，彷彿我是隔著水聽見的。

有毒。這個字眼把我從恍惚中喚醒。*這煙有毒*。

我拚著僅存的清醒意識，在地上摸找彎刀，然後爬出黑暗。吸了幾口新鮮空氣後，我恢復神志，發現海琳不見了。我正想往煙霧裡搜尋她的蹤跡，一名刺客突然冒了出來。

我縮頭閃過他的彎刀，試圖抱住他的胸部把他摜倒在地。可是我們肌膚相觸時，一股寒氣直刺穿我，我驚呼著退開，感覺像把整條手臂伸進一桶冰雪中。刺客閃了一下就消失，又在幾碼外現身。

它們不是人類，我醒悟到。寨克的警告在我腦中迴響。*那些古老生物都是真實存在的，它們要來對付我們了*。十層地獄啊，我還以為他精神失常了呢。這怎麼可能？先知們怎麼——

刺客繞著我走，我把疑問暫且封存。這東西怎麼來的並不重要，該怎麼殺死它——才是值得研究的問題。

一抹銀光吸引了我的視線——是海琳戴著臂鎧的手在抓地板，努力想爬出煙霧。我把她拉了出來，但她昏昏沉沉地站不起來，因此便將她扛到肩上，沿著走廊衝過去。等到拉開一大段距離，我才把她放到地上，轉身面對敵人。

它們三個同時來對付我，速度快到讓人難以招架。才過了三十秒，我的臉上已經布滿小傷口，左手臂也被劃傷一道。

「亞奇拉！」我大喊。她搖搖晃晃地站起來。「來幫點忙吧？」

她舉起彎刀投入戰鬥，迫使兩名攻擊者對抗她。

「伊里亞斯，它們是幽靈，」她大叫，「該死的幽靈。」

十層地獄啊。面具武士受過彎刀和棍棒以及徒手搏擊訓練，受過在馬背上和船上作戰的訓練，受過蒙眼和戴著鎖鍊戰鬥的訓練，受過剝奪睡眠和食物的訓練；但從沒受過對抗不該存在之物的訓練。

那段該死的預言是怎麼說的？機敏，智取他們的仇敵。總有方法殺死這些東西，它們一定有弱點，只是必須找出來。

理默苛斯攻擊。這是外公自創招式的名稱。用一連串遍及全身的攻擊，來辨識對手的弱點。

我攻擊它的頭、腿、手臂、軀幹，擲向幽靈胸部的匕首直接穿過它，噹地一聲掉在地上。但它並沒有試著擋住匕首，反而快速抬起手來保護咽喉。

另外兩個幽靈加強攻勢，海琳在我後頭大聲求援。其中一個將匕首高舉在她的心臟上方，但還沒來得及往下刺，我已經用彎刀一勾，砍穿了它的脖子。

幽靈的頭顱掉到地上，不屬於人界的恐怖叫聲在走廊間迴盪，聽得我不禁皺起臉來。幾秒鐘後，那顆頭——還有它的身體——都不見了。

「注意左邊。」小琳喊道。我看都沒看就將彎刀飛掃向左側。一隻手握住我的手腕，刺骨的寒意使我的手臂一路麻到肩膀。但這時彎刀繞了回來，手消失了，另一聲可怕的尖叫刺破空氣。

戰鬥的節奏趨緩，最後一個幽靈繞著我們走。

「你真該趕快逃的，」海琳對那怪物說，「你只有死路一條。」

幽靈輪流地看看我們，目光停留在海琳身上。別人總是低估我。顯然連幽靈也不例外。她以舞者般的輕盈步伐鑽過它的手臂底下，俐落地一刀摘掉它的頭。幽靈消失了，煙霧消散了，宿舍一片寧靜，彷彿過去十五分鐘都是假象。

「嗯，這還真是——」海琳瞪大眼睛，我不必她的提醒就撲向旁邊，及時回過頭後，只見一把刀子劃過空中，以毫釐之差掠過了我；海琳化為一團金銀色的影子從我身旁衝了過去。

「是馬可斯，」她說，「我去對付他。」

「等一下，妳這傻瓜！那可能是陷阱啊！」

但她身後的門已闔上了，我聽到彎刀互擊的碰撞聲，接下來是重拳敲碎骨頭的聲響。我衝出宿舍，看見海琳正逼近馬可斯，而馬可斯一手摀著鮮血直流的鼻子。海琳惡狠狠地瞇著眼睛，我頭一次看到別人眼中的她——致命、冷酷，一個面具武士。

雖然我想幫她，卻暫且留在後方，掃視周圍陰暗的場地。如果馬可斯在這裡，寨克也不會離得太遠。

「亞奇拉，妳的傷都好啦？」馬可斯以彎刀往左側虛晃一招，見海琳舉手格擋，便咧嘴而笑。「妳和我還有事情沒辦完呢。」他的目光在她胴體上遊移。「妳知道我有個疑問嗎？不曉得強姦妳和跟妳打架哪一個比較爽。看妳結實的肌肉、壓抑的能量——」

海琳用盡整個手臂的力量揮拳，打得馬可斯仰躺在地，口吐鮮血。她踩住他使劍的手，用彎刀尖端抵住他的喉嚨。

「你這齷齪的下三濫，」她啐了一口，「你在森林裡走狗屎運，不表示我就不能閉著眼睛把你開腸破肚。」

但馬可斯朝她陰險地一笑，毫不在意往他肉裡陷進去的刀尖。「妳是我的，亞奇拉，妳屬於我，我們都知道。先知們告訴我了。妳還是省點力氣，現在就和我聯手吧。」

海琳臉上失去了血色，眼中有著陰暗的、絕望的憤怒，是一個人雙手被綁住、脖子又被刀抵住的那種憤怒。

只不過拿刀的人其實是海琳啊，她究竟是怎麼了？

「絕不。」她的語氣與握刀的力道不相配，而她自己彷彿也察覺到這一點，手開始顫抖。「絕不，馬可斯。」

宿舍後方的陰影裡有一點動靜，吸引了我的目光。我衝過去，才到半路就看見寨克的淺褐色頭髮，以及一支箭飛過空中的影子。

「小琳，趴低！」

她撲向地面，那支箭無害地由她肩膀上方飛過。我立刻知道她原本就沒有危險，至少沒有來自寨克的危險。就連只有一隻眼睛、一手殘廢的幼齡生，都不會射偏得這麼離譜。馬可斯就只需要這短暫的干擾。我以為他會攻擊小琳，結果卻向旁滾開，逃進了夜色中，臉上還掛著笑容。寨克也緊跟著他去了。

「這是怎麼一回事？」我朝海琳大吼，「妳大可以把他分屍，結果卻退縮了？他剛才放的是什麼狗屁——」

「現在不是談這個的時機，」海琳的聲音很緊繃，「我們得先到空曠點的地方去。先知們想殺我們呢。」

「這還用妳說——」

「不，這就是第二場試煉，伊里亞斯，先知們會想方設法地暗殺我們。坎恩治好我之後告訴我的，試煉會持續到天亮。我們必須用足夠的智慧來避開刺客——不管對方是誰或什麼東西。」

「那我們需要一個基地。」我說，「在這外面，任何人都能用暗箭傷害我們。地下墓穴裡視野太差了，而宿舍裡又太擠了。」

「那裡。」小琳指著東側瞭望塔，它俯瞰著沙丘。「駐守在那裡的帝國軍可以派人看守入口，而且空間上也很適合格鬥。」

我們朝瞭望塔跑去，一路緊貼著牆壁和陰影。在這個時間，外頭看不見半個學員或百夫長。寂靜籠罩著整座黑巖學院，我的聲音聽起來極大，只得壓低音量耳語：「很高興妳沒事。」

「你很擔心嗎？」

「我當然很擔心，還以為妳死了。要是妳有個萬一……」我簡直沒辦法再想下去。我直視海琳的臉，她卻只和我的眼神對到一秒，就移開了目光。

「嗯，是啊，你是該擔心。聽說你把我拖到鐘塔底下時，全身都沾滿我的血。」

「的確，真是不愉快的回憶，那時候的妳好臭。」

「我欠你一條命，維托瑞亞斯。」她的眼神變柔和了，而我內心鐵石心腸、受過黑巖學院訓練的一面馬上搖頭。她現在可不能對我露出女孩子氣的一面啊。「坎恩告訴我你為我做的所有事，從馬可斯攻擊我的那一刻算起。我要你知道——」

「妳也會為我做一樣的事。」我硬生生地打斷她，很滿意她身體一僵，眼神變得冰冷。冰冷總比溫暖好，堅強總比柔弱好。

海琳和我之間浮現未說出口的東西，與我看見她赤裸皮膚時的感受，以及我說擔心她時她那種彆扭的態度有關的東西。我們多年來的友誼始終光明磊落，我實在不曉得這種新的東西代表什麼，但確實知道現在不是探究的時候，如果還想活到第二場試煉結束的話。

她一定也懂這個道理，用手勢示意我當前哨，我們不發一語地前往瞭望塔。走到塔底後，我讓自己稍稍放鬆片刻。瞭望塔位於懸崖邊緣，俯瞰著東側的沙丘和西側的校區。黑巖學院的瞭望牆朝南北延伸，一旦我們登上塔頂，就能預先看到威脅靠近。

可是我們沿著塔內樓梯才爬到一半，後方的海琳就變慢了。

「伊里亞斯。」她語氣中的警示意味驅使我拔出了雙彎刀——這動作保住我一條命。我們下方傳來一聲叫喊，上方也有喊聲呼應，突然間樓梯井裡充斥著叮叮的箭擊聲和沙沙的靴子聲。一隊帝國軍由樓梯上向下衝，一時間，我仍搞不清楚狀況，他們就出手了。

「帝國軍，」海琳喊道，「退下——退——」

我想叫海琳省點力氣。不用說，先知們已經告訴帝國軍，今晚我們是敵人，他們一看到我們就要格殺勿論。該死。機敏，智取他們的仇敵。我們早該想到任何人——所有人——都可能變成仇敵。

「背對背作戰，小琳！」

她立刻和我背貼著背。我的雙彎刀和塔頂下來的士兵刀刃相擊，而海琳則與塔底上來的士兵戰鬥。戰鬥狂熱在飆升，但我控制住殺意，出手時意在傷人而非殺人。我認識其中一些人，不能就這麼屠宰他們。

「該死，伊里亞斯！」小琳尖叫。剛才砍傷的一名帝國軍從我身旁擠過去，在小琳使劍的手臂上劃了一道。「認真打啊！他們可是武人，不是一打就跑的蠻族烏合之眾！」

小琳同時和下方的三名士兵以及上方的兩個士兵戰鬥，還有更多人前仆後繼。我必須清空樓梯才能爬上塔頂，唯有爬上塔頂才能避免被前後夾殺而死。

我讓戰鬥狂熱占領我的心，揮舞著雙彎刀往樓梯上衝。一刀砍進一名帝國軍的腹部，另一刀劃破某人的喉嚨。樓梯井的寬度不足以容納兩把彎刀施展，因此我收起一把，再抽出匕首，捅進第三名士兵的腎臟，以及第四名士兵的心臟。幾秒之內，上方的路就清了出來，海琳和我奔上樓梯。我們到達塔頂後，卻發現更多的士兵嚴陣以待。

伊里亞斯，你要殺光他們嗎？你的帳上又要添加幾筆紀錄？已經四條命了——還要再來十條嗎？十五條？就跟你母親一樣，和她一樣快速、一樣冷酷。

我的身體僵住了，這是在戰鬥中從未發生過的情形，我愚蠢的心控制了身體。海琳大叫、轉身、殺戮、防禦，而我只是呆立不動。然而我想行動也已經太遲了，因為有個下巴凸出、手臂像樹幹一樣粗的大塊頭擒抱住我。

「維托瑞亞斯！」海琳說，「北側有更多士兵來了！」

「嗚嗚。」那個魁梧的輔助兵把我的臉摜在瞭望塔側面，握住我的頭的力道大到我相信他想捏碎它。他用膝蓋頂住我，我完全動彈不得。

一時之間，我很敬佩他的靈巧。他看出自己的格鬥技巧贏不了我，就趁我不備時運用體型優勢壓制住我。不過敬佩很快就消失無蹤，因為我眼前直冒金星。

機敏！你必須運用機敏！但機敏能發揮作用的時機已經過了，我實在不該恍神的。應該在這個輔助兵來到我面前之前，就用彎刀刺進他的胸膛。

海琳由她的攻擊者面前跑開，趕過來幫助我。她拉著我的皮帶，像是想把我從巨人士兵的手裡拖出來，但他把她推開。

輔助兵把我按在牆面上橫移，移到城垛間的一座壁龕，然後推向外側，拎著我的脖子懸在沙丘上方，好像孩子對待布娃娃一樣。六百呎深的飢渴空氣抓著我的腿，而我的俘虜者後頭，如潮水般的帝國軍正試圖撂倒海琳，卻怎麼也逮不到她；她又扭又吐口水，活像被網住的貓。

戰無不勝。外公的嗓音在我腦中迴盪。戰無不勝。我的手指掐進大塊頭的手臂肌肉裡，想讓自己脫困。

「我在你身上押了十枚銀幣，」輔助兵看來真心懊惱，「可惜軍令如山。」

接著他張開手讓我墜落。

墜落的過程延續了永恆之久，同時又像只有一瞬。我的心衝向喉嚨，胃又往下沉，然後隨著一股震撼我腦殼的拉力，竟停止了墜落。我沒死，身體搖來晃去的，被皮帶上勾著的繩索給拉住了。

海琳剛才拉過我的皮帶——她一定是在那時給我綁上繩索的。這表示她在繩索的另一端，同時表示如果士兵們也把她丟下來，而我還像隻昏昏欲睡的蜘蛛懸在這裡，我們兩個都會又重又快地摔死。

我蕩向峭壁，胡亂摸索著可以攀附的地方。這條繩索約莫三十呎長，而離瞭望塔底部這麼近的峭壁角度沒有上方陡。幾呎外有個花崗岩石架從裂縫裡凸出來，我設法將自己塞進那裡，結果真是千鈞一髮。

上方傳來淒厲的叫聲，接著有一團金銀交錯的物體滾落。我站穩腳跟，盡快收回繩子，卻還是差點就被海琳的重量拖下石架。

「我拉住妳了，小琳。」我喊道，並且知道她像這樣懸在幾百呎高空，心裡會有多害怕。「抓牢啊。」

我把她拉進裂縫裡時，她的眼神狂亂、全身發抖。石架上的位置幾乎容不下我們兩人，於是她緊抱住我的肩膀來站穩身體。

「沒事了，小琳。」我用一隻靴子踏了踏石架，「妳看，腳下的岩石很堅固。」她貼著我的肩膀點點頭，抱我的方式與平常的海琳截然不同。

即使隔著盔甲，還是能感覺到她的身體曲線，讓我的胃有種奇怪的騰躍感。她顯然和我一樣察覺到我們的身體有多靠近，不安地動來動去，但這實在對現在的情況沒有幫助。

兩人之間突然緊繃的氣氛讓我的臉變燙了。專心點，伊里亞斯。

我驀地與她拉開距離，因為有支箭咚地射進我們旁邊的岩石裡——我們的所在位置曝光了。

「我們在這石架上只能任人宰割，」我說，「來。」我解開自己和她皮帶上的繩結，把繩索塞進她的手裡。「把繩子綁在箭上，綁緊。」

她聽從我的指示，我則從背後抽出一把弓，在山壁間搜尋升降吊籃的蹤影。其中一個吊籃就懸在十五呎外，我就算閉著眼睛都能射中它——只不過帝國軍正在把它沿著峭壁拖回塔裡。

海琳把箭交給我，我趁著上頭還沒人投擲更多武器前，舉弓搭箭，然後放箭。

結果沒中。

「他媽的！」帝國軍把吊籃拉到我的射程之外，還把其他吊籃都拖了上去，並且自己坐進去，開始往下垂降。

「伊里亞斯——」海琳為了躲一支箭，差點摔下石架，趕緊牢牢攀住我的手臂。「我們得離開這裡。」

「我也想到了，多謝提醒。」我驚險地閃過另一支箭，「如果妳有什麼好主意的話，我洗耳恭聽。」

海琳搶走我的弓，用綁著繩索的箭瞄準，一秒後，有個帝國軍癱軟著身體垂降下來。她把屍體拉過來，將他從吊籃裡解開。我試著忽略士兵的屍體落在沙丘上時，傳來的遙遠悶響。小琳解開繩索，我則抓牢吊籃坐了進去，把自己固定好——我得揹著她下去了。

「伊里亞斯，」她醒悟到我們必須做什麼後小聲地說，「我——我不能——」

「妳可以的，我不會讓妳掉下去的，我保證。」

我用力一拽，試探著吊籃的支撐力，希望它能頂得住兩名全副武裝的面具武士。

「爬到我背上。」我扶起她的下巴，逼她直視我的眼睛。「像先前那樣把我們綁在一起，用腿勾住我的腰，碰到沙地前千萬別鬆手。」

她照我說的做，我由石架邊緣躍下。她立刻把臉埋在我的脖子裡，呼吸短淺而急促。

「別掉下去，別掉下去，」我聽見她喃喃自語，「別掉下去，別——」

箭雨由塔上向我們齊放，其他垂降的帝國軍也跟我們的高度齊平了。他們抽出彎刀，沿著峭壁表面盪過來。我的手有種探向武器的衝動，但忍耐著——我必須抓牢繩子，不然我們會重重摔向沙地。

「小琳，別讓他們煩我。」

她勾在我腰間的腿收緊了，射出一支又一支箭來消滅追兵，弓弦錚錚作響。

咚。咚。咚。

海琳拔箭和射箭的速度快如閃電，只聽見慘叫聲接二連三響起。隨著我們愈降愈低，塔上射來的箭逐漸稀疏，只是沒有殺傷力地由我們的盔甲上彈開。我繃緊手臂上每一束肌肉來控制吊籃，讓我們穩定下降。快到了……快到……

這時有股灼人的劇痛貫通我的左大腿，我控制不住吊籃，一下滑落了五十呎。海琳緊抱住我，頭往後仰，發出女孩子氣的尖叫聲，我知道自己以後永遠都不能提起這叫聲。

「維托瑞亞斯，搞什麼鬼！」

「抱歉，」我咬牙說道，一邊重新抓牢繩索，「我中箭了。他們追過來了嗎？」

「沒有。」海琳仰著脖子凝視陡直的峭壁。「他們要回到上頭去了。」

我頸後的汗毛因為不祥的預感而豎了起來。那些士兵沒理由停止攻擊，除非他們知道有別人會接手。我向下眺望沙丘，離地面還有兩百呎，實在看不出那裡有沒有人。

一陣勁風由沙漠吹出，把我們重重甩向山壁表面，我差點又控制不住繩索。海琳驚呼一聲，抱著我的手臂箍得很緊。我的腿痛得像火在燒，但不理會它——只是皮肉傷。

在那瞬間，我好像聽見了隆隆作響的低沉嘲笑聲。

「伊里亞斯，」海琳望向沙漠，在她開口以前，我就知道她想說什麼了，「好像有什麼東西——」

風捲走她嘴邊的話，那道風由沙丘往外掃，挾帶著不自然的怒氣。我鬆開垂降吊籃，我們直線下降，但還是不夠快。

狂暴的強風把我的手從繩索上扯開，並阻止我們再下降。沙丘的沙都升上半空，在我們周圍形成漏斗狀。沙粒就在我不敢置信的眼前交織成形，凝聚成好幾個巨大的人形輪廓，個個都有著亂抓的手和空洞的眼窩。

「它們是什麼東西？」海琳白費力氣地用彎刀劈砍空氣，出手的弧度愈來愈不受控制。

不是人類也不是善類。先知們已經釋放一種超自然怪物來對付過我們了，假設他們派出另一種怪物也不算太離譜。

我伸手去撈繩索，現在它無可救藥地糾纏成團。我大腿的傷口突然爆痛，低頭只見一隻沙形成的手正在緩緩拉扯我腿上的箭。我快速砍斷箭頭，又惹來一陣笑聲——要是那支箭被直接拉出來，我這輩子都要瘸了。

沙子猛擊我的臉、啃噬我的皮膚，然後又固化成另一隻怪物。它像座小山巍然聳立在我們面前，儘管五官都很粗糙，還是能看得出它露出狡猾的笑容。

我把驚愕擺到一邊，努力回想麗拉瑪米講的故事。我們已經應付過幽靈了，而這玩意兒很大——不像是屍鬼或食屍魔。妖精應該很害羞，而精靈陰險又狡詐……

「它是精靈！」我蓋過風聲大喊。沙子怪物笑得好開懷，好像我正在耍雜技、扮鬼臉一樣。

「小志士，精靈已經滅亡了。」它的尖嘯聲像來自北方的凜風。接著它忽地湊近，瞇起眼睛。它的同類在它身後成形，一邊舞動一邊翻跟斗，就像嘉年華會上的特技演員一樣有活力。「它們老早就在一場大戰中，被你的同類毀滅了。我是沙妖之王，羅安．金風。我要把你的靈魂據為己有。」

「沙妖之王何必操心區區人類的事？」海琳試著拖延時間，我則拚了命地要解開繩索，把垂降吊籃轉直。

「區區人類！」沙妖之王與眾沙妖們笑彎了腰。「你們是志士，你們的腳步聲在沙裡和星星裡都會發出回音。擁有你們這樣的靈魂是很大的榮耀。你們會好好服侍我的。」

「他在說什麼啊？」海琳悄悄問我。

「不知道，」我說，「繼續讓他分心就是了。」

「何必奴役我們？」海琳問，「我們大可以——呃——心甘情願地服侍你！」

「笨女孩！你們的靈魂在那身臭皮囊裡一點用處也沒有，我得先喚醒它、馴服它，到時候你們才能服侍我。到時候——」

隨著我們咻地往下滑，它的聲音也消失在呼呼的風聲裡。兩隻沙妖尖叫著追過來，圍繞著我們、遮蔽我們的視線，並再一次扯開我握著繩索的手。

「抓住他們。」羅安衝著同伴吼道。有隻沙妖想要鑽進我和海琳之間，她抓著我的手漸漸鬆開了。另一隻沙妖乾脆搶走她手裡的彎刀和背上的弓箭，把兵器都丟在沙丘上，並發出洋洋得意的笑聲。

又一隻沙妖拿著尖銳的石塊來鋸我們的繩子。我掄起彎刀刺穿怪物，還扭轉了刀身，期盼鋼鐵能夠殺得了它們。沙妖狂號起來——我分不出是出於痛苦還是憤怒。我想砍掉它的頭，但它往上跳，脫離我的攻擊範圍，邪惡地笑著。

思考啊，伊里亞斯！影子刺客有弱點，沙妖一定也有。麗拉瑪米講過沙妖的故事，我知道她講過，只是我他媽的一個都想不起來。

「啊——！」海琳的手脫離了我的身體，這下子她只靠著腿固定在我身上了。沙妖紛紛歡呼，加倍努力地想把她拽下去。羅安兩手貼著她的臉頰擠壓，將異世界的金色光芒灌注在她體內。

「我的！」沙妖之王說，「我的，我的，我的。」

繩索磨損了，我的大腿傷口鮮血直流。沙妖把海琳扯開，同時間我瞥見懸崖上有個壁龕，一路通到沙漠地面。我腦中浮現出麗拉瑪米的臉，映照著營火火光唱誦道：

風妖、風妖，星鋼針能殺死它。

海妖、海妖，點把火能趕跑它。

沙妖、沙妖，唱首歌能逼瘋它。

我揚起彎刀砍向正在鋸繩子的沙妖，同時向前一盪，從另一個沙妖手裡搶回海琳，並且把她塞進壁龕裡；整個過程中我都不理會她詫異的尖叫聲，以及在我背上憤怒狂抓的沙妖之手。

「唱歌，小琳！唱歌！」

她張開嘴，我不知道是大叫還是唱歌，因為繩子終於斷了，我直直往下掉。海琳蒼白的臉往我上方退去，接著世界變得一片安靜和潔白，我什麼都不知道了。

23 蕾雅

我離開廚房後，仍因廚子的警告而惴惴不安，這時伊薺來找我，交給我一綑紙張——是司令官要給鐵勒曼的設計說明書。

「我提議由我送去，」她說，「但她——她不喜歡這個主意。」

我穿過賽拉城前往鐵勒曼的冶煉場時，沒有半個人注意到我，沒人看得見我斗篷下紅腫滲血的「K」。我踉蹌前進，很明顯地察覺到自己不是唯一受了傷的奴隸。有些學人奴隸帶著瘀青，有些帶著鞭痕，還有些走起路來駝背、跛腳，彷彿受了內傷。

我路過依拉司翠恩區時，經過一個很大的玻璃展示櫃，裡頭擺著馬鞍和轡頭；我驀地停下腳步，被自己的倒影嚇了一大跳：回望著我的生物眼神多麼驚恐又空洞啊。我出了很多汗，半是因為發燒，半是因為高溫。我的洋裝貼在身上，裙子攏成一團絆著我的腿。

都是為了戴倫。我繼續走。不管妳多麼苦，他都比妳更苦。

我走近兵器區時，腳步放慢了，想起昨晚司令官說的話。女孩，妳很幸運，我想要一把鐵勒曼彎刀。妳很幸運，他想嚐嚐妳的滋味。我在鐵匠門外徘徊了許久才進去。現在我的皮膚顏色像乳清，又渾身是汗，鐵勒曼應該不會想靠近我吧。

店鋪和我初訪時一樣安靜，但鐵匠人在這裡，我知道。果不其然，我開門之後幾秒，就聽到窸窸窣窣的腳步聲，鐵勒曼由內屋出現。

他只看我一眼又走了，幾秒後帶著滿滿一杯冷開水和一把椅子回來。我跌坐在椅子上，咕嚕咕嚕地把水喝光，甚至沒停下來考慮水裡會不會已被下藥。

冶煉場很涼快，水更涼，一時之間，發燒引起的顫慄緩解了。這時鐵勒曼悄悄溜過我身邊，走向冶煉場大門。

把門鎖上。

我慢吞吞地站起來，遞出杯子，姿態像在奉獻、在交易，彷彿把杯子交還給他，他就會打開門鎖，放我毫髮無傷地離開。他接過杯子後，我立刻後悔了，應該留著它，至少還可以打破了當武器。

他望著杯底。「食屍魔來的時候，妳看見的人是誰？」

這問題太出乎意料，我在錯愕之下說了實話。「我看見我哥。」

鐵匠仔細地審視著我的臉，整個額頭都皺了起來，彷彿在斟酌些什麼，作某個決定。

「這麼說來妳是他妹妹了。」他說，「蕾雅。戴倫常提到妳。」

「他——他提到——」戴倫怎麼會跟這個人提到我？應該說他怎麼會跟這個人交談？

「真是奇妙，」鐵勒曼背靠著工作檯，「帝國多年來一直逼我找個學徒，但我都找不到滿意的人選，直到我逮到戴倫在那上頭偷窺我。」一排氣窗的窗板是敞開的，露出隔壁樓房堆滿木箱的凌亂陽台。「我把他拖下來，打算交給輔助兵發落，但我看到了他的素描簿。」他搖搖頭，不需再多作解釋。戴倫的畫作充滿生命力，彷彿你只要伸出手，就能從紙頁裡取出那些兵器。

「他不光是畫了我的冶煉場內部，還設計了他自己的武器，都是些我只在夢裡見過的絕妙設計。我當下就表明願意收他為徒，並以為他會逃跑，而我再也見不到他了。」

「但他沒有逃跑。」我悄聲說。他不會逃跑的——戴倫從不逃跑。

「的確。他走進冶煉場來，四處看看，態度很謹慎沒錯，卻並不害怕。我沒見過妳哥害怕。他感覺得到恐懼——這我很確定，但從來不把心思放在不好的後果上，他一向只想著好的後果會如何。」

「帝國以為他是反抗軍，」我說，「結果他這段時間都在替武人工作？如果真是這樣，他為什麼還是進了大牢？你為什麼不保他出來？」

「妳以為帝國會容許學人得知他們的祕密嗎？他並不是替帝國工作，而是替我工作。我很久以前就和帝國分道揚鑣了，只替他們製造一定的量，足以讓他們別來糾纏我的量，多半都是盔甲。在戴倫來之前，我已經有七年沒打造過一把真正的鐵勒曼彎刀了。」

「可是……他的素描簿裡有好多長劍的圖——」

「那本該死的素描簿，」史匹洛哼了一聲，「我叫他把本子留在這裡，但他就是不聽。這下東西落入帝國手中，是拿不回來了。」

「他在本子裡寫了公式，」我說，「說明步驟，一些——一些他不該知道的東西——」

「他是我的學徒，是我教他怎麼製造武器的。精良的武器，鐵勒曼兵器。不過不是為帝國而造。」

我突然領悟到他在暗示什麼，不禁緊張地吞口水。不管學人的起義行動規畫得再巧妙，到頭來還是鋼與鋼的對決，而這種戰爭的贏家永遠是武人。

「你要他替學人做武器？」那可是叛國罪呀。史匹洛點點頭，我簡直不敢相信自己的眼睛。這事有詐，就和早上維托瑞亞斯的示好一樣。一定是鐵勒曼和司令官串通起來要測試我的忠誠度。

「如果你真的和我哥合作過，應該有別人看見過你們吧，這裡總有其他人工作啊，奴隸、助手——」

「我是鐵勒曼鐵匠，除了我的學徒之外，都是獨自作業的，就和我的歷代祖先一樣。所以妳哥和我才沒被人發現。我想要救戴倫，但沒辦法。抓走戴倫的面具武士從他的素描裡認出我的作品，我已經因為這件事被訊問過兩次了。要是帝國發現我收妳哥為徒，他們會先殺了他，然後再殺了我，而我現在是學人能砍斷鎖鍊的唯一希望。」

「你和反抗軍合作嗎？」

「不。」史匹洛說，「戴倫信不過他們。他盡量遠離反抗軍鬥士，但他是利用地道進來的，幾週前，兩名叛軍看見他離開兵器區，以為他是武人的走狗。他不得不給他們看素描簿，不然會被他們殺了。」史匹洛嘆了口氣。「當然，這下子他們希望他加入反抗軍，一直糾纏著不肯放棄。但到頭來這也算好事，因為他和反抗軍的這層關係，我和他才能活到現在。只要帝國認為他握有叛軍的祕密，就會讓他活在監獄裡。」

「可是他告訴他們自己和反抗軍沒有關係，」我說，「在面具武士突擊搜捕我們家的時候。」

「這是預料中的回答。帝國本來就預期真正的叛軍會否認身分，要撐個幾天——甚至幾週——才鬆口。我們為此作過準備。我教他怎麼撐過拷問和大牢而活下來。只要他待在賽拉城，不要進到拷夫監獄，應該都不會有事的。」

能維持多久呢？我心想。

我不敢打斷鐵勒曼說話，但更怕不打斷他。如果他說的是實話，我聽得愈多，就有愈大的危險。「司令官等你回應，過幾天她會再派我來。給你。」

「蕾雅——等一下——」

但我把文件往他手裡一塞，便快步衝向大門並打開門鎖。他很輕易就能逮到我，但沒這麼做，只是看著我奔進小巷。我在轉彎的時候，好像聽到他在罵髒話。

夜裡，我躁動地在斗室裡翻來覆去，草褥的繩子刺著我的背，天花板和牆壁近到我呼吸困難。我的傷口在燒，而腦中迴盪的盡是鐵勒曼所說的話。

賽拉鋼是帝國力量的心臟，沒有任何武人會向學人透露它的祕密。然而鐵勒曼的陳述有種真實感，談到戴倫的時候，完全捕捉到他的神韻——包括他的畫，還有思考模式。而戴倫也和史匹洛口徑一致，說過自己既不是站在武人那一邊，也沒加入反抗軍。一切都對得上。

除了我認識的戴倫對造反沒興趣外。

真的嗎？回憶如同瀑布在我腦中奔流：外公告訴我們他替一個被輔助兵痛毆的孩子治好脫臼時，戴倫沉默的反應；外公、外婆在討論武人近來的突擊搜捕行動時，戴倫握緊拳頭，託辭離開現場；戴倫不理會我們的勸告，執意畫下學人婦女畏縮閃避面具武士、以及一群孩子爭搶水溝裡一顆爛蘋果的慘狀。

我以為我哥的沉默代表他想疏遠我們，但或許沉默是他的安慰劑，也許他只能藉由沉默來對抗同胞的慘況所帶給他的憤慨。

我好不容易睡著了，廚子對反抗軍的警語又鑽進我的夢裡。我看見司令官一遍又一遍地切割我，她的臉不斷變換，由麥森換成奇楠，換成鐵勒曼，換成廚子。

我醒來時置身窒人的黑暗裡，急促地喘氣，想推開房間裡的窄牆。我跌跌撞撞地下床，穿過露天走廊進入後院，大口吞嚥著清涼的夜風。

時間已過午夜，浮雲快速掠過幾乎完滿的月亮。再過幾天就要舉行滿月慶典了，那是學人為了崇敬一年之中最大的月亮而舉辦的盛夏慶祝活動。今年外婆和我本來要負責分發蛋糕和派餅，戴倫本來要跳舞跳到腳斷掉。

月光下，黑巖學院森嚴的建物幾乎是美麗的，陰暗的花崗岩變得柔和，顯出幽幽的藍光。學校一如往常，充滿詭異的死寂。我從來不怕夜晚，從小就不怕，但黑巖學院的夜晚不一樣，它籠罩著沉甸甸的寂靜，使你忍不住想回頭察看。那是一種像是有著生命力的寂靜。

我抬起頭，看見低垂在天空中的繁星，覺得彷彿看見了永恆。但在它們冷冷的目光下，我感覺到自己好渺小。人世間的生命如此醜陋，星星再美也沒有意義。

我以前並沒有這種想法。戴倫和我曾有數不清的夜晚爬上外公、外婆家的屋頂，搜尋巨流河的軌跡，以及射手星和劍士星。我們會留意流星，誰先找到第一個，就能指定對方去做一件大膽的事。由於戴倫有雙銳利的貓眼，永遠都是我得去偷鄰居的杏桃或是往外婆背上澆冷水。

現在戴倫看不到星星了。他被困在囚室裡，隱沒在賽拉城錯綜複雜的監獄迷宮裡。他再也看不見星星了，除非我能替反抗軍弄到他們想要的東西。

司令官的書房忽然亮起一盞燈，我嚇了一跳，很訝異她還醒著。她的窗簾飄飄蕩蕩，人聲透過敞開的窗戶陣陣飄下。她並不是一個人。

我想起鐵勒曼說的話。我沒看過妳哥害怕。他從來不把心思放在不好的後果上，他一向只想著好的後果會如何。

有一道鏽蝕的棚架沿著司令官的窗戶往上延伸，被夏天枯萎的藤蔓給遮蓋住。我試著搖了搖棚架——它不太穩，不過還是能爬的。

她搞不好根本沒在講什麼有用的事情，說不定只是在和學生說話。

可是她幹嘛半夜裡和學生見面？幹嘛不約白天？

她會鞭打妳。我的恐懼苦苦哀求我。她會挖掉妳一隻眼睛，砍掉妳一隻手。

但我已經被鞭打、毆擊、掐勒過，都活了下來；被人用燒燙的刀子一刀一刀剜刻過，也活了下來。

戴倫沒讓恐懼控制住他。如果我想救他，也不能讓恐懼控制住我。

我知道自己考慮得愈久，勇氣就愈少，所以握住棚架便開始攀爬。奇楠的忠告驀然躍入我的腦中。永遠都要有脫身計畫。

我臉一皺。來不及了。

我的涼鞋每刮一下，在我耳裡都像爆炸聲一樣明顯。有一聲很響亮的吱嘎聲讓我的心跳暫停，不過我僵立了片刻後才發現，那只是棚架被我壓住的聲音。

我爬到棚架頂端了，卻還是聽不見司令官說話。窗台在我左邊一呎外的距離，下方三呎處有一塊石磚崩解了，形成小小的落腳處。我深吸一口氣，攀住窗台，從棚架往窗戶的方向邁去。我的腳在陡直的牆壁上刮搔了驚險的片刻，才找到了落腳處。

別崩掉啊，我懇求腳下的石塊，*也別裂掉*。

胸口的傷又裂開了，我盡量不去理會沿著胸膛往下滴的血。我的頭和司令官的窗戶齊高，要是她探出身來，我就死定了。

別顧慮那麼多了，戴倫對我說。*認真聽*。司令官俐落的語氣飄出窗外，我向前傾。

「——會帶著他的全體隨扈到來，夜臨者主君。所有人——包括他的參事、血伯勞、黑武士——還有泰亞家族大部分的人。」司令官的語氣很反常的十分順服。

「妳要確定都辦妥了，凱銳絲。泰亞斯必須在第三場試煉之後抵達，否則我們的計畫就白費了。」

第二個人的聲音讓我倒抽一口冷氣，差點就摔了下去。那聲音低沉而柔和，不太像是聲音，倒更像是一種感覺。它是夜裡迴旋的風暴、強風和樹葉，是在地底深處吸吮著的樹根，以及蒼白而目盲的底棲生物。但這聲音有什麼地方不對勁，彷彿核心染著病菌。

儘管我從沒聽過這聲音，卻發現自己渾身顫抖，甚至渴望墜落地面，只求能遠離它。

蕾雅。我聽到戴倫說。*勇敢一點*。

我冒險從窗簾縫隙間偷看，瞥見房間角落裡站著一個人，全身都裹著黑衣。他看起來不過是披著斗篷的中等身型男人，但我打從骨子裡知道他不是一般人。他腳邊蓄積著影子，影子扭動著，彷彿想喚起他的注意。食屍魔。那東西轉身面向司令官，我嚇得縮回脖子，因為兜帽下是不屬於人類世界的黑暗。他的眼睛發著光，像是兩顆狹長的太陽，其中蘊含了滿滿的古老惡意。

那個人移動位置，我趕緊退離窗戶。

夜臨者，我的腦中在吶喊。她叫他夜臨者。

「主君，我們有另外一個麻煩，」司令官說，「先知們已懷疑我在干涉了，我那兩個……工具，不如期盼中的那麼謹慎。」

「讓他們去懷疑吧，」那生物說，「只要妳封閉心靈，我們也繼續教弗拉兄弟封閉心靈，先知就依然什麼也查不到。不過我的確懷疑妳到底有沒有選對人，凱銳絲。他們剛剛搞砸了第二次的偷襲行動，儘管我已經告訴過他們該怎麼解決亞奇拉和維托瑞亞斯了。」

「弗拉兄弟是唯一的選擇。維托瑞亞斯太死腦筋了，而亞奇拉又對他忠心耿耿。」

「那麼馬可斯非贏不可，而且我必須能掌控他。」影人說道。

「就算是別人贏了，」司令官的語氣充滿了我意想不到的疑慮，「例如是維托瑞亞斯好了，您還是可以殺死他，然後占據他的肉體──」

「換肉體並不是件容易的事。再說，司令官，我也不是什麼刺客，方便讓妳用來消滅眼中釘。」

「他不是我的眼中──」

「如果妳希望妳兒子死，大可以自己動手，但別讓這件事干擾了我交給妳的任務。要是妳完成不了任務，我們的合作關係就必須中止。」

「還剩兩場試煉，夜臨者主君。」司令官的聲音低沉，滿是壓抑的憤怒，「兩場都會在這裡舉行，我相信我能——」

「妳的時間很有限了。」

「十三天很充裕——」

「如果妳沒能破壞『堅強試煉』呢？第四場試煉只隔一天就會登場了。再過兩個星期，凱銳絲，你們勢必會有位新皇帝。妳要確保登基的是對的人。」

「我不會辜負您的期望的，主君。」

「那是當然的，凱銳絲。妳從來沒讓我失望過。我給妳帶了另一樣禮物來，這象徵我對妳有信心。」

沙沙聲，撕裂聲，然後是猛抽一口氣的聲音。

「可以加進妳的刺青裡，」司令官的客人說，「讓我來？」

「不，」司令官喘著氣輕聲說，「不，我自己來。」

「悉聽尊便。走吧，送我到大門。」

幾秒鐘後，窗戶砰然關上，差點把我震落，然後燈光滅了。我聽到遠處房門咚的一聲，接著一切歸於寂靜。

我全身都在發抖。終於，我終於得到有用的資訊可以交給反抗軍了。這不是他們想知道的全部，但或許能填飽麥森的胃口，爭取更多時間。我半是喜悅，半是思索著司令官喚作「夜臨者」的生物，到底是什麼東西？

學人基本上是不相信超自然生物的。懷疑論是我們遺留下來的少數傳統，大部分人都緊抱著這種信念。精靈、妖精、食屍魔、幽靈——都是屬於部落民的神話與傳說。獲得生命的影子只是視覺上的幻覺，至於有副地獄嗓音的影人——一定也有合乎邏輯的解釋。

只不過這回沒有別的解釋了。它是真的，就像食屍魔是真的一樣。

沙漠突然颳來一陣風，搖撼著整座棚架，似乎要把我扯下地面。我決定不管它是什麼東西，知道得愈少愈好。重點是我蒐集到需要的資訊了。

我伸出腳去搆棚架，卻又連忙縮回腳來，因為另一陣強風猛然襲來。棚架吱嘎響、傾斜，然後在我眼前以震耳欲聾的巨響轟然倒在石板地上。*天殺的*。我皺著臉，等著廚子或伊薺出來逮到我。

幾秒後，中庭地板傳來唰唰的涼鞋聲。伊薺從奴隸房的走廊冒出頭，肩上緊緊裹著一條披巾。她低頭看看棚架，又抬頭看向窗戶。當她看到我時，訝異得張大了嘴巴，不過她只是扶起棚架，看著我爬下來。

我轉身面向她，心裡慌忙地編織著各種藉口，卻沒有一個說得通。但她先開口了。

「我要妳知道，我覺得妳做的事很勇敢，真的很勇敢。」她滔滔不絕地說，好像一直累積著這些話，並等待這一刻能脫口而出，「我知道突擊搜捕和妳家人以及反抗軍的事。我不是在查妳的底，我發誓。只不過是今天早上我把沙子送上樓以後，才想起自己把熨斗留在爐子裡加熱。我回來取的時候，妳和廚子正在談話，我不想打擾妳們。總之，我在想——我可以幫妳，我知道很多很多事，我一輩子都待在黑巖學院裡呢。」

我一時間說不出話來，該求她別說出去嗎？該不講理地氣她偷聽嗎？該呆呆地瞪著她，因為自己從沒想過她也能有這麼多話好講嗎？我不知所措，但確實知道一件事：我不能接受她的幫忙，這件事太危險了。

我還來不及說什麼，她就把手縮到披巾底下，搖搖頭。

「算了。」她看起來好孤單——累積多年、甚至是一輩子的孤單。「這是個笨主意，抱歉。」

「不笨啊，」我說，「只是太危險了。我不希望妳受傷。要是被司令官發現，她會把我們兩個都殺了。」

「可能比現在好，至少我在死之前曾做過有用的事。」

「我不能讓妳這樣做，伊薺。」我的拒絕傷了她的心，這讓我非常難過。但我還沒絕望到必須拿她的命去冒險的地步。「我很抱歉。」

「好吧，」她鑽回自己的殼裡去了，「別提了，就……忘了吧。」

我知道自己作出了正確的選擇，但伊薺孤單而悲傷地走開時，我還是恨自己讓她這麼傷心。

雖然我拜託廚子讓我替她跑腿，這樣就能每天都到市場裡去，但卻沒有任何反抗軍的消息。

終於，偷聽到司令官對話後的第三天，我正擠過信差辦公室裡擁擠的人潮，突然有隻手握住了我的手腕。我本能地用手肘撞回去，試圖給那個想占我便宜的蠢蛋一點顏色瞧瞧，但有另一隻手擋住了我的手臂。

「蕾雅。」低沉的聲音在我耳邊喃喃道。是奇楠的聲音。

他熟悉的氣味讓我忍不住起了雞皮疙瘩。他放開我的手臂，但握住我手腕的地方卻加重了力道。我很想推開他，叱責他怎麼可以亂碰我，但同時間裡，他手心的觸感又讓我小鹿亂撞。

「別轉頭，」他說，「司令官派了人跟蹤妳，那個人正想辦法穿越人群過來，我們現在不能冒險會面。妳有東西給我們嗎？」

我舉起司令官要寄的信搧風，希望這動作能掩飾自己正在說話。

「有啊。」我興奮到微微顫抖，卻只感覺到奇楠非常緊張。我轉頭看向他，他卻狠狠地捏了一下我的手以表示警告，但我已經看見他陰鬱的臉色了。我的得意之情褪去。出了什麼事。

「戴倫還好嗎？」我悄聲說，「他還——」我說不出口，恐懼讓我噤聲。

「他在賽拉城的死牢裡，在中央監獄。」奇楠語氣很輕柔，像是外公對病患宣布最壞的消息時那樣。「他快要被處決了。」

我肺裡的空氣全被抽乾，聽不見辦公室職員的吆喝聲，感覺不到推擠我的手，也聞不到人群的汗臭味。

處決。殺害。死亡。戴倫快要死了。

「我們還有時間。」我訝異地聽見奇楠以真誠的語氣說。我爸媽也死了，我上次見到他時他說。其實應該說我全家人都死了。他能體會戴倫被處決對我而言將是多大的衝擊，或許他是唯一能體會的人。

「處決定在新皇帝登基之後，那可能還滿久的。」

錯了，我心想。

再過兩星期，影人說過，你們勢必會有位新皇帝。我哥沒有很久的時間，他只有兩個星期。我得告訴奇楠這件事，但當我轉身時，一眼就看見有名帝國軍站在信差辦公室門口，眼光緊盯著我。是跟蹤我的人。

「麥森明天不會在城裡。」奇楠彎下腰，像是把什麼東西掉在地上了那樣。我清楚意識到司令官的手下正在看我，只能繼續茫然地望向前方。「如果後天妳能出來，並且甩掉跟蹤者——」

「不，」我喃喃地說，又開始替自己搧風，「今晚。我今晚會再出來，趁她睡覺的時候。她不到天亮絕不會離開房間，我可以偷溜出來去找你們。」

「今晚太多巡邏兵了，今天是滿月慶典——」

「巡邏兵的重點會擺在一群群的狂歡者身上，」我說，「不會注意到一名落單的奴隸女孩的。拜託你，奇楠，我必須跟麥森說話。我有情報，如果能傳達給他，就能在戴倫被處決以前救他出來。」

「好。」奇楠若無其事地瞥向跟蹤者的方向。「妳去慶典好了，我會去那裡找妳。」片刻後，奇楠已經不見了。我把信交到信差櫃檯，付了郵資。幾秒之後，我走到戶外，看著來來往往的採買者。我握有的資訊足以救我哥嗎？足以說服麥森現在就把戴倫弄出來，不會再延遲嗎？

我下定決心地想：會的，一定會的。已經撐到這個地步，我絕不會坐視哥哥死掉。今天晚上，我會說服麥森救出戴倫。我會發誓繼續當奴隸，直到查出他想要的資訊。我會向反抗軍獻出忠誠，並且願意付出任何代價。

但第一個問題是：我該怎麼溜出黑巖學院？

24

伊里亞斯

歌聲像是一條河，蜿蜒流過我滿溢著痛苦的夢境，靜靜地、甜美地汲取出我幾乎已經遺忘的人生，進入黑巖學院之前的人生。垂著絲布的車隊轆轆地穿過部落民的沙漠，我的玩伴們在綠洲裡奔跑嬉鬧，笑聲有如鈴鐺般清脆。我和麗拉瑪米一起走在棗樹的樹蔭下，她的嗓音就和周遭沙漠裡的生命所發出的嗡鳴聲一樣穩定。

可是當歌聲停止後，夢境也跟著淡化，我沉入夢魘。夢魘轉變成一汪由痛苦形成的黑暗深淵，疼痛有如一心復仇的孿生兄弟尾隨著我。我的身後敞開了一道攫人的黑暗之門，有隻手驀地伸向我的背，想把我拖進門裡。

然後歌聲又開始了，那是無盡黑暗中的生命之絲，我伸出手，盡可能緊緊地握住它。

我昏昏沉沉地恢復意識，好像離開了許多年才回到自己的身體裡。儘管我預期全身都會痠痛不堪，手腳卻還能輕鬆活動，於是便坐起身來。

屋外剛點亮夜間的照明。我知道自己在醫務室裡，因為這是黑巖學院唯一有白牆的空間。室內空蕩蕩的，只有我躺的這張床和一張小桌子，還有一把簡樸的木椅，上頭坐著正在打瞌睡的海琳。她看起來很憔悴，臉上到處都是瘀青和刮傷。

「伊里亞斯！」她一聽見我在動的聲響立刻睜開眼睛，「謝天謝地，你已經昏迷兩天了。」

「能不能說明一下。」我啞聲說，喉嚨很乾，頭也在痛。懸崖上發生了什麼事，奇怪的事……

海琳拿桌上的大水壺替我倒了杯水。「我們在第二場試煉中被沙妖攻擊了，在我們要下懸崖的時候。」

「其中一隻割斷了繩索，」我想起來了，「可是那——」

「你把我塞進壁龕裡，卻沒想到同時應該讓你自己抓牢。」海琳怒瞪我，但她遞水給我的手在顫抖。「所以你像鉛錘一樣直直墜落，過程中還撞到頭。你本來應該是死定了，不過我們之間的繩索吊住你。我扯著嗓子用力唱，唱到最後一隻沙妖也逃之夭夭，然後我把你緩緩放到沙漠上，再拖著你躲進風滾草後頭的小山洞裡。那是個不錯的小堡壘，容易防守。」

「妳得戰鬥？還沒完？」

「先知們又襲擊我們四個回合。蠍子還滿明顯的，不過毒蛇差點咬到你。後來屍鬼也來了——真是邪惡的小混蛋，跟故事裡講的都不一樣。而且也很難殺——你得像對付蟲子一樣把它們踩扁。不過最糟的還是帝國軍。」海琳臉色蒼白，語氣中的黑色幽默也消失無蹤。「他們源源不絕地冒出來，我殺了一兩個，又有四個出來替補。他們本來應該可以打垮我的，不過山洞的開口太窄了。」

「妳殺了幾個人？」

「太多了。但不是他們死就是我們亡，所以我也沒什麼罪惡感。」

不是他們死就是我們亡。我想到自己在瞭望塔樓梯井上殺死的四個士兵，我想我該慶幸自己不必增加殺人紀錄吧。

「天亮時，」她繼續說下去，「有個先知出現了，下令要帝國軍把你扛到醫務室來。她說馬可斯和寨克也都受傷了，而我是唯一毫髮無傷的人，所以我贏了第二場試煉。說完她給了我這個。」她把上衣衣領往後拉，露出一件亮燦燦的緊身衣。

「妳怎麼不早點說妳贏了？」我大大鬆了一口氣。要是馬可斯或寨克奪下勝利，我一定會想砸爛什麼東西。「結果他們送妳一件……衣服？」

「是用活金屬做的，」海琳說，「出自先知的冶煉場，和我們的面具一樣。先知說它能擋開任何兵器——連賽拉鋼也不例外。剛好啊，天知道下一關要面對什麼。」

我搖搖頭。幽靈、沙妖和屍鬼，部落民的故事都成真了，我想都沒想過會有這種事。

「先知們真是毫不手軟，對吧？」

「伊里亞斯，不然你以為呢？」海琳輕聲問道，「他們要選出下一位皇帝呢，這可不是小事。你——我們——必須信任他們。」她深吸一口氣，急急地說出接下來的話：「我看到你摔下去的時候，還以為你死定了，還有好多話必須對你說。」她遲疑地伸手撫摸我的臉，羞怯的眼神述說著陌生的語言。

並不是太陌生，伊里亞斯。拉薇妮雅．塔那利亞這樣看過你。希芮絲．柯冉也是。就在你吻她們的前一刻。

可是現在不一樣，這是海琳啊。那又如何？你想知道那是什麼滋味——你知道你想的。我一想到這裡，立刻對自己感到作嘔。海琳可不是意亂情迷或一夜風流的對象，她是我最好的朋友，值得更好的對待。

「伊里亞斯……」她講話的速度緩如夏風，輕咬著嘴唇。不，別讓她說出來。我別開臉，她快速抽回手，好像摸到火似的，臉頰也緋紅一片。

「海琳——」

「沒什麼啦。」她聳聳肩，故作輕快地說。「我想我只是太高興見到你醒來了。話說回來，你還沒講到——你感覺怎麼樣？」

她的情緒轉換之快讓我驚詫，但不得不慶幸能避免掉尷尬的對話，所以我也假裝什麼事都沒發生。

「我頭在痛，感覺……暈暈的。我聽到某種……歌聲，妳知不知道……？」

「你大概在作夢吧。」海琳不自在地移開目光，儘管我的頭腦仍舊一片混沌，也看得出她有所隱瞞。門開了，一位醫官走進來，她從椅子上跳起來，顯然對於有第三者在場感到如釋重負。

「噢，維托瑞亞斯，」醫官說，「你終於醒了。」我一向不喜歡這傢伙，他是個瘦骨嶙峋而自大的混蛋，最愛在病人痛苦掙扎的時候兀自闡述他的治療方針。他匆匆走過來，拆下我腿上的繃帶。

我愕然張大嘴巴，因為預期會看到血淋淋的傷口，但受傷的部位看起來只剩下像是幾星期前的舊傷疤。我摸摸它，感覺有點癢，但完全不痛。

「南方發明的膏藥，」醫官說，「我自己做的。我承認自己已經調配過很多次了，可是給你用的時候才終於把配方弄對。」

醫官又拆下我頭上的繃帶，繃帶上連血跡都沒有。有股悶痛從我耳朵後頭往外擴散，我抬起手，摸到那裡有個凸起的疤。如果海琳說的是真的，這傷應該使我昏迷好幾週才對，結果卻沒兩天就癒合了。真是奇蹟！我注視著醫官，這太神奇了，不可能是這自大的骷髏一個人的功勞。

我注意到海琳刻意迴避著我的視線。

「先知來過嗎？」我問醫官。

「先知？沒有，只有我和助手，當然，還有亞奇拉。」他有些著惱地瞥向海琳，「她只要逮著機會就坐在這裡唱搖籃曲。」

醫官從口袋裡取出一個瓶子。「血根草汁，可以止痛。」他說。血根草汁。這幾個字觸動我某種念頭，但一下子又溜走了。

「你的工作服在衣櫃裡。」醫官說，「你可以離開了，不過我建議你動作慢一點。我已經告訴司令官，你要到明天才能訓練或站崗。」

醫官前腳剛走，我馬上轉頭看著海琳。「世上沒有一種膏藥能治好這麼重的傷，然而連先知都沒來看過我，只有妳。」

「你的傷一定沒有想像中嚴重。」

「海琳，跟我說說妳唱歌的事。」

她張開嘴，欲言又止，接著想以迅雷不及掩耳的速度往門口衝，但很不幸地，我早就料到這一點了。

我立即抓住她的手，她眼神閃爍，看得出在權衡輕重。我要跟他打架嗎？值得嗎？我等她作決定，結果她軟化了，抽出手後又坐回椅子上。

「在山洞裡開始的，」她說，「你一直在抽搐，好像某種症狀發作似的。後來我唱歌不讓沙妖靠近，你就平靜下來了，氣色也比較好，連頭上的傷都停止出血。所以我就──就繼續唱歌。我在唱的時候會疲倦──變虛弱，感覺像發燒。」她的眼神驚惶。「我不曉得這代表什麼，我從來沒試著去控制過亡靈啊，我不是女巫，伊里亞斯，我發誓──」

「我知道，小琳。」天啊，我母親會怎麼看這件事？還有黑武士？不會有好事的。武人相信超自然力量來自亡靈，只有先知能屬於那種靈體。其他人只要有一絲超自然力量，就會被冠上行巫術的罪名，並且判處死刑。

傍晚的暗影在小琳臉上舞動，我想起沙妖之王羅安．金風抓住她、用奇怪的光照亮她時的情況。

「麗拉瑪米講過一些故事，」我謹慎地說，不想嚇到海琳，「她說過某些擁有特殊技能的人類，會因為和超自然生物接觸而覺醒。有些人能駕馭力量，有些人能改變天氣，少數人甚至能用聲音治療。」

「不可能，只有先知才有真正的魔法──」

「海琳，兩天前的晚上我們還在和幽靈與沙妖格鬥啊，誰能說得清什麼是可能的、什麼是不可能的？也許是沙妖碰到妳時，喚醒了妳體內的什麼東西。」

「奇怪的東西。」海琳把我的工作服遞過來。看來我只是害她更不安了。「不像人類的東西，而是——」

「可能是救了我一命的東西。」

海琳握住我的肩膀，纖纖玉指掐進我的肉裡。「伊里亞斯，答應我不告訴任何人，讓別人以為是醫官妙手回春吧，拜託你。我得——得先弄清楚這是怎麼回事。如果被司令官知道了，她會告訴黑武士，然後——」

他們會想辦法清除妳的這種能力。「我們的祕密。」我說。她看起來大大鬆了口氣。

我們走出醫務室時，一陣熱烈的歡呼聲迎接我——費里斯、德克斯、崔斯塔斯、迪米崔斯、林德——都鼓譟著、拍著我的背。

「我就知道那些混蛋解決不了你——」

「為了慶祝，咱們弄桶酒來吧——」

「退後啦，」海琳說，「讓他好好呼吸。」她的話被咚咚的鼓聲打斷。

全體應屆畢業生立刻到一號訓練場集合，進行格鬥訓練。

訊息不斷重複，大家紛紛哀號、翻白眼。「伊里亞斯，幫我們個忙，」費里斯說，「等你贏了、登上帝位，就把我們弄出去吧？」

「喂，」海琳說，「那我呢？要是我贏了呢？」

「要是妳贏了，碼頭區就會被關閉，我們再也沒有樂子了。」林德說著朝我擠眉弄眼。

「林德，你真蠢，我才不會關閉碼頭區，」海琳氣呼呼地說，「我只是不喜歡妓院——」

林德一邊倒退，一邊護著鼻梁。

「原諒他吧，神聖的志士。」崔斯塔斯吟誦般唱道，藍眼睛閃著光，「請別把他打倒，他只是個卑微的奴僕——」

「唉，你們都給我閃邊去。」海琳說。

「十點半喔，伊里亞斯，」林德邊喊邊和其他人一起走了，「在我的寢室，我們要辦一場正式的慶功宴。亞奇拉，妳也可以來，但要保證不會再打斷我的鼻子。」

我告訴他我們倆不會錯過，等他們走遠了，小琳交給我一個小瓶子。「你忘了拿血根草汁。」

「蕾雅！」我突然醒悟到先前為什麼覺得有事掛心了。三天前我曾向奴隸女孩承諾要給她血根草，她的傷口一定痛得要命。她有好好照料傷口了嗎？廚子替她清理了嗎？不知道——

「蕾雅是誰？」海琳打斷我的思緒，語氣中淨是暗藏危機的平靜。

「她是……沒什麼啦。」我對學人奴隸作出的承諾，不是海琳能明白的事情。「我在醫務室的時候還發生了什麼事？有什麼好玩的事嗎？」

海琳白了我一眼，表明她容許我轉移話題。「反抗軍到一名面具武士家——迪蒙・卡西亞斯家——偷襲，死得滿慘的。他老婆今天早晨發現他的屍體，沒人聽到半點聲響。那些混蛋膽子愈來愈大了。還有……另一件事。」她壓低音量。「我爸聽到謠言說血伯勞已經死了。」

我不敢置信地盯著她。「反抗軍幹的？」

海琳搖搖頭。「你知道皇帝離賽拉城只有幾星期路程了吧——最多幾星期。他已經開始計畫要攻擊黑巖學院——攻擊我們幾個志士。」

外公警告過我這件事，不過真的聽到了還是讓人不舒服。

「血伯勞聽了攻擊計畫後，想要辭去職務，所以泰亞斯就把他處死了。」

「血伯勞哪能辭職？」你要盡忠職守、至死方休，大家都知道。

「其實呢，」海琳說，「血伯勞是可以辭職的，不過前提是皇帝允許他辭職。知道這規定的人不多——我爸說這算是帝國律法中的少數漏洞。不管怎麼說，要是謠言屬實，血伯勞光是開這個口就夠愚蠢的了。正當泰亞家族的地位岌岌可危時，泰亞斯怎麼可能放首席武將走？」她抬頭看著我，等我回應她，但我只是張口結舌地看著她，因為我剛剛有了重大發現，直到現在才明白過來。

如果你盡你的義務，先知曾說，就有機會永久破除你和帝國之間的連繫。

我知道該怎麼做了，知道該怎麼爭取自由了。

要是我贏了試煉，我會成為皇帝，除了死亡之外，沒有任何事物能讓皇帝與帝國脫離關係。可是對血伯勞來說不是這樣。*血伯勞是可以辭職的，不過前提是皇帝允許他辭職。*

我不該贏得試煉，海琳才應該當贏家。因為如果她贏了，而我成了血伯勞，她就能放我自由。

這樣的醒悟感覺既像肚子被重重揍了一拳，又像展翅飛翔。先知們說不管誰先贏得兩場試煉，誰就能當上皇帝。馬可斯和海琳各贏了一場，表示我得贏得下一場，然後海琳要贏第四場。而現在到第四場之間，馬可斯和寨克必須死去。

「伊里亞斯？」

「嗯啊。」我太過大聲地說。「抱歉。」海琳一臉氣惱。

「在想蕾雅嗎？」學人女孩的名字與我想的事情實在風馬牛不相及，一時之間我沉默地愣住了，海琳臉色一僵。

「喔，別理我好了，」她說，「反正我又沒花兩天時間陪在你床邊，用唱歌的方式把你救活。」

我一時不知道該說什麼才好。我不認識這樣的海琳，她表現得就像真正的姑娘家。

「不是啦，小琳，妳誤會了。我只是累了——」

「算了，」她說，「我得去站崗了。」

「維托瑞亞斯志士。」有個幼齡生跑向我，手裡攥著張信箋。我接過信箋，同時要海琳等我一下。但她不理我，即使我正準備解釋，她仍逕自走開了。

25

蕾雅

我告訴奇楠會離開黑巖學院去找他，這話說完幾個鐘頭後，我覺得自己真是天底下最傻的傻瓜。十點的鐘聲已經敲過了，一個小時前，司令官要我退下，她回到房間，應該要到天亮才會再出來，尤其是我在她的茶裡攙了一點凱薄葉——那是一種無臭無味的草藥，外公以前會用它來幫助病患睡眠。廚子和伊蘑都在各自的房裡睡下了，整棟屋子靜得像座陵墓。

而我仍然枯坐在房裡，試著想出離開的方法。

我不能在這麼晚的時間裡直接從大門衛兵面前走過，蠢到這麼做的奴隸會遇到不好的事情。而且還有另一個很大的風險，這會讓司令官聽說我半夜到處亂逛。

但可以製造一點混亂，分散衛兵的注意力，再偷偷溜過去。我下定了決心，並回想起突擊搜捕那一夜吞噬我家的火苗，沒有比火更好的亂源了。

因此我帶著火種、打火石和打火棒，偷偷溜出房間。我以寬鬆的黑圍巾掩住臉，身上穿著高領長袖衣服來遮蔽奴隸手銬和司令官的烙印——它仍然結著痂、散發陣陣劇痛。

奴隸房空無一人，我悄悄走到連通黑巖學院校區的木柵門邊，輕輕打開。它吱吱叫，比被宰的豬更大聲。

我皺著臉，匆匆回到房間，等著有人來察看噪音來源。眼看沒人出現，我又偷偷摸摸地走出去——

「蕾雅？妳要去哪裡？」

我驚跳起來，把打火石和打火棒都掉在地上，好不容易才握牢火種。

「我的老天，伊薺！」

「抱歉！」她撿起打火石和打火棒，發現那是什麼東西之後，褐色眼珠瞪得老大。

「妳想偷溜出去。」

「沒有啊。」我說，但她看我的眼神讓我心虛。「好吧，是沒錯啦，可是——」

「我……可以幫妳。」她小聲地說，「我知道一條離開學校的小路，連帝國軍都不知道喔。」

「太危險了，伊薺。」

「好吧，沒錯。」她退後兩步，又停下來，小手互相搓揉著。

「如果——如果妳打算點火，趁衛兵分散注意力時溜出大門，那是行不通的。帝國軍會派輔助兵去滅火，他們絕不會讓大門無人看守，絕對不會。」

她一說出來，我就知道她是對的。我自己也應該想得到才是。「妳能告訴我那條路怎麼走嗎？」我問她。

「那是很隱密的小路，」她說，「一條很窄的岩石路。抱歉，我必須帶妳去看——這表示我得跟妳一起出去才行。我不介意啦，這是朋——朋友該做的事。」她說到「朋友」時，像在講一個自己希望能搞懂的祕密。「我不是說我們是朋友，」她急忙補充，「我是說——我不知道，我從來沒有真正的……」

朋友。她本來想說，但移開目光，一副窘樣。

「我要去見我的接應人，伊薺。如果妳跟來，結果被司令官逮到了──」

「她會懲罰我，也許會殺了我，我知道。但就算是忘了打掃她的房間，或是直視她的眼睛，她還是可能這麼做啊。和司令官生活在一起就像與死神同居，再說，妳真有選擇的餘地嗎？我是說──」她的表情幾乎帶著歉意，「──不然妳打算怎麼出去？」

問得好。我不想害她受傷害。一年前，武人奪走了札拉，我光是想像另一個朋友又被他們凌虐就無法承受。

但我也不希望戴倫死掉，每多浪費一秒，就是讓他在監獄裡多受苦一秒。再說，也不是我強迫她加入的，伊薺想要幫忙。一連串「萬一」在我腦中閃過，我壓制住它們。為了戴倫。

「好吧，」我對伊薺說，「妳說的隱密小路──通到外面哪裡？」

「碼頭區。妳是要去那裡嗎？」

我搖搖頭。「我得去學人區的滿月慶典，不過可以從碼頭區過去。」

伊薺點點頭。「蕾雅，跟我來。」

拜託別讓她受到傷害。她鑽回房間拿斗篷，然後牽起我的手，拉我繞到房屋後頭。

26 伊里亞斯

雖然醫官表示我不適合參加訓練和站崗，我母親可不管那麼多。她的信箋命令我去訓練場參加徒手搏擊。我把血根草汁收進口袋——這事得等等了——在接下來的兩個小時內，得努力不讓搏擊課的百夫長把我揍成肉泥。

等我換上乾淨工作服、走出訓練場時，十點的鐘聲已經敲過了，而我還有一場慶祝會要參加呢，那群好小子——和海琳——都在等我。我邊走邊把手插進口袋，希望海琳能放輕鬆一點——至少忘了她先前在生我的氣。如果我想要她放我自由、跟帝國脫勾，那麼確保她不討厭我應該是正確的第一步。

我的手指摸到口袋裡的血根草瓶子。*你告訴蕾雅會拿這個給她的，伊里亞斯*，有個聲音叱責地說，*都過好幾天了*。

但我也說過會去宿舍找小琳和兄弟們。小琳已經在生我的氣了，要是被她發現我深更半夜跑去找學人奴隸女孩，一定會老大不爽。

我停下來考慮，如果動作快一點，小琳根本不會知道我去過哪裡。

司令官的屋子黑漆漆的，但我還是隱身在陰影處。奴隸們或許在睡覺，如果我母親睡著了，我就會像沼澤精靈一樣沒理由出現在這裡。我悄悄潛到奴隸房入口，打算把血根草瓶子留在廚房，這時卻聽到說話聲。

「妳說的隱密小路——通到外面哪裡？」我認出喃喃說話的人是誰：蕾雅。

「碼頭區。」這是伊薺，廚房裡的奴隸。「妳是要去那裡嗎？」

多聽了一會兒之後，我發現她們計畫沿著那條危險的隱藏路徑離開學院，到賽拉城去。那條路無人看守，完全是因為沒人會笨到冒險從那裡溜出去。迪米崔斯和我六個月前為了打賭，不用安全繩走過一遍，結果差點摔斷脖子。

這兩個女孩要歷經千驚萬險才能走完它，而且要成功返回更需要雙倍的奇蹟。我朝她們走去，打算告訴她們不值得冒這個險，即使為了傳說中的滿月慶典也划不來。

但這時空氣波動，使我立刻僵立不動。我聞到了青草和雪的氣味。

「原來，」海琳在我背後說，「那就是蕾雅啊。一個奴隸。」她搖搖頭。「伊里亞斯，我以為你的格調比別人高，從來沒想過你會帶奴隸上床。」

「不是這樣的。」我的語氣令我自己咋舌：簡直像典型的男人囁囁嚅嚅，向他的女人否認自己做錯事。只不過海琳並不是我的女人。「蕾雅並沒有——」

「你以為我是笨蛋嗎？或是瞎了？」海琳眼中閃著危險的訊息，「我看見你看她的眼神了，就是『勇氣試煉』開始前她找我們去司令官屋子的那天。就好像她是水，而你已經快渴死了。」海琳振作了一下。「沒差啦，我現在就去向司令官告發她和她的朋友。」

「為了什麼理由？」我很訝異海琳這個樣子，訝異她這麼憤怒。

「為了偷溜出黑巖學院，」海琳咬牙切齒地說，「為了違抗主人的命令，試圖參加非法慶典——」

「她們只是女孩子啊，小琳。」

「她們是奴隸，伊里亞斯。她們唯一該關心的事就是取悅主人，而我向你保證，她們的主人不會喜歡她們現在在做的事。」

「冷靜點。」我環顧四周，生怕有人聽見我們說話。「海琳，蕾雅是個人，是別人的女兒或姊妹。如果妳或我出生在不同的家庭裡，搞不好也會落到和她們同樣的地位。」

「你在說什麼？說我應該為學人感到難過嗎？說我應該用平等的角度看待他們嗎？我們征服了他們，並且統治著他們，世上的事不就是這樣嗎？」

「不是所有被征服的人民都會淪為奴隸。南方國度的湖人征服了芬恩人，將他們納入護衛的羽翼下——」

「你究竟有什麼毛病？」海琳瞪著我的眼神，彷彿我剛長出第二顆頭。「帝國正正當當地攻占了這片土地，它就成了我們的土地。我們為它奮戰，為它犧牲，並肩負著保有它的責任。如果為了達成任務必須奴役學人，就該這麼辦。你要小心一點，伊里亞斯，要是被任何人聽到你講這種垃圾話，黑武士想都不想就會把你丟進拷夫監獄去。」

「妳不是想做出改變嗎？」她那副義正辭嚴的模樣讓我惱火，我以為她不是這種人。「結業式後的那天晚上，妳不是說過想改善學人的處境——」

「我指的是生活環境！不是解放他們！伊里亞斯，你瞧瞧那幫混蛋幹了什麼好事：劫掠車隊、殺害熟睡中的清白的依拉司翠恩——」

「妳該不會真的認為迪蒙．卡西亞斯是『清白』的吧，他是個面具武士——」

「那女孩是奴隸。」海琳沒好氣地打斷我，「司令官有權知道她的奴隸都在做些什麼，向她隱瞞等同於幫助和教唆敵人。我要告發她們。」

「不，」我說，「妳不能。」我母親已經在蕾雅身上刻下記號，已經挖掉了伊薺的一隻眼睛，我想像得到她要是聽說了她們偷溜出去會怎麼做，到時候她們剩下的部位還不夠禿鷹塞牙縫呢。

海琳在胸前交疊雙臂。「你打算怎麼阻止我？」

「妳的治療能力。」我說著，恨透自己勒索她，卻知道這是唯一使她打退堂鼓的籌碼。「司令官一定很有興趣聽一聽，妳不覺得嗎？」

海琳整個人都僵住了。在滿月的光輝裡，她那戴著面具的臉龐所顯現的震驚和受傷，如同當胸一擊般地衝撞我。她退後幾步，像是擔心我會散播叛亂言詞，彷彿那是種瘟疫。

「你真是不可理喻。」她說，「在──在這一切之後。」她氣到結巴地說，但接著挺起胸膛，拿出深藏內心的面具武士態度。她的聲音變得平板，臉上沒有任何表情。

「我跟你沒有瓜葛了，」她說，「如果你想當叛徒，自己當吧。你離我遠一點，不管是訓練時、站崗時，或參加試煉時。閃遠一點就對了。」

該死，伊里亞斯。我今晚需要的是跟她和好，而非加深她的敵意啊。

「小琳，別這樣。」我伸手拉她手臂，但她聽不進去，甩開了我的手，大步走進夜色之中。

我盯著她的背影，感覺像被戰斧狠狠劈過。*她不是真心的，*我告訴自己。*她只是需要冷靜下來。到明天就會恢復理智了*──我可以解釋為什麼不願意告發那兩個女孩子。*還有向她道歉，不該拿她信任我會保密的事情威脅她。*沒錯，絕對要等到明天再說，要是現在就去找她，她很有可能立刻把我給閹了。

但蕾雅和伊薺那邊的事還沒解決。

我站在黑暗中思考。管好你自己的事吧，伊里亞斯，我內心有一部分這麼說。讓那些女孩面對她們的命運。去林德的派對，去喝個酩酊大醉。

白痴，第二個聲音說。快追上那些女孩，趁她們還沒被逮到、沒被殺掉前，說服她們別做這麼瘋狂的事。快去啊，現在就去。

我聽從第二個聲音，追了上去。

27

蕾雅

伊蘑和我偷偷摸摸地穿過中庭，不時緊張地瞥向司令官的窗戶。它們都是暗的，希望這表示她確實睡著了。

「告訴我，」伊蘑悄聲說，「妳爬過樹沒有？」

「當然有啊。」

「那走這條路對妳來說就很簡單了，其實跟爬樹沒什麼兩樣。」

十分鐘後，我顫巍巍地踩著沙丘上方數百呎高、寬度僅六吋的岩壁凸起，瞠目結舌地看著伊蘑。她已經一馬當先地衝了出去，像隻苗條的金髮猴子在岩石間跳來盪去。

「這哪裡簡單？」我低聲嘶喊，「跟爬樹一點也不像啊！」

伊蘑望向底下的沙丘。「我以前都沒發現這裡有這麼高欸。」

我們頭頂的黃色月亮看來沉甸甸的，端坐在撒滿星斗的夜空中。這是個美麗的夏夜，氣候暖和，一點風也沒有，在踩錯一步就得送命的情況下，我實在沒心情欣賞月色。我深吸一口氣，沿著小路多跨出幾吋，祈禱著腳下的石塊不會崩塌。

伊蘑回頭看我。「不要踩那裡，不要踩那裡——不要——」

「嘎啊——！」我的腳一滑，落在比預期中低了幾吋的堅固岩石上。

「安靜點！」伊蘑朝我拚命揮手，「妳要把半間學校的人都吵醒了！」

懸崖上充滿膿疱似的圓形凸岩，有些只是被我一碰就崩散了。這裡是有條路沒錯，但更適合讓松鼠而非人類使用。我的腳在一處特別脆弱的石頭上滑了一下，迫使我只能緊緊攀住懸崖表面，等待暈眩感過去。一分鐘後，我的手指又不小心戳進某種有利螯的憤怒生物的窩裡，牠立刻衝到我的手臂上。我咬牙忍住尖叫，同時拚命揮動手臂，搞得心口上的疤又裂開了。突如其來的灼痛惹得我嘶嘶吸氣。

「加油啊，蕾雅。」伊薺在我前方呼喚，「就快到了。」

我勉強自己前進，努力忽略背後像要吞沒我的無底空氣。等我們總算走到一塊寬敞而堅實的土地上時，我感激得差點跪下來親吻地面。河流平靜地舐著近處的碼頭，十幾艘小舟的桅杆輕柔地上下起伏，彷如會跳舞的長矛所組成的森林。

「妳看，」伊薺說，「還不算太糟吧？」

「我們還得回去啊。」

伊薺沒回答，只是定定地望著我背後的陰暗處。我轉過身，和她一同尋視，傾聽任何不尋常的聲響，但唯一的聲音來自河水拍打著船殼。

「抱歉，」她搖搖頭，「我以為……沒什麼啦，妳帶路吧。」

碼頭區滿是笑鬧的醉鬼和渾身汗臭及鹽味的水手。歡場女子招徠著每一個過路人，她們的眼神有如快要燒盡的木炭。

伊薺停下來看，但我拖著她跟上。我們緊貼著陰影走，盡可能以黑暗隱藏行跡，不想引起任何人的注意。

我們很快就把碼頭區拋在後頭了，愈是深入賽拉城，街道也變得愈熟悉，直到我們跨越一道建在低窪處的泥磚牆，進入學人區。

回家了。

我以前一向不喜歡學人區的氣味：黏土、泥巴和擠在一起住的動物的體溫。我伸出手指在空中劃過，讚嘆地看著渦紋狀的塵埃在柔和月光下翩翩起舞。附近傳來銀鈴般的輕笑，有扇門砰然關上，有個孩子在嚷嚷，潛藏在這些聲響之下的，則是低沉的對話聲在喃喃嗡鳴。跟黑巖學院有如裹屍布般的沉重死寂相比，真是截然不同啊。

回家了。我真希望這句話是真的，但這裡不是家，已經不是了。我的家被人奪走，我的家被燒成平地。

我們朝著學人區中心的廣場前進，滿月慶典就在那裡盛大舉行。我解開圍巾、拆掉髮髻，讓頭髮像其他年輕女子一樣披散下來。

我身旁的伊薺瞪大右眼，看著這一切。「我從沒看過這樣的場面，」她說，「好漂亮喔，好……」我拔掉她金髮上的髮夾，她伸手按著頭，臉紅了，但我把她的手拉下來。

「今天晚上破個例，」我說，「否則我們無法融入。來吧。」

我們穿過興高采烈的人群，一張張笑臉迎接著我們。有人請我們喝飲料，有人問好，有人喃喃讚美，偶爾也有大聲喝采的，使得伊薺非常難為情。

我根本不可能不想起戴倫，還有他多愛滿月慶典。兩年前，他穿上最好的服飾，早早地就拖我們去廣場。那時的他還會和外婆說說笑笑，還會把外公的話奉為聖旨，還不會對我隱藏祕密。他拿了一大堆月餅給我，月餅又圓又黃，就像滿月一樣。他欣賞著大街小巷點滿的天燈，天燈以巧妙的手法張掛起來，看起來就像浮在半空中。當小提琴悠揚、鼓聲隆隆之時，他拉起外婆，帶她在舞台上盡興暢舞，直到她笑得喘不過氣來。

今年的慶典依舊人潮洶湧，但一想起戴倫，我便覺得心痛又孤單。我從來沒思考過滿月慶典上那些空著的位置，那些失蹤的、死去的、流放的人應該存在的位置。我站在歡欣人群中的此時，獄中的哥哥有什麼遭遇呢？我明知他在受苦，又怎能笑得出來呢？

我瞥向伊薺，看見她一臉的新奇與喜悅，不禁嘆了口氣，應該要為了她而將陰暗的念頭擱到一邊。這裡一定也有其他人和我一樣孤單，然而沒有人在皺眉、哭泣或臭臉，他們都能找到理由歡笑，找到理由懷抱希望。

我一眼看見外公以前的病人，趕緊急轉彎避開她，並且把圍巾重新拉起來遮臉。人群很稠密，很容易就會讓熟悉的臉孔溜走，但我寧可不被認出來。

「蕾雅，」伊薺的聲音細小，輕輕碰了碰我的手臂說，「現在我們要做什麼？」

「想做什麼就做什麼，」我說，「有人會來找我，在他找上我之前，我們就看表演、跳舞、吃東西，表現得自然一點。」我打量著旁邊的手推車，推車主人是一對開朗的夫婦，周圍滿是伸長的掌心。

「伊薺，妳吃過月餅沒有？」

我鑽進人群，片刻後帶著兩個熱呼呼的月餅出來，月餅上還淋著冰奶油呢！伊薺慢吞吞地咬了一口，閉上眼睛，漾開笑容。我們漫步到舞台邊，舞台上雙雙對對：丈夫與妻子、父親與女兒、兄弟姊妹、好朋友。我拋開練熟了的奴隸拖腳走步伐，照以前的習慣走路，抬頭挺胸，衣裳下的傷口仍舊刺痛，但我置之不理。

伊薺吃完了她的月餅，又眼巴巴地望著我的，我便將之送給她。我們找了張長椅坐下來，看人家跳舞，過了一下伊薺頂頂我。

「妳有個仰慕者，」她一邊吞下最後一口月餅一邊說，「在樂師旁邊。」

我望過去，以為一定是奇楠，結果卻見到一位表情略顯迷惑的年輕人。他的長相隱約有點眼熟。

「妳認識他嗎？」伊薺問。

「不認識。」我想了一會兒後說，「應該不認識。」

年輕人和武人一樣高，肩膀寬闊，如陽光般的金色手臂在燈籠的輝映下閃著微光。即使隔著這麼遠，我都看得出他那帶有兜帽的背心底下，顯現出結實的腹肌線條。他胸前斜斜地箍著一條黑色的包袱揹帶，儘管戴起兜帽，將大半的臉孔都罩在陰影裡，我仍看得出他有高聳的顴骨、挺直的鼻梁和飽滿的嘴唇。他的五官非常吸引人，幾乎像依拉司翠恩，但他的服裝和深色晶亮的眼珠已表明他是部落民。

伊薺望著那男孩，幾乎算是在研究他。「妳確定不認識他嗎？他絕對像是認識妳的樣子唷。」

「不，我從沒見過他。」男孩與我四目交接，他微笑，我臉頰紅了。我望向別處，但他的目光吸引力太強了，片刻之後，我又悄悄瞟向他。他還在看我，雙臂交疊在胸前。

一秒鐘後，我感覺有隻手搭上我的肩，同時聞到雪松木和風的氣味。

「蕾雅。」我轉頭看到奇楠，立刻就忘了舞台邊的俊美男孩。我凝視著他的深色眼珠和紅髮，渾然不覺他也同樣凝視著我，直到幾秒後他清了清喉嚨。

伊薺悄悄溜開幾呎遠，好奇地打量著奇楠。我叮囑過她，在反抗軍現身時，要表現得不認識我。不知怎麼的，我覺得他們不會高興有一名奴隸同伴知道我肩負的任務。

「來吧。」奇楠說著，曲曲折折地穿過舞台和兩座帳篷之間。我跟上去，伊薺也保持距離悄悄尾隨。

「妳找到方法出來了。」他加了一句。

「還滿……簡單的。」

「我很懷疑，但妳確實辦到了，做得好。妳看起來……」他的目光在我臉上流連，然後順著我的身體往下瞥。換作另一個男人這樣看人，肯定是想挨巴掌，但就奇楠來說，這樣的目光更偏向尊敬而非羞辱。他一向漠然的表情有點不一樣——是驚訝？還是讚賞？我試探地對他微笑，他輕輕甩頭，好像想讓頭腦清醒點。

「薩娜在這裡嗎？」我問。

「她在基地。」他的肩膀緊繃，看得出有煩心的事。「她想來見妳，但麥森不要她來，他們爭得面紅耳赤。她的支派一直在向麥森施壓，要他救出戴倫，但麥森……」他清了清喉嚨，彷彿自覺透露太多似的，簡略地朝前方的帳篷點點頭。「我們繞到後面去。」

帳篷前面坐了位滿頭白髮的部落民婦女，眼睛凝視著水晶球，兩名學人少女則一臉懷疑地等著聽她的說法。她的一側有個表演者在拋火把，聚集了一大群觀眾；另一側則有個部落民「可哈尼」在說書，聲調像飛翔的小鳥般忽高忽低。

「快一點，」奇楠突如其來的粗魯態度嚇了我一跳，「他在等呢。」

我鑽進帳篷，麥森停止和他左右兩側的男人說話。我記得在洞穴裡見過他們，他們是他的副官，年齡更接近奇楠而不是麥森，而且也全帶著奇楠的沉默冷淡態度。我站直了一些，可不會被唬住。

「妳還是完整的呢，」麥森說，「了不起。妳給我們帶了什麼來？」我告訴他我所知道的一切，包括試煉和皇帝要來的事。我沒透露這資訊是怎麼來的，麥森也沒問。等我說完之後，連奇楠都一臉驚愕。

「武人不到兩週後就要推舉出新皇帝了，」我說，「所以我才跟奇楠說我們必須今晚就碰面。要溜出黑巖學院並不容易，你知道吧。我冒這個險純粹是因為我知道必須把這些資訊傳遞給你。這不是你要求的一切，但絕對足以說服你我會完成任務吧。你現在可以救出戴倫了——」麥森皺起眉頭，我急匆匆地把句子說完，「——而我會在黑巖學院一直待下去，待到你覺得不需要為止。」

其中一位金髮的矮壯副官，好像叫艾朗的，湊到麥森耳邊悄聲說了些什麼。老人眼中短暫閃過懊惱的光。

「女孩，死牢和一般牢房不一樣，」他說，「死牢幾乎滲透不了。我原本預期有好幾週的時間劫出妳哥，所以才會答應做這件事。這些計畫都需要時間，我需要弄到裝備和制服，需要買通守衛。不到兩週……根本不夠。」

「還是有可能辦到，」奇楠在我身後開口，「塔里克和我討論過——」

「如果我需要你的意見，或塔里克的意見，」麥森說，「我會開口問你們。」

奇楠抿起嘴唇，我以為他會爭辯，結果他只是點點頭，麥森繼續說下去。

「時間不夠，」他沉吟道，「我們得攻下整座該死的監獄。那可不是等閒之事，除非……」他撫著下巴，深深沉浸在思緒裡，然後點點頭。「我有新的任務要交辦給妳：幫我找一條進入黑巖學院的路，一條別人都不知道的路。妳辦到了，我就能救妳哥出來。」

「我知道這樣的路！」我大大鬆了一口氣，「一條隱密的小路——我就是走那條路過來的。」

「不行，」麥森以同樣快的速度戳破我迅速膨脹的喜悅，「我們需要……不同的路。」

「更有機動性的路，」艾朗說，「能容納一大群人。」

「地底墓穴延伸到黑巖學院底下，」奇楠對麥森說，「有些地道一定會通往學校。」

「也許吧。」麥森清了清喉嚨，「我們以前到那裡調查過，沒找到什麼可用的路。不過蕾雅妳比我們更有優勢，因為妳是從黑巖學院內部找起的。」他雙拳擱在桌上，身體傾向我。「我們很快就需要有結果，頂多一星期。我會派奇楠通知妳確切的日期，別錯失見面的時機了。」

「我會幫你們找到入口的。」我說。伊薺會知道什麼的，黑巖學院底下總有一條地道無人看守。我總算接到一項自己有把握能辦成的任務了。「可是進入黑巖學院對你們把戴倫從死牢裡救出來有什麼幫助？」

「好問題。」奇楠輕聲說。他與麥森眼神相接，我很訝異地看見老人臉上呈現毫不掩飾的敵意。

「我有我的計畫，你們只需要知道這些就夠了。」麥森朝奇楠點點頭，奇楠碰了碰我的手臂，然後率先走向帳篷的門，示意我跟上。

自從突擊搜捕發生之後，我第一次覺得很輕鬆，感覺自己或許真能達到最初的目的。來到帳篷外，玩火藝人正表演到一半，我瞧見伊薺混在人群裡，鼓掌看著火焰點亮夜色。

我滿懷希望，幾乎喜孜孜的，直到我發現奇楠蹙著眉頭望著迴旋的舞者。

「你怎麼了？」

「妳要不要，呃……」他用手爬梳頭髮，我好像還沒見他這麼焦慮過。「妳願不願意陪我跳支舞？」

我不確定自己知道他想說些什麼，但絕對不是這句話。我費力地點點頭，接著他就帶著我走向其中一座舞台。先前那位高個子部落民男孩在舞台另一端，與一名標緻的部落民女人共舞，她的笑容燦如閃電。

小提琴手奏起一首快如狂風暴雨的曲子，奇楠一手攬著我的腰，一手握住我的手指。他的撫觸讓我的皮膚活了過來，好像被太陽曬得發熱。

他的動作有點僵硬，但對舞步頗為熟悉。「你跳得不錯耶。」我對他說。外婆教過我所有老式舞步，不曉得奇楠是跟誰學的？

「妳很意外嗎？」

我聳聳肩。「我覺得你不像愛跳舞的類型。」

「的確不是。」他深色的目光在我身上流連，好像想解開某道謎題。「妳知道嗎，我以為妳在一週內就會死去，妳讓我訝異。」他看向我的眼睛。「我不習慣訝異。」

他的體溫像蠶繭一樣裹住我，使我突然有種喘不過氣的美妙感受。但這時他卻斷開交纏的眼神，精緻的五官變得冷冰冰的。即使我們仍繼續跳著舞，那種排斥感卻惹得我的皮膚有種麻麻癢癢的不舒服感。

他是妳的接應人，蕾雅。僅此而已。「我也以為自己在一週內就會死，如果你聽了心情會比較好的話。」我微笑說道，他撇撇嘴作為回應。他習慣壓抑快樂的情緒，我發現。他不信任快樂。「你還是認為我會失敗嗎？」我問。

「我不該那麼說的。」他低頭看我，又快速別開目光。「但我不想讓底下的人冒險，或是——或是讓妳冒險。」他喃喃說，我不敢置信地揚起眉毛。

「我？」我說，「你在遇見我五秒之後，就揚言要把我塞進壁窖耶。」

奇楠的脖子漲紅了，還是不肯看我。「我很抱歉，那時我很……很……」

「混蛋？」我熱心地幫忙他。

這次他完全笑了出來，笑容燦爛卻又太短暫。他幾乎羞怯地點點頭，不過才轉眼工夫，又恢復嚴肅。

「我先前說妳會失敗，是想嚇唬妳，不希望妳去黑巖學院。」

「為什麼？」

「因為我認識妳父親。不——這麼說不對。」他搖搖頭。「因為妳父親對我有恩。」

我跳到一半突然停下來，直到有人撞到我們才又繼續。

奇楠把這當作他可以接著講下去的暗示。「我六歲時，他在街上撿了我。當時是冬天，我在街頭乞討，事實上根本討不到什麼東西，很可能再撐幾個鐘頭就會死了。妳爸爸帶我回營地，給我衣服穿，給我東西吃。給我一張床，給我家人。我永遠忘不了他的臉，或是他要求我跟他走時的語氣，好像是我幫他忙，而不是反過來。」

我露出微笑。那確實是我爸爸的作風。

「我第一次在燈光下看到妳的臉時，覺得妳有點面熟。說不上來是怎麼個面熟法，但我——我認得妳。後來妳告訴我們……」他聳聳肩。

「我和老一派的人有很多意見相左的時候，」他說，「但我也贊同明明可以幫助妳哥、卻留他在牢裡自生自滅是錯的——尤其還是我們的人害他進監獄的，也尤其因為妳父母為我們大部分人做的事，超過我們此生能回報的程度。可是送妳進黑巖學院……」他作了個鬼臉，「可不叫報答妳父親啊。我知道麥森為什麼會這樣決定，他需要讓兩個支派都滿意，而派任務給妳是最好的方式了。但我仍舊不認為這樣是對的。」

現在換我臉紅了，因為這是他對我說過最長的一番話，而且表情實在太誠懇了點。

「我盡力活下來了，」我輕快地說，「你不用浪費罪惡感啦。」

「妳會活下來的，」奇楠說，「所有反抗軍都失去了某些人，所以他們才願意戰鬥。但妳和我呢？我們失去了所有人、所有東西。我們很相像，蕾雅，所以妳可以相信我說妳夠堅強，不管妳自己知不知道。妳會找到那個入口的，我知道妳會。」

這是長久以來，我聽過最窩心的話了。我們的目光再度相遇，但這次奇楠沒有看向別處。我們迴旋著，剩餘的世界都淡化了。我不發一語，因為我倆之間的寂靜是甜美的、優雅的，出於我們的選擇。儘管他也不說話，他的深色眼珠卻像在燃燒，傾訴著我不完全能理解的心聲。我的腹部有股欲望，隱約地、使人暈眩地在擴散。我想把這種親密感緊緊摟在懷裡，當成珍寶來收藏，不想放開它。可是音樂停了，奇楠放開我。

「回去小心。」他的話很敷衍，像是在對一名手下講話。我感覺像被潑了一桶冷水。

他沒再說什麼，就隱入人群之中。小提琴手奏起另外一首曲子，我周圍的人又開始跳舞，而我則像個傻瓜似的瞪視著擁擠的人群，明知他不會回來，卻仍不願放棄希望。

28 伊里亞斯

混進滿月慶典，簡單得就像孩子的把戲。

我收起面具——我的臉就是最好的偽裝——再從部落民的篷車裡偷了一套騎裝和一個包袱。在那之後，我又潛進一間藥材行偷了點葳拉唐納，這是治療師慣用的主要藥材，榨成油之後能使瞳孔擴張，足以讓武人偽裝成學人或部落民，藥效能維持一兩個鐘頭。

易如反掌。我點燃了葳拉唐納後，沒多久就被潮水般的學人捲向慶典核心。我數算到十二個出口、辨識出二十種潛在武器，然後突然驚覺自己在做什麼，才逼自己放輕鬆。

我經過小吃攤和舞台、雜耍演員和吞火藝人、特技演員、可哈尼、歌手、樂手。樂師們由歡快的鼓聲引導，撥著烏德琴和七弦琴的琴弦。

我脫離群眾，突然迷失了方向。我已經太久沒有聽過作為音樂的鼓聲了，以致於直覺地想把鼓聲轉譯為軍令，結果轉譯失敗而大感困惑。

等我總算成功地把咚咚的鼓聲拋在腦後，又因為周圍的色彩、氣味和純粹的歡樂氛圍而驚奇不已。即使在我當五年生的日子裡，都沒見過這種場面。不管是在馬林或部落民的沙漠裡，甚至是帝國之外，蠻族全身塗滿靛青色顏料、像被附身似地在星光下連舞數日，即使是那時候都比不上此刻眼前所見。

一股愉快的安詳悄悄占據了我的心。沒人用厭惡或恐懼的眼神看我，我不必隨時留意背後或是刻意維持冷酷的態度。

感覺好自由。

我在人群中漫無目的地穿行了一會兒，最後朝舞台走去，因為我發現蕾雅和伊薺在那裡。令人意外的是，要跟蹤她們非常困難。我跟著她們通過碼頭區時，硬生生跟丟蕾雅好幾回。不過一旦進入學人區，有天燈明亮的光線照耀，就能輕易找到她們了。

起初我考慮走過去，向她們自承身分，然後帶她們回黑巖學院。可是她們看起來和我感覺到的一樣：自由、快樂。我實在不忍心破壞她們的快樂，尤其是她們平日的生活那麼悲慘。因此，我就只是看著她們。

她們兩人都穿著樸素的黑絲洋裝，這身裝束儘管很適合隱身在影子裡，以及隱藏奴隸手銬，卻並不適合融入打扮得有如彩虹般繽紛的人群裡。

伊薺把金髮放下來拂在臉上，這樣做意外地能掩飾她的眼罩。她讓自己縮得小小的、不引人注意，只是從頭髮形成的簾幕後頭窺看。

至於蕾雅呢，她走到哪裡都很引人注目。她穿的高領洋裝緊貼著身軀，我不太高興地覺得她的曲線未免太明顯了。在天燈的光芒下，她的肌膚煥發著熱蜂蜜的色調。她的頭抬得很高，優美的頸部弧度因為傾瀉而下的烏黑秀髮而更醒目。

我想摸摸她的頭髮，想聞一聞，想用手指梳過髮絲，將它纏繞在手腕上，想——該死，維托瑞亞斯，你振作一點。別再盯著看了。

我好不容易把眼光從她身上拉開，這才發現變得痴傻的不只我一個。我周圍的許多小夥子都在偷瞄她，而她似乎渾然未覺，當然，這使她更加迷人。

*你看看你，伊里亞斯，又在盯著人家看了。你這笨蛋。*這回我的注目禮被察覺了。

伊薺在看我。

這小妮子或許只有一隻眼睛，但我頗有把握她比多數人的眼睛更銳利。*快閃人，伊里亞斯*，我告訴自己。*趁她還沒搞清楚你為什麼這麼該死地眼熟。*

伊薺湊過去蕾雅耳邊說了些什麼，我正準備走開，蕾雅就抬頭看向我。

她深色的目光撼動了我。我應該望向別處，應該立刻離開，如果她盯著我看得夠久，就能想出我是誰。但我的身體不聽使喚，動彈不得。在那滯重而熱切的片刻之間，我們靜靜地、滿足地互視著。*天啊，她真美。*我對她微笑，她臉上湧現的紅暈讓我有種奇妙的勝利感。

我想邀她跳舞，想觸摸她的皮膚、和她交談，假裝我只是個普通的部落男孩，而她只是個普通的學人女孩。*笨主意*，我的心在警告。*她會認出你來。*

那又怎麼樣？她能怎麼辦？告發我嗎？她總不能告訴司令官是在這裡見到我的，那會洩露她自己的罪行。

就在我左思右想之際，有個肌肉健壯的紅髮男孩走向她身後，碰了碰她的肩膀，眼裡有種我不喜歡的占有欲。蕾雅回望著他，那眼神彷彿世界上再沒有別人存在了。也許她在成為奴隸之前就認識他了，也許她就是為了他而溜出來的。我垮著臉望向旁邊。他長得或許算不錯，但看起來個性太陰沉了，一點情趣也沒有。而且他比我矮，矮得多，至少差了半呎。

蕾雅跟著紅髮男孩走了，過了一會兒，伊薺也起身跟過去。

「看來她被人拐走囉，小哥。」有個穿著綴滿小圓鏡片亮綠色服裝的部落女孩，以婀娜的步伐走向我，一頭黑髮編成幾百條辮子。她講的是塞德語，我成長的那個部落的語言。她的笑容對比深色肌膚，是一抹眩目的潔白，我發現自己也咧嘴笑著回應她。

「看來你只好湊合著選我了。」她說。沒等我回答，就把我拉向舞台，這對部落女孩來說是非常大膽的舉動。我仔細看看她，發現她不是少女，而是少婦，也許比我還大上幾歲。我謹慎地打量著她，多數部落女人在二十多歲時已經生過好幾個奶娃了。

「如果被妳丈夫看到我和妳跳舞，他不會想砍我的頭嗎？」我用塞德語回應。

「我沒丈夫，怎麼，你對這個身分感興趣嗎？」她用溫熱的手指慢慢滑過我的皮膚，從胸口、肚子一路往下滑到皮帶。好久好久以來，我第一次臉紅了。我注意到她的手腕上沒有部落民的穗狀紋身，那是已婚的標記。

「小哥，你叫什麼名字，又是哪一族的？」她問。她的舞跳得很好，而我也能跟上她的腳步，看得出來她很滿意。

「伊利亞司。」我已經好幾年沒唸過自己的部落名字了。跟我見到面之後大概才過了五分鐘，外公就把我的名字改成武人式的拼法。「塞夫部落的伊利亞司。」我話才出口，就擔心自己是否說錯了話。麗拉瑪米收養的兒子被帶去黑巖學院的故事，並沒有傳得很遠——帝國命令塞夫部落守口如瓶。不過部落民很愛東家長西家短。

但就算這女人認出這個名字，也沒張揚。

「我是努爾部落的阿芙雅。」她說。

「影與光，」我說出她的名字與部落名稱各自代表的意義，「很迷人的組合。」

「影的成分居多，說實話。」她傾向我，棕色眼珠中隱然燃燒的火苗讓我心跳變快了一些，「不過這是我們之間的小祕密。」

我歪著頭打量她，想著自己好像從沒遇過這麼撩人又沉著的部落女子，連「可哈尼」都望塵莫及。阿芙雅露出神祕的笑容，然後客套地問了我幾個關於塞夫部落的問題。我們上個月辦過幾場婚禮？生出幾個奶娃？我們會去努爾部落參加秋季聚會嗎？雖然以一個部落婦女而言，這些問題都很稀鬆平常，我卻沒這麼容易唬弄。她純樸的言語不符合眼中的狡黠。她的家人在哪裡？她究竟是誰？

阿芙雅彷彿感覺到我起疑了，向我談起她的弟弟：他們是以努爾部落為基地的地毯貿易商，趕在壞天氣阻斷隘口通路前來這裡販售商品。她在說話時，我偷偷打量四周尋找那些弟弟的蹤影——部落男人對家中尚未出嫁的女人保護欲很強，這是人盡皆知的事，我可不想找架打。但儘管人群中的部落男人不在少數，卻沒人多看阿芙雅一眼。

我們連跳了三支舞。最後一支跳完後，阿芙雅行了個屈膝禮，然後送我一枚木製硬幣，一面刻著太陽、一面刻著雲朵。

「這是禮物，」她說，「我很榮幸能跟這麼高明的舞者共舞，塞夫部落的伊利亞司。」

「榮幸的人是我。」我很訝異。部落民的紀念品代表欠對方的好處——不是會輕易送出手的東西，更鮮少由女性送出。

阿芙雅好像知道我在想什麼，踮起腳尖迎向我。她好嬌小，我還得彎下腰才能聽見她的耳語。「如果維托瑞亞家族的傳人需要任何幫助，伊利亞司，努爾部落將很榮幸提供服務。」我的身體立刻變緊繃了，但她併攏兩指貼在唇上——這是部落民最慎重的立誓方式。「你的祕密在努爾部落的阿芙雅這裡很安全。」

我揚起一眉。她是認出伊利亞司這個名字，還是看過我戴著面具在賽拉城活動，這些都不得而知。無論努爾部落的阿芙雅是何方神聖，都不會是單純的部落女子。我心照不宣地點點頭，她的貝齒又閃現了。

「伊利亞司……」她落回地面，不再輕聲細語。「你的女士有空了——看。」我越過肩頭向後望。蕾雅回到舞台上了，正看著紅髮男離開。「你一定要請她跳支舞，」阿芙雅說，「快去啊！」

她輕輕推了我一把，然後就跑走了，只能聽見她腳踝上的鈴鐺叮叮響。我朝她離去的方向多望了一會兒，深思地看看硬幣，然後才把它收進口袋。接著我便轉身走向蕾雅。

29 蕾雅

「可以嗎？」

我的心思還在奇楠身上，因此發現那個部落男孩出現在身旁時，被他嚇了一跳。一時之間，我只能呆呆地望著他。

「妳想跳舞嗎？」他澄清地說道，並伸出一手。兜帽的陰影遮掩了他的眼睛，但他的嘴唇彎成一抹微笑。

「呃……我……」我已經回報完畢，應該要和伊薺回黑巖學院了。還有幾小時才天亮，但我不該增加被逮到的風險。

「啊，」男孩笑著說，「剛才那個紅髮男，是妳的……丈夫？」

「什麼？才不是！」

「未婚夫？」

「不，他不是——」

「情人？」男孩臆測地挑起一眉。

我的臉在發燙。「他是我——我朋友。」

「那妳在擔心什麼呢？」男孩露出一抹壞笑，我發現自己也微笑回應。我扭回頭看看伊薺，她正和一位表情誠懇的學人在說話。他說了什麼使她樂不可支，難得不會一直想著去摸她的眼罩。當她發現我在看她時，也看了看我和部落男孩，曖昧地動了動眉毛。我的臉又發熱了。跳一支舞無傷大雅，我們可以跳完再走。

小提琴手奏著一曲輕快的民謠，我點點頭，男孩牽起我的手，自信得就像我們是多年好友似的。儘管他的個子很高、肩膀又很寬，跳起舞來卻十分優雅，既輕鬆又性感。我偷瞄他一眼，發現他正目不轉睛地看著我，唇邊掛著似有若無的笑意。我覺得呼吸不順暢，趕緊想找話題來聊。

「你講話不太像部落民，」行了，這話題夠安全。「幾乎沒有口音呢。」雖然他的眼珠像學人一樣黑，臉龐卻布滿稜角和線條。「長得也不太像。」

「我可以用塞德語講幾句話，如果妳想聽的話。」他把嘴湊到我耳邊，那帶有香料味的口氣讓我忍不住愉快地顫慄。「Menaya es poolan dila dekanala.」

我嘆了口氣。難怪部落民什麼東西都賣得出去，他的聲音溫厚而低沉，像夏日蜂巢上淌下的蜂蜜。

「這是——」我聲音啞啞的，於是清了清喉嚨，「這是什麼意思？」

他又對我壞笑。「我得親身示範給妳看才行。」

我又臉紅了。「你真大膽。」我瞇起眼睛，到底在哪裡見過他？「你住在附近嗎？你看起來很眼熟。」

「大膽的人是我嗎？」

我別過視線，這才察覺自己說的話很曖昧。他嘿嘿笑了起來，笑得低沉又熱烈，我又喘不過氣了，突然很同情跟他同部落的女孩們。

「我不住在賽拉城。」他說，「我說，那個紅髮男是誰啊？」

「那個黑髮女又是誰？」我不甘示弱地說。

「啊，原來妳在監視我，真是受寵若驚呀。」

「我沒有——我只是——你不也一樣嗎！」

「沒關係的，」他悶悶地說，「我不介意妳監視我。那個黑髮女是努爾部落的阿芙雅，新朋友。」

「只是朋友？在我看來不只是朋友吧。」

「也許喔。」他聳聳肩，「妳還是沒回答我的問題：紅髮男呢？」

「紅髮男只是朋友，」我模仿男孩悶悶不樂的語氣，「新朋友。」

男孩頭一仰，大笑起來，像沙漠中的雨水那麼溫柔又豪放的笑聲。

「妳住在學人區？」他問。

我遲疑著。我不能告訴他自己是奴隸，奴隸是禁止參加滿月慶典的，就連非賽拉城本地人也都知道這一點。

「是啊，」我說，「我在學人區住了好多年，跟外公、外婆住，還有——還有我哥。我們的房子離這裡不遠。」

我不知道為什麼要這麼說。也許，我以為只要講出這些話，就會成真，而我一轉身就會看見戴倫在和女孩調情、外婆在叫賣果醬、而外公正在溫柔無比地安慰擔心過頭的病患。

男孩把我轉了一圈，再將我拉回他的臂彎，距離比先前更近。他的氣味辛辣、醉人而異常熟悉，使我想要靠近、想要嗅聞。他堅實的肌肉壓在我身上，當他的臀擦過我的臀時，我差點亂了腳步。

「那你們是怎麼過日子的？」

「外公是治療師。」謊言讓我講話很心虛，但總不能告訴他真相，只好匆匆講下去。「我哥哥是他的助手。外婆和我負責做果醬，多半都賣給部落民。」

「唔，我確實猜到妳是做果醬的。」

「真的嗎？為什麼？」

他低頭朝我微笑。由近處看，他的眼睛幾乎是全黑的，尤其在被長長的睫毛遮住的時候。此時此刻，那對眼睛因為幾乎藏不住的歡快而閃閃發亮。「因為妳好甜。」他用做作的甜膩語氣說。

他眼中的促狹使我在太過短暫的一瞬間忘了自己是個奴隸，忘了我哥哥還在牢裡，忘了所有我愛的人都死了。笑聲有如歌聲由我口中迸出，淚水模糊了我的視線。我不小心用鼻子噴氣，這使我的舞伴也笑起來，於是我又笑得更厲害了。只有戴倫曾逗我笑成這樣，這種解放感既陌生又熟悉，像是哭泣，但少了心痛。

「你叫什麼名字？」我邊問邊抹著臉。

但他沒有回答，只是突然僵立不動，頭微偏著像在傾聽什麼。我想講話，但他用一根手指按著我的唇。片刻之後，他臉色一沉。

「我們得走了。」他說。要不是他的表情嚴肅得要命，我還以為他想騙我跟他回部落民的營地去。「突擊搜捕——武人要來突擊搜捕了。」我們周圍的人仍渾然不覺地跳著舞，沒人聽到男孩說話。鼓聲咚咚響，孩子們蹦跳笑鬧，一切都看似正常。

這時他放聲嘶吼，音量大到能讓每個人都聽見。「突擊搜捕！快跑！」他低沉的聲音在舞台上迴盪，像軍人般充滿威嚴。小提琴手拉到一半停下來，鼓聲也中斷了。「武人突擊搜捕！快離開！快走！」

突然爆開的亮光粉碎了寂靜——有一盞天燈炸開來——然後又一盞——又一盞。箭雨從天而降——武人正在射滅燈光，希望讓慶典參與者被困在黑暗裡，他們才好更輕鬆地聚攏我們。

「蕾雅！」伊薺來到我的身邊，慌亂地瞪大眼睛。「發生什麼事？」

「有時候武人會讓我們辦慶典，有時候則會來破壞。我們得離開這裡。」我牽起伊薺的手，真希望沒帶她來，真希望我為她的安危多著想一點。

「跟我走。」男孩沒等我回答，逕自拉著我進入附近的街道，這條路還沒被人群擠滿。他貼著牆走，我也緊抓著伊薺的手跟在後面，由衷期盼我們還來得及逃走。

我們走到街道中段時，部落男孩拉著我們鑽進一條滿地垃圾的狹窄巷弄。尖叫聲撕裂空氣，鋼鐵的寒光閃閃。幾秒後，一波波慶典參與者由身旁湧過，許多人邊跑邊被砍倒在地，就像被鐮刀收割的麥稈。

「我們得在他們封鎖學人區之前出去。」部落男孩說，「所有在街上被逮住的人都會被丟進鬼車。妳們得動作快，好嗎？」

「我們——我們不能跟你走。」我抽出被男孩牽著的手。他會以他的車隊為目標，但伊薺和我在那裡不安全。一旦他的族人發現我們是奴隸，就會把我們交給武人，而武人會把我們交給司令官，然後……

「我們不住在學人區，很抱歉騙了你。」我拉著伊薺退後，知道我們愈快各走各的，就各方面來說都愈好。部落男孩拉開兜帽，露出一頭剪得短短的黑髮。

「我知道。」他說。雖然他的聲音沒變，整個人卻有了些微不同。他的身體多了一股狠勁、一股權威。我不假思索地又倒退一步。「妳們得回黑巖學院。」他說。

我一時之間無法理解他的話，等它們產生意義後，我膝蓋一軟。他是個間諜，看到我的奴隸手銬了嗎？聽到我和麥森的對話了嗎？會告發我和伊薺嗎？

這時伊薺突然倒抽一口氣。「維——維托瑞亞斯志士？」

伊薺一講出他的名字，就像探照燈突然照亮陰暗的房間。他的五官，他的身高，他隨興的優雅——一切都說得通了——同時又完全說不通。志士來滿月慶典做什麼？為什麼想扮成部落民？該死的面具到哪去了？

「你的眼珠……」是黑色的，我狂亂地想著。我確定是黑色的。

「葳拉唐納，」他說，「能讓瞳孔擴張。聽著，我們真的應該——」

「你在替司令官當間諜監視我。」我衝口而出，這是唯一的解釋了。凱銳絲．維托瑞亞命令她兒子跟蹤我，看看我知道些什麼。如果是這樣的話，他很可能已經偷聽到我和麥森還有奇楠的對話了，早有充足的資訊能以叛國罪告發我，那又何必找我跳舞？何必和我說說笑笑？何必警告慶典參與者有人要來突擊搜捕了？

「我寧死也不會替她當間諜。」

「那你為什麼會在這裡？根本不可能有其他原因——」

「有的，但我現在沒時間解釋。」維托瑞亞斯看看街道，補充說：「如果妳想的話，我們可以在這裡爭辯，或者我們也可以先閃人再說。」

他是個面具武士，我不應該直視他，應該表示卑微才對。但我實在忍不住要盯著他看。他的臉真令人震驚。幾分鐘前，我還覺得他很俊俏，以為他說的塞德語十分讓人迷醉。我竟然跟面具武士跳舞，一個該死的、天殺的面具武士。

維托瑞亞斯探出巷弄察看，搖搖頭。「等我們走到柵門那裡，帝國軍應該已經封鎖學人區了。我們得走地道，並且期盼他們沒把地道也給封了。」他很有把握地走到巷弄裡的一個格柵門邊，就像確切知道我們正在學人區的什麼位置。

看我沒跟上，他發出不耐煩的聲音。「聽著，我跟她不是一夥的。」他說，「事實上，要是被她發現我竟然在這裡，可能會把我凌遲處死，慢慢下手。不過比起被她逮到妳們竟身在這場突擊搜捕中、或是早晨發現妳們不在黑巖學院時，會對妳們做的事，我被凌遲處死還算小意思呢。如果妳們還想活命，就必須相信我。現在快跟上來吧。」

伊薺乖乖照他說的話做，我也不情願地跟過去，整個身體都在排斥把生命交到面具武士手中的念頭。

幾乎就在我們剛下到地道中時，維托瑞亞斯便從他的包袱中取出工作服和靴子，然後用力扯下部落民的衣物。我臉頰發熱地別過頭去，還是看見他背上有著密密麻麻讓人心驚膽顫的銀白色疤痕。

幾秒後，他走過我們身邊，示意要我們跟上，面具又回到他的臉上了。伊薺和我得用跑的才能跟上他豪邁的步伐。他走起路來像貓一樣鬼祟，一路上沉默不語，只偶爾催促我們前進。

我們在地下墓穴裡朝東北方走，只有在躲避武人巡邏隊時才會停下來。維托瑞亞斯完全沒有猶豫過該怎麼走，當我們走到一堆擋住去路的頭骨前時，他甚至搬開幾顆頭骨，幫忙扶我們通過開口。我們走的這條地道愈來愈窄，最後出現一扇上了鎖的柵門，他從我的頭髮上拔下兩根髮夾，才花了幾秒鐘就撬開門鎖。伊薺和我互看一眼——他的無所不能讓人不安。

我搞不清楚到底過了多長時間，至少有兩個小時吧，外面一定已經快天亮了。我們來不及回去了，司令官會逮到我們。天啊，我真不該帶伊薺來，真不該讓她冒險。

我的衣服磨得傷口都流血了。受傷才過了幾天，感染也還沒完全消退，疼痛加上恐懼讓我覺得暈眩。

維托瑞亞斯看到我的慘白臉色後放慢了腳步。「我們就快到了，」他說，「妳需要我揹妳嗎？」

我激烈地搖頭，不想再靠近他，不想聞到他的氣味，或感覺到他溫熱的皮膚。

最後我們總算停了下來。我們前方的轉角後頭有低低的談話聲，搖曳的火把光芒襯得光照不到的地方更加黑暗。

「黑巖學院地底的入口全都有人看守，」維托瑞亞斯悄聲說，「這個入口有四名守衛，要是被他們看見妳們，他們會啟動警報，然後這些地道裡就會填滿士兵。」他來回看看伊薺和我，確保我們都明白事情的嚴重性，才接著說下去。

「我要去引開他們，當我說到『碼頭』時，妳們有一分鐘時間繞過這個轉角、爬上扶梯、鑽出格柵門。在我說到『茉夫人』時，就表示妳們的時間快用完了。出去以後把格柵門關上，妳們會進到黑巖學院的大地窖裡，在那裡等我。」

維托瑞亞斯鑽進我們後方一條漆黑的地道裡，片刻之後，我們聽到像是醉漢唱歌的聲音。我從轉角窺探，看到守衛們用手肘互頂，咧著嘴笑，兩人離開去察看。維托瑞亞斯口齒不清的說話聲很逼真，只聽見一聲撞擊巨響，緊接著是咒罵聲和哈哈大笑聲。去察看的一名士兵呼喚另外兩人，他們也走了。我傾身向前，準備衝刺。快呀，快呀。

終於，維托瑞亞斯的聲音沿著地道傳來：

「——在那個碼頭邊——」

伊薺和我衝向扶梯，幾秒後我們已經爬到格柵門處。我正慶幸我們的速度夠快時，在我上頭的伊薺卻發出吃力的聲音。

「我打不開！」

我從她旁邊爬過去，抓著格柵門往上推。它紋風不動。

守衛們愈靠愈近，我聽到另一聲碰撞聲，然後維托瑞亞斯說：「茉夫人那裡的女孩最棒，她們真懂得——」

「蕾雅！」伊薺焦急地望向快速接近的火光。十層地獄啊。我悶哼一聲，用盡全部力量去頂格柵門，貫穿全身的劇痛使我的整張臉都皺了起來。格柵門不情不願地開了，我使盡全力把伊薺塞過去，然後自己也跳了上去，再把門關上，同時士兵們也已經走進底下的地道。

伊薺躲到一個大木桶後頭，我也跟過去。幾秒鐘後，維托瑞亞斯爬上格柵門，醉醺醺地呵呵笑。伊薺和我又互看一眼，儘管很不合時宜，我卻忍不住想笑。

「謝囉，小子們。」維托瑞亞斯朝地道下喊道。他砰然關上格柵門，看到我們，用一根手指貼著嘴唇。士兵仍然能透過格柵門上的縫隙聽見我們的聲音。

「維托瑞亞斯志士，」伊薺小聲說，「要是司令官發現你幫助過我們，會把你怎麼樣？」

「她不會發現的，」維托瑞亞斯說，「除非妳打算告訴她，而我不建議妳這麼做。來吧，我帶妳們回屋子裡。」

我們悄悄爬上地窖階梯，走到外頭如喪禮般死寂的黑巖學院校區。雖然今晚並不冷，我還是打了個冷顫。天色還是暗的，但東方的天空已經變淡了，維托瑞亞斯加快腳步。我們穿過草地時，我腳下絆了一下，他馬上趕過來扶住我，體溫傳進我的皮膚。

「妳還好嗎？」他問。

我的腳很痛，頭很脹，司令官的烙印則像火燒，但更強烈的感覺是因為面具武士貼近我，而使我全身籠罩著不自在。

危險！我的皮膚彷彿在尖叫，他很危險！

「我很好，」我用力甩開他，「我很好。」

我們邊走，我邊偷瞄他。維托瑞亞斯戴上面具，再加上四周聳立的黑巖學院圍牆，看起來每一吋都是武人士兵的樣子，但我卻沒辦法使眼前的人和與我跳舞的英俊部落男孩合而為一。在那整個過程中，他都知道我是誰，知道我對家人的事情撒謊。雖然在意面具武士的想法很荒謬，我還是突然為了撒謊而羞愧。

我們回到奴隸房，伊薺先行離開。

「謝謝你。」她對維托瑞亞斯說。罪惡感席捲我，經歷這一切，她絕對不會原諒我的。

「伊薺。」我碰碰她的手臂，「很抱歉，要是知道會遇上突擊搜捕，我絕不會——」

「妳在開玩笑嗎？」伊薺說。她的目光快速瞥向站在我後頭的維托瑞亞斯，然後粲然一笑，那口潔白的牙齒笑得好美，讓我看呆了。「就算用任何東西來換今晚，我也不換。晚安，蕾雅。」

我張口結舌地望著她的背影，看她沿著走廊消失在她房間裡。維托瑞亞斯清了清喉嚨，望著我的神情很古怪，眼神幾乎帶著歉意。

「我——呃——有東西要給妳。」他從口袋裡掏出個小瓶子。「抱歉，沒能早點拿來，我前幾天……身體不太舒服。」我接過瓶子，我們手指相觸時，我快速抽回手來。這是血根草汁，我很訝異他還記得。

「那我就——」

「謝謝你。」我同時開口。我們都沉默了。維托瑞亞斯用手撫過頭髮，但下一秒，他全身都定住了，好像聽到獵人聲音的鹿。

「怎麼——」我倒抽一口氣，因為他突然重重地摟住我，把我壓到牆上，掌心的熱度使我的皮膚發麻，心臟也瘋狂加速。我發現自己對他的反應很複雜，有困惑、也有頭暈目眩的欲求，這種反應使我震驚得說不出話來。蕾雅，妳究竟有什麼毛病？接著他按在我背後的手收緊了，好像在警告我，同時低頭湊近我的耳朵，對我輕聲耳語。

「照我說的做，在我吩咐的時候。否則妳就死定了。」

我就知道，怎麼能信任他呢？好蠢，真的好蠢。

「推開我，」他說，「反抗我。」

我推著他，其實不需要他來指示我這麼做。

「放開我——」

「少來了，」現在他的音量變大了，聽起來既輕佻又邪惡，跟正派完全沾不上邊。「妳先前並不介意啊——」

「別煩她，士兵。」有個冰冷的聲音懶懶地說。

我的血液變冷了，立即扭身想脫離維托瑞亞斯。司令官就在那裡，像個幽靈由廚房門邊飄出。她監視我們多久了？為什麼她醒著？

司令官跨到走廊上，平靜地審視著我，對維托瑞亞斯則視若無睹。

「原來妳跑到這兒來了。」她的淺色頭髮鬆鬆地披散在肩頭，身上的睡袍裹得很緊。「我剛下樓。五分鐘前我拉了鈴要妳倒水來。」

「我——我——」

「我想這是早晚的事，妳是個漂亮的小東西。」她沒有拿她的馬鞭或威脅要殺了我，甚至似乎並不生氣，只是不耐煩。

「士兵，」她說，「回你的營房去吧，你已經霸占她夠久了。」

「司令官。」維托瑞亞斯一副不情願的樣子離開我的身體。我試著移步脫離他，但他的一條手臂還像摟著所有物般環放在我的臀上。「妳已經讓她回房過夜了，我以為這表示妳不需要她了。」

「維托瑞亞斯？」我這才發現司令官剛剛在陰暗中並沒有認出他來，她對剛剛的「士兵」漠不關心，沒再看過他第二眼，現在則用不敢置信的目光瞪著兒子。「你？找奴隸？」

「我閒得發慌，」他聳聳肩，「已經在醫務室裡困了好幾天。」

我的臉燒得很燙。現在我明白他為什麼要抱住我，為什麼要叫我反抗他了。那是想保護我不被司令官懲罰，他一定察覺到她在這裡了。她沒辦法證明我過去幾小時是不是待在維托瑞亞斯那裡，更何況反正學生強暴奴隸的事司空見慣，不管是他或我都不會被懲罰。

但感覺仍然很屈辱。

「你以為我會相信你嗎？」司令官歪著頭說。她能感應到謊言——能聞到謊言。「你這輩子還沒碰過奴隸一根汗毛。」

「恕我直言，長官，那是因為妳收到新奴隸的第一件事，就是挖掉她的眼珠。」維托瑞亞斯把手纏進我的頭髮，痛得我叫出聲來。「或是刮花她的臉。但是這一個——」他把我的頭拉向他，低頭看我，眼神中帶有警告意味，「——還是完整的。大致上。」

「求求您。」我壓低音量說。如果這招行得通，我也該配合演出，即使令人作嘔。

「叫他別煩我。」

「滾出去，維托瑞亞斯。」司令官眼中閃著寒光，「下次找個廚房裡的賤婢當你的玩物，這女孩是我的。」

維托瑞亞斯對母親行了個簡短的軍禮，便鬆開我，悠閒地穿過大門走了，完全沒有再回頭看一眼。

司令官上下打量我，好像想找出她認為剛才發生過什麼事的蛛絲馬跡。她抬高我的下巴，我用力掐自己的腿，力道大得足以掐出血來，於是我的眼中立刻充滿淚水。

「如果我像對廚子那樣割花妳的臉，會不會比較好呢？」她喃喃地說，「在男人堆裡討生活，美貌是一種詛咒。妳或許還會感激我呢。」

她用指甲刮過我的臉頰，我打了個冷顫。

「嗯……」她放開我，走回廚房門邊，臉上帶著微笑，嘴唇扭曲的方式充滿苦澀，沒有半點喜悅，而那奇怪紋身的渦紋正映著月光。「還有得是時間。」

30 伊里亞斯

滿月慶典都過了三天，海琳還是在躲我。我敲門她不應，我一進食堂她就閃人，我直接去找她，她就託辭離開。我們湊成一組訓練時，她好像把我當成馬可斯在攻擊。我對她說話，她突然成了聾子。

起初我是由她去，但到了第三天，我實在受不了了。在走去搏擊訓練場的路上，我在心中草擬找她對質的計畫——必備物品包括一張椅子、一捲繩子，也許還需要個口銜，好讓她非聽我說不可——這時坎恩突然出現在我身邊，就像鬼魂現形一樣。我都把彎刀抽出一半了，才發現他是誰。

「天啊，坎恩，別這樣。」

「你好啊，維托瑞亞斯志士。今天天氣真好。」先知讚嘆地仰望炎熱的藍天。

「是啊，如果不必在烤死人的太陽底下用雙彎刀練習的話。」我喃喃說。連中午都還沒到，我已經大汗淋漓，索性脫掉了上衣。要是海琳還肯跟我說話，一定會皺著眉說我的服裝儀容不符規定。但我已經熱到顧不得了。

「你第二場試煉受的傷都好了？」坎恩問。

「託你的福。」我來不及阻止已脫口而出，但倒不是真的很後悔。他一而再地想取我的性命，早就讓我不想保持禮貌了。

「試煉本來就不該很容易的啊，伊里亞斯，所以才叫試煉嘛。」

「這我倒沒注意到呢。」我加快腳步，希望能把坎恩甩掉。沒成功。

「我有訊息要給你，」他說，「下一場試煉將在七天後舉行。」

至少這次有事先預警。「試煉內容是什麼？」我問，「公開鞭打？跟一百條毒蛇鎖在箱子裡度過一整夜？」

「跟難纏的對手搏鬥。」坎恩說，「不是你應付不來的事情。」

「什麼對手？陷阱在哪裡？」先知告訴我要對抗什麼時，絕對會隱藏最重要的部分。搞不好我們要和數不清的幽靈對戰，或是精靈，或是其他某種他們從黑暗中喚醒的怪獸。

「我們沒從黑暗中喚醒什麼原本沒醒的東西。」坎恩說。

我咬牙憋回想脫口而出的話。我發誓，要是他再窺看我的心思，我就要用這把刀捅他，管他是不是先知。

「這對你沒有好處的，伊里亞斯。」他幾乎悲傷地笑著，然後朝訓練場點點頭，海琳正在那裡練習。「我想請你把這個訊息傳給亞奇拉志士。」

「亞奇拉目前不願意和我說話，所以或許有點困難。」

「我相信你會有辦法的。」

他飄然離去，留下比先前心情更差的我。

小琳和我每次吵架，通常都會在幾小時內和好——頂多一天。三天算是破我們的紀錄了。更糟的是，我從沒有像三天前的晚上看過她那樣情緒失控，即使在戰鬥時，她也總是十分冷靜自持。

但她過去幾週以來很不一樣。我知道，卻像個傻瓜想假裝看不見，我不能再忽視她的行為了，這一定和我們之間的火花有關，那股吸引力。我們要不是捻熄火花，就是接受它。而我想，雖然後者可能更令人愉快，卻會製造我們兩人都不需要的複雜結果。

海琳是什麼時候改變的呢？她一向能控制所有情緒、所有欲望。她從沒對任何同袍展現過興趣，而除了林德之外，我們也都沒笨到嘗試和她展開戀情。

那麼，我們之間究竟出了什麼事，讓情況有所轉變？我細細回想起第一次察覺到她有異樣是什麼時候：是她在地下墓穴找到我的那天早晨。當時我故意色瞇瞇地看她，來引開她的注意力。我想都沒想就這麼做了，只希望她別找到我的背包。我以為她只會覺得我也是個男人。

是因為那件事嗎？我看的那一眼？她的行為這麼古怪，是因為她以為我想要她，所以覺得自己也必須回應我嗎？

如果是這樣的話，我得直截了當地和她把話說清楚。我要告訴她那只是偶然的一瞥，並沒有任何特殊用意。

她會接受我的道歉嗎？除非你夠卑躬屈膝。

好吧，那也值得。如果我想要自由，非得贏得下一場的試煉不可。在前兩場試煉中，小琳和我互相扶持著活了下來，第三場也將是一樣的。我需要她跟我同一陣線。

我找到小琳在搏擊場上和崔斯塔斯練劍，旁邊有個搏擊百夫長在監督。兄弟們和我老愛取笑崔斯塔斯對未婚妻的痴情迷戀，但他其實是黑巖學院最優秀的劍士之一，聰明又靈巧。他等著海琳出現漏洞，暗記她出劍的力道變化。但她的防守滴水不漏，有如拷夫監獄的銅牆鐵壁。我來到訓練場後沒幾分鐘，她就擋開崔斯塔斯的攻擊，一劍直取他的心臟。

「參見神聖的志士。」崔斯塔斯一看到我就大聲嚷嚷。海琳肩膀一僵，他看看我們兩人，便識趣地溜了。崔斯塔斯、費里斯與德克斯，一直在研究海琳和我在開派對那天晚上究竟發生了什麼事——因為到頭來我們兩人都沒出席。但小琳和我一樣三緘其口，他們只好放棄了，只是交頭接耳地咕噥著，看我們兩個在訓練場中一副欲置對方於死地的模樣。

「亞奇拉。」等她把彎刀收回刀鞘後我喊她，「我想和妳談一談。」

沉默。

那好吧。「坎恩叫我告訴妳，下一場試煉七天後開始。」

我朝兵器庫走去，並不意外聽見她的腳步聲跟來。

「欸，那內容呢？」她扳著我的肩膀使我轉身，「試煉的內容是什麼？」

她的臉漲得緋紅，眼睛晶亮。*天啊，她生氣的時候好漂亮。*

這念頭令我吃了一驚，隨之而來的是猛烈的渴望。*她是海琳啊，伊里亞斯。海琳。*

「格鬥。」我說，「我們要和『難纏的對手』格鬥。」

「是喔，」她說，「好。」但她沒走，只是死盯著我，渾然不覺自己的髮辮中有幾束髮絲脫落了，使她預期中的恫嚇意味打了折扣。

「小琳，聽著，我知道妳很生氣，可是——」

「得了，去穿件衣服吧。」她大步走開，碎碎唸著不守規矩的傻瓜什麼的。我吞回憤怒的辯駁，她怎麼這麼死腦筋？

我一走進兵器庫，就撞見了馬可斯，他把我按在門框上。這回寨克難得不在他身邊。

「你的婊子還是不肯跟你說話嗎？」他說，「也不肯跟你一起活動是吧？避開你……避開其他人……單獨行動……」他若有所思地盯著海琳遠去的背影，我試著伸手去拿彎刀，但馬可斯已經用一把匕首抵著我的肚子。

「她屬於我，你知道吧。我夢到的。」他冷靜的態度比起吹噓更讓我心生寒意。「總有一天，我會找到她，而你正好不在附近，」他說，「到時我會把她變成我的。」

「你離她遠一點，要是她出了什麼事，我會把你割開，從脖子割到可悲的——」

「你永遠都只會恐嚇，」馬可斯說，「從沒真正做過任何事。這也不讓人意外，誰叫你是個連面具都還沒完全貼合的叛徒呢？」他傾身向前。「面具知道你很軟弱，伊里亞斯，知道你不屬於這裡，所以依然沒成為你的一部分。這就是為什麼我應該殺了你。」

他的匕首戳進我的肚子，讓我流出細細的一股血。只要用力一捅，再往上一拉，就能像殺魚一樣讓我開膛破肚。我氣得發抖，性命全繫於他的一念之仁；我恨透這種狀況了。

「可惜百夫長在看。」馬可斯的目光快速瞟向左側，搏擊百夫長正從那裡快速趕來。「而且，我寧可慢慢宰了你。」他懶洋洋地晃開，經過搏擊百夫長時向他行了個禮。

我氣自己，又氣海琳和馬可斯，用力推開兵器庫大門，逕直走向擺重武器的架子，選中一把三稜鎚矛。我拿起鎚矛在空中揮舞，像是要把馬可斯的頭打掉。

回到訓練場後，搏擊百夫長讓我和海琳捉對廝殺。我的怒火多到湧出來，沾染了每一次攻勢。海琳則善加導引她的惱怒，化作鋼鐵般的效率。她打飛了我的鎚矛，才不過幾分鐘，我就被迫投降。她一臉鄙夷地走開去跟下一個對手打，我則兀自掙扎著想爬起身來。

我看見馬可斯在訓練場的另一側旁觀——看的不是我，而是她。他的眼神閃爍，手指撫弄著匕首。

費里斯伸手拉我起來，我把德克斯和崔斯塔斯都叫過來，同時因為海琳送我的瘀青而齜牙咧嘴。「亞奇拉還是躲著你們嗎？」

德克斯點點頭。「好像我們是梅毒似的。」

「你們還是盯著她一點，」我說，「即使她叫你們離得遠遠的。馬可斯知道她在躲我們，他出手攻擊她只是早晚的問題。」

「你應該知道，要是被她發現，她一定會殺了我們吧？」費里斯說。

「你比較喜歡哪個？」我問，「是生氣的海琳？還是被擊倒的海琳？」

費里斯臉色發白，但他和德克斯都發誓會盯著她，並且在離開訓練場時怒瞪馬可斯。

「伊里亞斯。」崔斯塔斯還逗留在原地，一副尷尬得要命的模樣。「如果你想的話，我們可以討論看看關於……呃……」他撓了撓刺青，「嗯，只是說我和伊莉雅也有鬧彆扭的時候，所以關於你和海琳，如果你想聊的話……」

啊，原來他是這個意思。「海琳和我不是——我們只是朋友。」

崔斯塔斯嘆了口氣。「你應該知道她愛上你了吧？」

「她——沒有——沒——」我的嘴巴好像不聽使喚了，所以我乾脆閉緊嘴巴，沉默而哀懇地望著他，等著他隨時咧嘴一笑、猛拍我的背，說：「開玩笑的啦！哈，維托瑞亞斯，瞧你的表情……」

隨時。

「相信我。」崔斯塔斯說，「我有四個姊姊，而且我是兄弟之中唯一一個談感情能超過一個月的人。她每次看你時，我都看到愛情。她愛上你了，而且已經好一陣子了。」

「可是她是海琳，」我蠢笨地說，「我是說——拜託，我們都對海琳有過幻想啊。」崔斯塔斯勇敢地點點頭。「但她對我們沒有興趣。她看過我們最糟的一面。」我回想「勇氣試煉」時，我發現她是真實的、不是幻影的時候，痛哭流涕的反應。「她怎麼會——」

「誰知道呢，伊里亞斯。」崔斯塔斯說，「她手一扭就能殺人，拿著劍的時候像惡魔，而且喝起酒來可以打趴我們大部分人。也許就因為這樣，我們都忘了她是個女孩。」

「我並沒有忘記海琳是女孩。」

「我指的不是生理方面，而是指她的思想。女孩思考這類事情的角度和我們不同。她愛上你了，而不管你們之間出了什麼事，都跟這一點有關，我向你擔保。」

這不是真的，我的頭腦熱切地否認，只是肉慾，不是愛情。

你閉嘴啦，腦袋，我的心說道。我了解海琳，就像我了解格鬥、了解殺戮。我了解她的恐懼，還有她皮膚上沾著的血腥味。我了解她在說謊時鼻孔會微微擴張，睡覺時會把手夾在膝蓋之間。我了解她美好的部分，以及醜陋的部分。

她對我的憤怒來自很深層的部分、很陰暗的部分，不願意承認自己擁有的部分。那天我欠缺思考色瞇瞇地看了她，使她以為我或許也擁有那個部分，以為她或許在那個地方並不孤單。

「她是我最好的朋友，」我對崔斯塔斯說，「我不能陪她走上這條路。」

「你是不能，」崔斯塔斯眼裡盛滿同情，他知道海琳對我有多重要。「這就是問題所在了。」

31

蕾雅

我的睡眠斷斷續續、嚴重匱乏，全都充滿了司令官的恐嚇之語。還有得是時間。我總在天亮前就轉醒，噩夢的殘片還留在心中：我的臉被切割、烙印；我哥哥被懸在絞刑台上，金髮迎風拂動。

想點別的吧。我閉上眼睛，看見了奇楠，想起他邀我跳舞時的羞怯，真不像他的個性。我想起他帶我旋轉時眼中的火光——我以為那一定有什麼意義。但他卻如此突兀地就走了。他還好嗎？躲過突擊搜捕了嗎？聽到維托瑞亞斯喊出的警告了嗎？

維托瑞亞斯。我聽見他的笑聲，聞到他身上散發的香料味，但我必須硬是推開這些感覺，替換成事實真相：他是個面具武士，是敵人。

他為什麼要幫我？這樣做讓他冒著吃牢飯的風險——或者比那更糟，如果關於黑武士和他們肅清異己的做法謠言屬實，我不能相信他做這些事純粹是為了我著想。那麼是在胡鬧囉？某種我還不能理解的病態武人遊戲？

別耗在那裡找答案了，蕾雅，戴倫在我腦中耳語。把我弄出去。

廚房傳來沙沙的腳步聲——是廚子在做早餐。如果這老太婆起床了，伊蕎也不會太晚出現。我快速著裝，想趁著廚子分派每日雜務給我們之前先去找伊蕎，她會知道進入學校的祕密入口的。

可是伊薺一早就出門替廚子跑腿了。

「她要到中午才會回來，」廚子告訴我，「不過這也不干妳的事。」老太婆指著桌上的黑色冊子。「司令官要妳先把冊子送去給史匹洛．鐵勒曼，再回來做其他工作。」

我忍住抱怨，看來只能晚點再找伊薺說話了。

我抵達鐵勒曼的鋪子時，很訝異地看見門開著，冶煉爐的火在燃燒。鐵匠臉上汗水直流，流進滿是燒灼痕跡的背心裡，他正在搥打一塊發亮的鋼鐵。他的身旁有個部落女孩，身披玫瑰色的純色長袍，袍子下襬繡著許多小圓鏡片。女孩喃喃說著什麼，我在噹噹的搥鐵聲中聽不見。鐵勒曼點點頭向我打招呼，但仍繼續和女孩談話。

我看著他們說話，發現她比我的第一眼印象來得更成熟，也許有二十五、六歲了。她烏黑如絲的頭髮裡摻著火紅的髮絲，編成許多細緻的小辮子，秀麗的面龐隱約有點眼熟。然後我認出來了：她是在滿月慶典上和維托瑞亞斯跳舞的人。

她與鐵勒曼握握手，交給他一袋錢幣，然後從冶煉場後門走出去，還朝我的方向投來打量的一瞥。她的目光停留在我的奴隸手銬上，我別開視線。

「她是努爾部落的阿芙雅，」史匹洛．鐵勒曼等女人走後說道，「是各部落間唯一的女酋長，世間少有的危險女子，也是很聰明的女人。她的部落負責把武器帶到學人反抗軍在馬林的分駐點。」

「你幹嘛告訴我這些？」他這人有什麼毛病啊？這種資訊會害我送命的。

史匹洛聳聳肩。「她運送的武器大部分都是妳哥哥做的，我以為妳會想知道它們的下落。」

「不，我並不想知道。」他怎麼就是不懂呢？「我並不想參與……你們做的任何事。我只希望一切恢復原貌，在你收我哥為徒之前、在帝國因此抓走他之前的原貌。」

「那妳還不如希望那個疤會消失好了。」鐵勒曼點點頭指向我斗篷敞開的位置，司令官刻的「K」露了出來。我趕緊把衣物合攏。

「世間的事永遠不會恢復原貌。」他拿著火鉗把正在塑形的金屬翻了面，然後繼續捶打。「如果帝國明天放戴倫自由，他還是會來這裡繼續製造武器。他的使命是起義，是幫助人民推翻壓迫者，而我的使命則是幫助他達成目標。」

我對鐵勒曼的說法太生氣了，想都沒想就開口回應。「這下你倒成了學人的救世主？就算你曾花了許多年製造摧毀我們的武器？」

「我每天都與自己的罪共存。」他拋下火鉗，轉身看我。「我肩負著罪惡感而活，但是女孩，罪惡感可分兩種：一種淹沒妳，直到妳成為廢人；一種激勵妳的靈魂奮起而行。我替帝國做出最後一把武器的那天，就在腦中畫下了底線。我永遠不會再造一把武人的刀了，永遠不會再讓自己的手上沾染學人的血。我不會跨越那條線，寧死都不違背誓言。」

他像抓著武器般緊握著鐵鎚，稜角分明的臉龐被緊緊壓抑的狂熱點亮。我想這就是戴倫願意拜他為師的原因，這男人的兇猛帶有我們媽媽的魄力，而他自我克制的態度又有我們爸爸的風範。他的熱情是真實而富有感染力的，他說的話讓我想要相信。

他攤開手。「妳有訊息要給我？」

我把冊子交給他。「你說寧死都不違背誓言，但卻要替司令官製造武器。」

「不。」史匹洛瀏覽著冊子。「我是假裝要替她製造武器，這樣她才會繼續派妳送信來。只要她認為我對妳的興趣能為她贏得一把鐵勒曼彎刀，她就不會下重手傷害妳。我甚至可能說服她把妳賣給我，然後就能把這些該死的東西弄掉——」他朝我的手銬點點頭，「——還妳自由。」我很訝異地看到史匹洛別開視線，好像很難為情似的。「這是我起碼能為妳哥做的事。」

「他要被處決了，」我輕聲說，「一個星期之後。」

「處決？」史匹洛說，「不可能。要是他快被處決了，應該會留在中央監獄裡，可是卻被移監了。至於將移到哪兒去，我還不知道。」鐵勒曼瞇起眼睛。「妳從哪裡聽說他要被處決了？妳跟誰談過？」

我沒回答。戴倫或許很信任這個鐵匠，但我信不過他。也許鐵勒曼真的是革命人士，但也可能是演技很逼真的間諜。

「我得走了，」我說，「廚子在等我回去。」

「蕾雅，等一下——」

我沒聽到剩下的話，因為我已經衝出門了。

我邊走回黑巖學院，邊試著把鐵匠的話趕出腦海，卻辦不到。戴倫被移監了？什麼時候？移去哪裡？為什麼麥森沒提到？

我哥怎麼樣了？他在受苦嗎？萬一武人打斷他的骨頭怎麼辦？天啊，或是砍斷他的手指？萬一——

別再想了。外婆曾說過人生充滿希望。如果戴倫還活著，其他事都不重要。只要我能救他出來，其他事都有修補的餘地。

回去的路要穿過處決廣場，空蕩蕩的絞刑台很醒目。有好一陣子沒人被吊死了，奇楠說武人會把死刑犯留給新任皇帝，馬可斯和他弟應該會樂於看到滿滿的屍體吧。萬一其他人贏了呢？當無辜的男女在繩索末端扭動掙扎時，亞奇拉會笑嗎？維托瑞亞斯會嗎？

我前方的人群愈走愈慢，甚至站定不動，因為有一支二十輛車的部落車隊正浩浩蕩蕩地穿過廣場。我轉個方向想繞過它，但每個人都有同樣的想法，結果大批人潮咒罵、推擠，搞得水泄不通。

在混亂中有個聲音說：「妳沒事吧？」

我立刻就認出他的聲音來。他穿著部落民的背心，可是即使戴著兜帽，那頭紅髮還是像火舌似地竄出來。

「突擊搜捕過後，」奇楠說，「我心裡實在沒把握，整天都在廣場附近轉，希望妳會經過。」

「你也逃出來了。」

「我們都逃出來了，千鈞一髮。武人昨晚抓走一百多個學人。」他歪著頭，「妳朋友也逃掉了吧？」

「我的……啊……」如果我說伊薺沒事，就等於承認我帶著她一起回覆情報。奇楠目不轉睛地盯著我，我一說謊他立刻就會知道。

「是的，」我說，「她也逃掉了。」

「她知道妳是間諜。」

「她幫了我的忙。我知道不該讓她幫忙的，但是——」

「事情就這麼發生了。蕾雅，妳哥哥正在生死交關，我能體會。」我們後頭有人大打出手，奇楠扶著我的背把我轉了個方向，讓他自己擋在我和亂揮的拳頭之間。「麥森定了會面日期，從今天算起第八天的早晨，十點鐘。妳到廣場這裡來。如果妳在那之前需要見面，就用灰色圍巾包住頭髮，在廣場南側等。有人會留意妳。」

「奇楠，」我想起鐵勒曼說的關於戴倫的事，「你確定我哥在中央監獄嗎？確定他要被處決了？我聽說他被移監了——」

「我們的間諜很可靠，」奇楠說，「如果他被移監了，麥森會知道的。」

我的脖子有種麻癢感，感覺事情不太對勁。「你好像有事瞞著我？」

奇楠摩挲著臉上的鬍渣，我的不安更加擴大。「不是妳需要操心的事，蕾雅。」

十層地獄啊。我把他的臉轉正，強迫他看著我的眼睛。「只要和戴倫有關，」我說，「我就有理由操心。是麥森嗎？他改變心意了？」

「不，」奇楠的語氣實在不怎麼令人安心，「我不覺得是這樣。但他最近很……奇怪，對這次的任務非常低調，還會隱瞞間諜的回報。」

我試著找出合理解釋，也許麥森擔心任務曝光。聽我這麼說，奇楠搖搖頭。

「不光是這樣。」他說，「我沒辦法證實這件事，但感覺得到他同時還在進行別的計畫，很大的計畫，與戴倫無關的計畫。可是我們怎麼可能又去救戴倫、又進行別的任務？人力不夠啊。」

「問他吧，」我說，「你是他的副手，他信任你。」

「啊？」奇楠露出奇怪的表情，「不見得。」

他失去信任了嗎？我沒機會問。我們前方的車隊挪開了，堵塞的人群湧向前。在推擠之中，我的斗篷敞開了。奇楠的目光立刻向下移到疤痕上。我悲哀地想：它那麼明顯，又紅又醜，他怎麼可能不會注意到呢？

「十層地獄啊，這是怎麼回事？」

「司令官給我的懲罰，好幾天前的事了。」

「我都不知道，蕾雅。」他盯著疤看，所有冷漠都瓦解了。「妳為什麼沒告訴我？」

「你會在乎嗎？」他訝異地看著我的眼睛。「話說回來，其實這也不算什麼，本來還可能更糟的。她挖掉伊薺的一隻眼睛。你也該看看她對廚子做了什麼，廚子的整張臉都……」我打了個冷顫。「我知道這很醜……很恐怖——」

「不。」他說這個字的語氣好像在下命令。「別這麼想。它表示妳在她手底下活了下來，表示妳很勇敢。」

人群在我周圍攢動，從我身旁流過。很多人用手肘頂我們，對我們碎碎唸。但這些很快就淡化了，因為奇楠拉起我的手，從我的眼睛望向嘴唇，再從嘴唇望回眼睛，不需要言語也能理解他的心思。我注意到他的嘴角有一顆完美的圓形雀斑。他把我拉向他，我體內深處有股暖意正慢慢舒展開來。

這時一名穿著皮衣的馬林人擠了過來，從我們中間穿過去，奇楠短暫地露出了悲傷的笑容。他捏了我的手一下，「我們很快會再見面的。」

他融入人群，我則匆匆趕回黑巖學院。如果伊薺知道哪裡有入口，我還來得及親眼看一下，再回到廣場來傳遞訊息。等反抗軍救出戴倫，我就能擺脫這一切了。再也沒有疤痕或鞭打，再也沒有恐怖與畏懼。而且也許……我內心有個小聲音說，我可以和奇楠相處久一點。

我在後院找到伊薺，她正在水泵旁邊刷洗床單。

「我只知道那條祕密小徑耶，蕾雅。」伊薺如此回應我的提問，「而且連那條路也不算是祕密，只是太危險了，多數人不會去走而已。」

我勤奮地壓著水泵，利用唧唧的金屬聲蓋過我們的說話聲。伊薺搞錯了，一定搞錯了。「那地道呢？或是……妳覺得其他奴隸會知道些什麼嗎？」

「妳昨晚也看到了，我們全靠維托瑞亞斯才能通過地道。至於其他奴隸嘛，風險太高了，有些人是司令官的眼線。」

不——不——不。幾分鐘前還看似充裕的時間——整整八天——現在顯得轉眼即逝。伊薺遞給我一床剛洗好的床單，我急躁地把它掛在晾衣繩上。「那地圖呢？這鬼地方總有地圖吧。」

伊薺聽了臉色一亮。「也許喔，」她說，「在司令官的辦公室裡——」

「妳們能找到黑巖學院地圖的唯一地方，」有個沙啞的聲音插口說道，「就在司令官的腦袋瓜裡。而我可不認為妳們想去那裡東翻西找。」

我像隻金魚般瞠目結舌，同一時間，腳步輕得像女主人的廚子從我剛掛起的床單後頭現身。

伊薺被突然冒出來的廚子嚇了一跳，但令我驚愕的是，她接著就站起身來雙手扠腰。

「一定有些憑藉，」她對廚子說，「她是怎麼把地圖存進腦子裡的？總要有個參考啊。」

「她當上司令官時，」廚子說，「先知們給了她一張地圖記誦，然後燒掉。這是黑巖學院一貫的做法。」我訝異的表情令她忍俊不已。「我比妳年輕、甚至比妳還笨的時候，就懂得眼觀四面、耳聽八方了。現在我的腦袋裡塞滿沒用的資訊，對誰都沒好處。」

「不會沒用的，」我說，「妳一定知道進學校的祕密通道——」

「我不知道。」廚子臉上的疤和皮膚形成強烈對比，「就算我知道，也不會告訴妳。」

「我哥在中央監獄的死牢裡，再過幾天就要被處決了，要是我找不到進入黑巖學院的祕密通道——」

「女孩，我問妳一個問題，」廚子說，「是反抗軍說妳哥在監獄裡，反抗軍說他快被處決了，對吧？但他們是怎麼知道的？而妳又怎麼知道他們說的是實話？搞不好妳哥已經死了。就算他還在中央監獄的死牢裡，反抗軍也絕對救不出他的。連顆沒有眼睛、沒有耳朵的石頭都懂這個道理。」

「如果他死了，他們會告訴我的。」她為什麼就不肯幫幫我呢？「我信任他們，好嗎？我必須信任他們。再說，麥森說他有個計畫——」

「呸。」廚子嗤之以鼻，「妳下次見到這個麥森的時候，問問他，妳哥究竟在中央監獄的什麼區域。是哪一間牢房？妳問他是怎麼知道這些情報的？他的間諜是誰？妳問他找到進入黑巖學院的入口，怎麼會對攻進南方戒備最森嚴的監獄有所幫助？等他回答完之後，我們再等著瞧妳還信不信任那個混蛋。」

「廚子——」伊薺開口，但老太婆霍地轉身面向她。

「妳別吵。妳根本不知道自己惹上什麼麻煩。我之所以沒有向司令官告發她的唯一理由，」廚子簡直像想對我吐口水似的，「還不是為了妳。事情到了這步田地，我實在不敢信任奴隸女孩不會供出妳的名字，好讓司令官對她從輕發落。」

「伊薺……」我望著好友，「不管司令官做什麼，我絕對不會——」

「妳以為那些心口上的刻痕就讓妳成為疼痛的專家了？」廚子說。「女孩，妳曾被凌虐過嗎？有沒有被綁在桌子上，讓人用燒燙的木炭烙妳的喉嚨？有沒有被人用鈍刀刮花妳的臉，還有一個面具武士往妳的傷口上澆鹽水？」

我木然地瞪著她。她知道答案。

「妳預測不了自己會不會背叛伊薺，」廚子說，「因為妳沒被逼到極限過。司令官在拷夫監獄受過訓，如果由她來審問妳，妳連親媽都會背叛。」

「我媽死了。」我說。

「真是謝天謝地。誰知道要是她還——還活著，她和她的叛軍還會惹出多少禍——禍——禍端。」

我斜睨著廚子。她又結巴了，又是在提起反抗軍的時候。

「廚子。」伊薺站起來，與老太婆齊高，不過不知怎麼的，好像顯得更高一點。「請妳幫幫她。我從沒向妳提出什麼要求，現在我請求妳。」

「這跟妳有什麼關係？」廚子的嘴巴扭曲，彷彿嚐到很酸的東西。「她承諾過把妳弄出去嗎？承諾會救妳？傻女孩，反抗軍從來不救被拋在後頭的人。」

「她沒向我承諾過任何事。」伊薺說，「我想幫她，是因為她是我的——我的朋友。」

我才是妳的朋友，廚子的深色眼睛這麼說。我再一次好奇這女人究竟是誰，還有反抗軍——和我媽——對她做了什麼，使她如此痛恨和不信任他們。

「我只想救戴倫，」我說，「我只想離開這裡。」

「每個人都想離開這裡，女孩。我想離開，伊薺想離開，連該死的學生都想離開。如果妳的動機真這麼強烈，我建議妳去找那些妳視為珍寶的反抗軍，要求他們另外派一項任務給妳，去另一個不會害死自己的地方。」

她大步走開了，我應該生氣的，結果卻只是在腦中重複播放她所說的話。連該死的學生都想離開。連該死的學生都想離開。

「伊薺，」我轉頭看向我的朋友，「我好像知道該怎麼找到離開黑巖學院的路了。」

幾個小時後，我蹲伏在黑巖學院營房區外頭的樹籬後，不禁思忖起自己是不是發傻了。宵禁的鼓聲已經敲過，我在這裡跪坐了一個鐘頭，樹根和岩石都陷進我的膝蓋，可是仍舊沒有半個學生從營房出來。

不過總會等到的。正如廚子說的，連學生都想離開黑巖學院。他們一定得偷溜出去，不然要怎麼跑出去喝酒嫖妓？有些人可能是買通了大門守衛或地道守衛，但勢必還有別的出路。

我動了動身體，從一根扎人的樹枝上換到另一根。我沒辦法再在這叢低矮的樹叢陰影裡躲上多久了，現在伊薺正在替我值班掩飾，可是萬一司令官找我而我沒出現，我就得受罰。更糟的是，伊薺也可能受罰。

她承諾把妳弄出去嗎？承諾救妳？

我沒向伊薺做過這種承諾，但我應該要的。廚子既然都提到了，我便忍不住不去想。我走了以後，伊薺會如何？反抗軍說他們會把我的突然失蹤布置成自殺，但司令官還是會質問伊薺的，那女人可沒這麼好騙。

我不能就這樣把伊薺丟下來面對審問，她是札拉被抓走之後我交到的第一個真正的朋友。但我該怎麼說服反抗軍庇護她呢？要不是有薩娜，他們連我都不會幫的。

一定有方法的。我離開這裡時，可以帶著伊薺同行。反抗軍總不會心腸硬到要趕她回去——如果他們知道她會有什麼下場就不會的。我邊思考，邊把視線焦點擺回眼前的建築上，恰好看見兩個人影從優等生的營房區冒了出來。其中一人髮色較淺，映照著光線，同時我也認出另一人鬼祟的步伐——是馬可斯與寨克。

雙胞胎彎向與大門相反的方向，經過離營房最近的地道格柵門，反而朝一棟訓練大樓走去。

我偷偷跟著他們，近到能聽見他們說話，但遠到不會被發現。誰知道要是被他們逮到我在跟蹤，會做出什麼事來？

「——我受不了了，」有個聲音飄向我，「我覺得他要接管我的心智了。」

「別再像他媽的娘們似的。」馬可斯回應，「他教我們必要的方法來避免先知像水蛭般吸取我們的心智，你應該感激才對。」

我一點一點湊近，不自禁地被挑起好奇心。他們是在說司令官書房裡的怪物嗎？

「我每次望進他的眼睛，」賽克說，「都會看到我自己的死亡。」

「至少這樣你就有心理準備了。」

「不，」賽克低聲說，「我不覺得。」

馬可斯發出煩躁的悶哼聲。「我也不會比你更喜歡啊，但我們得贏得這場比賽，所以像個男子漢一點。」

他們走進訓練大樓，我趁沉重的橡木門闔上前拉住它，透過門縫看著他們。藍色火焰的油燈幽微地照亮走廊，他們的腳步聲在兩側廊柱間迴盪。就在快到轉彎的地方前，他們突然消失在一根廊柱後頭。只聽見石頭互相摩擦的聲音，然後一切都變得靜悄悄的。

我走進建築，凝神傾聽。走廊靜得像墳墓，但這不表示弗拉兄弟就不在這裡。我慢慢走到他們消失的廊柱邊，預期看到一扇訓練室的門。

但那裡什麼也沒有，只有石牆。

我走到下一個房間，空的。再下一個，空的。窗口透進的月光把每個房間都染成幽魅的藍白色，而每一個房間都是空的。弗拉兄弟憑空消失了，怎麼會？

有個祕密入口，我確定。如釋重負的喜悅席捲了我，找到了，找到麥森要的東西了。

還沒呢，蕾雅。我還得搞清楚雙胞胎是怎麼進出的。

隔天晚上的同樣時間，我直接跑到訓練大樓裡等著，躲在我看見那兩個面具武士消失處對面的廊柱後頭。時間一分一秒過去，半小時，一小時。他們都沒現身。

最後我逼自己離開，沒辦法冒險錯過司令官的召喚。我好想沮喪地大叫，弗拉兄弟一定在我進入大樓之前就已經進入祕密入口了，或是等我躺在床上以後才到。無論是哪一種情況，我都需要更多的時間監視。

「明天換我去。」伊薺說。十一點的鐘聲漸漸淡去，她來我房間找我。「司令官拉鈴要水，我送上去，她問妳去哪裡了。我說廚子派妳去辦夜裡的雜務，但這個藉口不能用第二次。」

我不想讓伊薺幫忙，但又知道少了她就不會成功。每次她出發去訓練大樓時，我想幫她離開黑巖學院的決心就會加深一分。我走的時候不能拋下她，我辦不到。

我們每晚輪流去，賭上一切希望能再看到弗拉兄弟。但令人發狂的是，我們一無所獲。

「如果真的沒辦法，」在我要回報的前一晚伊薺說，「妳可以請廚子教妳怎麼在外牆上炸出一個洞。她以前是替反抗軍做爆裂物的。」

「他們要的是祕密入口耶。」我說，但忍不住笑了，因為想到黑巖學院的牆上出現一個冒著煙的大洞，就令人心情愉快。

伊薺出門去監視弗拉兄弟，我則等著司令官找我。但她一直沒拉鈴，所以我就躺在草褥上，盯著屋頂的坑坑洞洞，強迫自己不去想戴倫被武人折磨的情景，並且努力找個說法來向麥森解釋我為何失敗。

就在十一點鐘聲敲響前，伊薺衝進我房裡。

「蕾雅，找到了！弗拉兄弟使用的通道，我找到了！」

32 伊里亞斯

我開始屢戰屢敗。

都怪崔斯塔斯，在我腦中種下海琳愛上我的想法，現在種子發芽茁壯，像恣意生長的野草一樣茂盛。

彎刀練習時，塞克以異常散漫的攻勢朝我襲來，但我非但沒能迅速解決他，還讓他敲中我的屁股，只因為我瞥見訓練場對面有一抹金髮。我胃裡那股翻攪的感覺是怎麼回事？徒手搏擊百夫長大聲責備我的表現不佳，我卻幾乎充耳不聞，只想著小琳和我將會如何。我們的友情會毀滅嗎？如果我不以愛情回應她，她會恨我嗎？如果我給不起她要的，又怎麼能說服她在試煉中和我同一陣線？太多該死的、愚蠢的問題了。女生隨時都像這樣想個不停嗎？難怪她們如此變幻莫測。

第三場「堅強試煉」再兩天就要展開了。我知道自己得集中精神，讓心靈和身體都做好準備。我必須贏。

但除了海琳之外，還有別的人占據我的思緒：蕾雅。

我已經努力了好幾天不去想她，但到最後，我放棄抗拒。人生已經夠難熬的了，何必再跟腦子裡的東西玩捉迷藏？我想像她瀉落的秀髮和富有光澤的皮膚，想起我們共舞時她笑出來的模樣，光是她展現了自由靈魂的可能存在，都讓我振奮欣喜。我想起自己用塞德語對她說話時，她眼睛閉起來的樣子。

可是每當夜深人靜，我腦袋裡的恐懼都從陰暗處爬出來時，我會想起她發現我真實身分時的驚恐表情，想起我試圖在司令官面前保護她時她的厭惡反應。她一定很恨我迫使她接受那麼侮辱人的說詞，但那是我能想到保障她安全的唯一方法。

過去一週以來，我屢次幾乎走到她的房間去探望她。但是對奴隸和善只會引來黑武士的責罰。

蕾雅和海琳：她們的差異多麼大啊。我喜歡蕾雅講出我意料之外的話來，而海琳幾乎一板一眼的說話方式，好像在朗讀文章。我喜歡她敢背著我的母親去滿月慶典，而海琳永遠服從司令官。蕾雅是部落民營火邊的狂野舞蹈，海琳則是煉金術士冷藍的火焰。

可是我為何要比較她們呢？我認識蕾雅才不過幾週時間，和海琳卻有一輩子的交情。海琳不是偶然邂逅的迷人對象，她是家人；甚至不止，她是我的一部分。

然而她卻不肯和我說話，不肯看我。第三場試煉眼看就要來臨，我從她那裡卻只能得到怒瞪和喃喃的叱罵。

這使我心中浮現另一層隱憂。我一直期盼著海琳能贏得最後勝利，封我為血伯勞，然後解除我的職務。但如果她厭惡我，我不認為她肯這樣做。這表示如果我贏了下一場試煉、如果她贏了最後一場試煉，她將能違背我的意願，強迫我待在血伯勞的崗位上。到了那時候，我就得逃跑了，而她為了榮譽必須追捕我、處死我。

雪上加霜的是，我聽到學生們的竊竊私語，說皇帝離賽拉城只有幾天路程了，正打算找志士和所有相關人等算帳。培訓生和優等生假裝對謠言不以為意，但幼齡生掩飾恐懼的本事沒那麼強。照理說司令官應該要針對黑巖學院假若遭受攻擊擬定好預防措施，但她似乎毫不擔心。那很可能是因為她希望我們都死光最好，或至少是我。

你完蛋了，伊里亞斯，有個諷刺的聲音對我說。你就接受現實吧。真該趁有機會時逃跑的。

我的一蹶不振並不是祕密。朋友們都很擔心我，馬可斯則逮到機會就想在訓練場上找我單挑。外公派人送了張紙條給我，寫字的力道大到羊皮紙都破了，上頭只有四個字：戰無不勝。

於此同時，海琳冷眼旁觀，每在格鬥時擊敗我一次——或是看見別人擊敗我時，都變得更生氣。她有股衝動想說什麼，但固執的個性又不准她說出口。

不過，這種情形只維持到第三場試煉開始前兩天，她發現德克斯和崔斯塔斯尾隨著她回到營房，審問過他們之後，便跑來找我對質。

「維托瑞亞斯，你究竟有什麼毛病？」她在優等生營房外抓住我的手臂，我正打算回房休息，準備稍晚要去圍牆上值夜班。「你以為我保護不了自己？你以為我需要保鑣？」

「不，我只是——」

「你才是需要保護的人，你才是輸掉每一場仗的人。天啊，連條死狗都能打贏你。何不現在就把帝國拱手讓給馬可斯算了？」

一群幼齡生興味盎然地看著我們，等海琳衝著他們咆哮後才一哄而散。

「我心有旁騖，」我說，「我在擔心妳。」

「你不必擔心我，我能照顧自己。而且我不需要你的……你的忠實信徒跟著我。」

「他們是妳的朋友啊，海琳。他們不會因為妳在生我的氣，就不把妳當朋友。」

「我不需要他們，我不需要你們任何人。」

「我不想讓馬可斯——」

「去他的馬可斯，我閉著眼睛都能把他揍成肉泥，同樣也能揍扁你。叫他們別煩我。」

「不。」

她湊到我面前，渾身散發出一波又一波的怒火。「叫他們滾。」

「不幹。」

她雙手扠腰，站在離我的臉只有幾吋的距離外。「我要下戰帖。單挑，三戰兩勝。你贏了，我就留下保鑣；你輸了，就叫他們閃邊。」

「好啊。」我說，我知道自己能打贏她，以前已經贏過她一千遍了。「什麼時候？」

「現在。我想速戰速決。」她走向最近的一棟訓練大樓，我則慢吞吞地跟著，觀察她走路的姿勢：氣呼呼的，重心擺在右腿，一定是在練習中撞傷了左腿，右手不停握拳——很可能是因為想用右拳揍我。

她的一舉一動都帶著怒意，這怒意和所謂的保鑣無關，全然是因為我和她的事，還有我們兩人心中都翻騰不已的困惑。

這一戰應該很有趣。

海琳走向最大間的閒置訓練室，等我一進門就發動攻擊。正如我所料，她對我施以右勾拳，我立刻彎腰避開，她氣得發出嘶嘶聲。她的動作又快又狠，才不過幾分鐘，我就覺得自己又要繼續輸下去了。但一想到馬可斯得意洋洋的臉，想到他偷襲海琳，頓時血液便沸騰起來，立刻施展更兇猛的進攻。

我贏了第一局，但海琳第二局扳回一城，迅疾的攻勢幾乎把我的頭砍掉。二十分鐘後我認輸了，她甚至懶得花時間來品嚐勝利的滋味。

「再來，」她說，「這次認真打。」

我們像警戒的貓繞著對方轉圈，直到我高舉彎刀飛身撲向她。她毫不畏懼，我們的武器相擊，迸出點點星火。

戰鬥的狂熱占據我心。在這樣的格鬥中，有種完美的調性。我的彎刀像是身體的延伸，運刀之快彷彿它有自己的意志。戰鬥是一支舞蹈，我熟悉到幾乎用不著思考的舞蹈。雖然大汗淋漓、肌肉灼痛，渴望能獲得休息，我卻能感覺到自己活著，下流地活著。

我們的每一招都勢均力敵，直到我擊中她的右臂。她想把武器換到左手，但我在她來不及格擋之前已將彎刀刺向她的手腕。她的彎刀脫手飛出，我將她擒抱在地，她的淺金色髮絲已然從髮髻裡鬆脫了。

「投降！」我壓制她的手腕，但她一扭身掙脫，胡亂探向腰間去拿匕首。鋼鐵輕戳我的肋骨，幾秒鐘後，我仰躺在地，一把刀抵住我的喉嚨。

「哈！」她彎下腰，秀髮像閃耀的銀色簾幕籠罩著我們。她的胸膛劇烈起伏，全身是汗，受傷的情緒使她的眸子變深了——仍然美麗絕倫，我喉嚨一緊，好想親吻她。

她一定從我的眼神中看出來了，因為當我們四目相接時，她的受傷轉變成困惑。當下我就知道自己得作選擇了，可能改變一切的選擇。

吻她，她就是你的了。你可以解釋一切，她都會理解，因為她愛你。她會贏得試煉，

你會成為血伯勞，當你要求自由時，她會成全你。

可是真的會嗎？如果我和她糾纏不清，情況不會更糟嗎？我想吻她是因為我愛她，還是因為對她別有所圖？或者兩者皆是？

這些念頭全在一秒之間閃過我的腦海。吻吧，我的本能在吶喊，吻她。

我將她絲滑的秀髮捲在手上，她屏住呼吸，彷彿融化在我身上，她的身體突然順從得讓人興奮。

正當我把她的臉拉向我、我們雙雙閉上眼睛時，突然聽到尖叫聲。

33

蕾雅

我和伊薺離開奴隸房時，校區大致上是靜悄悄的。少數還在外頭的學生三五成群地走向營房，個個疲憊得垂著肩膀。

「妳有見到弗拉兄弟進去嗎？」前往訓練大樓的路上我問伊薺。

她搖搖頭。「我原本坐在地上盯著廊柱看，覺得無聊得要命，結果突然發現有一塊磚塊不太一樣——看起來很光滑，好像比別的磚塊更常被人觸摸。然後——嗯，反正我示範給妳看就對了。」

我們走進建築，迎面而來的是彎刀相擊製造出的近似音樂聲的鳴響。我們前方有間訓練室的門開著，金色火光流瀉到走廊上，有一對面具武士正在裡頭對戰，各自揮舞著兩把細細的彎刀。

「是維托瑞亞斯，」伊薺說，「還有亞奇拉。他們已經打很久了。」

我看著他們格鬥，發現自己屏住了呼吸。他們的動作有如舞者，迴旋著在房間裡穿行，優美、流暢、致命。而且多麼迅疾啊，就像映在河面上的影子。要不是親眼所見，我絕不相信有人能有這麼快的動作。

維托瑞亞斯敲掉亞奇拉的彎刀，壓制住她，兩人身體交纏地在地上扭打，暴力中又帶著奇特的親密感。他肌肉健壯、充滿力量，但我看得出他出手時有所節制，不願意拿出全副力量去對付她。即使如此，他的動作仍帶著野性的自由，那股自持的狂亂攪得周圍的空氣都像在燃燒。這跟奇楠大不相同，奇楠總是壓抑而嚴肅，懷抱著冷淡的好奇。

話說妳幹嘛比較他們兩個呢？

我轉頭不再看兩位志士。「伊薺，我們走吧。」

整棟建築除了維托瑞亞斯和亞奇拉之外似乎沒人在，但伊薺和我還是謹慎地貼著牆走，以防有個學生或百夫長躲在暗處。我們接近轉角，我認出將近一星期前、第一次看見弗拉兄弟消失時的那根柱子。

「這裡，蕾雅。」伊薺溜到那根廊柱後頭，伸出手摸著一塊磚塊，它乍看之下和別的磚塊沒什麼不同。她敲了它一下，只聽見細微的呻吟聲，隨之有一塊石牆就退進了黑暗中。燈光照亮一道通往下方的窄樓梯，我低頭看，幾乎不敢相信自己看見了什麼，然後便感激地抱住伊薺。

「伊薺，妳成功了！」

我不明白她為什麼沒有笑容，接著她臉色一僵，用力抓住我。

「噓，」她說，「妳聽。」

地道中傳出面具武士平板單調的說話聲，樓梯也隨著逐漸接近的火光而變亮。

「關起來！」伊薺說，「快點，別被他們看到！」

我扶著磚塊，焦急地敲著。

什麼事都沒發生。

「——假裝你看不出來，但其實你早就看出來了。」隱約有些熟悉的聲音從樓梯井升上來，而我還在敲著磚塊。「你一直都知道我對她的感覺，為什麼要折磨她呢？你為什麼這麼恨她？」

「她是個傲慢的依拉司翠恩，橫豎是不會看上你的。」

「也許你不去煩她的話，我還是有機會。」

「她是我們的敵人啊，寨克，她就快死了，你省省吧。」

「那你幹嘛告訴她你們兩個注定是一對？為什麼我覺得你想讓她當你的血伯勞，而不是我？」

「我這是在擾亂她的心智啊，你這該死的笨蛋。顯然這個策略很有效，連你都信以為真了。」

我現在認出他們的聲音了——是馬可斯和寨克。伊薺把我推開，用力搥磚塊。入口還是固執地洞開著。

「算了！」伊薺說，「快跑！」

她拉住我，但馬可斯的臉已從樓梯井底部冒了出來，一眼便看到了我們倆，立即跨了兩大步衝上來要抓我們。

「快跑！」我對伊薺說。

馬可斯要抓伊薺，但我把她推開，於是他轉而用手臂箍住我的脖子，勒得我無法呼吸。他把我的頭往後扳，我只能直視著他淡黃色的眼珠。

「怎麼搞的？在當間諜嗎，蕩婦？想偷溜出學校嗎？」

伊薺呆若木雞地站在走廊上，驚恐得瞪大了右眼。我不能讓她被逮到，她已經為我做太多事了。

「走啊，小伊！」我尖叫，「快跑！」

「去逮她啊，你這白痴。」馬可斯對著弟弟吼道，他才剛從地道裡出來。塞克略微試著去抓伊薺，但她扭身掙脫，朝我們來的原路折返。

「馬可斯，算了，」塞克疲憊地說，並渴望地看向通往外頭的沉重橡木門。「別管她了，我們還得早起。」

「你不記得她了嗎，塞克？」馬可斯說。我拚命掙扎，試圖踹他腳掌和腳踝之間的柔軟處，但他把我抬離地面。「她是司令官的女僕。」

「她在等我。」我氣若游絲地說。

「她不會介意妳遲到的，」馬可斯微笑說道，那是豺狼的笑容，「那天在她辦公室外頭，我向妳作了承諾，還記得嗎？我說了某一天晚上，妳會在陰暗的走廊上落單，而我會找到妳。我一向言出必行。」

塞克發出呻吟。「馬可斯——」

「小弟，如果你這麼沒種，」馬可斯說，「那就滾遠點，讓我好好樂一樂。」

塞克看了雙胞胎哥哥一會兒，嘆了口氣便走開了。

不！回來呀！

「就剩妳和我囉，小美人。」馬可斯在我耳邊低語。我狠狠地咬他的手臂，試圖扭動掙脫，但他拎著我的脖子把我轉了半圈，用力按在廊柱上。

「妳不該抵抗的，」他說，「本來我打算對妳溫柔點的。不過話說回來，我喜歡我的女人有點志氣。」他的拳頭呼嘯著朝我的臉揮來。彷彿過了永恆的、爆裂的一瞬間，我的頭撞向後方的石柱，發出噁心巨響，然後我的眼睛就花了。

*反抗啊，蕾雅。為了戴倫。為了伊蘚。為了這頭野獸欺侮過的每個學人。反抗。*我發出一聲嘶吼，用指甲抓向馬可斯的臉，但他一拳揍向我的肚子，打得我肺裡的空氣都不見了。我彎下腰去，他抬起膝蓋撞上我的額頭。走廊天旋地轉，我跪倒在地。然後我聽見他在笑，虐待狂式的笑聲，這激起了我桀驁不屈的鬥志。我遲緩地撲向他的腿，這次和以前不一樣了，我不會再像突擊搜捕時任由面具武士拖著我穿越自己的家，好像拖著什麼死屍似的。這一次，我要戰鬥。就算只用牙齒和指甲，我也要戰鬥。

馬可斯訝異地哼了一聲，失去平衡，我離開他的腿，試著爬起身來。但他拉住我的手臂，反手揮了我一耳光。我的頭撞在地板上，接著他不斷用腳踢我，踢到我的內臟感覺幾乎都要碎了。等我停止反抗後，他立刻跨坐在我身上，把我的雙臂壓住。

我發出最後一聲尖叫，但他用手指掐住我的喉嚨，使尖叫化為嗚咽。我的眼睛快要閉上了，因為腫得睜不開。我看不見，無法思考。遠處的鐘塔開始敲響十一點的鐘聲。

34

伊里亞斯

聽到尖叫聲後，我從海琳底下翻滾離開，迅速爬起身來，那個吻已經被遺忘了。她很不雅觀地仰躺在地。

尖叫聲再度響起，我抓起彎刀。一秒後，她也提著刀跟我衝進走廊。屋外的鐘塔正在敲響十一點的鐘聲。

有個金髮奴隸女孩奔向我們：是伊薺。

「救命啊！」她喊道，「拜託你們——馬可斯在——他在——」

我已經沿著陰暗的走廊狂奔，伊薺和海琳跟在後頭。我們不需要跑太遠，剛彎過轉角，就看見馬可斯跨坐在一個俯臥的人身上，表情非常猙獰。我看不到底下的人是誰，但他打算做什麼昭然若揭。

他並未預期會有人出現，所以我們才能這麼快就把他從那個奴隸身上拖開。我箝制住他，拳頭如雨點般落在他的身上，造成的骨頭碎裂聲令我發出滿意的低吼，噴濺在牆上的鮮血也讓我沉醉。他的頭向後仰，我站起身，抽出彎刀，將刀尖抵在他胸甲間的肋骨上。

馬可斯狼狽地爬起身，手臂高舉。「維托瑞亞斯，你要殺我嗎？」他問，雖然臉上鮮血淋漓，卻仍掛著笑容。「用練習用的彎刀？」

「或許要多花點時間，」我把刀更深地刺向他的肋骨，「不過還是能用。」

「你今晚要值班吧，毒蛇，」海琳說，「你他媽和奴隸在黑燈瞎火的走廊裡做什麼？」

「為妳預習啊，亞奇拉。」馬可斯舔掉唇邊的一抹血，然後轉頭看我。「那個奴隸反抗得還比你激烈呢，混蛋——」

「閉嘴，馬可斯，」我說，「小琳，檢查一下她的狀況。」

海琳彎下腰去察看那奴隸還有沒有呼吸——這不會是馬可斯第一次弄死奴隸。我聽見她在呻吟。

「伊里亞斯……」

「怎麼樣？」我愈來愈憤怒，幾乎希望馬可斯能輕舉妄動，來場你死我活的老派拳擊賽，這將對我有所幫助。伊薺躲在陰影處看著我們，嚇到不敢動。

「放他走吧。」海琳說。我錯愕地瞪著她，但她的表情高深莫測。「去啊，」她簡短地對馬可斯說，同時壓低我舉刀的手，「快滾。」

馬可斯對海琳咧嘴一笑，那張豬臉讓我想把他活活揍死。「妳和我，亞奇拉，」他邊後退邊說，眼中閃著幽光，「我就知道妳會開竅的。」

「滾，他媽的。」海琳朝他擲出一把刀，刀子以幾吋之差擦過他的耳朵。「快滾！」

毒蛇消失在門外之後，我轉頭看向海琳。「告訴我妳有理由這麼做。」

「是司令官的奴隸，你的……朋友，蕾雅。」

現在我看到濃密的黑髮和金色的皮膚了，剛才這些特徵全被馬可斯的身體遮住。作嘔的感覺席捲我，我蹲在她身旁，將她翻過身來。她的手腕斷了，骨頭凸出來抵著皮膚，手臂和脖子上全是深色的瘀青。她呻吟著，想挪動身體，頭髮亂七八糟地糾結在一起，兩隻眼睛都被打烏了，腫得睜不開。

「我要殺了馬可斯。」我說，聲音單調而冷靜，雖然自己並不覺得冷靜。「我們得送她去醫務室。」

「奴隸禁止去醫務室看病。」伊薺在我們背後小聲說。我都忘了她還在這裡。「司令官會因此懲罰她的，還有你，及醫官。」

「帶她去找司令官吧，」海琳說，「這女孩是她的財產，必須由她決定怎麼處置。」

「廚子能救她。」伊薺補了一句。

她們說得都沒錯，但不表示我就得接受這種做法。我溫柔地抱起蕾雅，留心著別碰到傷處。她很輕，我讓她把頭靠在我的肩上。

「妳會沒事的，」我喃喃地對她說，「好嗎？妳會沒事的。」

我大步穿越走廊，沒等海琳和伊薺跟上。要是海琳和我不在附近會怎麼樣？馬可斯會強暴蕾雅，然後她會在冰冷的石地上流著血，耗盡僅存的生命。想到這裡，我內心燃燒的怒火就更加旺盛。

蕾雅動了動頭部，然後呻吟。「咒——他——」

「下到最深的地獄。」我喃喃地說。不曉得她是不是還留著我給她的血根草。血根草治不了這麼重的傷，伊里亞斯。

「地道，」她說，「戴倫——麥——」

「噓，」我說，「先別說話。」

「這裡全是邪惡，」她輕聲說，「怪物。小怪物和大怪物。」

我們抵達司令官的屋子，伊薺拉開通往奴隸房的柵門。廚子隔著敞開的廚房門看見我們，手上的一袋香料掉在地上，面露驚恐地瞪著蕾雅。

「去找司令官，」我命令她，「告訴她，她的奴隸受傷了。」

「進來這裡。」伊薺指著一扇低矮的門，門上掛著一片布簾。我極緩慢地將蕾雅放到房裡的草褥上，一點一點慢慢放。海琳遞給我一條破爛的毛毯，我用毛毯蓋住女孩，心知這麼做於事無補。一條毛毯救不了她。

「出了什麼事？」司令官在我身後發話。海琳和我鑽出房門站到走廊上，現在走廊上擠著伊薺、廚子和司令官。

「馬可斯攻擊她，」我說，「他幾乎殺了她——」

「她不該這麼晚還在外頭遊蕩，我今晚已經沒有工作叫她做了。她遭受的任何傷勢都源於自己的疏失，不必管她。我記得你今晚該去東牆守夜吧。」

「妳能派人去找醫官來嗎？還是我去找？」

司令官瞪著我的眼神，好像我瘋了似的。

「廚子會照顧她。」她說，「如果她能活，就會活。如果她會死……」我母親聳聳肩，「也不干你的事。維托瑞亞斯，你跟這女孩上過床，不表示你擁有她。去站崗吧。」她一手撫著馬鞭。「要是你遲到的話，我會讓你用皮肉來償還每一分鐘。或者——」她若有所思地偏著頭，「——讓那個奴隸來還，如果你想的話。」

「可是——」

海琳揪住我的手臂，把我拖向走廊另一頭。

「放開我！」

「你沒聽見她說的話嗎？」海琳邊說邊把我拖離司令官的屋子，並穿越沙質練習場。「如果你守夜去晚了，她將鞭打你。再兩天就要進行第三場試煉了，要是你連盔甲都沒辦法穿，該怎麼活下來？」

「我以為妳已經不在乎我怎麼樣了，」我說，「我以為妳想和我絕交了。」

「她剛才說，」海琳輕聲問，「你和那女孩上過床了，是什麼意思？」

「她不知道自己在說什麼，」我說，「我不是那種人，海琳，妳應該了解我的。聽著，我得找個方法救蕾雅。妳能不能先忘記有多討厭我、多希望我受苦死去，幫忙想想能帶她去找誰治療？就算是在城裡的人也行——」

「司令官不會准的。」

「不必讓她知道——」

「她會發現的。你有什麼毛病？那女孩連武人都不是，而且已經有同伴在救她了，那個廚子在這裡待了這麼多年，會知道該怎麼辦的。」

蕾雅說的話在我腦中迴盪。這裡全是邪惡。怪物。小怪物和大怪物。她說得對。馬可斯還不算是最可怕的怪物嗎？他帶著殺心痛毆蕾雅，而且事後不會遭受懲罰。那麼輕易放棄救治女孩的海琳算什麼？我又算什麼？蕾雅要死在那個陰暗的小房間裡了，而我沒做任何事阻止悲劇發生。

你能怎麼做？有個務實的聲音問。如果你試著幫忙，司令官只會懲罰你們兩個，而到時候女孩就真的死定了。

「妳能治療她，」我突然醒悟，訝異於自己怎麼沒早點想到。「用妳治療我的方式。」

「不。」海琳遠離我，全身僵硬。「絕對不行。」

我追上去。「妳能做到，」我堅持道，「只要等個半小時再去就好，司令官絕不會知道的。妳就進到蕾雅房間，然後——」

「我不願意這麼做。」

「求求妳，海琳。」

「你到底怎麼了？」海琳說，「你是不是——你們兩個是不是——」

「別考慮這麼多，就當作是為了我吧。我不希望她死，好嗎？救救她，我知道妳可以救她的。」

「不，你不知道。連我都不知道自己可不可以了。『機敏試煉』之後發生在你身上的狀況很——奇特——詭異。我從沒做過類似的事。而且我同樣會被取走什麼東西，也不算是體力吧，可是……算了。我不打算再試一次，永遠都不。」

「如果妳不做，她會死的。」

「她是個奴隸啊，伊里亞斯。奴隸死掉是常有的事。」

我退離她身邊。這裡全是邪惡。怪物……「這是錯的，海琳。」

「馬可斯以前也殺過人——」

「我指的不光是那個女孩。而是這個。」我環視四周，「這一切。」

黑巖學院的圍牆像是毫無感情的哨兵屹立在我們周圍，除了帝國軍巡邏城垛所發出的富有節奏感的盔甲噹噹聲之外，四周寂靜無聲。這裡的靜默、徘徊不去的壓迫感，在在逼得我想尖叫。「這間學校、這裡培育的學生、我們做的事情，全都是錯的。」

「你累了，你在生氣。伊里亞斯，你需要休息。試煉——」她想按著我的肩膀，但我甩開她，她的觸碰令我反感。

「去他的試煉，」我對她說，「去他的黑巖學院。也去妳的。」

然後我背對她，去站崗了。

35

蕾雅

到處都好痛——皮膚、骨頭、指甲，就連我的髮根都在痛。我的身體感覺不再是自己的了，我想尖叫，但只能勉強發出呻吟。

我在哪裡？出了什麼事？

片斷的記憶回來了。祕密入口。馬可斯的拳頭。然後一陣吵嚷，有雙溫柔的臂彎。一股乾淨的氣味，像沙漠中降下的甘霖，還有和善的嗓音。維托瑞亞斯志士，將我由凶手身邊搬離，好讓我能死在奴隸的草褥上，而不是死在石地上。

我周圍的人聲起起落落——有伊蒨焦急的低語聲，和廚子沙啞的嗓音，好像還聽到食屍魔在奸笑。一雙涼涼的手扳開我的嘴，倒了些液體進來，笑聲隨之遠去。有短暫的片刻，我的疼痛緩和了，但它仍在近處徘徊，像是在大門外焦躁踱步的敵人。最後它終於衝破大門，燒殺擄掠。

我從旁觀察外公行醫多年，知道這樣的傷勢代表什麼。我的體內在出血，不管多麼高明的治療師都救不了我，我會死的。

這項認知比傷口更痛，因為我要是死了，戴倫也會死。伊蒨得永遠待在黑巖學院。帝國內的一切都不會改變，只不過是多了幾個學人被送進墳墓裡而已。

我那仍抓著生命尾巴的殘存心智非常憤怒。*需要替麥森找到通道。奇楠會等我回報。*

需要有情報告訴他。

我哥全靠我了。我用心靈之眼看到他蜷縮在陰暗的牢房裡，表情空洞，身體顫抖。活下去，蕾雅。我聽到他說。為了我，活下去。

我做不到，戴倫。疼痛是接管大局的野獸，一股寒意突然直透我的骨髓，笑聲又出現了。食屍魔。對抗它們，蕾雅。

疲憊襲來，我累到無力反抗。至少現在我們全家人要團聚了。等我死了，戴倫遲早會加入，到時候我們就能見到媽媽、爸爸、莉絲、外婆和外公了。札拉或許也在那裡。晚一點，伊蘅也會來。

疼痛漸漸淡去，強大而溫暖的倦意降臨。這種感覺好誘人，好像工作了一整天，回到家後躺進羽毛床裡，知道再也沒什麼事會來煩我了。我歡迎這種感覺，渴望這種感覺。

「我不會傷害她的。」耳語聲硬如玻璃，切進我的睡眠，把我拖回現實世界，拖回疼痛的世界。「但我會傷害妳們，如果妳們不離開的話。」

是個熟悉的聲音。司令官嗎？不，比她年輕。

「妳們兩個如果敢洩露半個字，就死定了，我發誓。」

片刻之後，清涼的夜風吹進我的房間，我費力地撐開眼皮，看見亞奇拉志士的輪廓立在門口。她淺金色的頭髮亂糟糟地挽成一個髻，身上穿的不是盔甲，而是黑色工作服，蒼白的手臂上都是瘀青。她彎腰鑽進我的房間，戴著面具的臉面無表情，唯有身體洩露出緊張的情緒。

「亞奇拉——志士——」我斷斷續續地說。她看著我的眼神好像我和爛掉的包心菜一樣臭。她不喜歡我，這是很明確的事。那麼，她來做什麼？

「別說話。」我預期她的語氣會很惡毒，但她的聲音卻在顫抖。她跪坐在我的草褥邊。「保持安靜……讓我想一想。」

想什麼？

我粗嘎的呼吸聲是室內唯一的聲響。亞奇拉靜得出奇，感覺就像坐著睡著了似的。她盯著自己的掌心瞧，每隔一會兒張開嘴，像是欲言又止，然後又閉上嘴，不安地扭著手。

疼痛朝我湧來，我咳起來。血的鹹味充滿口腔，我忍不住把血吐在地上，已經痛到顧不得亞奇拉的觀感了。

她拉起我的手，貼在我皮膚上的手指涼涼的。我縮了一下，怕她要傷害我。但她只是鬆鬆地握著我的手，好像人們去臨終病床邊探望幾乎不認識、也不喜歡的親戚時，會有的舉動一樣。

她開始哼唱。

起初沒什麼事情發生。她試探著旋律，就像盲人在不熟悉的房間裡試探著前進。她的哼唱忽高忽低，探索著、重複著，接著變化來了，哼唱強化成歌聲，像母親的臂彎一樣甜美地籠罩了我。

我閉上眼睛，飄進旋律深處。媽媽的臉出現了，然後是爸爸的臉。他們陪我在一片汪洋的邊緣散步，讓我在他們中間溻著走。我們的頭頂是一片有如光滑玻璃的閃耀夜空，璀璨的星辰映照在異常平靜的海面。我的腳趾掠過細緻的沙，感覺像是在飛。

現在我懂了，亞奇拉以歌聲送我上路，畢竟她是個面具武士嘛。這種死法很美妙，要是我知道死亡像這樣，就不會那麼害怕死亡了。

歌曲強度漸漸加深，不過亞奇拉保持低沉的音調，好像怕被人聽到似的。純粹的火焰發出閃光，從頭到腳燃燒著我，將我從平靜的海邊一把攫走。我瞪大眼睛，喘著氣。死神來了，我心想。這是結束之前最後的痛苦。

亞奇拉輕撫我的頭髮，暖意從她的指尖送入我的身軀，像是在酷寒的早晨中燃燒加了香料的雪松木。我的眼皮愈來愈重，閉上眼，火焰漸漸消退了。

我回到沙灘上，這次莉絲在我前方奔跑，她的頭髮像夜色中一抹發著光的藍黑色旗幟。我盯著她細如柳條的肢體和深藍色眼眸，從沒看過這麼美、這麼富有生命力的人。莉絲，妳不知道我有多想妳。她回望著我，嘴巴在動——她在一遍又一遍地唱著同一個字。我看不出是什麼字。

慢慢地，我醒悟了。我看見的是莉絲，但唱歌的人是亞奇拉，她在命令我，用極其複雜的旋律反覆唱著同一個字。

活活活活活活活。

我的雙親漸漸淡化——不！媽媽！爸爸！莉絲！我想回到他們身邊，看著他們、摸著他們。我想走在夜晚的沙灘上，聽著他們的聲音，陶醉於和他們靠近。我朝他們伸出手，但他們已經不見了，只有我和亞奇拉以及房間裡窒人的牆壁。這時候我才明白，亞奇拉不是用歌唱送我迎向美好的死亡。

她是要讓我活過來。

36 伊里亞斯

隔天早餐時間，我一個人坐得遠遠的，不跟任何人說話。沙丘外飄來寒冷而陰暗的霧氣，重重地籠罩住全城。

正好映襯出我陰鬱的情緒。

我已經忘了第三場試煉、先知和海琳，滿腦子只剩下蕾雅。回想著她布滿瘀青的臉、支離破碎的身體。我想找出方法救她。賄賂首席醫官？不，他沒那膽子違逆司令官。偷渡一個治療師進來？即使捧上大把銀子，又有誰肯冒著惹怒司令官的風險，進黑巖學院來救一個奴隸的命？

她還活著嗎？也許她的傷勢不像我想的那麼嚴重。也許廚子就能治好她。

也許貓兒還會飛呢，伊里亞斯。

我正把食物碾成爛泥，瞥見海琳走進人聲鼎沸的食堂。我訝異地發現她的頭髮凌亂、眼睛底下有著淡淡的黑眼圈。她看到我之後便朝著我走來，我身體一僵，拿起湯匙往嘴裡送了一勺食物，不願意看她。

「那個奴隸好點了。」她壓低音量，以免周圍的學員聽見。「我……在那裡待了一下，她撐過昨晚了。我……呃……那個……我……」

她是想道歉嗎？因為她拒絕救一個無辜的女孩，那女孩沒做錯任何事，只不過錯生為學人而不是武人？

「好點了是吧？」我說，「我相信妳很高興。」我站起身走開，身後的海琳僵得像個石像似的，好像我剛揍了她一拳而非常驚愕。我的心中湧上一股野蠻的快感。就是這樣，亞奇拉。我和妳不同，不會因為她是奴隸就把她忘了。

我在心裡默默感謝廚子。如果蕾雅能活下來，勢必是因為她的巧手救治。我該去看看女孩嗎？能說些什麼？「很遺憾馬可斯差點強暴妳和殺死妳，不過聽說妳好多了。」

我不能去看她，反正她也不會想見到我。我是面具武士，就算她為了這單一原因而痛恨我，也是足夠充分的理由。

但也許我可以到屋子那裡逗留一下，讓廚子告訴我蕾雅的情況。我可以帶點東西去給她，帶個小東西。花？我環顧校區內，黑巖學院沒有花。也許我可以送她一把匕首，這裡多得是，而天曉得她多需要武器。

「伊里亞斯！」海琳跟著我走出食堂，但霧氣幫助我避開她。我鑽進一棟訓練大樓，從窗戶旁看見她放棄離開。瞧瞧她覺得冷戰的滋味如何。

片刻後，我發現自己朝司令官的屋子走去。很快去一下就好，只是看看她怎麼樣了。

「如果被你母親知道了，她會活剝你的皮，」我溜進奴隸房時廚子從廚房門邊說，「還有我們其他人，因為我們讓你進來。」

「她還好嗎？」

「她沒死。離開吧，志士，快走。我提起司令官可不是說著玩的。」

要是奴隸敢這樣對迪米崔斯或德克斯說話，他們會甩她耳光。但廚子只是盡力維護蕾雅，所以我照她的話做了。

這天剩下的時間模模糊糊地過了，我只知道自己打輸了好幾場格鬥、和人簡短地交談過幾句，還有驚險地避開海琳幾回。霧氣濃到讓人伸手不見五指，這使得訓練比平常更累人。宵禁的鼓聲響起，我一心只想睡覺，便拖著沉重的腳步走向營房，這時海琳追了上來。

「訓練怎麼樣？」她像幽靈一樣無聲無息地從霧裡冒出來，我忍不住嚇了一大跳。

「好極了。」我悶悶地說。事實上當然不是好極了，海琳也知道。我已經很多年沒有過這麼差的表現了。昨晚跟小琳打鬥時好不容易找回的專注力，又都消失無蹤了。

「費里斯說你今天早上蹺掉彎刀練習，看見你往司令官的屋子走去。」

「妳和費里斯真八卦，好像女學生。」

「你看到那女孩了嗎？」

「廚子不讓我進去。而且那女孩有名字，她叫蕾雅。」

「伊里亞斯……你們兩個是不會有結果的。」

我報以笑聲，在霧氣中發出奇怪的回音。「妳以為我有多白痴？當然不會有結果。我只是想知道她好不好，那又怎樣？」

「那又怎樣？」海琳抓著我的手臂，把我拉得停了下來。「你是個志士，明天要參加試煉，這是生死交關的事，結果卻朝思暮想著某個學人。」

我快要發怒了，她察覺到，因此深吸了一口氣。

「我的意思是還有更重要的事該思考。皇帝再幾天就到了，他希望把我們一舉殲滅啊。司令官好像不知道似的——或者根本不在乎。而且我對第三場試煉有種不祥的預感，伊里亞斯。我們必須期盼馬可斯遭到淘汰，他不能贏啊，伊里亞斯，他不能贏。要是他贏了——」

「我知道，海琳。」我把全部希望都寄託在這些該死的試煉上了。「相信我，我知道。」十層地獄啊。她不跟我說話的時候，我還比較喜歡她。

「如果你知道，為什麼還讓自己在格鬥時一敗塗地？如果你連打敗塞克這種貨色的把握都沒有，又怎能贏得了試煉？你不明白事情的嚴重性嗎？」

「我當然明白。」

「你才不明白！看看你！你被那個奴隸女孩迷得暈頭轉向——」

「讓我暈頭轉向的不是她，好嗎？是幾百萬件別的事，是——這個地方，還有我們在這裡做的事。是妳——」

「我？」她看來一頭霧水，看得我更有氣。「我做了什——」

「妳愛上我了！」我大吼一聲，因為太氣她愛上我了，即使我理智的一面知道這樣想既殘忍又不公平。「但我不愛妳，所以妳也恨我。妳讓我們的友情都毀了。」

她瞪著我瞧，眼神中受傷的情緒赤裸裸的、不斷加深。她為什麼就非得愛上我呢？要是她能控制住情感，我們在滿月慶典那晚就不會吵架，我們過去十天都可以好好商量第三場試煉該如何應對，而不是玩捉迷藏的遊戲。

「妳愛上我了，」我又說了一遍，「但我永遠不可能愛上妳，海琳。永遠。妳就和其他面具武士一個德性，一心要讓蕾雅死，只因為她是個奴隸——」

「我沒讓她死。」海琳聲音很輕，「我昨晚去找她了，替她療傷，所以她還活著。我唱歌給她聽，唱到嗓子都啞了，唱到感覺自己的生命都被吸走了，唱到她好起來為止。」

「妳替她療傷？可是——」

「怎麼，你不相信我可以對另一個人好？我並不邪惡，伊里亞斯，不管你怎麼想。」

「我從來沒說過——」

「誰說沒有，」她的聲音變大了，「你剛剛才說我和其他面具武士一個德性，你說永遠不會——不會愛——」她扭身走開，但才跨出幾步又轉回身。一縷縷霧氣在她身後鋪展開來，像是一件幽靈衣裳。

「你以為我想對你有感情嗎？我討厭這樣，伊里亞斯。討厭看你和依拉司翠恩女孩打情罵俏，討厭你和學人奴隸上床，討厭你在所有人——所有人——身上看到優點，唯獨我除外。」她喉中迸出一聲嗚咽——這是我第一次聽見她哭。她把哽咽吞回去。「愛上你是我身上發生過最悲慘的事——比司令官的鞭打更慘，比試煉更慘。這是一種酷刑啊，伊里亞斯。」她將顫抖的手插入髮絲。「你不知道這種感覺，不曉得我為你放棄了什麼，我做的交易——」

「什麼意思？」我問，「什麼交易？跟誰？為了什麼？」

她沒回答，遠離我走開——跑開了。「海琳！」我追過去，在曖昧的一瞬間，我的手指擦過她濕漉漉的臉頰。接著，霧氣吞沒她，她消失了。

37

蕾雅

「該死，把她弄起來。」司令官的喝令聲切開我腦中的迷霧，將我由睡夢中驚醒。「我可不是花兩百枚銀幣請她來睡大頭覺的。」

我的腦袋濁重得像焦油，全身都在隱隱作痛，但我夠清醒，知道要是再不從草褥上爬起來，就真的死定了。我抓起斗篷，伊薺推開我的門簾。

「妳醒啦，」她顯然鬆了口氣，「司令官正在大發雷霆呢。」

「今……今天是哪一天？」我打了個冷顫——氣溫很低——遠低於夏天的正常溫度。我突然擔心自己已經昏迷了好幾週，試煉早已結束，而戴倫也已經死了。

「馬可斯是昨天晚上攻擊妳的。」伊薺說，「亞奇拉志士——」她瞪大眼睛，於是我知道志士來這裡並不是我在作夢——她替我療傷也不是作夢。魔法。我發現自己因這念頭而微笑。戴倫會嘲笑我，但沒有別的解釋了。話說回來，如果有食屍魔和精靈在我們的世界裡走動，怎麼就不能也有好的力量呢？怎麼就不能有個會用歌聲療癒的女孩呢？

「妳站得起來嗎？」伊薺問，「已經過中午了。我替妳做了早晨的雜務，本來也想做其他事的，但司令官很堅持要妳——」

「過中午了？」我臉上的笑容消失了，「天啊——伊薺，我跟反抗軍約好兩個鐘頭前要會面的，得告訴他們通道的事。奇楠也許還在等——」

「蕾雅，司令官把通道封住了。」

不。不。那條通道是唯一擋在戴倫和死亡之間的東西呀。

「昨晚維托瑞亞斯帶妳回來後，她質問了馬可斯，」伊薺可憐兮兮地說，「他一定提到通道的事了，因為我今天早上經過時，帝國軍正在用磚頭把它封住。」

「她有問妳問題嗎？」

伊薺點點頭。「還有問廚子。馬可斯告訴司令官妳和我在監視他，但我，嗯……」她忸怩不安地回頭察看，「我撒謊了。」

「妳……妳撒謊了？為了我？」天啊，若是被司令官識破，她會殺了伊薺的。

不，蕾雅，我告訴自己。*伊薺不會死，因為在那之前，妳會找到方法救她出去的。*

「妳是怎麼說的？」我問。

「我說廚子派我們去營房旁邊的儲藏室拿烏鴉葉，結果回程時馬可斯偷襲我們。」

「她相信妳？勝過面具武士的說詞？」

伊薺聳聳肩。「我沒對她說過謊，」她說，「而且廚子支持我的說法，說她背痛得厲害，只有烏鴉葉有用。馬可斯罵我是騙子，但後來司令官派人去找寨克來，他承認可能忘了關通道門，而我們只是恰巧經過。然後司令官就放我走了。」伊薺憂心忡忡地望著我。

「蕾雅，妳要怎麼向麥森交差？」

我搖搖頭，完全不知道該怎麼辦。

廚子完全沒提起我受傷的事，只叫我送一疊信去信差辦公室。

「動作快一點。」我進到廚房幹活時老太婆說，「有一場惡劣的暴風雨要來了，我需要妳和廚房女孩幫忙用木板釘窗戶，不然玻璃會被吹破的。」

城市裡異常安靜，卵石巷道比平常來得空曠，尖塔上已罩著不合時節的霧氣。麵包、牲畜、煙和鐵的氣味都變淡了，彷彿霧氣減弱了它們的力道。

我很在意自己剛痊癒的四肢，小心翼翼地走著。不過即使連續走了半小時的路，我被痛毆的後遺症竟只剩下醜陋的瘀青和隱約的痠痛。我先去處決廣場的信差辦公室，希望反抗軍還在等我，而他們並沒有辜負我的期望。我剛走進廣場幾秒鐘，就聞到雪松木的氣味。片刻之後，奇楠由霧氣中現形。

「往這兒走。」他對我的傷隻字不提，我被他漠不關心的態度刺傷了。我正用意志力說服自己別太在意時，他竟牽起我的手，彷彿這是全世界最自然的一件事，並帶我走到一處狹小廢棄鞋店後頭的房間。

奇楠點亮掛在牆上的油燈，隨著火苗變旺，他轉身直視我的臉。一時之間，他卸下偽裝，冷淡的態度不見了，我極為清楚地確定，他在冷漠背後對我是有感情的。他審視我的每個瘀青，眼珠幾乎像黑色的。

「這是誰幹的？」他問。

「一個志士，所以我才會錯過見面時間。我很抱歉。」

「妳幹嘛道歉？」他一副不可思議的表情，「看看妳——看看他們對妳做了什麼。天啊！要是妳父親還活著，知道我讓這種事發生——」

「你沒有讓它發生。」我一手撫著他的手臂，訝異地發現他的身體繃得好緊，像是備戰的狼。「這全要怪下手的那個面具武士，其他人沒有錯。而且我現在好多了。」

「妳不必那麼勇敢，蕾雅。」他的語氣隱然帶著兇狠，我忽然覺得在他面前有點羞赧。他抬起手，以指尖沿著我的眼睛、嘴唇、脖子凹處慢慢滑動。

「我這幾天都在想妳。」他用溫熱的手貼著我的臉，我好想靠上去。「一直希望能看見妳包著灰色圍巾站在廣場上，好讓這件事快點結束，好讓妳能救妳哥回來。之後，我們可以……妳和我可以……」

他沒把話說完。我的呼吸變得短淺而急促，狂亂的躁動使我皮膚酥麻。他靠近我，將我的目光吸引過去，再牢牢盯住我。喔，天啊，他要吻我了……

然後他很突兀地退離我，眼神又充滿防備，臉上沒有任何情緒，只有一股專業的疏離。他拒斥的態度使我窘得皮膚發燙，一秒鐘後，我才明白是怎麼回事。

「她來了啊。」門外傳來粗啞的聲音，麥森走進房間。我看看奇楠，但他一副百無聊賴的模樣，我震驚於他的眼神能冷卻得如此迅速，就像吹熄的燭焰。

他是個鬥士，有個實事求是的聲音叱責我。知道什麼事情最重要。妳也應該學著點。專心解決戴倫的事吧。

「我們今天早晨沒等到妳，蕾雅。」麥森打量我的傷痕。「現在我明白為什麼了。

嗯，女孩，妳有我要的資訊了嗎？找到入口了？」

「我有所發現，」我驚愕地脫口撒謊，也很訝異於自己的語氣竟如此自然，「但我需要更多時間。」在短暫而真實的一瞬間，麥森臉上閃現驚訝。是我的謊言讓他意外嗎？還是我要求更多時間？都不是，我的直覺告訴我。是別的事。我忐忑不安，想起廚子好幾天前說過的話。妳問他妳哥究竟在中央監獄的什麼區域。是哪一間牢房？

我終於鼓起勇氣。「我……有問題要問你。你知道戴倫在哪裡吧？哪一所監獄？哪一間牢房？」

「我當然知道他在哪裡，否則的話，我也不必把全部的時間精力都用在設法救他出來了，不是嗎？」

「可是……嗯，中央監獄戒備森嚴，你要怎麼——」

「妳到底有沒有潛進黑巖學院的方法？」

「你為什麼需要潛進黑巖學院呢？」我衝口而出。他並沒有回答我的問題，而我固執的一面拚命想要搖撼他，讓他抖出答案。「進入黑巖學院的祕密入口，要怎麼幫助你把我哥從南方最堅固的監獄裡救出來？」

麥森的眼神變凌厲了，由警惕轉變成接近憤怒的情緒。「戴倫不在中央監獄，」他說，「在滿月慶典前，武人把他移到貝喀監獄的死牢。貝喀監獄也為黑巖學院提供備援警衛，因此當我們以半數人力突襲黑巖學院時，貝喀的士兵會湧向黑巖學院，讓監獄門戶洞開，而我們的另一半人就能長驅直入。」

「噢。」我沉默了。貝喀是位於依拉司翠恩區的一座小型監獄，離黑巖學院不遠，但我知道的僅止於此。現在麥森的計畫就說得通了，合情合理。我感覺自己像個白痴。

「我沒向妳作任何說明，或向任何人說明——」他意有所指地瞥了奇楠一眼，「——是因為愈多人知道計畫內容，就愈有可能走漏風聲。所以，我再問妳最後一次：有沒有情報給我？」

「有一條通道。」爭取時間，說點什麼。「但我還得查清楚它通往哪裡。」

「這不夠，」麥森說，「如果妳沒有收穫，這次任務就宣告失敗了——」

「長官。」門被人用力推開，薩娜衝了進來。她看起來像幾天沒闔眼了，而且也不像她後頭跟著的兩個人那樣掛著得意的笑容。她一看見我，就迅速多看了兩眼。「蕾雅——妳的臉，」她的目光落向我的傷疤，「發生什麼——」

「薩娜，」麥森嚴厲地說，「回報狀況。」

薩娜的注意力驀地回到反抗軍首領身上。「時候到了，」她說，「如果我們要做的話，現在就得出發。」

做什麼的時候到了？我望著麥森，心想他會叫他們等一下，會先跟我把話說完。結果他卻跛著腳走向門口，好像我已經不存在了似的。

薩娜和奇楠互看一眼，薩娜搖搖頭，好像在示警。奇楠不理她。「麥森，」他說，「那蕾雅怎麼辦？」

麥森停下來看著我，臉上的厭煩幾乎不加掩飾。「妳需要更多時間，」他說，「我就給妳更多時間。後天午夜給我情報，然後我們就去救出妳哥，把整件事作個了結。」

他走出去，低聲和部下交談了幾句，然後沒好氣地叫薩娜跟上。她對奇楠投以意味深長的一瞥，便匆匆出門了。

「我不懂，」我說，「一分鐘前，他才說沒戲唱了。」

「事情不太對勁。」奇楠用力盯著門，「我得去查清楚哪裡不對勁。」

「奇楠，他會信守承諾嗎？會去救戴倫嗎？」

「薩娜的支派一直在向他施壓，認為早就該把戴倫救出來了，他們不會讓他抽手的。可是……」他搖搖頭。「我得走了，妳保重，蕾雅。」

屋外的霧氣濃到我得邊走邊用手探觸前方，以免撞上什麼東西。時間正值午後，天空卻每秒都在變暗。厚重的雲層在賽拉城上方騰湧，彷彿正在蓄積能量準備出擊。

我邊走回黑巖學院，邊試著釐清剛才發生的事。我想要相信自己能夠信任麥森，信任他會兌現他的義務，可是卻覺得怪怪的。我掙扎了好多天想向他爭取更多時間，他實在沒道理突然這麼大方。

還有另一點讓我深感不安。那就是薩娜出現時，麥森瞬間就忘了我的存在。而且當他承諾會救我哥時，並沒有直視我的眼睛。

38

伊里亞斯

「堅強試煉」當天早晨，一聲震耳欲聾的響雷將我驚醒，我在寢室裡躺了許久，傾聽暴雨敲擊營房屋頂的聲響。有人從門縫底下塞進一捲羊皮紙，上頭有先知的菱形封蠟。我撕開字條。

只能穿工作服，禁止穿戴作戰盔甲。待在房間裡，我會去找你。

——坎恩

我把字條揉成一團，門上傳來細微的刮擦聲。有個一臉驚恐的奴隸男孩站在門外，奉上一托盤加了料的稀粥和硬薄餅。我強迫自己吞下所有食物，雖然餐點的味道很噁心，但若想贏得格鬥，便需要盡可能補充能量。

我佩帶武器：兩把鐵勒曼彎刀掛在背後，一對匕首掛在胸前，兩隻靴子裡各塞一把小刀。然後等待。

時間一分一秒流逝，過得比在瞭望塔上值大夜班時還慢。屋外狂風呼嘯，颳得樹枝和樹葉由我窗外翻滾而過。我好奇海琳是不是在她的房間裡，坎恩已經去找過她了嗎？

接近傍晚時，總算有人來敲門了。我已經焦躁到極點，很想徒手把牆壁砸爛。

「維托瑞亞斯志士，」我開門後坎恩說道，「時候到了。」

屋外極為寒冷，我一時間喘不過氣來；寒意就像一把冰做的鐮刀，切穿我單薄的衣裳。我感覺自己像什麼也沒穿，賽拉城的夏天從沒這麼冷過，連冬天幾乎都不會這麼冷。我斜睨著坎恩，這種怪天氣一定是他幹的好事——他和他的同類。這個念頭令我心情更加鬱悶，有什麼事是他們做不到的嗎？

「有啊，伊里亞斯。」坎恩回答我的疑問，「我們無法死去。」

彎刀的刀柄貼著我的脖子，觸感寒冷如冰；儘管我穿著四季適用的靴子，卻感覺腳都凍麻了。我緊跟著坎恩，完全搞不清楚我們朝著哪個方向走，直到競技場高聳的拱形圍牆矗立在我們眼前。

我們鑽進競技場的兵器庫，裡頭擠滿了人，大夥都穿著練習用的紅色皮盔甲。我抹掉眼睛裡的雨水，不敢置信地瞪著他們。「紅排？」德克斯和費里斯都在場，另外還有二十七位屬於我這排的士兵，包括希里爾，他是個身材有如木桶的男孩，痛恨服從命令，卻對我忠心耿耿；還有達里恩，他的拳頭有如鐵鎚。知道這些人將在試煉中作為我的後援，應該覺得寬慰才對，可是我卻心驚肉跳；坎恩打算要我們做什麼？

希里爾遞出我的練習用皮甲。

「報告指揮官，全體到齊待命。」德克斯說。他直視前方，聲音卻透露出不安。我一邊扣上皮甲，一邊觀察我這排士兵們的情緒。他們散發著緊張，但這是可以理解的。他們知道前兩場試煉的細節，一定也在想不知道先知布置了什麼恐怖的挑戰等著他們。

「再過不久，」坎恩說，「你們要離開這間兵器庫，站到競技場中。你們將在那裡浴血死戰。此役禁止使用作戰盔甲，你們的作戰盔甲已經全被收走了。你們的目標很單純：盡可能殺死最多敵人。唯有當你，維托瑞亞斯志士，打敗敵方領袖——或被對方打敗——時，戰鬥才算結束。我現在要警告你們，如果你們手下留情、或者猶豫不決，就得面臨最嚴重的後果。」

是啊，例如被外頭等著我們的妖魔鬼怪割開喉嚨。

「你們準備好了嗎？」坎恩問。

浴血死戰。這表示我有些部下——有些朋友——今天或許會死。德克斯與我短暫地眼神交會，他的表情像是被困住的人，懷抱祕密而備受煎熬的人。他萬般恐懼地瞥了坎恩一眼後，便垂下目光。

這時我注意到費里斯的手在發抖，站在他旁邊的希里爾焦慮地把玩著匕首，用指頭撫著刀鋒，達里恩則古怪地盯著我瞧。他那是什麼樣的眼神？悲哀？恐懼？

某種黑暗的認知糾纏著我的部下，他們不願意告訴我的認知。

是坎恩故意讓他們對勝利存疑嗎？我怒目瞪著先知。作戰之前，懷疑和恐懼都是要不得的情緒，兩者加起來，絕對可以滲透優秀士兵的心智，在戰爭開始前就決定勝負。

我打量著通往競技場的門，不管外頭等著我們的是什麼，都得和它奮力一搏，否則我們會死。

「我們準備好了。」

門開了，坎恩點點頭，我率領我的排衝了出去。雨水中夾雜著凍雨，我的手又麻又僵。隆隆的雷聲和雨水拍打泥地的聲響掩蓋了我們的腳步聲，敵人聽不到我們靠近——但我們也同樣聽不到他們靠近。

「散開！」我對德克斯喊道，雖然我知道他在暴風雨中可能聽不見我在說什麼。「你負責左翼，如果找到敵人就向我回報，先不要交戰。」

然而，這是自從德克斯擔任我的副排長以來，第一次對我的命令沒有反應，他動也不動，只是越過我的肩膀瞪視著濃霧瀰漫的戰場。

我順著他的目光看去，看到一些動靜。

皮質盔甲。彎刀的寒光一閃。

是我的部下先溜到前方偵察了嗎？不——我迅速點了一下人頭，看見所有士兵都整齊地排在我後方，等候命令。

閃電劃破天空，瞬間照亮了戰場。

接著濃霧像毛毯般沉重地籠罩下來，但我已經看到我們的戰鬥對象了，震驚已經把我的血液變成冰、把我的身體變成石頭。

我與德克斯四目相對，事實明擺在那裡，在他蒼白而驚懼的目光裡，也在費里斯和希里爾的目光裡，在每個人的目光裡。他們都知道。

這時候，一名全身藍的人影以熟悉的優美姿態飛出迷霧，金銀色髮辮閃閃發光，有如一顆流星般降落在紅排面前。

接著她看到了我，態度變得遲疑，眼睛瞪得大大的。

「伊里亞斯？」

堅強，包括武器、意志和心靈。為了這個？為了殺死我最好的朋友？為了殲滅她以及她的排？

「指揮官，」德克斯抓著我的手，「請下令。」

海琳的部下從霧裡冒出來，個個高舉著彎刀作好準備。迪米崔斯、林德、崔斯塔斯、艾尼斯。我認識這些人，和他們一同成長、一同受苦、一同流汗。我絕對不會下令殺死他們的。

德克斯搖了搖我。「下令啊，維托瑞亞斯，我們需要命令。」

命令，當然。我是紅排的指揮官，得作決定。

如果你們手下留情、或者猶豫不決，就得面臨最嚴重的後果。

「以傷了他們為目標！」我喊道。去他的後果。「不准殺人，不准殺人。」

我幾乎來不及把命令說完，藍排已經攻了過來，攻勢猛烈得好像我們是一幫邊境入侵者。我聽到海琳尖聲叫嚷了些什麼，但在喧騰的豪雨和交錯的刀劍聲中聽不清楚。她消失在混亂中。

我轉身尋找她，瞧見崔斯塔斯穿過混戰的人堆，直直朝我衝來。他往我胸前擲來一把鋸齒匕首，我在千鈞一髮之際以彎刀把它打偏。他拔出自己的彎刀，飛身撲向我。我蹲伏在地，讓他從我上方滾了過去，再以彎刀鈍面劃過他的腿後側。他失去平衡，在愈來愈厚的泥濘中滑了一跤，然後仰躺在地、咽喉整個曝露出來。

有如待宰的羔羊。

我別過身去，等著卸除下一個對手的武裝。可是正當我這麼做時，和海琳的另一個部下打得激烈且占上風的費里斯，突然開始發抖。他的眼珠暴凸，手中的長矛從毫無知覺的指間鬆脫，整張臉都發青了。費里斯的對手是個沉默寡言、名叫佛提斯的男孩；佛提斯抹掉眼中的凍雨，瞠目結舌地看著費里斯跪倒在地，手指亂抓地對抗著沒人看得見的敵人。

他出了什麼事？我趕向前，腦中拚命吶喊著要自己拿出辦法來。可是當我奔到離他僅剩一呎距離時，有隻無形的手把我往後掃。我的視線一瞬間變得漆黑一片，但還是掙扎著爬起身，期盼我的仇敵不會挑這時間攻擊我。*這是怎麼搞的？費里斯怎麼了？*

崔斯塔斯從我留下他的位置搖搖晃晃地站了起來，找到我之後，他的臉上呈現嚇人的執著：一心要殺了我。

費里斯的哽咽愈來愈微弱。他快死了。

後果，得要面臨最嚴重的後果。

時間推移，每秒都拉長了，長得像一個鐘頭；我看著一片混亂的戰場。紅排遵從我的指令，只以傷人為目標——而我們正因此受苦受難。希里爾陣亡了，達里恩也是。每次我的人對敵軍手下留情，就會有一個同袍倒地，被先知的妖術奪走性命。

後果。

我看看費里斯和崔斯塔斯。他們和我與海琳是同時進入黑巖學院的。崔斯塔斯黑髮大眼，臉上全是殘酷的入院儀式造成的瘀青；費里斯飢腸轆轆又憔悴，絲毫未顯現往後人生將具備的氣質和體格。海琳和我在第一週便和他們交上了朋友，我們盡可能捍衛彼此，不被凶神惡煞的其他同學欺負。

而現在他們必有一人得死，無論我怎麼做。

崔斯塔斯朝我走來，淚水在他的面具上橫流。他的黑髮沾滿泥巴，眼中燃燒著困獸般的驚慌，輪流看著費里斯和我。

「我很抱歉，伊里亞斯。」

他朝我跨出一步，突然間，身體一僵，彎刀從他的手中落到泥地上，低頭看著從自己胸口刺出的刀尖。接著他跌向濕漉漉的地面，眼睛定定地望著我。

德克斯站在他的身後，眼中迸射出滿溢的噁心感，看著他交情最好的朋友之一死於自己之手。

不。不要是崔斯塔斯。崔斯塔斯從十七歲起就和青梅竹馬訂了婚，他幫助我了解海琳，有四個寵愛他的姊姊。我瞪著他的屍體，和他手臂上的刺青：伊莉雅。

崔斯塔斯，死了。他死了。

費里斯停止掙扎，嗆咳著、顫巍巍地站起身，然後低頭看著崔斯塔斯的屍體，表情轉為醒悟與震驚。但他沒有太多時間可哀悼，我也一樣。海琳的部下送出一支鎚矛，咻咻地飛向他的頭，於是他很快又陷入另一場激戰，又刺又撲，完全看不出一分鐘前還在鬼門關前徘徊。

德克斯衝到我面前，眼神狂亂。「我們得殺死他們！下令吧！」

我的心不願意去想那幾個字，我的唇也不肯唸出那幾個字。我認識這些人啊！還有海琳——我不能讓他們殺了海琳。我想起了噩夢戰場——迪米崔斯、林德和艾尼斯。不。不。不。

我的人在我周圍一個個倒下，因為不肯殺害好友而窒息，或是在藍排無情的刀刃下喪失性命。

「達里恩死了，伊里亞斯！」德克斯又搖撼我，「希里爾也是。亞奇拉已經下格殺令了，你也得跟進，否則我們就完了。」

「伊里亞斯，」他強迫我看著他的眼睛，「求求你。」

我說不出話來，只能舉起手來打信號，戰場上的士兵把話傳下去，我的皮膚像有東西在爬。

紅排指揮官有令：格殺勿論。

沒有人咒罵、嘶吼、叫囂。我們，我們所有人，都被困在充滿無底暴力的方寸之地。刀劍相擊、朋友死去，凍雨有如利刃般切割我們。

既然下了命令，就得身先士卒。我的態度毫不遲疑，因為如果主帥不夠果斷，我的部下也會手軟。如果他們手軟，我們就會全部滅亡。

因此我開始殺戮。血染紅了一切：我的皮甲、肌膚、面具、頭髮。我的彎刀刀柄滴著血，握在掌心裡都會滑手。我就是死神的化身，主宰著這一場屠殺，有些受害者甚至死得很痛快，身體還沒碰到地面早已魂歸西天。

其他人則花了比較長的時間。

我內心卑鄙的一面想要用偷襲的方式，只要悄悄摸到他們身後，用彎刀捅上去，就不必看見他們的眼睛。但這場戰鬥更醜陋、更激烈、更殘酷，我直視著被自己殺死的人的面孔，儘管暴風雨使得呻吟聲模糊難辨，每次死亡卻都深深刻入我的靈魂，全是永遠不會癒合的傷口。

死亡排除了一切。友誼、愛、忠貞。我對這些人的美好回憶——無法克制的大笑、打贏的賭注和暗中謀劃的惡作劇——都被偷走了。我只能想起最惡劣的事、最黑暗的事。

六個月前，艾尼斯的母親去世時，他在海琳懷裡哭得像個孩子。現在他的脖子像根樹枝在我手裡折斷。

林德和他對海琳無望的愛。我的彎刀劃過他的脖子，就像鳥兒劃過晴朗的天空，好簡單、好輕鬆。

迪米崔斯，他看到十歲大的弟弟因為叛逃而被司令官活活鞭打至死後，用尖叫來發洩徒勞無功的憤怒。現在他看著我走向他，微笑地垂下武器等待，好像我的刀鋒是一件禮物。迪米崔斯眼中的光芒消逝時，看到了什麼呢？他的弟弟在等他嗎？還是無盡的黑暗？

屠殺仍持續進行，而在這過程中，坎恩的基本原則一直蟄伏在我的腦海深處。唯有當你，維托瑞亞斯志士，打敗敵方領袖——或被對方打敗——時，戰鬥才算結束。

我想找到海琳，快點有個了結，但她很會躲。等她終於找上我時，我感覺已經連戰了三天三夜，可是事實上才不到半小時而已。

「伊里亞斯。」她喊了我的名字，但聲音軟弱而不情願。戰鬥漸漸趨緩，終致暫停，因為隨著霧氣消散，我們的部下都停止互攻，轉身看著海琳和我。他們慢慢地聚攏到我們周圍，形成一個半圓，中間空出許多本來活著的人該站的位置。

小琳和我面對面站著，我真希望擁有先知的能力，能讀取她的心思。她的金髮裡纏著血跡、泥巴和冰，髮辮由頭頂鬆脫，疲軟地垂在背後。她的胸膛正重重地起伏。

我在想不知道她殺了多少我的部下。

海琳握住彎刀刀柄的手收緊了——她知道我不會錯過這個預警。接著她發動攻擊。儘管我原地轉身，舉起彎刀來格擋，但內心卻是麻痺的。她的攻勢之猛令我震撼，不過我卻能夠理解：她想快點結束這麼瘋狂的局面。

起初我試著迴避她，不願意轉守為攻，但十年來無情訓練而成的本能，對如此被動的態度表示不服。沒多久，我便卯足全力開打，運用已知的所有絕招來回應她的殺氣。

我的心思想起外公教我的攻擊招式，那是黑巖學院的百夫長不知道的祕技。海琳防守不住的祕技。

你不能殺了海琳。你不能。

可是我能有什麼選擇？我們其中一人必須殺死對方，否則試煉就不會結束。

讓她殺了你。讓她贏。

海琳像是感應到我的軟弱，牙關一咬，把我向後逼，淺色的眼珠有如冰河，賭我不敢挑戰她。*讓她下手，讓她下手，讓她下手。*她的彎刀切進我的脖子，正當她要砍斷我的頭時，我迅急地用力推開她。

我渾身充斥著戰鬥的狂熱，其他所有念頭都被推到一邊。突然間，她不是海琳了，是想置我於死地的敵人，我必須贏過的敵人。

我把彎刀拋向天空，帶著算計的滿足看見海琳的目光跟著刀子的路徑向上瞟。這時我攻擊了，像劊子手一樣擊向她。我用膝蓋頂撞她的胸膛，即使在狂風暴雨之中，我都能聽到她有一根肋骨斷了，還有她訝異地吁出一口氣來。

她被我重壓在地，因為我箝制住她拿著彎刀的手臂，她那海藍色的眼睛裡盛滿了驚恐。我們的身體交纏、糾結，而海琳在我眼中突然成了陌生人，就和天空一樣不可預測。我從胸前拔出一把匕首，手指摸著冰冷的刀柄，耳中充滿熱血奔騰的聲響。她用膝蓋頂我，然後一把抓起彎刀，一心要在我殺死她之前先殺了我。我的動作太快了，高舉匕首，憤怒達到巔峰，彷彿一場山中暴風雨般保留著最高音的雷霆。

然後我舉刀往下刺。

39

蕾雅

黎明前的黑暗中，騰湧的暴風雨侵襲了賽拉城，有如一支狂怒的長征軍。奴隸房泡在半呎深的雨水裡，廚子和我拚命把水往外掃，伊薺則不停地堆疊沙包。鞭打在我臉上的雨水，就像鬼魂冰冷的手指。

「這種天氣舉行試煉還真要命！」伊薺在傾盆大雨聲中對我喊道。

我不知道第三場試煉的內容是什麼，也不在乎，只希望它能分散學校裡所有人的注意力，讓我有機會找到通往黑巖學院的祕密入口。

似乎沒人和我一樣毫不在乎。賽拉城裡開的賭盤，偏向惡人那一方。伊薺告訴我，押馬可斯贏的人，現在已超過了維托瑞亞斯。

伊里亞斯。我悄悄唸著他的名字，想起他沒戴面具時的臉龐，還有他在滿月慶典上湊在我耳邊低語時，那富有磁性的低沉嗓音。我想起他和亞奇拉對打時的流暢動作，那使我忘了呼吸的動態之美。我想起馬可斯差點殺死我時，他那怒不可遏的爆發力。

停止，蕾雅。停止。他是個面具武士，而我是奴隸，用這種角度去想他根本是錯的。我不禁懷疑，馬可斯是不是把我的腦袋打壞了。

「進來，奴隸女孩。」廚子拿走我的掃把，她的頭髮在暴風雨裡成了亂七八糟的一團稻草。「司令官叫妳。」

我奔上樓，全身濕透顫抖，只見司令官在她房裡躁動地踱步，一頭金色長髮披垂著。

「我的頭髮，」我衝進她房裡時她說，「快點，女孩，不然我就揍妳。」

我才剛替她編好頭髮，她就從牆上抓了武器衝出門，沒像平常一樣列出一長串要我做的事情。

「簡直像獵食的狼一樣衝出去呀。」我走進廚房時伊薺說道，「直接趕往競技場去了，那裡一定就是試煉的場地。我在想——」

「女孩，妳和學校裡的其他人，」廚子說，「所有人很快就會知道結果了。我們全被困在屋裡，司令官說要是有任何奴隸到校區走動，都格殺勿論。」

伊薺和我互看一眼。廚子昨晚要我們熬夜替暴風雨作準備，一直忙到超過午夜，我還打算今天再去找祕密入口呢。

「不值得冒這個險，蕾雅。」廚子轉過身後，伊薺警告我，「妳還有明天可以去找啊。讓腦袋瓜休息一天，也許解決方式會自己冒出來。」隆隆的雷聲呼應著她的評論，我嘆口氣，點點頭。希望她是對的。

「妳們兩個都給我去幹活。」廚子往伊薺手裡塞了塊破布。「廚房女孩，妳去把銀器擦完，然後給欄杆打蠟、刷洗——」

伊薺翻了個白眼，把破布一丟。「給家具拂塵、晾洗好的衣物，我知道啦。那些事可以等一等，廚子，司令官要離開一整天呢，我們就不能享受一分鐘嗎？」廚子不滿地抿起嘴唇，但伊薺撒嬌地說：「給我們講個故事嘛，要恐怖一點的。」她期待地輕輕搖晃著，廚子發出一種奇怪的聲響，不曉得是笑聲還是哼聲。

「女孩，妳的生活還不夠恐怖嗎？」

我悄悄溜到廚房後方的工作檯，開始尉司令官似乎沒完沒了的軍服。我有好久好久沒聽到什麼好故事了，好渴望能沉浸在故事裡。但如果廚子知道我的心思，大概會基於原則而三緘其口。

老太婆似乎不想理會我們，已在一罐罐香料之間翻揀著，準備做午餐。

「妳不會放棄的，對不對？」我起先以為廚子是在跟伊薺講話，抬頭一看，才發現她望著我。「妳打算貫徹那項援救妳哥的任務，不管付出多少代價。」

「我非這麼做不可啊。」我等著她再次發表對反抗軍不滿的言論，但她只是點點頭。

「那我有個故事可以說給妳們聽。」她說，「故事裡沒有男英雄、沒有女英雄，也沒有完美的結局，但妳們需要聽聽這個故事。」

伊薺挑挑眉，拿起打蠟用的布。廚子闔上一個香料罐的蓋子，又打開另一個。接著故事便開始了。

「很久很久以前，」她說，「當人類還不懂得何為貪婪、敵意、部落和氏族時，世間有精靈在行走。」

廚子的聲音和部落民的「可哈尼」完全不同：她很嚴肅，說書人則很溫和；她語調刺耳，說書人則綿軟而圓滑。不過老太婆那抑揚頓挫的說話方式仍然使我聯想到部落民，因此我被故事吸引了。

「精靈是長生不死的生物。」廚子眼神沉靜，彷彿沉溺在內心的思緒裡。「他們是由無邪、無煙的火製造出來的。他們乘風而行，能閱讀星辰，他們的美是充滿野性的美。」

「儘管精靈能夠操控低階生物的心智，但他們品格端正，一心只求撫養幼小精靈，以及保護他們的祕密。有些精靈對不完美的人類種族很著迷，但精靈的領導者『無名王』，族中最年長、最睿智的精靈，勸告族人應該避開人類。因此他們就這麼做了。

幾百年過去，人類益發茁壯。他們與荒野的自然元素交好，也就是妖精。妖精天真地向人類展示了通往偉大的途徑，賦予他們療癒和戰鬥、迅疾和預知的能力。村落發展成城市，城市躍升為王國，王國陷落、融合，成就帝國。

在這千變萬化的世界裡，學人帝國崛起了，他們是人類之中最強大的，虔心信奉自己的教義：知識帶來卓越。而除了地球上最古老的生物——精靈——之外，還有誰能擁有更豐富的知識呢？

學人為了學習精靈的祕密，派了代表團去和無名王協商。他們得到的是溫和卻堅定的回應：

我們是精靈。道不同不相為謀。

但學人能建立起宏偉的帝國，憑的可不是輕言放棄。他們派出機巧的信使，那些人從小就訓練口才，正如同面具武士從小就訓練作戰一樣。但信使的滲透失敗了，他們又派出智者、藝術家、施咒者、政客、教師和治療師，有皇室成員也有平民百姓。

回應仍然不變。我們是精靈。道不同不相為謀。

不久後，學人帝國進入艱困時期，饑荒和瘟疫侵襲整座城市。學人的野心轉變為嫉恨。學人皇帝非常憤怒，相信只要自己的人民能獲得精靈的知識，國家就可以再度強盛起來。他召集了最菁英的學人組成巫師會，並交代給他們唯一一項任務：精通精靈之道。

巫師會在異界生物中找到邪惡的同盟——穴妖、食屍魔、幽靈。

學人從這些心術不正的生物那裡，學習到能用鹽、鐵、仍然溫熱的夏雨來捕捉精靈。他們折磨那些古老的生物，想知道他們的力量泉源。但精靈仍然嚴守祕密。

巫師會被精靈的不合作給激怒了，他們不再關心異界的祕密，而是只想著消滅精靈。妖精、食屍鬼和幽靈明白人類對權力有多麼貪得無饜後，紛紛棄學人而去。但已經太遲了。異界生物先前在信任之下充分提供了知識，而現在巫師會已運用那些知識造出一件能永遠贏過精靈的武器，他們把它命名為『星辰』。

異界生物驚恐地旁觀，迫切想阻止因自己協助而引發的厄運。但『星辰』賦予了人類超自然的力量，於是低階生物逃之夭夭，消失在地底深處，等待戰爭結束。精靈雖然堅守陣地，但數量畢竟太少了。巫師會將他們圍堵起來，再用『星辰』把他們永遠禁錮在一座森林裡，那是一座活生生的、會生長的監獄，也是唯一法力夠強、能困住精靈這種生物的地方。

囚禁精靈所造成的能量釋放摧毀了『星辰』——也摧毀了巫師會。但學人仍然歡欣鼓舞，因為精靈被擊垮了。除了最偉大的一位例外。」

「國王。」伊薺說。

「對。無名王逃出囚籠，卻沒能拯救他的族人，這樣的失敗把他逼瘋了。他像帶著一團烏雲般地瘋狂奔走，不管到了哪裡，都會使黑暗降臨，比午夜的海面更漆黑的黑暗。最後國王有了新的名號：夜臨者。」

我驀地抬起頭。

夜臨者主君……

「數百年來，」廚子說，「夜臨者無所不用其極地為人類降下災禍，但永遠都認為不夠。他出現時，人類就像老鼠一樣躲進藏身處；也和老鼠一樣，等他一走又再現身。因此他開始擬訂計策，和學人的世仇武人結盟，武人是很殘酷的民族，早就被流放到大陸北端。他悄悄向他們透露煉鋼和治國的祕技，教他們以殘暴為根基興起，然後便耐心等待。區區幾代之後，武人便準備好了。他們發動入侵。」

「學人帝國快速隕落，學人人民淪為奴隸、身心受創，卻仍苟延殘喘著。因此，夜臨者的復仇渴望仍未滿足。現在他住在陰影中，召募和奴役與他同類的低階生物——食屍魔、幽靈、穴妖——以懲罰它們許久之前的背叛。他觀察，等待，直到時機成熟，直到能徹底完成復仇。」

廚子的話音漸漸淡去，我發現自己將熨斗舉在空中，而伊蘑則張著嘴巴、忘了打蠟的工作。窗外閃電交錯，一股勁風搖撼著窗戶和門，發出喀啦啦的聲音。

「我為什麼需要知道這個故事？」我問。

「妳告訴我啊，女孩。」

我深吸一口氣。「因為故事是真的，對不對？」

廚子展露出扭曲的笑容。「我猜妳已經看過司令官的夜間訪客了。」

伊蘑輪流看著我們。「什麼訪客啊？」

「他——他自稱為夜臨者，」我說，「但他不可能是——」

「他正是他自稱的生物。」廚子說，「學人只想閉起眼睛，拒絕面對現實。食屍魔、幽靈、屍鬼、精靈——都只是故事而已，只是部落神話，火邊奇譚。真是傲慢，」她嗤之以鼻，「太自負了。妳別犯了同樣的錯，女孩。睜開眼睛看清楚，否則會跟妳媽有一樣的下場。夜臨者就在她面前，她卻渾然不覺。」

我放下熨斗。「妳這話是什麼意思？」

廚子講話的音調好輕，好像害怕自己說出的話。「他滲透了反抗軍，」她說，「化作人形，假——假裝是——是個鬥士。」她咬緊牙關，喘了口氣，才接著說下去。「跟妳媽拉近關係，操弄她、利用她。」廚子又頓了頓，神情痛苦、臉色蒼白。「妳——妳爸——爸發現了。夜——夜臨者——有——幫手。一個叛——叛——叛徒。騙——騙過傑翰，把——把妳父母出賣給凱銳絲——不——我——」

「廚子？」伊薺跳起身，同時老太婆一手扶著頭，踉蹌退向牆壁，口中發出呻吟。「廚子！」

「走開——」老太婆用力推開伊薺，幾乎把她推倒在地。「走開！」

伊薺舉起手，壓低音調，好像在對受驚的動物講話。「廚子，沒事了——」

「快去工作！」廚子挺直身體，眼中短暫的平靜粉碎了，由近乎瘋狂的神態取代。「別煩我！」

伊薺匆匆拉著我走出廚房。「她有時候會這樣，」我們一離開廚子的聽力範圍時伊薺就說，「在講到過去的時候。」

「伊薺，她叫什麼名字？」

「她從來沒告訴過我，我猜她不願意想起自己的名字。妳覺得那是真的嗎？關於夜臨者的事？關於妳媽媽的事？」

「我不知道。夜臨者幹嘛要針對我的父母？他們怎麼惹到他了？」就在我發出疑問的同時，也已經知道答案了。如果夜臨者像廚子描述得那麼痛恨學人，就難怪他會想消滅母獅和她的副官。他們的志業是學人僅有的希望。

伊薺和我回到工作崗位，我們都很沉默，腦袋裡裝滿食屍魔、幽靈和無煙之火。我發現自己一直在想廚子的事，她是誰？跟我父母有多熟？為反抗軍製造爆裂物的女人，後來怎麼會變成奴隸？她幹嘛不乾脆把司令官炸進第十層地獄去？

我突然有了個想法，使我全身的血液瞬間冰冷。

萬一廚子就是叛徒呢？

所有和我父母同時被捕的人都死了——也就是所有知道背叛詳情的人。然而，廚子卻能告訴我當時的事，我沒聽過的事。除非她在場，不然怎麼會知道？

可是如果她獻出了凱銳絲最重要的獵物，又怎麼會淪為司令官屋子裡的奴隸？

「也許反抗軍中有人會知道廚子是誰。」這天晚上伊薺和我提著水桶和抹布吃力地走向司令官的臥房時，我對她說，「也許他們會記得她。」

「妳應該問問妳的紅髮鬥士，」伊薺說，「他看起來很聰明。」

「奇楠嗎？也許……」

「我就知道，」伊薺得意地說，「妳喜歡他，我從妳唸他名字的語氣就聽得出來。奇楠。」她朝我咧嘴笑，我的脖子迅速湧上紅潮。「他長得很帥，」她評論道，「我想妳應該也注意到了。」

「我沒時間想這些事情，還得煩惱別的事呢。」

「少來了。」伊薺說，「蕾雅，妳是個人，有權喜歡男孩啊。就連面具武士都有感情，就連我——」

樓下的大門喀喀作響，我們立即僵住。門閂開了，強風挾著讓人膽寒的尖嘯聲颳進屋子裡。

「奴隸女孩！」司令官的聲音由樓梯井傳上來，「過來。」

「去吧。」伊薺推我站起身，「快！」

我手裡仍抓著抹布，匆匆奔下樓梯，司令官在樓下等我，兩邊還各站著一名帝國軍。她望著我時，銀色面龐顯露的不是一貫的嫌惡，而是幾乎若有所思的表情，好像我變身成她預期之外的有趣物品。

我注意到還有第四個人，潛伏在帝國軍後頭的陰影裡，他的皮膚和頭髮都像被太陽曬白的骨頭。是個先知。

「嗯——」司令官謹慎地瞥了一眼先知，「——是她嗎？」

先知凝望著我，黑眼珠在一汪紅海中泅泳。傳言中先知懂得讀心術，而我腦中的想法足以用叛國罪的罪名直接將我送上絞刑台。我逼自己想著外公、外婆和戴倫，內心立刻陷入熟悉而劇烈的悲傷情緒。現在讀我的心吧。我與先知四目相接。讀一讀你們的面具武士對我製造了多大的痛苦。

「是她沒錯。」先知沒有移開與我交會的視線，似乎因為我的憤怒而感到眩惑。「帶她走。」

「你們要帶我去哪裡？」帝國軍綁住我的手。「怎麼回事？」他們知道當間諜的事了，一定是的。

「安靜。」先知戴上兜帽，一行人跟著他走進暴風雨。我尖叫著想掙脫，其中一名士兵便以口銜塞住我的嘴，並且蒙住我的眼。我以為司令官也會一起來，但她卻在我身後把門甩上。至少他們沒抓伊薺，她是安全的。但能維持多久？

幾秒之內，我就全身濕透了。我竭力反抗帝國軍，卻只是把自己的衣裳給扯破，看起來很不得體。他們要帶我去哪裡？*地牢啊，蕾雅，還會是哪裡？*

我想起廚子的聲音，說著在我之前進來的反抗軍間諜。*司令官逮到他，在學院地牢裡折磨他好多天。有些夜裡我們還能聽見他的慘叫聲。*

他們會對我做什麼？也會抓走伊薺嗎？淚水汩汩流下，我應該要救她的，應該要帶她離開黑巖學院的。

彷彿在暴風雨中艱難跋涉了無限久的時間，我們終於停了下來。有扇門伊呀開了，片刻之後，我浮在空中，然後重重落在冰冷的石地板上。

我試著站起來，含著口銜尖叫，拚命拉扯綁住手腕的繩索。我試著脫掉蒙眼布，至少能看看自己在哪裡。

可是都沒有成功。門鎖咔嗒響，腳步聲遠離，我一個人留下來等著迎接命運。

40 伊里亞斯

我的刀尖穿透海琳的皮甲，而我內心裡有個聲音在大喊：*伊里亞斯，你做了什麼？你做了什麼？*

接著匕首碎了，在我還不敢置信地盯著它看時，有隻強而有力的手扳住我的肩膀，把我從海琳身上拉開。

「亞奇拉志士。」坎恩以冷冷的聲音說，同時掀開海琳的上衣。底下閃閃發亮，原來是海琳在「機敏試煉」後贏得的出自先知之手的短衫。只不過它和面具一樣，不再是獨立於外的物體，而已與她的身體融合，像是長出第二層能防刀劍的皮膚。「妳還記得試煉的規定嗎？禁止穿戴作戰盔甲。妳失去資格了。」

我的戰鬥狂熱消退了，只留下內心像被掏空的空虛。我知道這幅畫面會永遠陰魂不散地跟著我：低頭望著海琳僵住的臉，四周盡是厚密的凍雨，連呼嘯的風聲也遮蓋不了死亡的聲音。

你差點殺了她，伊里亞斯。你差點殺了自己最好的朋友。

海琳沒說話，只是盯著我，一手撫向心臟，彷彿仍然能感覺到刺下來的匕首。

「她沒想到要脫掉它。」我身後有個聲音說。霧氣裡冒出一個單薄的影子：是位女先知。其他影子隨之浮現，在小琳和我周圍繞成一圈。

「她完全沒想到，」女先知說，「從我們送她的那天起她就一直穿著，它已經與她密合了，就像面具一樣。這是個正直的錯誤啊，坎恩。」

「仍然是錯誤。她喪失了求勝的資格。即使沒有……」

我仍舊會贏。因為我本來就會殺了她。

凍雨緩和成毛毛雨，戰場上的霧氣也消散了，露出屠殺場面。競技場靜得出奇，這時我才注意到看台上坐滿學員、百夫長、將軍和大臣。我母親坐在前排觀戰，依然一副莫測高深的表情。外公站在她後頭幾排，一手緊握著彎刀。我這一排的弟兄面容模糊，誰活下來了？誰死了？

崔斯塔斯、迪米崔斯、林德：死了。希里爾、達里恩、佛提斯：死了。

我跌坐在海琳身旁，呼喚她的名字。

很抱歉我想殺妳。很抱歉我下令殺害妳的排。我很抱歉，我很抱歉。這些話我全說不出來，只有她的名字，我一遍又一遍地低語著，希望她能聽見，希望她能明白。她的目光穿透我的臉，望著騰湧的天空，彷彿我不存在。

「維托瑞亞斯志士，」坎恩說，「起立。」

怪物，凶手，惡魔。卑鄙邪惡的東西。我恨你，我恨你。我在對先知說話嗎？還是在自言自語？我不知道。但我知道自由不值得我這麼做，任何事都不值得我這麼做。

我應該讓海琳殺了我的。

坎恩對我混亂的心緒未置一詞。也許在這片戰場上，到處都是身心俱傷的士兵的痛苦念頭，所以他聽不到我的心聲。

「維托瑞亞斯志士，」他說，「既然亞奇拉喪失資格，而你是四位志士中剩下最多部下的人，我們全體先知宣布你是『堅強試煉』的勝利者。恭喜你。」

勝利者。

這個詞重重掉在地上，像死人手裡落下的彎刀。

我這一排有十二人存活，另外十八人躺在醫務室後頭的房間裡，薄薄白布下的身軀已經冰冷。海琳的排更慘烈，只有十名倖存者。稍早時馬可斯和寨克互相對戰，但似乎沒人曉得那場戰役的詳細狀況。

各排的弟兄都知道敵軍會是誰，大家都知道這場試煉是什麼內容——除了志士本人之外。這是費里斯告訴我的，或是德克斯。

我不記得自己是怎麼來到醫務室的，這裡一片混亂，首席醫官和助手們忙得暈頭轉向，搶救受傷的人員。他們實在不必白費工夫，因為我們出手時招招斃命。

醫官們很快就醒悟到這項事實了，當夜幕降臨時，醫務室裡已然靜悄悄的，全都是屍體和鬼魂。

多數倖存者離開了，但也已成了半個鬼魂。海琳被人悄悄帶進單人房，我在她的門外等待，以凌厲的眼神瞪著想勸我離開的助手們。我必須和她說話，必須知道她好不好。

「你沒殺死她。」

是馬可斯。雖然我手邊有十幾樣武器，卻沒因為聽到他的聲音而拔刀。如果馬可斯決定現在動手，我完全不會阻止他。但他難得不帶惡意，皮甲上濺滿血跡及泥巴，和我一樣；但他似乎變得不太一樣，氣勢好像變弱了，像是內心被奪去了什麼至關重要的東西。

「不，」我說，「我沒殺死她。」

「她是你在戰場上的敵人，如果沒打敗敵人就算不上勝利，這是先知說的，這是他們告訴我的。你應該要殺死她才對。」

「嗯，我就是沒有。」

「他死得好容易。」馬可斯的黃眼珠充滿不安，沒有敵意對他來說是非常明顯的改變，我幾乎都認不出他來了。不曉得他是真看到我了，還是只看到一個人影——一個活人，一個能聽他說話的人。

「彎刀——刺穿他的肉，」馬可斯說，「我想阻止它，我試了，但它太快了。你知道嗎？他會講的第一個詞就是我的名字，這也是——也是他講的最後一個詞。他在斷氣之前喊了我的名字，他說：馬可斯。」

於是我忽然明白了一件事：我沒有看到寨克在倖存者之列，也沒有聽到任何人提起他的名字。

「你殺了他，」我輕聲說，「你殺了自己的親弟弟。」

「他們說我得打敗敵軍的指揮官。」馬可斯抬起眼看我，眼神很困惑。「所有人都快死了，都是我們的朋友。他要我結束這一切，別再讓慘劇延續下去。他求我動手，我弟弟，我的小弟啊。」

嘔心的感覺像膽汁從我的身體裡湧了上來，多年來我鄙視馬可斯，認為他不過是一條毒蛇。但現在我對他只有滿心的同情，儘管我們兩人都不值得同情。我們是殺害自己的同袍——自己的血親的凶手。我不比他高級，我坐視崔斯塔斯死去，我殺了迪米崔斯、艾尼斯、林德和許許多多人。要不是海琳無意間違反試煉規定，我也會殺死她的。

海琳的房門開了，我站起身，但醫官搖搖頭。

「不，維托瑞亞斯。」他蒼白而溫和，平素自大的態度全沒了。「她還沒準備好接待訪客。去吧，小夥子，休息一下。」

我差點笑出來。休息？

我把頭轉回馬可斯的方向，但他已經走了。我應該去找我的部下，看看他們的狀況，但我無法面對他們。我知道他們也不想見我，我們永遠都不會原諒自己今天所做的事。

「我一定要見到維托瑞亞斯志士。」醫務室外頭的走廊上傳來吵架般的聲音，「他是我外孫，我他媽的一定要確定他——伊里亞斯！」

我走出醫務室大門，外公擠過一名看起來很害怕的助手身旁，把我拉進他的懷裡，雙臂有力地箍住我。「孩子，我還以為你死了。」他的嘴貼在我的頭髮上說，「亞奇拉比我以為的要強悍許多。」

「我差點殺死她。還有其他人，我殺了他們，殺了好多人。我不想動手的，我——」

我快吐了。我轉身，當場就在醫務室門口嘔吐，一直吐到沒東西可吐。

外公叫人拿一杯水來，靜靜地等我把水喝完，他的手一直沒離開過我的肩膀。

「外公，」我說，「我真希望……」

「死者已矣，孩子，而且是死於你之手。」我不想聽這些話，但需要聽，因為是實話，只有實話才能不愧對被我殺死的人。「再多的希望也改變不了這項事實。現在會有一列鬼魂跟著你了，就和我們其他人一樣。」

我嘆口氣，低頭看著自己的手。我的手一直無法克制地顫抖著，「我得回寢室去，我得去——清洗一下。」

「我可以陪你去——」

「沒這個必要。」坎恩從陰影處出現，簡直就像瘟神一樣不討喜。「來吧，志士，我有話要對你說。」

我踏著沉重的腳步跟在先知後頭。我該怎麼做？該對這個毫不在意忠誠、友誼、人命的怪物說什麼好？

「我很難相信，」我輕聲說，「你們會沒有發現海琳穿著護身衣。」

「我們當然知道，不然你以為我們幹嘛送她那個？試煉的重點未必都在行為，有時的重點是在意圖。你本來就不該真的殺死亞奇拉志士，我們只是想知道你會不會下手。」他瞥向我的手，原來我已不自覺地在慢慢摸向我的彎刀。「志士，我告訴過你了，我們死不了。而且，你不是已經受夠死亡了嗎？」

「寨克。還有馬可斯。」我幾乎說不出話來。「你們讓他殺了親弟弟。」

「啊，寨克。」坎恩臉上閃過哀傷的情緒，我看了更加憤怒。「寨克不一樣，伊里亞斯。寨克命中該絕。」

「你們大可隨便挑個對象——讓我們戰鬥的對象。」我說話時沒看著他，以免又反胃。「妖精或屍鬼，或是蠻族。但你們逼我們跟自己人打，為什麼？」

「我們別無選擇啊，維托瑞亞斯志士。」

「別無選擇！」暴怒吞噬我，和反胃感一樣劇烈。雖然我的確已經受夠死亡，但在這一刻，我一心只想把彎刀捅進坎恩黑色的心臟裡。「試煉是你們定的，當然能選擇。」

坎恩眼光閃爍。「孩子，別妄言你不懂的事情。我們做的事，背後都有超越你們理解能力的原因。」

「你逼我殺死好友，我幾乎殺了海琳。而馬可斯——殺了弟弟——雙胞胎弟弟——全是因為你們。」

「在事情結束之前，你還要做更難忍受的事。」

「更難忍受？還能更難忍受到哪裡去？第四場試煉我得做什麼？謀殺孩童？」

「我指的不是試煉，」坎恩說，「我指的是戰爭。」

我驀地止步。「什麼戰爭？」

「一直侵擾我們夢境的戰爭。」坎恩繼續走，並示意我跟上。「暗影聚集，伊里亞斯，而且沒人能阻擋它們聚集。帝國的心臟正有黑暗在擴大，它會繼續成長，直到覆蓋這片土地為止。戰爭要來了，它必須來。因為有更大的錯誤需要矯正，每一條生命隕落都會使那個錯誤變得更大。戰爭是唯一的途徑，而你必須作好準備。」

打啞謎，先知永遠都只會打啞謎。「一個錯誤。」我咬牙說道，「什麼錯誤？什麼時候？戰爭怎麼能矯正錯誤？」

「總有一天，伊里亞斯．維托瑞亞斯，這些謎題將會撥雲見月。但不是今天。」

我們走進營房，他慢下腳步。每扇門都關著，我聽不到咒罵聲、啜泣聲、鼾聲，什麼都沒有。我的部下到哪去了？

「他們在睡覺。」坎恩說，「因為今晚他們不會作夢，他們的睡眠不會被死亡侵擾，這是為了他們的英勇而賜予的獎賞。」

真是微不足道的善舉。他們明天晚上還是會尖叫著醒來，之後的每一晚也都是。

「你沒問起你的獎賞，」坎恩說，「贏得試煉的獎賞。」

「我不需要獎賞，這不值得獎賞。」

「不管怎麼說，」先知在我們走到我的寢室時說，「你還是會得到獎賞。你的房門在天亮前會保持封閉，沒人會來打擾你，連司令官都不會。」他晃出營房大門，我目送著他離去，不安地想著他說的戰爭、影子和黑暗的事。

不過我累到沒辦法想太久。我全身好痛，只想睡一覺，忘記今天發生的事，即使只能忘記幾小時也好。我把疑慮趕出腦海，打開門鎖，走進寢室。

41

蕾雅

牢房門打開時，我朝著聲音來源衝，一心想要逃到門外的走廊上。但室內的寒氣已經滲入我的骨髓，四肢又沉又重，這時有隻手輕易地環住我的腰。

「門被先知封住了，」那隻手放開我，「妳會弄傷自己的。」

我的蒙眼布被扯掉，有個面具武士站在我面前。我立刻認出他是誰：維托瑞亞斯。他替我解開手上的束縛，又取出我的口銜，手指不經意間擦過我的手腕和脖子。他救過我那麼多次，就是為了現在要審問我？我發現自己內心有種天真的想法，期望他的格調沒有這麼低。倒不見得說他是好人，只是不算邪惡。妳早就知道是這樣了，蕾雅，有個聲音訓斥地說。妳早就知道他在玩病態的花招。

維托瑞亞斯尷尬地揉著脖子，這時我才注意到他的皮甲上全是血和泥，身上到處都有瘀青和割傷，而且工作服也破破爛爛地垂掛著。他低頭看我，眼中短暫閃現熱辣辣的怒氣，然後又冷卻成別的情緒——是震驚？還是悲傷？

「我什麼都不會告訴你的。」我的聲音又尖又細，於是我咬緊牙根。像媽媽一點，不要顯露畏懼。我一手撫著臂鐲。「我沒做錯任何事，所以要殺要剮隨你便，但你得不到好處的。」

維托瑞亞斯清了清喉嚨。「那不是妳在這裡的原因。」他像生了根似地佇立在石地板上，像看著一道謎題般打量我。

我怒目回瞪。「如果不是要接受審問，那個——那個紅眼睛的東西幹嘛帶我到這間牢房來？」

「紅眼睛的東西？」他點點頭，「很貼切的描述。」他環顧四周，好像第一次來到這裡。「這裡不是牢房，是我的寢室。」

我看了看窄窄的帆布床、椅子、冰冷的壁爐、陰森的黑櫥櫃、牆上的勾子——我猜是用來凌虐的吧。這房間比我住的地方大，卻一樣簡約。「為什麼我會在你的寢室裡？」

面具武士走到櫥櫃前，在裡面翻找著什麼。我緊張起來——那裡裝著什麼？

「妳是個獎賞，」他說，「我贏得第三場試煉的獎賞。」

「獎賞？」我問，「我怎麼會是——」

我突然醒悟過來，於是猛搖頭——彷彿這樣就能改變什麼。我敏感地察覺到自己已撕裂的衣物間露出了許多皮膚，於是便試著把殘破的布料拉攏。我退後一步，直接貼在冰冷而粗糙的石牆上。這是我所能維持的最遠距離了，可是還不夠遠。我看過維托瑞亞斯格鬥，他太迅速、太魁梧、太強壯了。

「我不會傷害妳的。」他從櫥櫃前轉過身，看著我的眼神中有種奇異的同情。「我不是那種人。」他遞出一件乾淨的黑斗篷。「拿去吧——天氣好冷。」

我打量斗篷，真的好冷，從好幾個鐘頭前先知把我丟進來之後就一直覺得很冷。但我不能接受維托瑞亞斯給的東西，其中必定有詐，一定有。要不是為了那檔事，我怎麼會被選為他的獎賞？過了一會兒，他把斗篷放在帆布床上。我能聞到他身上散發出雨水的氣味，還有某種更難聞的——死亡。

他默默地生了火，手在發抖。

「你在發抖。」我說出觀察。

「我很冷。」

木頭點著了，他耐心地添著柴薪，彷彿沉浸在這項工作裡。他的背上繫了兩把彎刀，離我只有幾呎之遙，如果動作夠快的話，我應該可以拔出一把。

*動手吧！趁他現在分心的時候！*我傾身向前，可是正準備撲出去時，他便轉過身來。我僵住動作，身體可笑地搖晃著。

「拿這個吧。」維托瑞亞斯從靴子裡抽出一把匕首拋給我，然後又回去照顧柴火。「至少它是乾淨的。」

匕首的柄部熱熱的，握在手裡很踏實，我用拇指試了一下刀刃，很鋒利。我靠著牆坐下來，戒備地打量他。

火焰漸漸吞食室內的寒意。等火燒得夠旺後，維托瑞亞斯解下彎刀，靠著牆放，近在我伸手就能搆到的位置。

「我進去一下。」他朝房間角落一扇關著的門點點頭，我猜那通往酷刑室。「妳知道嗎，那件斗篷不會咬人的。到天亮之前妳都會被困在這裡，最好還是讓自己舒服一點。」

他打開門，鑽進後頭的浴室。片刻後之後，我聽到水流進浴缸的聲音。

我的絲質洋裝被火烤得冒出蒸氣，我一邊盯著浴室門，一邊讓暖意慢慢滲到自己身上。接著我瞄著維托瑞亞斯的斗篷，心想著裙子都撕裂到大腿了，一邊的袖子也只剩幾條線與其餘部分相連，胸衣的蕾絲也扯破了，露出太多部分。我不安地望向浴室，他很快就會洗好了。

我終於拿起斗篷裹在身上。斗篷以厚密的細緻布料製成，觸感比想像中柔軟。我認出那股氣味——他的氣味——香料和雨水。我深深吸氣，聽到開門聲趕緊別開鼻子，維托瑞亞斯拿著他血跡斑斑的皮甲和武器現身。

他已經刷掉皮膚上的泥巴，並且換上乾淨的工作服。

「妳如果整個晚上都站著會很累，」他說，「可以坐在床上，或是椅子上。」看我不動，他嘆了口氣。「我了解——妳不信任我。但如果我想傷害妳，早就動手了。拜託妳，坐下吧。」

「我要留著這把刀。」

「妳也可以拿一把彎刀，我有一大堆再也不想看到的武器呢，全都拿去吧。」

他跌坐到椅子上，開始清理他的護脛套。我僵著身子坐到他的床上，作好必要時舉刀自衛的準備。他近到能隨時碰到我。

有很長一段時間，他什麼也沒說，動作看來沉重又疲憊。在面具的陰影下，他飽滿的嘴唇看來很嚴厲，下巴堅毅不屈。但我想起他在滿月慶典上的臉，那張臉很英俊，連面具都遮掩不住。他的黑巖學院菱形刺青在頸背形成深色陰影，有一部分染上銀色，那是面具的液態金屬扣住皮膚的部位。

他察覺到我的目光，抬起頭，然後又快速轉移視線。但我已經看出他紅了眼眶。

我放鬆原本緊握到關節泛白的刀柄。有什麼事能讓一個面具武士、一名志士沮喪到熱淚盈眶？

「妳跟我說過住在學人區的生活，」他打破室內的寂靜說，「說妳和外公、外婆還有哥哥一起住，那曾經是真的？」

「直到幾週以前都是真的。帝國突擊搜捕我們，有個面具武士來了，殺了我外公、外婆，還帶走我哥。」

「那妳的父母呢？」

「去世了，很久以前的事了。我哥是我現在唯一的親人，但他在貝喀監獄的死牢裡。」

維托瑞亞斯抬頭看我。「貝喀監獄沒有死牢。」

他的回應不假思索，又來得出乎預期，我過了一會兒才反應過來。他低頭看著自己手邊的活兒，絲毫未察覺他的話對我產生多大的衝擊。「誰跟妳說他在死牢裡的？又是誰跟妳說他在貝喀監獄？」

「我……聽到小道消息。」*白痴啊，蕾雅，妳是在自掘墳墓。*「從……一個朋友那裡聽來的。」

「妳朋友弄錯了，或是弄混了。賽拉城唯一的死牢在中央監獄裡，貝喀監獄規模小得多，而且關的通常都是犯了詐欺罪的賣開特和庶民醉鬼，跟拷夫監獄絕對有天壤之別。這我最清楚，因為我在這兩個地方都當過衛兵。」

「可是假如黑巖學院，嗯，遭受攻擊之類的……」我腦中飛快想著麥森說的話，「不是要由貝喀監獄提供你們……後援嗎？」

維托瑞亞斯不帶笑意地冷笑兩聲。「貝喀監獄要保護黑巖學院？可別讓司令官聽到。

蕾雅，黑巖學院有三千名受訓作戰的學員，有的很年輕沒錯，但除非他們剛入校，否則這裡的每個人都很危險。這所學校不需要後援，尤其是向一群閒閒沒事，只會收賄和賽蟑螂的輔助兵求援。」

會是我把麥森的話聽錯了嗎？不，他說戴倫在貝喀監獄的死牢裡，而那所監獄會提供黑巖學院安全後援，結果這些全被維托瑞亞斯反駁了。是麥森的消息來源有誤，還是他在騙我？之前的我傾向於相信他，但廚子的懷疑……還有奇楠的……還有我自己的，一切的一切都重重地壓在我的心上。麥森幹嘛要說謊？戴倫究竟在哪裡？他真的還活著嗎？

他還活著，一定還活著。哥哥死了我會知道，會有感覺的。

「我害妳難過了，」維托瑞亞斯說，「抱歉，但如果妳哥哥在貝喀監獄，應該很快就會出來了。那裡沒人會被關超過好幾週的。」

「嗯嗯。」我清了清喉嚨，試著抹去困惑的表情。面具武士能嗅到謊言，能感應到欺瞞，我得盡可能地若無其事。「只是個謠言罷了。」

他很快地掃了我一眼，我憋住呼吸，心想著他要追根究柢地盤問我了。但他只是點點頭，舉起已經擦乾淨的護脛套，對著火光瞧了瞧，便掛到牆壁的勾子上。

原來勾子是這個用途。

維托瑞亞斯可能不傷害我嗎？他把我從死神面前拉回來好多次，如果想對我施暴，又何苦那麼做？

「你為什麼要幫我？」我衝口而出，「司令官在我身上刻記號後，你在沙丘底下救了我；還有在滿月慶典上你也幫了我逃跑；以及馬可斯攻擊我時——你每次都大可以袖手旁觀，為什麼要幫我？」

他抬起頭，露出深思的表情。「在妳第一次遇到狀況時，我沒能幫忙，內心很難過。我認識妳那天，在司令官的辦公室外面，我讓馬可斯傷害妳了。我想彌補那天的過錯。」

我訝異地低呼一聲，根本不認為那天他注意到我了。

「之後嘛——在滿月慶典上和馬可斯那件事——」他聳聳肩，「我母親會殺了妳，馬可斯也是。我不能眼睜睜看著妳死。」

「很多面具武士都喜歡眼看著學人死，你卻不同。」

「我不享受別人的痛苦，」他說，「也許這就是我一向痛恨黑巖學院的原因吧。妳知道嗎？我本來打算叛逃的。」他的笑容和彎刀一樣鋒利、一樣沒有喜悅。

「我都計畫好了，從那個壁爐挖了條通道——」他指著，「——連接西支地道的入口。這是全黑巖學院唯一的祕密入口。然後我又找出了離開的路線，打算利用帝國以為已經坍方或淹沒的地道。我偷了食物、衣物、補給品，花光繼承來的財產，購買路上所需的配備。我預計穿越部落民的土地逃出去，再從塞德港搭船往南。我將獲得自由——擺脫司令官、黑巖學院、帝國。真是愚蠢，好像我還真能遠離這個地方似的。」

他的話慢慢滲入我的腦袋，讓我幾乎停止呼吸。全黑巖學院唯一的祕密入口。

伊里亞斯．維托瑞亞斯剛剛給了我戴倫的自由。

前提是麥森說的是實話，我已經沒有十足把握了。這件事的荒謬令我想笑——維托瑞亞斯給了我哥哥能自由的鑰匙，但是我才剛明白這樣的資訊可能並沒有意義。

我沉默太久了。說點什麼啊。

「我以為被選中進入黑巖學院是種榮耀。」

「對我來說不是。」他說，「來到黑巖學院並不是一種選項，先知在我六歲時帶我來這裡。」他拾起彎刀，慢吞吞地把它擦乾淨。我認出彎刀上精緻的刻花——是鐵勒曼彎刀。「當時我和部落民住在一起，從沒見過我母親，也沒聽過維托瑞亞這個家族。」

「可是怎麼……」維托瑞亞斯的小時候。我從來沒思考過，從來沒好奇過他認不認識他父親，或者司令官有沒有撫養他、疼愛他。我從沒想過這些問題，是因為他一直都只是個面具武士。

「我是個私生子，」維托瑞亞斯說，「是凱銳絲．維托瑞亞畢生僅有的一個錯誤。她生下我之後，就把我丟在部落民的沙漠裡，她當時的駐地。我本來死定了，但湊巧有一支部落民的偵察隊經過。部落民認為男嬰代表好運，即使是棄嬰也不例外。塞夫部落收養了我，把我當自己的族人一樣撫育。他們教我他們的語言和故事，給我穿他們的衣服。連我的名字都是他們取的：伊利亞司。我來到黑巖學院之後，外公改了我名字的拼法，變得比較適合維托瑞亞家族的兒子使用。」

維托瑞亞斯和他母親的緊繃關係突然明朗化了。那個女人根本不想要他，她的冷酷無情令我咋舌。我協助外公接生過幾十個嬰兒，什麼樣的人能狠心把那麼弱小、珍貴的孩子，留在沙漠中等著熱死和餓死？

會因為一個女孩拆信而在她身上刻一個「K」的人。會用火鉗挖出五歲小孩一隻眼珠的人。

「你還記得些什麼？」我問，「小時候的事？來黑巖學院前的事？」

維托瑞亞斯蹙著眉，一手支著太陽穴。面具被他碰到時奇異地波動著，像是池水因為一滴雨而泛起漣漪。

「我什麼都記得。車隊就像一座小型城市——塞夫部落由幾十個家族組成，我是被部落中的『可哈尼』——麗拉瑪米養大的。」

他講了很久，他的話語在我眼前編織出一種人生，一個眼神好奇的黑髮男孩的人生，他經常從課堂上溜出去探險，會熱切地在營地外圍等待部落中的男人搶劫商隊歸來。這男孩和他無血緣關係的弟弟前一秒還在打架，後一秒又一起笑開懷。這男孩本來天不怕地不怕，直到某一天先知來帶走他，把他丟進一個由恐懼主宰的世界。除去先知的部分，他描述的就像戴倫的童年，或是我的童年。

等他說到一個段落，室內像是升起一股溫暖的金色薄霧。他具有「可哈尼」的說故事技巧。我抬頭看他，訝異地發現看到的不是男孩，而是他變成的男子。面具武士、志士、敵人。

「我害妳覺得無聊了。」他說。

「不，一點也不會。你——你就像我一樣。你曾經是個孩子，正常的孩子，但後來你的童年被奪走了。」

「那麼妳覺得如何呢？」

「嗯，絕對會讓人比較不想恨你。」

「把敵人當人看，這是將軍最大的夢魘啊。」

「先知帶你來黑巖學院，當時的經過是怎麼樣的？」

這次他停頓得久了點，這應該遺忘的記憶使他心情沉重。

「當時是秋天——先知總在沙漠的風吹得最惡劣時帶新的幼齡生入校。他們來到塞夫營地時，部落的人正歡欣鼓舞。我們的酋長剛作了筆好生意回來，大家都拿到新衣新鞋——甚至還有書。廚房的人宰了兩頭羊，叉起來放到火上烤。鼓聲隆隆，女孩們高歌，麗拉瑪米娓娓說故事說了好幾個鐘頭。

我們歡慶到夜裡，終於大家都睡了，除了我以外。奇怪的預感已經纏擾我好幾個小時——好像有某種黑暗在包圍我。我看見馬車外頭有影子，在營地周圍環繞。我從睡覺的馬車中往外看，看到一個……一個男人。他的衣物都是黑的，眼睛是紅的，皮膚則沒有任何血色。他是個先知，叫了我的名字，我還記得自己當時心想他一定有爬蟲類的血統，因為他發出的聲音像嘶嘶的氣音。就這樣，我被人用鐵鍊和帝國鎖在一起，我被選中了。」

「你害怕嗎？」

「我嚇死了。我知道他是去帶我走的，但不知道要去哪裡，也不知道原因。他們把我帶到黑巖學院，剃了我的頭髮、剝走我的衣服，把我和其他人關在戶外的圍欄裡，當作篩選的方式。士兵每天會丟一次發霉的麵包和肉乾給我們，但當時我的個子不大，所以搶到的很少。第三天剛過了一半，我已經確定自己會死了。因此我溜出圍欄，偷拿衛兵的食物，再和替我把風的同伴分食。嗯……」他抬起頭，斟酌用語。「雖然我說分食，但其實大部分都被她吃掉了。總之，七天後，先知打開圍欄，對我們這些還活著的孩子說，如果我們夠努力，就能成為帝國的守護者；如果不夠努力，我們會死。」

我彷彿能看見，那些被留下來的小小身軀，那些倖存孩子眼中的恐懼。幼年維托瑞斯，又怕又餓，下定決心不死去。

「你活下來了。」

「我希望我沒有。要是妳看到第三場試煉——要是妳知道我做了什麼……」他反覆地擦拭彎刀上的同一個位置。

「發生了什麼事？」我輕聲問。他沉默了好久，久到我以為自己惹他生氣了，以為我越界了。然後他開始告訴我發生了什麼事，聲音始而嘶啞、繼而變得呆板。他繼續擦著彎刀，把它擦得亮晶晶的，然後用磨刀石打磨它，直到它鋒利得發出寒光。

等他說完了，便把彎刀掛起來，面具上的縱向紋路映著火光。我現在明白他剛才走進屋裡時為什麼在顫抖、眼神為什麼會如此陰鬱。

「妳了解了吧，」他說，「我就和殺害妳外公、外婆的面具武士一樣，就和馬可斯一樣。事實上比他們更糟，因為他們將殺人視為職責，而我不這麼認為，卻還是動手了。」

「先知們並沒有給你選擇的餘地，你找不到亞奇拉來終結試煉，而且如果不戰鬥的話，你早就死了。」

「那我就該死。」

「外婆總說只要活著，就有希望。如果你不肯下令，你的部下現在早就全都死光了——不是被先知殺死，就是被亞奇拉的部下刺死。別忘了：她選擇讓她自己和她的部下活命。無論是哪種結果，你都會怪自己；無論是哪種結果，你在乎的人都會受苦。」

「那不重要。」

「怎麼會不重要？當然很重要啊！因為你並不邪惡。」這項認知如醍醐灌頂似地進入我的腦海，讓我大為震撼，以致於我也急於讓他明白。「你和其他人不同，你殺人是為了救人，把其他人放在優先考量，和——和我不一樣。」

我沒臉看維托瑞亞斯。「面具武士來的時候，我逃跑了。」話語滔滔不絕地湧出，這些話像河流一樣被我用水壩堵住了太久。「我的外公、外婆都死了，面具武士抓住了戴倫，就是我哥。戴倫叫我跑，雖然他需要我。我應該幫他的，但我做不到。不對。」我用力掐大腿。「我沒做。我選擇不留下。我選擇像個懦夫逃跑。我到現在還是不能理解自己，我應該留下的，就算那代表我會死。」

我羞愧地直直望著地板，但他的手扶住我的下巴，把我的臉往上抬。他乾淨的氣味席捲而來。

「蕾雅，正如妳說的——」他強迫我直視他的眼睛，「——只要活著就有希望。如果妳沒跑，早就已經死了，戴倫也是。」他放開我，坐回去。「面具武士不喜歡被反抗，他會要妳付出代價的。」

「那不重要。」

維托瑞亞斯露出笑容。「瞧我們，」他說，「學人奴隸和面具武士，都想說服對方他不邪惡。先知們確實很有幽默感，不是嗎？」

我的手指緊握著維托瑞亞斯給我的匕首刀柄，內心湧上熱辣辣的怒氣——氣先知們讓我以為自己會被審問；氣司令官把自己的孩子留在野外等著慘死；氣黑巖學院把那個孩子訓練成殺手；氣我爸媽早死；氣我哥跑去當武人的學徒；氣麥森有那麼多要求和祕密；氣帝國強勢地控制著我們生活的每一個層面。

我想對抗他們全部——帝國、司令官、反抗軍。不曉得這種反抗心由何而生，我的臂鐲突然像是在發熱，也許我身上有著比我預期中更多媽媽的精神。

「也許我們不必當學人奴隸和面具武士，」我放下匕首，「今晚，也許我們可以只是蕾雅和伊里亞斯。」

我生出一股勇氣，伸手去拉他的面具邊緣，它始終不像他身上的一部分。它抗拒著，但我現在想要脫下它，想看看和我聊了整夜的男孩的臉，而不是面具武士的臉。所以我用力去拉，面具嘶地一聲落入我的掌心。面具背面扭曲著，形成許多沾著鮮血的尖刺。他脖子上的刺青處也有十幾個小傷口，都滲著濕亮的血。

「真對不起，」我說，「我不知道……」

他望著我的眼睛，眼神中燃燒著無法說明的情緒，那充滿感情的目光讓我的皮膚有了另一種滾燙的感覺。

「我很慶幸妳拿掉它了。」

我應該別開眼神的，但我做不到。他的眼睛和他母親完全不同，她的是像碎玻璃那種陰冷的灰，但伊里亞斯的眼睛襯上一圈深色睫毛，呈現更深的色澤，像是暴風雪厚密的心臟。這對眼睛把我吸進去，讓我眩惑，不肯放我走。我舉起試探的手指湊向他的皮膚，他臉頰上的鬍渣粗粗地扎著我的掌心。

我的腦中閃過奇楠的臉，又同樣迅速地消逝了。他離得很遠，也很疏離，一心一意都在為反抗軍賣命。而伊里亞斯就在我的面前，溫暖、美麗而心碎。

他是個武人。是個面具武士。

但在這裡不是，今晚在這房間裡不是。此時此地的他只是伊里亞斯，而我只是蕾雅，我們兩人都在沉溺。

「蕾雅……」

他的嗓音、眼神都帶著懇求意味，那是什麼意思？他要我退開嗎？他要我靠近嗎？

我踮起腳尖，他同時俯下臉來。他的嘴唇好軟，比我想像中的更軟，但柔軟背後藏著堅硬的渴望，一種需索。親吻會說話，它在乞求。讓我忘記、忘記、忘記。

他的斗篷從我肩頭滑落，我的身體貼在他身上。他把我拉向胸前，雙手沿著我的背往下滑，握住我的大腿，把我摟得更近、更近。我弓身迎向他，陶醉在他的力量、火焰之中，我們之間的魔力扭轉著、燃燒著、融合著，直到有如純金般閃耀。

然後他脫離我，兩手遮在面前。

「我很抱歉，」他說，「真的很抱歉，我不是有意的。我是面具武士，而妳是奴隸，我不應該——」

「沒關係，」我的嘴唇像在燃燒，「是我先……起頭的。」

我們互相對視著，他看起來好困惑、好自責，我露出微笑，悲傷、羞怯和欲望都在我的體內流竄。他從地上撿起斗篷，遞給我，目光迴避著我。

「你可以坐下來嗎？」我試探地問，同時再度把自己裹住。「明天起我又是奴隸、而你又是面具武士了，我們可以彼此憎恨，表現出得體的行為。可是現在……」

他慢慢坐到我身旁，謹慎地與我保持距離。那股魔力還在勾引、召喚、燃燒，但他咬緊牙關，兩手交握成拳，彷彿它們的生命全繫在對方身上。我很不情願地挪了挪，為我們之間多添加幾吋距離。

「多告訴我一些。」我說，「當五年生是什麼感覺？你很高興能離開黑巖學院嗎？」

他放鬆了一點，我誘哄他回憶往事，就像外公對待受驚的病患那樣。夜晚慢慢消逝，填滿了他關於黑巖學院和部落的故事，還有我關於病患和學人區的故事。我們沒再提起突擊搜捕或試煉，也不提那個吻或是我們之間依然躍動的火花。

不知不覺間，天就開始亮了。

「天亮了，」他說，「又該開始彼此憎恨了。」

他戴上面具，僵著臉讓它吸附貼合，然後拉我站起身。我盯著我們的手，我纖細的手指與他粗大的手指交纏著；我也看著他前臂布滿青筋的肌肉，還有我細瘦的腕骨，還有我們肌膚相接處的溫熱感受。我的手被他握著，似乎別具意義。我抬頭看他的臉，訝異他離我這麼近，訝異他炯炯的、充滿生命力的目光。我的脈搏加速了，但接著他放開了我的手，站遠了些。

我想將他的斗篷和匕首還給他，但他搖搖頭。

「留著吧，妳還得穿過學校走回去，而妳——」他的目光往下掃向我已然破損的洋裝、裸露的皮膚，然後又趕緊往上看。「刀子也留著，學人女孩隨時都該攜帶武器，不管規定怎麼說。」他從櫥櫃裡取出一條皮束帶。「大腿刀鞘，可以讓刀子安全地藏起來。」

我用嶄新的眼神看向他，終於理解他的為人。「如果你能在這裡做你自己——」我將手掌貼在他心口，「——而不是他們把你打造成的樣子，那你就會是一位偉大的皇帝。」

我感覺到他的脈搏咚咚地敲打我的手指。「但他們不會讓你這麼做，對不對？他們不會讓你擁有愛心或善心，他們不會讓你保有自己的靈魂。」

「我的靈魂已經沒了，」他別開目光，「我昨天在戰場上就已經把它殺死了。」

這時我想起史匹洛．鐵勒曼，想到上一次見面時他所說的話。「罪惡感有分兩種，」我輕聲說，「一種成為你的負擔，另一種賦予你使命。讓你的罪惡感成為你的動力吧，讓它提醒你自己想成為怎樣的人。在你的腦子裡畫一條線，永遠都不要再越線了。你有靈魂，它受傷了，但還在。別讓他們奪走你的靈魂，伊里亞斯。」

我喊出他的名字時，他的目光與我相遇，我抬起一手碰觸他的面具。它光滑而溫暖，像是被水磨光、又在陽光下曬暖的岩石。

我讓手臂垂落，然後離開他的房間，走向營房大門，進入外頭初升的陽光底下。

42

伊里亞斯

營房大門在蕾雅的身後闔上了，我仍然能感覺到她的指尖輕如鳥羽般地撫著我的臉。我看見她摸我臉時謹慎的、好奇的眼神，讓我屏氣凝神。

還有那一吻。老天啊，她身體的觸感，她弓起身來迎向我，她渴望我。那是珍貴的自由片刻，我擺脫了自己是誰、是哪種人的桎梏。我閉上眼睛回想，但其他回憶卻硬闖進來，更陰暗的回憶。蕾雅剛才一直控制住它們，這幾個小時以來，她逼退了它們，而她自己甚至還不知道呢。可是它們現在回來了，而且不肯被忽視。

我率領部下大屠殺。

我殺害了好朋友。

我差點殺了海琳。

海琳。我得去找她，得修正和她的恩恩怨怨。我們的對立已經維持太久了，也許共同經歷過這場夢魘後，能找到攜手並進的路。對於這次發生的事，她一定和我一樣嚇壞了，一樣覺得反感。

我從牆上抓起彎刀。一想到自己用它們做過什麼，就恨不得想把它們丟到沙丘裡，管它是不是鐵勒曼造的。但我太習慣帶著武器了，沒刀的話感覺就像赤身裸體。

我走出營房時，萬里無雲的天空正投射出無情豔陽。世界如此乾淨、空氣如此溫暖，而我卻感覺像一種褻瀆，因為正有幾十人冰冷地躺在棺木裡，等著塵歸塵土歸土。

黎明的鼓聲響起，開始列出死者姓名。每個名字都在我腦中勾勒出形象——一張臉、一個聲音、一種體格——直到感覺陣亡的戰友們都在我周圍站了起來，形成鬼魂方陣。希里爾．安東尼亞斯。西拉斯．伊布里恩。崔斯塔斯．伊奎席亞斯。迪米崔斯．蓋勒瑞亞斯。艾尼斯．麥德拉斯。達里恩．特修亞斯。林德．維杉。

鼓聲持續著。家屬們現在應該已經領回屍體了，黑巖學院沒有墓園，在這片圍牆之內，亡者唯一留下的痕跡，是他們行經處的茫茫、吶喊時的靜默。

鐘塔的前方裡有一群培訓生正在用木棍練習格鬥，一名百夫長繞著他們監督。我早該想到司令官不會取消課程，不會為她的幾十個學生默哀。

我經過時百夫長對我點點頭，他對我毫無反感讓我有些困惑。他不知道我是殺人凶手嗎？他昨天沒觀戰嗎？

你怎麼能忽視它？我很想大叫，你怎麼能裝作若無其事？

我朝懸崖走去。海琳會在底下的沙丘上，我們總是去那裡悼念死者。半路上我遇見費里斯和德克斯，他們身邊少了崔斯塔斯、迪米崔斯和林德，看起來很奇怪，像是缺胳臂少腿的動物。

我以為他們會視而不見地與我擦身而過，或者為了是我下達害他們喪失靈魂的命令而攻擊我。然而他們在我面前停下來，沉默而沮喪，眼睛和我一樣紅。

德克斯揉了揉脖子，用拇指不斷地繞著黑巖學院的刺青畫圈。「我一直看到他們的臉，」他說，「聽到他們的聲音。」

我們默默地站在一起，久久不動。我與他們共享悲傷、因為他們和我同樣自我鄙夷而得到安慰，這實在很自私。害他們心情低落的人是我。

「你們只是聽令行事。」我說。我至少可以扛下這條罪名。「是我下的命令。他們的命不算在你們頭上，要算在我頭上。」

費里斯與我眼神交會，整個人看起來像是原本那個開朗大男孩的鬼魂。「他們現在自由了，」他說，「擺脫先知，還有黑巖學院。哪像我們。」

德克斯和費里斯走了以後，我垂降到沙漠地面，海琳正盤腿坐在懸崖的陰影內，腳踝以下都被滾燙的沙埋住。她的秀髮隨風搖曳，像被陽光照耀的綿延沙丘般煥發出白金色的光澤。我慢慢靠近她，好像她是一匹憤怒的馬。

「你不必這麼小心翼翼，」只距離幾呎近時她說，「我沒帶武器。」

我坐到她身邊。「妳還好嗎？」

「還活著。」

「對不起，海琳，我知道妳不能原諒我，可是——」

「停。我們沒有選擇啊，伊里亞斯。要是我占上風的話，也會對你下手的。我殺了希里爾，殺了西拉斯和萊里斯。我差點殺了德克斯，但他退開了，我找不到他。」她銀色的臉龐像是用大理石刻成的，完全不帶情緒。*這個人是誰？*「如果我們拒絕戰鬥，」她說，「我們的朋友就會死。能怎麼辦呢？」

「我殺了迪米崔斯。」我在她臉上搜尋怒意。自從迪米崔斯的小弟死後，她和迪米崔斯就變得親近了——只有她知道該對他說什麼。「還有——還有林德。」

「你做了該做的事，就像我做了該做的事。費里斯、德克斯和所有活下來的人都做了該做的事。」

「我知道他們做了該做的事，但他們是服從我下的命令。我應該更堅強一點，不下那道命令的。」

「那你會死的，伊里亞斯。」她沒看我。她正努力在說服自己沒關係，我們做的都是必要的事。「你的部下也都會死。」

「唯有當你打敗敵方領袖——或被對方打敗——時，戰鬥才算結束。要是我願意先死的話，崔斯塔斯還活著。林德、迪米崔斯他們都還活著啊，海琳。寨克就懂這個道理——他求馬可斯殺了他。我應該做一樣的事的。妳會被任命為女皇——」

「或者先知們會任命馬可斯為皇帝，而我將成為他的——他的奴隸——」

「我們叫部下殺人，」她怎麼就是不懂呢？她怎麼就是不肯面對呢？「我們下了命令，自己也執行了命令。這是不可原諒的。」

「不然你認為該怎麼樣？」海琳霍地站起身來，我也站起來。「你以為試煉會愈來愈容易嗎？你沒想到會有這種事嗎？他們要我們體驗最深層的恐懼，把我們丟給不該存在的生物任它們宰殺，然後又要我們自相殘殺。堅強，包括武器、意志和心靈。你很訝異嗎？真是天真，真是愚蠢。」

「小琳，妳知道自己在說什麼嗎？我差點殺了妳——」

「真是謝天謝地！」她面向我，距離近到一綹綹長髮都被風颳到我的臉上。「幸好你反擊了。你在訓練時輸了那麼多場，我都不確定你還會不會還手呢？我好害怕——我以為你會死在那裡——」

「妳的心生病了嗎？」我退離她，「沒有一絲懊悔嗎？沒有一絲自責？我們殺的都是朋友啊！」

「他們是軍人，」海琳說，「死在戰場上、光榮的帝國軍人。我會讚揚他們、悼念他們，但不會後悔自己所做的事。我是為帝國做的，為人民做的。」她來回踱步。「伊里亞斯，你還不懂嗎？試煉比你、我更重要，比我們的愧疚、羞愧更重要。我們是有五百年歷史的謎題的解答：當泰亞斯的血脈斷絕時，誰將領導帝國？誰將馳騁在五十萬大軍之首？誰將主宰四千萬生靈的命運？」

「那我們的命運呢？我們的靈魂呢？」

「他們很久以前就拿走我們的靈魂了，伊里亞斯。」

「不，小琳。」蕾雅的話在我腦中迴盪，我想相信那些話，需要相信那些話。你有靈魂，別讓他們奪走你的靈魂。「妳錯了。我永遠也修正不了昨天做的事了，但是等第四場試煉來臨時，我不會——」

「別說，伊里亞斯。」海琳以手指壓住我的嘴，她的哀傷被類似絕望的情緒取代。「別拿你不知道代價的事來發誓。」

「我昨天越線了，海琳。我不會再越線。」

「別這麼說。」她的頭髮四處飄揚，眼神非常狂亂。「如果你抱持著這種想法，怎麼能當皇帝呢？怎麼能贏得試煉——」

「我不想贏得試煉，」我說，「我從來就不想贏，甚至是不想參加的。海琳，我本來計畫叛逃。在結業式後，趁大家慶祝的時候，我原本是要逃跑的。」

她搖著頭，舉起手來，彷彿想抵擋我的言詞。但我不肯停，她需要聽，需要知道真實的我是什麼樣子。

「我沒逃，是因為坎恩告訴我，我能獲得真正自由的唯一機會就是參加試煉。我希望妳贏得試煉，小琳。我想被任命為血伯勞，然後由妳來放我自由。」

「放你自由？放你自由？這就是自由啊，伊里亞斯！你什麼時候才會醒悟？我們是面具武士，注定要擁有權力、死亡和暴力，這就是我們的本色。如果你不能接受事實，怎麼會有自由的可能？」

她走火入魔了。我正試著理解這可怕的事實，就聽到靴子逐漸走近的腳步聲。小琳也聽到了，我們快速轉身，看見坎恩正繞過懸崖的弧角走過來，還帶了一隊八人的帝國軍同行。他完全沒有評論我和海琳的爭執內容，不過一定聽見了一部分。「你們跟我們走。」

帝國軍分成兩組，四人抓住我，另外四人抓住海琳。

「怎麼回事？」我試著擺脫他們，但他們都是比我魁梧的大塊頭，而且毫不退縮。

「這是在幹嘛？」

「維托瑞亞斯志士，這，是『忠誠試煉』。」

43

蕾雅

我走進司令官的廚房時，伊薺朝我奔來。她的眼眶凹陷，金髮亂得像鳥巢，像是整夜沒睡。

「妳還活著！妳……妳在這裡！我們以為……」

「女孩，他們傷害妳了嗎？」廚子從伊薺後頭走近，我很訝異地發現她也面容憔悴，眼睛紅紅的。她脫下我的斗篷，看見我的洋裝後，吩咐伊薺再去找一件衣服給我。「妳沒事吧？」

「我很好。」還能說什麼？我都還沒想清楚究竟發生了什麼事呢。同時我也想起伊里亞斯對貝喀監獄的描述，因此有一件事是確定的：我得離開這裡去找反抗軍，必須弄清楚戴倫在哪裡，還有現在究竟是什麼狀況。

「蕾雅，他們帶妳去哪裡啊？」伊薺帶著衣服回來，我快速換好衣服，盡量掩藏住大腿上的匕首。我不太想告訴她們昨晚發生的事，但也不願意欺騙她們，尤其是她們顯然為我擔驚受怕了一整夜。

「他們把我交給維托瑞亞斯，當作他贏得第三場試煉的獎賞。」見她們雙雙露出驚恐的表情，我趕緊補充：「可是他沒有傷害我，什麼事都沒有發生。」

「真的？」司令官的聲音讓我的血液變冷，伊薺、廚子和我同時轉頭看向廚房門口。

「妳說什麼事都沒發生，」她歪著頭，「真是耐人尋味。跟我來。」

我拖著鉛般沉重的腳步跟著她到書房，一進門，我的目光便瞥向滿牆的鬥士遺照，感覺就像是置身在充滿鬼魂的房間裡。

司令官關上書房門，繞著我走。

「妳昨晚和維托瑞亞斯志士在一起。」她說。

「是的，長官。」

「他強暴妳了嗎？」

她是多麼輕易地問出如此可憎的問題啊，就像在問我的年齡或姓名似的。

「沒有，長官。」

「這就怪了，上次他不是對妳很有興趣的樣子嗎？那時候他的手都捨不得離開妳的身體呢。」

我發現她指的是滿月慶典那一晚。她彷彿能嗅到我的恐懼，朝我走近。

「我——我不知道。」

「那個男孩會不會太關心妳了呢？我知道他曾幫過妳——某一天他把妳從沙丘抱上來，前幾天晚上也從馬可斯手中救了妳。」她又跨出一步。「可是我在奴隸房走廊上發現你們兩個的那一晚——才是我最好奇的一次。你們在一起做什麼？他和妳狼狽為奸嗎？他叛國了嗎？」

「我——我不確定您的——」

「妳以為自己要得了我嗎？妳以為我不知道？」

天啊，不會吧。

「我也有間諜，在馬林人之間、部落民之間，」現在她離我只有幾吋距離，她的笑容像是套在我脖子上的細鐵環，「甚至連反抗軍裡都有。妳會很意外我究竟有多少眼線。那些學人鼠輩只知道我想讓他們知道的事。妳上一次跟他們見面時，他們在打什麼主意？有什麼大計畫嗎？要動用許多人力的計畫？也許妳也很好奇那是什麼計畫，不過很快你就會知道了。」

我還來不及考慮閃躲，她已經掐住我的脖子。我蹬著腿，她掐得更緊。她手臂上的肌肉凸了起來，但眼神仍一如往常地呆板、死氣沉沉。

「妳知道我都怎麼處理間諜嗎？」

「我——不——不要——」我不能呼吸，不能思考。

「我會教給他們一個教訓，包括他們和與他們結盟的人。例如廚房女孩。」*不，不要動伊薺，不要動伊薺。*正當我的眼角邊緣開始冒出白光時，有人敲門。她鬆開手，讓我跌在地上癱成一堆，若無其事地轉身開門，彷彿自己不是剛剛才差點殺死一個奴隸。

「司令官。」有個先知在門外等待——這次是個女的——看起來嬌小而充滿仙氣。我預期她背後會有帝國軍，像上次一樣，但這次她是一個人來的。「我來帶走那女孩。」

「妳不能帶走她，」司令官說，「她是個罪犯——」

「我來帶走那女孩。」先知的表情變嚴厲了，她和司令官的目光緊緊鎖住對方，進行無聲而激烈的意志力之戰。「把她交給我，妳也一起來。我們需要去競技場。」

「她是個間諜——」

「她會得到適當的懲罰。」先知轉向我，我無法移開目光。在那瞬間，我在她深色水潭般的眼睛裡看到自己——心跳停止，臉孔毫無生氣。我像腦中被植入這項認知般，清楚地明白先知要帶我去找死神，我的死期將至——比突擊搜捕時、馬可斯毆打我時更接近死亡了。

「別把我交給她，」我發現自己在哀求司令官，「求求您，不要——」

先知沒讓我把話說完。「凱銳絲．維托瑞亞，別想違抗先知的意志，妳勢必會失敗。妳可以自願來到競技場，我也可以強迫妳。妳要選哪一種？」

司令官遲疑著，先知則像河流裡的岩石一樣等待著，耐心、堅定。最後，司令官點點頭，快步走出房門。我在二十四小時之內二度被人塞上口銜、綁住手腕。接著先知便跟著司令官走，並拖著我跟上。

44

伊里亞斯

「我會配合你們，」我看著士兵給海琳蒙上蒙眼布、綁住手，「但別用你們的髒手碰我。」他們的回應是給我塞上口銜、拿走我的彎刀。

帝國軍拖著我們爬上懸崖、穿過學校。我周圍都是靴子拖曳和頓地的聲響，百夫長吆喝著命令，我聽到「競技場」和「第四場試煉」這些字眼。我全身緊繃，不想回到昨天殺害朋友的地方，永遠都不想再踏進去一步。

坎恩沉默地走在我前面。他正在讀我的思想嗎？正在讀海琳的思想嗎？*那不重要。*我試著忘記他，試著當他不存在地思考。

*忠誠，不惜撕裂靈魂。*這些話太接近蕾雅所說的了。*你有靈魂，別讓他們奪走你的靈魂。*我察覺到那正是先知們會設法做的事。因此我畫下蕾雅說的線，像是腦中土壤裡一道很深的溝渠。*我不會越線的，不管代價多大，都不會越線。*

我感覺到海琳正走在我旁邊，渾身散發著恐懼，攪得我們周圍的空氣都變冷了，也害得我神經緊繃。

「伊里亞斯。」帝國軍沒給她塞口銜，也許是因為她夠識相，不像我喋喋不休。「聽我說。不管先知叫你做什麼，你都得做，懂嗎？贏了這場試煉的人就是皇帝了——先知說過不會有平手。堅強一點，伊里亞斯。如果這一場你沒贏，就一敗塗地了。」

她的語氣中有種令我不安的急迫感，已超越顯而易見的文字表面意義的警告。我等著她再說下去，但她要不是也被塞了口銜，就是坎恩讓她安靜了。片刻之後，我身邊哄然響起幾百種人聲，從頭到腳地籠罩著我。我們走到競技場裡了。

帝國軍拽著我爬上一段樓梯，迫使我跪下。海琳也跪在我旁邊，然後縛繩、蒙眼布和口銜都被取了下來。

「混蛋，他們給你戴上口銜了啊，真可惜不是永久的。」

馬可斯跪在海琳另一側，怒目瞪著我，憎恨由他的每一個毛孔滲透出來。他弓著身體，像是準備出擊的蛇，除了腰間的一把匕首外，沒攜帶任何武器。第三場試煉後他那肅穆的態度，現在都化作尖酸刻薄的惡毒。寨克一向是雙胞胎中較弱的一個，但至少會試著制止毒蛇亂咬人。馬可斯背後少了輕聲細語的弟弟，看來幾乎狂野而兇猛。

我不理會他，只專注於堅定心智，準備應付接下來的事。帝國軍把我們留在坎恩身後的高台上，他目光灼灼地盯著競技場入口，像是在等待什麼。另外十幾個先知繞著高台站立，像是一群殘破的影子，光是他們的存在就讓場地顯得陰森不少。我再數了一遍——十三人，包括坎恩在內，表示還少了一人。

競技場其他區域人滿為患。我瞥見總督和其他的市議員。外公帶著一群貼身護衛，坐在司令官帳篷的後方幾排，目光望向我。

「司令官遲到了。」小琳朝我母親空著的座位點點頭。

「妳錯了，亞奇拉。」馬可斯說，「她正好準時到。」在他說話的同時，我母親穿過競技場大門走進來，第十四位先知跟著她。雖然那位先知看起來如風中殘燭，卻有力氣拖著一個被綁住手、塞住口的女孩走。我看見女孩的頭髮散開，披散著一頭濃密的黑髮，心臟不禁揪緊了——是蕾雅。她在這裡做什麼？為什麼被綁起來？

司令官坐下來，先知則把女孩帶到坎恩身旁的高台上。奴隸女孩試圖含著口銜說話，但它塞得太緊了。

「各位志士。」坎恩一開口，全場鴉雀無聲。有一群海鳥嘎嘎叫著由頭頂飛過，城市裡有個商人在叫賣貨品，那吟唱般的嗓音甚至傳到了這裡。

「最後一場試煉是『忠誠試煉』，帝國已判定這名奴隸女孩應該受死。」坎恩指著蕾雅，我像從高處跳下般，胃裡有種不斷下墜的感覺。不，她是無辜的，她沒做錯任何事。

蕾雅瞪大眼睛，試著以跪姿後退。帶她到高台上的那個先知站到她身後，用鐵一般的掌心將她扶住不動，就像屠夫固定住待宰的羔羊。

「我命你們上前時，」坎恩平靜地說，彷彿他不是在談處死一名十七歲女孩的事，「你們要同時嘗試處決她。成功執行命令的人，就是試煉的勝利者。」

「這是錯的，坎恩，」我衝口而出，「帝國沒有理由殺她。」

「理由不重要，維托瑞亞斯志士，只有忠誠。如果你違抗命令，就等於輸了試煉。輸家的懲罰是死刑。」

我想起噩夢戰場，回憶使我的血液像鉛一樣沉重。林德、迪米崔斯、艾尼斯——他們都在那片戰場上，而我的確把他們都殺了。

蕾雅同樣也在那裡，喉嚨被割開，眼神黯淡，浸濕了血的頭髮像片烏雲般披散在頭的周圍。

但我還沒下手，我急切地想，我還沒殺死她。

先知輪流看看我們，然後從帝國軍那裡取來一支彎刀——我的彎刀——放在高台上，離馬可斯、海琳和我的距離都相等。

「上前。」

我的身體比腦袋早一步知道該怎麼做，於是我撲到蕾雅前面。如果我能把自己擋在她和另外兩人之間，或許她還能有一線生機。

因為，我不在乎自己在噩夢戰場上看到了什麼，反正我是絕對不會殺她的，也不會讓別人殺她。

我趕在海琳或馬可斯之前來到她的面前，翻身屈伏在地，預期會受到他們其中一人或兩人的攻擊。但海琳並未以蕾雅為目標，反而撲向馬可斯，用拳頭重擊他的太陽穴。他顯然沒料到這一招，像塊石頭般倒地，然後她把他推下高台，再將我的彎刀踢給我。

「伊里亞斯，動手吧！」她說，「趁馬可斯清醒之前！」

這時她發現我在護衛女孩，而不是想殺她，於是發出了難忍的哽咽聲。全場都靜默無聲、屏息以待。

「別這樣，伊里亞斯，」她說，「我們就快成功了，你會成為預言中的皇帝。拜託你，伊里亞斯，想想你能為——為帝國做的事——」

「我說過我不會越線。」我說話時心情異常平靜，比自己這幾週來的任何一刻都平靜。蕾雅的目光快速在海琳和我之間移轉。「這就是那條線了。我不會殺她。」

海琳撿起彎刀。「那就閃開，」她說，「讓我來。我會下手得很快的。」她慢慢走向我，目光沒離開過我的臉。

「伊里亞斯，」她說，「不管你怎麼做，她都會死的。帝國已經判她死刑了。如果你或我不動手，馬可斯也會動手——他遲早會醒過來，我們可以趁他醒來之前結束這一切。如果她非死不可的話，至少能帶來好結果。我會成為女皇，而你會成為血伯勞。」她又跨出一步。

「我知道你不想統治，」她輕聲說，「或是當黑武士的頭兒。先前我不能理解，可是現在——現在可以了。如果你讓我搞定這件事，我將以血與骨發誓，在受命為女皇的那一刻起，我就解除你對帝國的職責。你要去哪裡都可以，要做什麼都行。你不對任何人負有義務，將會自由。」

我剛才一直盯著她的身體，等候她準備發動攻擊而繃緊肌肉，可是現在我轉而看向她的眼睛。*你會自由。*這是我唯一的心願，而她現在正慎重其事地遞給我，以我知道她絕對不會違背的誓約來擔保。

在那短暫的、可怕的一瞬間，我考慮了她的提議，那是我畢生最想要的東西。我看到自己從納威恩港口揚起帆，啟程前往南方國度，那裡沒有任何人、任何事有權干涉我的身體和靈魂。

嗯，應該說只有我的身體而已，要是我讓海琳殺死蕾雅，我將不會擁有靈魂了。

「妳想殺她，」我對海琳說，「就得先殺我。」

一道淚痕沿著她的臉往下延伸，在那瞬間，我望進了她的眼睛。她太想完成這件事了，但阻礙她的不是敵人，而是我。

我們是彼此的一切，而我背叛了她。又一次背叛她。

這時我聽到一聲悶響——毫無疑問是鋼鐵陷入血肉的聲音。我身後的蕾雅突然往前傾倒，連帶使得她後頭的先知也跟著倒下，她的手仍緊握著蕾雅癱軟的肩膀。蕾雅的頭髮像烏雲般籠罩住她的身體，我看不見她的臉、她的眼睛。

「不！蕾雅！」我撲到她身旁，搖撼她，想把她翻正。但我沒辦法把該死的先知從她身上移開，因為那女人嚇得渾身發抖，長袍和蕾雅的裙子糾纏在一起。蕾雅沉默不語，身體像布娃娃一樣綿軟無力。

我瞥見一把掉在高台上的匕首刀柄，還有她身上不斷擴大的血泊。沒人流了這麼多血還能存活。

馬可斯。

我看到他站在高台後側，卻已經太遲了。我想到海琳和我應該先殺了他，我們不該冒險讓他醒來，卻已經太遲了。

蕾雅的死亡帶來爆炸般的喧鬧，讓我為之震撼。幾千個聲音同時在喊叫，外公吼得比公牛被刺破肚皮時的聲音更響亮。

馬可斯跳上高台，我知道他要來對付我了。我希望他來，我將因他所做的事而捏碎他的賤命。

但我感覺到坎恩的手按在我的手臂上，制止我。接著，競技場的大門被衝開，馬可斯扭過頭去，驚愕得動彈不得，只見一匹滿身汗沫的駿馬穿越競技場大門騰躍而入。騎在馬上的帝國軍滑倒在地，踉蹌站定，馬兒在他身旁人立而起。

「皇帝，」帝國軍說，「皇帝駕崩了！泰亞家族隕滅了！」

「什麼時候？」司令官接口，她的表情絲毫不見驚訝。「怎麼死的？」

「長官，是反抗軍攻擊。皇帝在前來賽拉城的路上遭到攻擊，離賽拉城只剩一天的路程了。他和隨行人員全被滅口，連——連孩子也不例外。」

久候的藤蔓環繞、扼殺橡樹，前路已明朗，就在路盡處。這是好幾週以前司令官在她的辦公室裡揭示的預言，而現在它突然說得通了。藤蔓就是反抗軍，橡樹則是皇帝。

「帝國的男女子民，黑巖學院的學員，各位志士，請你們見證。」坎恩鬆開我的手臂，聲如洪鐘，搖撼了競技場的地基，使得漸漸喧譁的焦慮變得安靜。「先知們的預視應驗了，皇帝已死，新政權勢必崛起，否則帝國將會毀滅。」

「維托瑞亞斯志士，」坎恩說，「你被賦予展現忠誠的機會，而你非但沒有殺死她，還保護她；你沒有遵從我的命令，而選擇抗命。」

「我當然選擇抗命！」這不是在作夢吧，「這場『忠誠試煉』根本只針對我一個人，只有我在乎她。試煉根本是個笑話——」

「這場試煉已經讓我們知道需要知道的事了：你不適合當皇帝。你已被剝除名姓與位階，將於明天黎明時分，在黑巖學院的鐘塔前斬首處死，而你昔日的同窗將見證你的恥辱。」

兩名先知將鐵鍊繞在我的手腕上。我先前沒注意到有鐵鍊，是他們憑空變出來的嗎？我已經昏亂到無力抵抗了。箝制住蕾雅的先知則吃力地抬起女孩的屍體，蹣跚步下高台。

「亞奇拉志士，」坎恩說，「妳做好了擊倒敵人的準備，卻在面對維托瑞亞斯時退縮，順從他的心願。這種對同儕的忠誠令人欽佩，卻不適用於皇帝。三位志士之中，只有弗拉志士毫無質疑地執行我的命令，對帝國展現堅貞不二的忠誠。因此，我宣布他為第四場試煉的勝利者。」

海琳的臉色白得像骨頭，她的心裡和我一樣，沒辦法接受在我們眼前上演的爛戲碼。

「亞奇拉志士，」坎恩從長袍裡取出小琳的彎刀，「妳還記得自己立下的誓言嗎？」

「您不會真的要──」

「我會信守承諾，亞奇拉志士，妳呢？」

她看著先知的眼神好像在看背叛她的愛人，但仍然接下他遞出的彎刀。「我會信守承諾。」

「那麼現在跪下來，對新皇帝宣誓效忠，因為我們全體先知任命馬可斯・安東尼亞斯・弗拉為皇帝、預言之王、武人軍隊的最高統帥、凱旋將軍、全境領主。而妳，亞奇拉志士，受命為他的血伯勞，亦即他的副官，妳是負責執行他意志的劍，必須效忠於他，至死方休。立誓吧。」

「不！」我吼道，「海琳，別這麼做！」

她轉頭看我，眼神像把刀在我體內扭轉。*這是你選的，伊里亞斯*，她淺色的眼珠在說，*你選了她*。

「明天，」坎恩說，「在維托瑞亞斯行刑完畢後，我們會為預言之王加冕。」他看著毒蛇，「帝國是你的了，馬可斯。」

馬可斯回頭一笑，我的心頭倏地一驚，發現自己曾見過他做這動作幾百次；這是每當他侮辱完敵人，或是打贏一場仗，或是想炫耀時會對弟弟做的表情。但他的笑容消失了，因為塞克不在那裡。

他變得面無表情，低頭看著海琳時，不帶任何自負或勝利的意味。他那副冷面無情的模樣讓我的血液變冷。

「宣誓效忠啊，亞奇拉。」他以平板的語氣說，「我在等呢。」

「坎恩，」我說，「他不適合，你知道他不適合。他是瘋子，他會毀滅帝國的。」

沒人聽我說話。坎恩沒在聽，海琳沒在聽，就連馬可斯也沒在聽。

海琳開口時，完完全全就是面具武士該有的樣子：冷靜、鎮定、疏離。

「我向馬可斯．安東尼亞斯．弗拉，」她說，「皇帝、預言之王、武人軍隊的最高統帥、凱旋將軍、全境領主，宣誓效忠。我是他的血伯勞，他的副官，負責執行他意志的劍，至死方休。我在此立誓。」

然後她垂下頭，向毒蛇奉上她的彎刀。

第三部

身與靈

45 蕾雅

「女孩，妳要想活命，就讓別人以為妳已經死了。」

在群眾突如其來的譁然聲中，我幾乎聽不見先知氣喘吁吁的低語。一名武人女先知不知出於什麼原因想幫我，我則在困惑和愕然中保持沉默。隨著她的體重把我壓倒在高台上，馬可斯刺進她腰側的匕首也鬆脫掉落。鮮血灑得平台上到處都是，我打了個冷顫，膽寒地想起外婆死時，也倒臥在這樣駭人的血泊中。

「別動，」先知說，「不管發生什麼事都別動。」

我照她的吩咐做，儘管伊里亞斯狂喊我的名字，並試圖把她從我身上拉開。信差宣布皇帝遇刺的消息；伊里亞斯被判死刑，並被銬上鐵鍊。在這整個過程裡，我一動也不動。可是名叫坎恩的先知宣布加冕典禮的時間時，我差點驚呼出聲。在加冕典禮之後，死牢裡的囚犯將被處決——這表示除非反抗軍把戴倫救出來，否則明天就是他的死期。

確定嗎？麥森說戴倫在貝喀監獄的死牢裡，而伊里亞斯說貝喀監獄沒有死牢。

我焦慮得想大叫，想弄個水落石出。唯一能給出答案的人是麥森，而我能找到他的唯一方式則是離開這裡。但我總不能直接站起來走出去，大家都以為我死了。就算我能離開，伊里亞斯才剛為我犧牲了自己的性命，我不能丟下他不管。

我無能為力地趴著，不確定該怎麼做，不過先知替我決定了。「妳敢動就死定了。」

她警告著，並離開我的身體。趁著所有人的目光都集中在我們旁邊的戲碼上時，她把我抱起來，踉踉蹌蹌地走向競技場大門。

死了。死了。我簡直能聽到那女人在我腦袋裡說。假裝妳死了。我的四肢晃來晃去，頭軟綿綿地垂著，一直閉著眼睛，可是當先知有一步沒踩穩、差點跌倒時，我不由自主地快速睜開眼睛。沒人注意到，但在那短暫的瞬間，亞奇拉在宣誓效忠的同時，我瞥見伊里亞斯的臉。儘管我見過哥哥被抓、外公外婆被殺，儘管我忍受過毆打和虐待，也曾造訪死神的黑暗河岸，我仍知道自己不曾感受過此刻伊里亞斯眼中流露的那種孤寂和絕望。

先知站穩身子，另外兩名同伴過來簇擁著她，就像兩個哥哥護著小妹妹穿過洶湧的人潮。她的血滲透進我的衣服，吸進黑色的絲布裡。她流了那麼多血，我真不明白她怎麼還有力氣走路。

「先知不會死，」她咬著牙說，「但會流血。」

我們抵達競技場大門，通過之後，女先知把我直立放進一座壁龕裡。我以為她會解釋為什麼要替我挨上那一刀，但她只是讓同伴攙扶著、瘸著腿走開了。

我回頭隔著競技場大門望向伊里亞斯銬著鐵鍊跪著的地方。理智告訴我，自己沒辦法替他做什麼，如果試著幫他，我也會死。但我實在不能狠心走開。

「妳沒受傷。」坎恩悄悄溜出仍然人滿為患的競技場，沒被吵嚷的人群注意到。「很好。跟我來。」他發現我在看伊里亞斯，於是搖搖頭。

「妳目前幫不了他。」坎恩說，「他的命運已定。」

「那他就只能聽天由命了嗎？」坎恩的麻木不仁令我驚駭，「伊里亞斯不肯殺我，所以就得死？你要為了他的仁慈而懲罰他？」

「試煉有其規定，」坎恩說，「維托瑞亞斯志士違反規定了。」

「你們的規定很不合理。再說，伊里亞斯也不是唯一沒遵照指示的人啊？馬可斯應該要殺了我才對，但他沒有，而你們還是讓他當皇帝。」

「他以為自己殺了妳。」坎恩說，「並對此深信不疑，這是唯一重要的事。來吧，妳得離開學校。要是司令官知道妳還活著，妳的小命又不保了。」

我告訴自己先知是對的，我沒辦法為伊里亞斯做任何事，但仍惶恐不安。我做過這種事，曾把人拋下不管，結果事後的每一秒鐘都在後悔。

「如果妳不跟我來，妳哥哥就會死。」先知感覺到我內心的掙扎而催促我，「這是妳要的嗎？」

他朝大門走去，我猶豫不決地煎熬了幾秒鐘，便背向維托瑞亞斯跟著他走。伊里亞斯神通廣大——他還是可能死裡逃生。但我不行，蕾雅。我聽到戴倫說。除非妳幫我。

我們走出黑巖學院大門時，守門的帝國軍似乎沒看見我們，我懷疑坎恩在他們身上施了魔法。他為什麼要幫我？他要我用什麼回報？

就算他讀到了我的疑慮，也沒表現出來，只是帶著我快速通過依拉司翠恩區，深入賽拉城悶熱的街道。他的路線極為迂迴，我原本還以為他根本沒有目的地。沒人多看我們一眼，沒人提起皇帝駕崩或馬可斯受冕之事，這些消息都還沒傳出來。

坎恩和我之間的沉默不斷延續。我該怎麼擺脫他去找反抗軍？我瞬間把這個念頭趕出腦海，以免被先知發現——可是我都已經想了，一定已經太遲了。我斜睨著他。他在讀這裡所有的念頭嗎？他能聽到每個想法嗎？

「其實不該說是讀心術。」坎恩喃喃道，我雙手抱住身體離他遠一點，雖然我知道這麼做並不能幫助自己遮蔽思緒。

「思想是很複雜的東西，」他解釋，「亂七八糟的，就像叢林裡的藤蔓一樣交纏著，有如峽谷裡的沉積物一樣層層疊疊。我們必須順著藤蔓、沿著沉積物去找，必須進行翻譯和破解。」

十層地獄啊。他知道我哪些事情？無所不知？一無所知？

「該從哪裡說起呢，蕾雅？我知道妳全心全意想找到和拯救妳哥哥。我知道妳父母是反抗軍有史以來最偉大的領袖，也知道妳對一個叫奇楠的反抗軍鬥士心動，但沒把握他也會愛妳。我同樣知道妳是個反抗軍間諜。」

「但如果你知道我是間諜——」

「我知道，」坎恩說，「但那不重要。」他的眼中閃現古老的憂愁，像是想起逝世已久的人。「妳其他的念頭更能清楚說明，在妳內心深處，妳是誰、妳是什麼。在夜裡，孤獨壓迫著妳，好像天空整個撲下來，以冰冷的手臂悶得妳窒息——」

「我並不覺得——」

但坎恩不理我，他的紅眼睛沒有聚焦，聲音很不穩定，好像現在正在說的是他自己最深層的祕密，而不是我的。

「妳害怕自己永遠不會擁有母親的勇氣，害怕自己的懦弱會害哥哥走上絕路。妳渴望明白妳的父母為什麼選擇反抗軍而不是孩子。妳的心想要奇楠，但身體在伊里亞斯·維托瑞亞斯靠近時又像在燃燒。妳——」

「停止。」我受不了了，受不了除了自己之外還有人這麼了解我。

「妳很豐富，蕾雅。充滿生命力、陰暗、韌性和靈性。妳出現在我們的夢裡。妳會燃燒，因為妳是灰燼中的餘火。這就是妳的命運。當個反抗軍間諜——只是妳生命中微不足道的一部分，一點也不重要。」

我吃力地想回應些什麼，卻講不出話來。他知道那麼多我的事，我卻對他毫不了解，真是太不公平了。

「我身上沒有任何有用的資訊，蕾雅。」先知說。「我是個錯誤，失誤。我是失敗和惡意、貪婪與憎恨。我是愧疚。我們全部的先知都是愧疚。」看我一頭霧水，他嘆了口氣。他的黑眼珠與我相遇，於是他對自己和同類的描述，就像甦醒時遺忘夢境般由我的腦海中全然蒸發。

「我們到了。」

我遲疑地環顧四周。面前是一條安靜的街道，兩側各有一排長得一樣的房屋。這裡是賣開特區？或者異國區？我看不出來。街上的少數行人離得太遠了，看不清楚。

「我——我們來這裡做什麼？」

「如果妳想救妳哥，就必須和反抗軍交涉。」他說，「我便帶妳來找他們了。」他朝我眼前的街道點點頭。「右邊第七棟屋子，地下室。門沒鎖。」

「你為什麼要幫我？」我問他，「你在耍什麼把戲——」

「沒有耍把戲，蕾雅。我現在沒辦法回答妳的問題，只能說目前我們有共同的利益。

我以血與骨向妳發誓，這不是一個圈套。快去吧，時間不等人，恐怕妳的時間已經非常緊迫了。」

雖然他的表情很平靜，聲音裡卻有確切無疑的急迫感，讓我的不安更加嚴重。我點頭道謝，對過去幾分鐘裡發生的事大惑不解，只能勇往直前。

正如先知所說，那棟屋子的地下室後門沒鎖。我沿著樓梯往下走了兩階，就有一把彎刀的刀尖抵住我的脖子。

「蕾雅？」彎刀放下了，奇楠走入亮光下。他的紅髮以奇怪的角度豎立，二頭肌上隨意綑著綳帶，上頭透出血跡。他的臉色有種病態的蒼白，使得雀斑變得很顯眼。「妳怎麼找到我們的？妳不該來這裡，這裡對妳來說不安全。快——」他扭頭察看，「趁麥森看見妳之前——快走！」

「我找到通往黑巖學院的入口了，得告訴他才行。還有別的事——有間諜——」

「不，蕾雅，」奇楠說，「妳不能——」

「奇楠，是誰在那裡？」咚咚的腳步聲朝我們走來，一秒後，麥森把頭伸進樓梯井。

「啊，是蕾雅，妳找到我們了。」老人快速地瞪了奇楠一眼，好像這種事一定得算在他頭上。「帶她進來。」

麥森陰冷的語氣讓我不寒而慄，我把手伸進裙子口袋裡的裂口，摸了摸伊里亞斯昨晚給我的匕首。

「蕾雅，聽我說。」奇楠一邊帶著我下樓梯，一邊小聲說道，「不管他說什麼，我——」

「快來啊。」麥森打斷奇楠的話，我們進入地下室。「我可沒這麼多閒工夫。」地下室空間很小，其中一個角落裡堆著一箱箱貨物，房間中央有張圓桌，桌邊坐著兩個人，他們毫無笑容、眼神冷酷——是艾朗和海德。

我懷疑他們兩人之中會不會就有司令官的眼線。

麥森把一張搖搖晃晃的椅子踢給我，顯然在邀請我坐下。奇楠緊靠著我的背後站立，把重心在兩腳間移來移去，像一頭不安的動物。我努力不去看他。

「好了，蕾雅，」麥森看我坐下後便說道，「妳有資訊要給我們嗎？除了皇帝駕崩的事之外。」

「你怎麼知——」

「因為殺他的人就是我。告訴我，他們任命新皇帝了沒？」

「是的。」麥森殺了皇帝？我希望他多透露一些，但能察覺到他很不耐煩。「他們任命馬可斯為新皇帝，加冕典禮定在明天。」

麥森和他的手下互換眼神，然後站起身。「艾朗，派飛毛腿出去。海德，讓弟兄們做好準備。奇楠，處理這女孩。」

「等一下！」我跟著他們站起來，「我還有別的——進入黑巖學院的入口。這才是我來的原因，讓你們可以救戴倫出來。還有另一件你們該知道的事——」我想告訴他內賊的事，但他不讓我說話。

「根本沒有什麼進入黑巖學院的祕密入口，蕾雅。就算有，我也不會笨到去攻擊整間學校的面具武士。」

「那為什麼——」

「為什麼？」他若有所思地說，「好問題。有個女孩在最不恰當的時機闖進你的藏身處，宣稱她是母獅藏匿已久的女兒，你該怎麼擺脫她好呢？反抗軍內部的重要支派愚蠢地堅持要你幫忙她救哥哥，你該怎麼安撫他們好呢？在實際上沒有時間和人力的情況下，你該怎麼表面上裝作幫助她？」

我的嘴巴發乾。

「我告訴妳該怎麼做吧，」麥森說，「你可以交給那女孩一項有去無回的任務。你派她去黑巖學院，找她的殺親仇人。你交給她不可能成功的工作，例如偵察全帝國最危險的女人，例如在試煉開始前查出它們的內容。」

「你——你知道是司令官殺了——」

「我跟妳沒有私人恩怨，女孩。薩娜揚言要為了妳，把她的人從反抗軍中帶走。她一直在找個好藉口，而妳走進來時，她找到了。可是我需要她的人，我花了好幾年重建帝國殺死妳母親時摧毀的一切，我不能讓妳又毀了我的成績。

我預期在幾天之內，甚至幾小時之內，司令官就會把妳的屍體丟出來。但妳活下來了。當妳在滿月慶典時帶了資訊給我——真正的資訊——我的部下警告我，薩娜和她的支派會視此為我們的交換條件完成。她將要求我把妳哥哥救出中央監獄，但唯一的問題在於，妳才剛告訴我一件事，讓我不可能把人力用在那上頭。」

我回想當時的情況。「皇帝要來賽拉城。」

「妳告訴我這件事時，我就知道我們需要每一個反抗軍鬥士，才可能成功暗殺他。這比起救妳哥哥，應該要有價值多了吧？」

這時我想起司令官說過的話。那些學人鼠輩只知道我想讓他們知道的事。妳上一次跟他們見面時，他們在打什麼主意？有什麼大計畫嗎？

我像被重擊一拳般地恍然大悟。反抗軍根本不知道自己被司令官玩弄於股掌之間，凱銳絲．維托瑞亞希望皇帝死，反抗軍便殺了皇帝和他的重要皇室成員，馬可斯就能一步登天，現在不會有內戰了，不會有泰亞家族與黑巖學院的惡鬥了。

你這笨蛋！我想尖叫。你直接走進她的圈套！

「我需要取悅薩娜的支派，」麥森說，「也需要把妳和他們隔開，因此派妳回黑巖學院執行更艱難的任務：幫我找一個祕密入口，進入拷夫監獄之外人力最密集、戒備最森嚴的武人堡壘。我告訴薩娜，妳哥能不能脫逃就看這件事了——若再透露更多，就會危及劫獄一事。然後我交給她和其他戰士一項比蠢女孩和她哥哥更偉大的任務：革命。」

他向前傾，眼睛煥發狂熱的光。「泰亞斯已死的消息，遲早會散播開來。到時候會有混亂、動盪。我們一直在等的就是這個，我只希望妳母親能親眼看到這一刻。」

「不准你提起我母親。」我在盛怒之下忘了告訴他內賊的事，忘了說司令官早知曉他的偉大計畫。「她將『伊札特』精神奉為生命，而你卻出賣她的孩子，你這混蛋。她也是被你出賣的嗎？」

麥森繞過桌子，脖子上有根青筋在跳動。「我願意跟著母獅入火海，願意跟著她下地獄。但妳和妳母親不像，蕾雅，妳比較像妳爸，而妳爸是弱者。至於『伊札特』──妳只是個孩子，根本不了解它代表了什麼。」

我的呼吸很不順暢，只得伸出一隻顫抖的手來扶著桌子以穩住自己。我回頭看奇楠，但他不敢看我。叛徒。他一直都知道麥森不打算幫我嗎？他是不是冷眼旁觀這愚蠢的小女孩去進行不可能的任務，而在肚裡暗笑？

廚子完全說對了，我實在不該信任麥森的。我根本不該信任他們任何一個人。戴倫比我聰明多了，他想改變事情，但早發現不能與叛軍合作，早就察覺他們不值得信任。

「我哥，」我對麥森說，「他不在貝咯監獄對不對？他還活著嗎？」

麥森嘆了口氣，「沒人能追蹤到武人把妳哥哥帶到哪裡去了。放棄吧，女孩，妳救不了他的。」

淚水就快奪眶而出，但我努力忍住。「告訴我他在哪裡就是了，」我試著保持理智地說，「他在這座城市裡嗎？在中央監獄？你知道的，告訴我。」

「奇楠，把她處理掉。」麥森下令。「帶去別的地方，」他想了想又補充道，「這一區不好棄屍。」

我現在的心情和不久前伊里亞斯的心情一定很像，被背叛、孤單的心情。恐懼和慌亂像要勒死我，我把它們扭成一團塞到一旁。

奇楠想來拉我的手臂，但我縮身閃開，拔出伊里亞斯的匕首。麥森的部下奔上前來，但我離得比他們近，他們的動作不夠快。說時遲那時快，我已經用刀刃抵住反抗軍首領的喉嚨。

「退後！」我對鬥士們說。他們不情願地放低武器。脈搏聲在我的耳膜裡隆隆作響，這一刻的我沒有任何恐懼，只有對麥森害我承受這一切苦難所產生的憤怒。

「告訴我，我哥在哪裡？你這下流的騙子。」看麥森不開口，我把刀子壓得更深，割出一道細細的血痕。「告訴我，」我說，「否則我現在就在這裡割開你的喉嚨。」

「我告訴妳，」他啞聲說，「雖然這對誰都沒有好處。他在拷夫監獄裡，女孩。滿月慶典後隔天，他們就用船把他送過去了。」

拷夫。拷夫。拷夫。我強迫自己相信、面對。拷夫，就是我父母和姊姊被凌虐和處死的地方。拷夫，只有窮凶極惡之徒會被送進去，送進去受苦、腐爛、死亡。

全完了，我醒悟道。我承受的一切——鞭打、烙印、毆擊——都不重要了。反抗軍會殺死我，戴倫會死在牢裡。我沒辦法改變這些事。

我的刀子仍抵著麥森的咽喉。「你要付出代價，」我對他說，「我對天發誓，對星星發誓，你要付出代價。」

「我很懷疑，蕾雅。」他的目光迅速瞥向我肩後，我轉頭看——太遲了。我瞥見一抹紅髮和棕眼，然後疼痛在我的太陽穴爆開，我陷入黑暗。

我甦醒時，第一個念頭是慶幸自己還沒死。隨著奇楠的臉孔進入視線，我的第二個念頭是赤辣辣的憤怒。叛徒！奸人！騙子！

「謝天謝地，」他說，「我以為自己下手太重了。不——等一下——」我胡亂地摸著刀子，恢復意識後的每秒鐘都變得更清醒，也因此而更想殺人。「我不會傷害妳的，蕾雅。拜託妳——聽我說。」

刀子不見了，我狂亂地望向四周。他現在要殺我了。我們在一處很大的、類似棚屋的建築裡，陽光從變形的木板縫隙間滲透進來，牆邊堆放著許許多多的園藝工具。

要是我能逃離他，就可以在城市裡躲藏起來。司令官以為我死了，所以如果能把奴隸手銬弄掉，我或許可以離開賽拉城。但是接下來呢？我要回黑巖學院救伊薺，以免她被司令官抓去凌虐嗎？我要不要試著救伊里亞斯？要不要去拷夫監獄救戴倫出來？那所監獄離這裡超過一千哩遠，我完全不知道該怎麼去。我不具備在充斥著武人巡邏兵的鄉間求生的技能。就算在某種奇蹟之下，我真的到了那裡，又該怎麼進去？怎麼出來？搞不好到時候戴倫已經死了，搞不好他現在就已經死了。

他沒有死。要是他死了，我會知道。

這些想法全都在一瞬間穿過我的腦海。我跳起身，撲向一支耙子：當下最重要的事就是遠離奇楠。

「蕾雅，不要。」他抓住我的手臂，硬是壓住我。「我不會殺妳，」他說，「我發誓。妳先聽我說。」

我凝視著他深色的眼珠，痛恨自己感覺這麼虛弱又蠢笨。「你知道，奇楠。你知道麥森從來就不想幫我。你還告訴我我哥在死牢裡，你利用我——」

「我不知道——」

「如果你不知道，在地下室裡為什麼要把我打暈？為什麼光是站在那裡聽麥森命令你殺了我？」

「要是我不假裝配合的話，他會親自動手殺了妳。」奇楠眼中的苦惱使我願意聽他說。他這一次真的毫無保留了。「麥森把所有他認為反對他的人都關了起來，並說這是為了他們好，而『限制他們的行動』。薩娜正被嚴密看守著。我不能讓他對我做一樣的事——如果我想幫妳的話。」

「你知道戴倫被送去拷夫了嗎？」

「我們誰也不知道啊。麥森對整件事保密到家，他從不讓我們旁聽監獄裡的線人作簡報，也從不透露救戴倫的計畫細節。他命令我告訴妳，妳哥在死牢裡——也許是想藉此驅使妳甘冒風險，最後害死自己。」奇楠放開我的手。「我信任他，蕾雅。他率領反抗軍十年了。他的遠見、他的奉獻精神——都是維繫我們的僅有力量。」

「他是個好的領袖，不表示就是好人。他騙了你。」

「我沒看出來可真蠢。薩娜懷疑他不老實，當她發現妳和我是……朋友之後，就對我說出了她的疑慮。當時我相信是她錯了。可是在上一次開會時，麥森說妳哥在貝喀監獄，那一點都不合理，因為貝喀是一所很小的監獄，要是妳哥在裡頭，我們老早就買通獄卒把他弄出來了。我不曉得他為什麼要扯這個謊，也許他以為我不會注意到吧？也許他發現妳對他的話沒有照單全收，就慌了手腳。」

奇楠抹去我臉上的一滴淚。「我告訴薩娜貝喀監獄的事，但當天晚上我們就被派去攻擊皇帝了。她事後才去找麥森對質，並且叫我不要出面。這是好事一件。她以為她的支派會支持她，但當麥森說服他們說她是革命的阻礙時，他們就背棄她了。」

「革命不會成功的，司令官打從一開始就知道我是間諜，也知道反抗軍要攻擊皇帝。反抗軍裡有人在對她通風報信。」

奇楠的臉色變白了。「我就知道攻擊皇帝的過程太容易了。我試著警告過麥森，但他聽不進去。原來司令官自始至終就希望由我們出手，她希望除掉礙事的泰亞斯。」

「她會為麥森的革命做好準備的，奇楠。她會殲滅反抗軍。」

奇楠在他的口袋裡摸找著什麼東西。「我得把薩娜弄出來，得告訴她內賊的事。如果她能說動塔里克和支派中的其他領導，或許還能阻止他們自投羅網。可是首先——」他拿出一個紙包住的小包裹，還有一塊方形皮革，把這兩樣東西交給我。「這是強酸，讓妳溶掉手銬用的。」他向我說明使用方法，還要我重複兩遍。「千萬別出錯——量只是勉強夠用而已，這東西很難找。」

「今晚妳找個地方躲好，明天清晨四點鐘聲響起時，到河岸碼頭邊，找一艘叫『惡貓號』的大帆船。跟他們說妳有一批寶石要運給錫拉斯的珠寶商，別提妳的名字，或是我的名字，什麼多餘的話都別提。他們會把妳藏在貨艙裡。妳將沿著河到上游的錫拉斯，航程大約三個星期。我會在那裡跟妳會合，然後我們再來思考該怎麼救戴倫。」

「他會死在拷夫監獄裡的，奇楠，他甚至可能熬不過到那裡的路程。」

「他會活下來的，武人知道怎麼讓該活的人活著。而且囚犯去拷夫監獄是為了受苦，不是受死。多數囚犯能關上好幾個月，有的還能撐好幾年。」

外婆總說：只要活著，就有希望。我的希望點亮了，就像黑暗中的燭光。奇楠要帶我出去，他幫我離開黑巖學院，也會幫我救戴倫。

「我的朋友伊薺，她幫了我很多忙，可是司令官知道我們聊過天。我得救她，我向自己發過誓要救她的。」

「很抱歉，蕾雅。我能把妳弄出去——但不包括別人。」

「謝謝你，」我輕聲說，「請你就當作已經償還欠我父親的恩情吧——」

「妳以為我做這些事是為了他？為了紀念他？」奇楠傾身向前，眼神熱烈到幾乎變成黑眼珠，他的臉好近，我都能感覺到他的氣息拂在我的臉頰上了。「也許一開始是這樣沒錯，但現在不是了，已經不是了。蕾雅，妳和我是一樣的，這是我打從有記憶以來，第一次不覺得孤單，因為有妳。我無法——我無法停止想妳，我試過了。我試過把妳趕走——」

奇楠的手極其緩慢地沿著我的手臂往上爬到我的臉，另一隻手則沿著我臀部的弧線往下滑。他撥開我的頭髮，在我臉上搜尋，像是在找自己遺失的什麼東西似的。

接著他把我壓在牆上，一手按著我的後腰，吻了我——飢渴的吻，帶著固執的欲望。這是蓄積多日的吻，一直焦躁地跟著我、等待獲釋的吻。

一時之間，我僵立不動，伊里亞斯的臉和先知的聲音在我腦中迴旋。*妳的心想要奇楠，但妳的身體在伊里亞斯．維托瑞亞斯靠近時又會像在燃燒。*我驅走這些話。*我想要這個，我想要奇楠，而他也想要我。*我試著沉醉在奇楠與我交纏的手裡，在我指間他絲滑的頭髮裡。但我不斷在腦海中看到伊里亞斯，等奇楠脫離我時，我竟不敢直視他的眼睛。

「妳會需要這個。」他遞給我伊里亞斯的匕首。「我會去錫拉斯找妳，會找到方法救戴倫，會搞定一切的。我保證。」

我逼自己點頭，弄不清這些話為什麼讓我如此不安。幾秒鐘後，他走出棚屋的門，而我盯著他給我的那包強酸看。

我的未來，我的自由，都在這能破除我束縛的小包裹裡。

這個紙包裹花了奇楠多少代價？一趟船程又花了多少代價？等麥森發現自己被前任副官背叛了將會如何？到時候奇楠又要付出什麼代價？

他只是想幫我，然而所說的話卻沒給我任何安慰：我會去錫拉斯找妳，會找到方法救戴倫，會搞定一切。我保證。

我曾經想要那樣，曾經想要有個人能告訴我該做什麼，替我解決一切。我曾經想被某個人拯救。

但那害我落到怎樣的田地？背叛！失敗！期望奇楠搞定一切並不夠，尤其當我想到伊蘑，她甚至可能正在司令官手中受苦，因為她選擇了友誼而非自保。尤其當我想到伊里亞斯，他為了我放棄自己的生命。

棚屋裡突然顯得又悶、又熱、又窄，我走出門。有個計畫在我腦中成形，它是多變的、異想天開的、瘋狂的，以致於或許可行。我在城市裡蜿蜒穿行，通過處決廣場、經過碼頭區、進入兵器區，到達冶煉場所在的位置。

我需要找到史匹洛·鐵勒曼。

46 伊里亞斯

好幾個鐘頭過去，也可能是好幾天過去了，我無從得知。黑巖學院的鐘聲穿透不了地牢的牆壁，連鼓聲都聽不到。我所在的牢房沒有窗戶，牆壁是一呎厚的花崗岩，柵門的每根鐵條都有兩吋寬。這裡沒有守衛，因為不需要。

真奇怪，我熬過了大荒原、跟超自然生物搏鬥、墮落到想殺死自己的朋友，現在卻落得死路一條——銬著鐵鍊、仍戴著面具、被剝除姓名、被烙上叛徒的罪名。我尊嚴掃地——成了人見人厭的私生子、失敗的外孫、殺人凶手，無名小卒，微不足道的男人。

我的期盼多麼愚蠢，竟以為從小受到暴力訓練的自己，有一天能擺脫暴力。歷經多年的鞭打、虐待和流血，我早該覺悟了，實在不該聽坎恩的話，實在該趁有機會時逃出黑巖學院的。也許我會迷路、會被獵捕，但至少蕾雅還活著，至少迪米崔斯、林德和崔斯塔斯都還活著。

現在一切都太遲了。蕾雅死了，馬可斯當上皇帝，海琳是他的血伯勞。不久後我也會死。有如風中的落葉隕落。

這項認知有如惡魔，貪得無饜地啃噬著我的腦袋。怎麼會變成這樣？馬可斯——瘋狂的、邪惡的馬可斯——怎麼會成為帝國皇帝？我看到坎恩任命他為皇帝，看到海琳跪在他面前，宣誓尊他為主人，於是我用頭撞鐵條，徒勞而痛苦地想把影像趕出腦海。

他成功了，而你失敗了。他展現堅強，而你顯露軟弱。

我應該殺了蕾雅嗎？如果我下手了，我就是皇帝；反正她最終還是死了。我在牢房裡來回踱步，往左五步，往右六步。真希望我母親在蕾雅身上刻字後，我沒把她抱上懸崖。真希望我沒和她跳過舞、聊過天、見過面。真希望我沒讓自己該死的單純雄性腦袋，留戀地注意她的每個細節。就是這些害她引起了先知的注意，使他們選中她當作第三場試煉的獎賞，以及第四場試煉的犧牲品。她死了，都是因為我害她變得醒目。

我哪裡還能保有靈魂呢？

我笑了，笑聲在地牢中迴盪，有如碎裂的玻璃。我以為會有什麼結果？坎恩說得夠明白了：殺死女孩的人就能贏得試煉。我真不願意相信帝國的統治權，會用這麼粗野的方式來決定。你真是天真，真是愚蠢。小琳幾小時前說的話在我腦中重現。

我完全同意妳，小琳。

我試著假寐，卻一頭栽入殺戮戰場的夢境裡。林德、艾尼斯、迪米崔斯、蕾雅——到處都是屍體，到處都是死亡。我的受害者眼睛都睜著、瞪視著，夢境真實到我能聞到血腥味。我有很長的時間認定自己也死了，而這裡是某一層供我行走的地獄。

幾小時、或幾分鐘後，我悚然驚醒，立刻知道這裡不只自己一個人。

「作噩夢了？」

我母親站在牢房外，不曉得已經看了我多久。

「我也會作噩夢。」她的手無意識地移向頸部的刺青。

「妳的刺青。」我老早就想問她那些藍色渦紋是什麼了，而既然現在都要死了，也沒什麼好損失的。「那是什麼啊？」我不預期她會回答，但令我訝異的是，她解開軍服外套的釦子，並撩起裡頭的上衣，露出底下蒼白的皮膚。我原本誤以為是花紋的記號，其實是字母，有如茄科植物的藤蔓繞著她的身軀攀爬：*戰無不勝*。（ALWAYS VICTO）

我揚起眉——我沒料到凱銳絲．維托瑞亞會如此自豪地把家訓刺在身上，尤其她跟外公又不合。有些字母看起來比其他的新，第一個A已經褪色了，彷彿是很多年前刺的；而那個T看起來才只刺了幾天。

「墨水不夠了？」我問她。

「可以這麼說。」

我沒再多問刺青的事——她願意透露的都透露了。她沉默地盯著我瞧，我很好奇她在想些什麼。面具武士應該要有判讀人心的本領，要能藉由觀察來了解別人。我光是看個幾秒鐘，就能分辨陌生人是緊張或害怕、誠實或矯情。但母親對我來說是個謎，她的臉孔就像星辰一樣遙遠而死氣沉沉。

疑問在我腦中自由地迸射，都是我以為自己不再在乎的問題。*我父親是誰？妳為什麼把我留在沙漠裡等死？妳為什麼不愛我？*現在問這些都太遲了，答案已經不具意義。

「我發現你存在的那一刻——」她的聲音很輕，「——我好恨你。」

我不由自主地抬頭看她。我對母親受孕或生產的情況一無所知，麗拉瑪米只說要不是塞夫部落的人發現我在沙漠裡曝曬，我早就死了。母親用手指勾住我牢房的鐵條，她的手好小。

「我試過把你弄出來，」她說，「用了滅生草、夜木等等十幾種藥草，全都沒用。你活得好好的，消耗著我的健康。我孕吐長達好幾個月，但仍設法說服指揮官派我一個人去進行獵捕部落民叛軍的任務，這樣就不會被任何人發現了。沒有人起疑。」

「你不停地長，大到害我不能騎馬、不能使劍，睡不著覺。我什麼都不能做，只能等你出生，好殺了你，解決這件事。」

她用額頭抵著鐵條，但目光沒離開過我。「我找上一個部落民接生婆，跟著她一起接生了十幾個嬰兒，學會需要的知識，然後就毒死她。」

「接著，某個冬天的早晨，我感覺到陣痛了。我準備好一切：山洞、火堆、熱水和毛巾以及布料。我不害怕，疼痛和鮮血都是熟悉的事物，孤單是老朋友了，而憤怒——是我用來撐過全程的動力。」

「幾個小時後，你出生了，我不想碰你。」她鬆開鐵條，在我的牢房外踱步。「我需要照料自己，確保沒有感染、沒有危險。我不打算讓自己的兒子殺了我，接替他老爸沒完成的工作。」

「可是某種軟弱占據我，某種古老的野獸本能。我發現自己在清理你的臉和嘴，我看到你睜開眼睛，那是我的眼睛。

你沒哭。如果你哭了，下手會比較容易。我會像扭斷雞脖子、或學人的脖子那樣，擰斷你的脖子。結果我反而把你裹起來，抱著你，餵了你。我把你放在臂彎裡看著你睡覺，當時是深夜，感覺很不真實的時辰，感覺像夢境的時辰。

隔天清晨，我能走路了，便騎上馬，帶你去距離最近的部落民營地。我已經觀察他們好一段時間，找到一個我喜歡的女人。她抱起孩子的姿態就像抱起一袋穀物，走到哪裡都提著一根長棍子。雖然她很年輕，卻似乎沒有自己的孩子。」

麗拉瑪米。

「我等到晚上，把你留在她的帳篷裡、她的床上，然後就騎馬走了。可是過了幾個鐘頭，我又繞回去，因為我知道自己得找到你，然後殺了你。不能讓別人知道你的存在，你是個錯誤，是我失敗的象徵。

我折回去時，車隊已經離開了。更糟的是，他們分散來走。我很虛弱又疲憊，根本沒辦法追蹤你在哪裡，所以就放你走了。我已經犯了一個錯，多添一個又何妨？

然後過了六年，先知們把你帶進黑巖學院。我父親把我從當時進行的任務中召回來。噢，伊里亞斯——」

我吃了一驚。她從來沒喊過我的名字。

「你真該聽聽他說的話。妓女，蕩婦，婊子。我們的敵人會怎麼說？我們的盟友會怎麼說？結果他們什麼也沒說，他確保他們什麼也不說。

你撐過進學校的第一年，他在你身上看見他自己的力量，那時便開口閉口都是你了。歷經多年的失望，偉大的崑恩．維托瑞亞斯終於有了可以引以為榮的後代。你知道嗎，兒子，我是本校近代最優秀的學生？最迅疾的？最強大的？我離校以後，一個人逮到的反抗軍敗類，就比班上其他人加起來還多，甚至扳倒了母獅。但這些在我父親眼裡都不值得一提，在你出生前如此，有了你之後更是如此。到了他該指定繼承人的時候，根本沒考慮過我，反而選了你，一個私生子，一個錯誤。

我為此恨透了他，當然也恨透了你。不過比起你們，我更恨自己。恨自己這麼軟弱，沒在有機會時殺了你。我發誓不再犯同樣的錯，絕不再心軟。」

她回到鐵條前，以目光盯住我。

「我知道你在想什麼。」她說，「你痛悔、憤怒，在腦子裡回到過去，幻想自己已經殺了那個學人女孩，就像我幻想殺了你一樣。你的懊悔像鉛一樣拖慢你的血液——要是能狠下心該有多好！要是夠堅強該有多好！只要走錯一步，你的命就沒了。不就是這樣嗎？這不是太折磨人了嗎？」

我的心情混雜著厭惡與同情，因為我發現這會是她對我作出的最親密的一番發言了。她把我的沉默視為默認。我這輩子第一次、可能也是唯一一次，看見她的眼中出現類似悲傷的情緒。

「事實很殘酷，但時光不能倒流。明天你將會死，沒有任何人能阻止。我不能，你不能，連我那從不服輸的父親都不能，即使他試過了。你若知道自己的死亡能給你的母親帶來平靜，應該也會感到安慰吧。錯誤的感覺糾纏了我二十年，現在終於要解除了，我要自由了。」

有幾秒鐘時間，我沒辦法說出任何話來。就這樣？我要踏上黃泉路了，她卻只打算說一些我已經知道的事？說她恨我？說我是她犯過最重大的錯誤？

不，不是這樣。她是在告訴我她也曾有人性，內心裡也有慈悲，不像我聽說的那樣把我留在沙漠裡曝曬，而是放在麗拉瑪米的家裡，因為她想讓我活下去。

可是當短暫的慈悲消逝，她為了自己的欲望而後悔有人性，於是便成為現在的樣貌，無動於衷、滿不在乎的怪物。

「如果我曾後悔，」我說，「那會是我沒能早一點就死，沒能在第三場試煉中就割開自己的喉嚨，還殺害了多年的好友。」我站起來朝著她走去。「我不後悔沒殺蕾雅，永遠不會後悔這件事。」

我想起那天晚上，坎恩和我站在瞭望塔上眺望沙丘時，他對我說的話。你有機會獲得真正的自由——身體和靈魂都能自由。

突然間，我不再感覺困惑或挫敗了。這個——這個——就是坎恩指的事：知道自己出於正確的理由而死去，就是自由。我的靈魂是我自己的，就是自由。拒絕變得和母親一樣，為了值得死的事物而死，藉此挽救一點小小的善念，就是自由。

「我不曉得妳出了什麼事，」我說，「不知道我爸是誰，或是妳為什麼這麼恨他。但我知道我的死亡不會讓妳自由，不會讓妳平靜。不是妳殺死我的，是我自己選擇了死亡。因為我寧死也不要變得像妳一樣，寧死也不要毫無慈悲、毫無榮譽、毫無靈魂地活著。」

我緊握住鐵條，低頭直視她的眼睛。一時之間，她的眼中閃現困惑，彷彿盔甲上瞬間裂了一條縫。接著，她的目光又變成鋼鐵。沒差，這一刻我對她的感受只有憐憫。

「明天，獲得自由的人會是我，而不是妳。」

我鬆開鐵條，走到牢房後側，然後滑坐到地板上，閉起眼睛。我沒看見她離開時的臉，沒聽到她離開時的聲音。我不在乎。

致命一擊是我的解放。

死神要來找我了。死神就快到了。

我準備好迎接他了。

47

蕾雅

我隔著鐵勒曼敞開的門看他幹活兒，看了好久才鼓起勇氣走進去。他正以謹慎、精確的力道搥擊一條滾燙的金屬，這粗重的工作使他有著鮮明紋身的手臂上結滿汗珠。

「戴倫在拷夫監獄裡。」

動作停止在進行到一半時，他轉過身。我的話使他露出驚惶的眼神，這帶給我奇妙的安慰。至少還有另一個人和我一樣關心我哥的命運。

「他是十天前被送去的，」我說，「就在滿月慶典隔天。」我舉起仍戴著手銬的手腕。「我得去找他。」

我屏息等他考慮。鐵勒曼願意幫我是計畫成功的第一步，而我的計畫幾乎從頭到尾都取決於別人會不會照我的要求去做。

「把門鎖上。」他說。

他花了將近三小時才把手銬弄掉，在整個過程裡幾乎什麼都沒說，只是偶爾會問我需不需要什麼東西。我擺脫手銬後，他給我一些藥膏好搽在擦傷的手腕處，然後就消失在後頭的房間裡。片刻之後，他帶著一把精雕細琢的彎刀回來——就是我和他第一次見面時，他用來嚇退食屍魔的那把刀。

「這是我和戴倫合作的第一把鐵勒曼彎刀，」他說，「拿去給他吧。妳救他出來後，告訴他史匹洛．鐵勒曼會在自由之地等他，告訴他我們還有工作要做。」

「我很害怕。」我輕聲說，「怕自己會失敗，怕他會死。」這時恐懼襲上我的心頭，彷彿在講出口的同時，已將恐懼注入生命之中。影子在門邊聚集、蓄積。食屍魔。

蕾雅，它們說。蕾雅。

「恐懼是妳唯一的敵人，如果妳容許它成為妳的敵人。」鐵勒曼把戴倫的彎刀交給我，朝食屍魔點點頭。我轉身，在鐵勒曼說話的同時，朝它們步步逼近。

「恐懼太多，妳會綁手綁腳。」他說。食屍魔還不覺得受到威脅，我舉起彎刀。「恐懼太少，妳就不知道天高地厚。」我揮刀砍向離得最近的食屍魔。它嘶嘶叫，一溜煙鑽出門縫底下。它的一些同伴也退開了，但其他的反而朝我撲來。我逼自己站穩陣腳，用刀鋒迎向它們。片刻之後，少數大膽留下的食屍魔也發出憤怒的嘶嘶聲逃走了。我轉身看向鐵勒曼，他直視我的眼睛。

「恐懼可以是好事，蕾雅，它可以保住妳的命。但別讓它控制妳，別讓它在妳心裡種下懷疑。當恐懼占上風時，妳要用唯一比它更強大、更堅固的東西去對抗它：妳的靈魂、妳的心。」

我把戴倫的彎刀藏在裙子裡走出鐵匠鋪時，天色已經暗了。武人巡邏隊在街頭行軍，但黑衣讓我像個幽靈般融入夜色中，輕鬆地避開他們。

我邊走，邊想起突擊搜捕那一夜，戴倫是如何試著保護我不被面具武士染指，儘管那個人給了他逃跑的機會。我想起瘦弱而膽小的伊薺下定決心要當我的朋友，儘管她很清楚這麼做的代價有多大。我也想起伊里亞斯，原本他可以遠離黑巖學院，獲得嚮往已久的自由，只要他讓亞奇拉殺了我。

戴倫、伊薺和伊里亞斯都把我擺在優先順序，沒人逼他們這麼做，他們只是覺得這是對的事才這麼做的。不管他們知不知道「伊札特」是什麼，都實踐了「伊札特」精神。因為他們很勇敢。

輪到我做對的事了，我腦中有個聲音說。不再是戴倫的聲音，而是我自己的聲音，一直以來都是我自己的聲音。*輪到我實踐「伊札特」精神了*。麥森說我不懂「伊札特」是什麼，但我比他更了解，他永遠比不上我。

當我沿著祕密小徑爬上司令官的庭院時，全校都靜悄悄的。司令官書房的燈亮著，敞開的窗戶飄出陣陣說話聲，但微弱到聽不清楚。這樣很好——就連司令官都不可能同時出現在兩個地方。

奴隸房黑漆漆的，只有一盞燈還亮著。我聽到模糊的啜泣聲，謝天謝地，司令官還沒抓她去審問。我隔著她房間的門簾偷窺，她不是一個人在房裡。

「伊薺、廚子。」

她們並坐在帆布床上，廚子一手摟著伊薺。我開口時，她們猛然抬起頭，臉色刷白，好像活見鬼似的。廚子眼睛很紅，臉上濕漉漉的，看到我的時候發出一聲驚呼。伊薺撲向我，緊緊擁抱我，緊到我覺得她都快把我的肋骨給勒斷了。

「女孩，為什麼？」廚子幾乎氣沖沖地抹著眼淚，「為什麼要回來？妳可以逃走的，所有人都認為妳死了。這裡沒有什麼值得妳留戀的。」

「這裡有值得我留戀的。」我告訴廚子和伊薺今天早晨以來發生的所有事，告訴她們史匹洛．鐵勒曼的真面目，還有戴倫當學徒的事，以及他們兩個在策劃的事情。我告訴她們麥森背叛了我，然後告訴她們我的計畫。

講完之後，她們沉默地坐著。伊薺把玩著她的眼罩。我有點想握住她的肩膀，求她幫忙，但我不能強迫她。這必須是她自己的選擇，還有廚子自己的選擇。

「我不知道，蕾雅。」伊薺搖搖頭說，「很危險……」

「我知道。」我說，「我對妳們的要求太多了。要是司令官逮到我們——」

「女孩，正好和妳想的相反，」廚子說，「司令官並不是無所不能的。至少她低估了妳，也錯看了史匹洛．鐵勒曼——他是個男人，因此在她眼裡，他就只會有男人的低級癖好。她也沒認出妳和妳父母的關係，她就像任何人一樣會犯錯，唯一的差別只在於同樣的錯不會犯第二次。妳只要牢記這一點，或許就能智取她。」

老太婆考慮了一會兒。「我可以從學校的兵器庫裡弄到我們需要的東西，那裡存量很充足。」她站起身，見伊薺和我都盯著她瞧，揚了揚眉毛。

「欸，別光顧著像樹瘤一樣癱在那裡呀，」她踢了我一腳，我忍不住叫了出來，「快行動。」

幾個小時後，廚子搖了搖我的肩膀把我喚醒。她彎腰湊向我，臉龐在黎明前的陰暗天色中模糊難辨。

「女孩，醒一醒。」

我想起另一個清晨，我外公、外婆被殺、戴倫被抓之後的清晨。那天，我以為自己的世界走到盡頭了，就某方面來說，這個想法也沒有錯。現在該是重建我的世界的時候了，該是改寫結局的時候了。我撫著臂鐲，這一次，絕不退縮。

廚子窩在我的房門邊，用手揉著眼睛。她幾乎熬了一整夜，和我一樣。我其實不想睡的，但她堅持我睡一下。

「沒有休息，腦袋就不靈光。」一小時前她邊說邊強迫我躺到床上，「而妳需要用上整顆腦袋才能活著離開賽拉城。」

我以顫抖的手穿上伊薺從學校的兵器庫裡偷來的戰鬥靴和工作服，並把戴倫的彎刀固定在廚子弄來的皮帶上，再用裙子蓋住它。伊里亞斯的匕首仍然牢牢地貼著我的大腿，媽媽的臂鐲藏在寬鬆的長袖上衣底下。我起初考慮要戴上圍巾，來遮掩司令官的記號，但後來又決定不要。雖然我原本看了那疤痕就討厭，但現在卻能把它視為一種光榮了。就像奇楠說的，它表示我能在司令官的手裡活下來。

在上衣裡面，我的胸前斜揹著一只軟皮囊，裡頭裝滿薄餅、堅果和用油布密封的水果，還有一壺水。另外還有一個包裹，裝著紗布、草藥和藥油，我把伊里亞斯的斗篷也蓋在這些東西上。

「伊薺呢？」我問廚子，她站在門口默默地望著我。

「上路了。」

「妳不改變心意嗎？不一起走？」

她的沉默就是回答。我望進她的藍眼珠，它們看起來既疏離又熟悉。我有好多問題想問她。她叫什麼名字？和反抗軍有什麼樣的駭人過節，以致於一提到他們就結巴、抽搐？她為什麼這麼恨我母親？比司令官更神祕的這個女人究竟是誰？除非我現在問她，否則永遠不會知道答案了。我很懷疑做完這件事之後，還有機會再見到她？

「廚子──」

「別問。」

雖然她說這兩個字的語氣很輕，卻像當著我的面重重甩上一扇門。

「妳準備好了嗎？」她問。

鐘塔敲起鐘，再過兩個小時，黎明的鼓聲就會響了。

「不管我準備好了沒，」我說，「時候到了。」

48

伊里亞斯

地牢大門喀噠響，惹得我的皮膚感覺麻麻癢癢的，還沒睜開眼睛就知道是誰要送我上行刑台了。

「早啊，毒蛇。」我向他打招呼。

「給我起來，雜種。」馬可斯說，「天快亮了，你還有約哪。」

他的身後站著四個面生的面具武士和一隊帝國軍。馬可斯看我的眼神就好像我是蟑螂，但很奇怪，我並不介意。這一覺睡得無夢而深沉，我慵懶地站起身來，邊伸懶腰邊迎向毒蛇的視線。

「給他銬上鐵鍊。」馬可斯說。

「偉大的皇帝除了陪區區罪犯走向行刑台之外，就沒有更重要的事好做了嗎？」我問。衛兵在我脖子上扣上一只鐵環，並綑住我的腿。「你不是該在外頭嚇唬小孩子或是殺害親友嗎？」

馬可斯臉色一沉，卻沒上勾。「我絕對不會錯過這事。」他的黃眼珠幽幽發亮，「我原本想親自動手的，但司令官覺得這樣做有失身分。再說，我更希望看到我的血伯勞親自動手。」

我過了一下才醒悟到，這表示要殺我的人是海琳。他望向我，等著我露出作嘔的表情，但我沒有這種反應。想到將由海琳來終結我的性命，讓我莫名地感到安慰。我寧可死在她手裡，而不是不認識的劊子手手裡。她會乾淨俐落地下手的。

「你還是對我媽言聽計從啊？」我說，「我看你永遠都是她的走狗。」

馬可斯臉上浮現怒色，我咧嘴而笑。看來麻煩已經開始，真是好極了。

「司令官很睿智，」馬可斯說，「我聘請她當顧問，好的意見我自然會聽。」他卸除正經八百的姿態，傾身向我，渾身散發出濃郁的得意之情，我覺得自己都快被嗆著了。「她從一開始就幫助我贏得試煉，你母親告訴我接下來會發生什麼事，而先知們完全都沒有發現。」

「這意思是你都作弊了還只是險勝，」我慢吞吞地鼓掌，鐵鍊噹噹響，「幹得好啊。」

馬可斯抓著我的頸環，把我的頭往牆上摜。我忍不住呻吟出聲，感覺像有塊大石頭插進我的腦殼裡。衛兵們朝我的肚子送出一連串重拳，我跪倒在地。可是當他們滿意地看著我被擊倒了而後退時，我猛撲向前，抱著馬可斯的腰把他撂倒。他還氣急敗壞地吐著唾沫時，我已經從他的腰間奪走匕首，抵住他的咽喉。

四把彎刀立刻出鞘，八支箭也搭上了弦，全部武器都對準我。

「我不準備殺你。」我說著並把刀刃貼在他的脖子上，「只是要你知道我做得到。現在帶我去受死吧，陛下。」

我丟下刀子。我要死也是因為不肯謀殺一個女孩，而不是因為割斷皇帝的喉嚨。

馬可斯把我推開，氣得咬牙切齒。

「把他拖起來，你們這群白痴。」他朝衛兵們大吼。我忍不住笑了，他七竅生煙地大步離開牢房。面具武士們紛紛放下彎刀，拉我站起身。自由，伊里亞斯，你就快自由了。

到了外頭，黎明的天光使得黑巖學院的石造建築變得柔和，清涼的空氣快速變暖，顯示今天將會很炎熱。一陣狂風快速颳過沙丘，撞碎在學校的花崗岩上。我死了以後或許不會懷念這些圍牆，但將懷念風和風裡的氣味，那是遙遠國度的氣味，在那裡，自由可以在生活中而非死亡中獲得。

幾分鐘後，我們走到鐘塔前的廣場，那裡架起一座平台，讓我能在上頭被斬首。

廣場中站滿黑巖學院的學生，但也有些別的臉孔。我看見坎恩旁邊站著司令官和塔那利亞斯總督，他們後頭則是賽拉城依拉司翠恩各大家族的族長，以及本市位階最高的軍官。外公不在這裡，我懷疑司令官會不會已經採取對他不利的行動了。她遲早會這麼做的，我母親早已垂涎維托瑞亞家族的領導權多年。

我抬頭挺胸。斧頭落下來的時候，我要以外公期許的姿態死去：自豪，展現維托瑞亞斯精神。戰無不勝。

我把注意力轉向平台，死亡化作一把燦亮的斧頭，握在我最好的朋友手裡在等我。她身穿軍禮服，容光煥發，看起來更像女皇而不是血伯勞。

馬可斯走向一旁，人群退後，讓他能站在司令官身邊。四名面具武士帶著我登上平台階梯，我好像在行刑台底下瞥見一點動靜，但還來不及再細看，已經來到平台上，站在海琳旁邊。原本在交談的少數幾個人全安靜下來，海琳把我轉朝人群站立。

「看看我。」我悄聲說，突然很想看看她的眼睛。先知們逼她向馬可斯宣誓效忠，這我明白，這是我失敗後必然伴隨的結果。但是在我臨死之前，她卻眼神冷漠、動作強硬，沒有一絲淚光。我們難道不曾在幼齡生階段一同歡笑過嗎？我們難道不曾拚鬥著逃出蠻族營地，或是在第一次成功搶劫農舍後笑得歇斯底里，或是在我們其中一人虛弱到走不動時揹起對方？難道我們不曾愛過彼此？

她不理我，於是我逼自己把目光由她身上移向群眾。馬可斯傾向總督，聽他說著什麼。塞克不在他身後的感覺真怪，我很好奇新皇帝會不會想念雙胞胎弟弟。我很好奇他是不是認為，統治權值得他殺死世上唯一能理解自己的人。

在廣場的另一端，高人一等的費里斯離其他人稍遠地站著，眼神就像走失的孩子一樣困惑。德克斯在他旁邊，我訝異地看見他方正的下巴上沾著淚痕。

至於我母親呢，看起來前所未有地放鬆。她怎麼會不放鬆呢？她贏了呢。

坎恩在她旁邊望著我，斗篷上的兜帽往後拉開。有如風中的落葉隕落，他在僅僅幾週前曾這麼說過。我的確快隕落了。我不會原諒他安排的第三場試煉，但感謝他幫助我了解自由的真諦。他點點頭表示理解，顯然最後一次讀了我的心。

海琳拆下我的金屬頸環。「跪下。」她說。

我的心思驀然回到平台上，並遵從她的命令。

「事情的結局就是這樣了嗎，海琳？」我很訝異自己的語氣如此客氣，好像在向她詢問一本我還在讀、而她已經讀過的書籍內容。

她的眼神閃了一下，我知道她聽見了，但什麼也沒說，只是檢查著我腿上和手臂上的鐵鍊，然後朝司令官點點頭。我母親宣讀我的罪狀，不過我沒認真聽；接著她宣告我的刑罰，我也充耳不聞。死就是死，不管是怎麼個死法。

海琳上前一步，舉起斧頭，這會是乾脆的一劈，由左而右。空氣、脖子、空氣。然後伊里亞斯就死了。

我現在有感覺了，時候到了，這就是結束了。依照武人的傳統，死得其所的軍人會在繁星間跳舞，永恆地與仇敵戰鬥著。這是等待著我的命運嗎？還是我將沉入無止境的、濃得化不開的寂靜黑暗中？

不安感侵襲我，彷彿它一直等在角落裡，直到現在才找到機會撲上來。我的眼睛該看哪裡？人群？天空？我需要撫慰，卻知道自己找不到撫慰。

我又看著海琳。除了她還有誰？她離我只有兩呎，手鬆鬆地握著斧柄。

看著我。別讓我一個人面對。

她像是聽到我的心願，眼神與我相遇，那對熟悉的淡藍色眼睛給了我慰藉，儘管她同時舉起了斧頭。我想起自己第一次望進那對眼睛的時候，是個受凍的六歲小童，在淘汰用的圍欄裡被人拳打腳踢。我會替你顧著背後，她以培訓生般的莊重態度說，如果你也替我顧著背後。我們齊心協力就能活下去。

她還記得那一天嗎？她還記得之後的每一天嗎？

我永遠不會知道了。我凝視著她的眼睛，她劈下斧頭。我聽到斧頭咻咻地劃過空氣，然後感覺到鋼鐵咬進脖子裡的灼痛感。

49

蕾雅

鐘塔前的廣場上滿滿都是人潮，先是一群群幼齡生，然後是培訓生，最後是優等生。他們列隊站在廣場中央，正對著平台，和廚子說的一樣。少數幼齡生用害怕又著迷的眼神望著處決平台，不過多數人沒看它，而是盯著地面或者矗立在他們周圍的黑色圍牆。

等本市的依拉司翠恩領袖魚貫而入時，我好奇先知們會不會出席。

「妳最好希望不會，」昨晚我在同樣的地點說出疑慮時，廚子回應我，「被他們聽見妳的想法，妳就死定了。」

黎明的鼓聲響起時，廣場上已經站滿了人。帝國軍沿牆而立，少數弓箭手在黑巖學院的城牆上巡行，不過除此之外，這裡的戒備很鬆散。

幾乎等所有人都到齊了，司令官才帶著亞奇拉現身，她站到人群前排的總督身邊，蒼白晨光映照下的臉龐很嚴肅。我到現在早已不該再為了她的無動於衷而驚訝了，但當蹲伏在處決平台底下時，仍然忍不住盯著她瞧。她難道不在乎今天是她兒子要受死嗎？

亞奇拉站在台上，看起來很平靜，幾乎很安詳——對一位拿著斧頭準備砍掉好朋友腦袋的女孩來說，這也是很奇怪的反應。我從她腳邊的木板間隙偷窺，想著她究竟有沒有在乎過維托瑞亞斯？他如此珍視他們的友情，在她眼裡他們到底是不是朋友？還是她也背叛了他，就像麥森背叛了我？

黎明鼓聲漸止，靴子踏步聲密集地朝廣場而來，還伴隨著噹噹的鐵鍊聲。人群分開，四個面生的面具武士帶著伊里亞斯穿越廣場。馬可斯帶頭走，然後脫隊去和司令官站在一起。看見他一臉得意，我忍不住將指甲掐入掌心。你這豬玀會得到報應的。

儘管戴著手銬腳鐐，伊里亞斯仍然抬頭挺胸。我看不到他的臉。他害怕嗎？生氣嗎？是不是後悔沒殺了我？不知怎麼的，我認為不會。

面具武士把伊里亞斯留在台上，然後排列在高台後方。我緊張地打量他們——沒料到他們會待在距離這麼近的位置。其中一人看來有點眼熟。

異常眼熟。

我仔細看，胃突然收緊了。那是突擊搜捕我家、把它燒為平地的面具武士，殺了我外公、外婆的面具武士。

我發現自己朝他跨出一步，手伸向裙子底下的彎刀，然後又克制住自己。戴倫、伊薺、伊里亞斯。我還有比復仇更重要的事得操心。

我第一百次低頭看著腳邊在遮板後頭燃燒的蠟燭。廚子給了我四根蠟燭，還有火種和打火石。

「不能讓火熄滅，」她說，「如果火滅了，妳也沒戲唱了。」

我一邊等待，一邊想著不知道伊薺找到「惡貓號」沒有。強酸把伊薺的手銬弄斷了嗎？她還記得該怎麼講嗎？船員是不是願意讓她上船呢？奇楠去錫拉斯後發現我將投奔自由的機會讓給好友時，會有什麼反應？

他會理解的，我知道他會。如果不能理解，伊薺也會向他解釋。我露出笑容，即使計畫中的其餘部分行不通，一切也不算全白費了。我把伊薺弄出去了，救了我的朋友。

司令官宣讀維托瑞亞斯的罪狀，我彎下腰，手在燭焰周圍護著。來了。

「時機，」昨晚廚子說，「一定要恰到好處。司令官開始宣讀罪狀時，妳要看著鐘塔，眼睛眨都不要眨。不管發生什麼狀況，都要等候信號。看到信號時就行動，不可以早一秒，也不能晚一秒。」

她囑咐我這些事的時候，感覺很容易遵守。可是現在時間一分一秒流逝，司令官喋喋不休，使我變得焦慮不安。我隔著高台底部的一條細縫盯著鐘塔，盡量不要眨眼睛。萬一有個帝國軍逮到廚子怎麼辦？萬一她想不起配方怎麼辦？萬一她犯了個錯怎麼辦？萬一我犯了個錯怎麼辦？

然後我看到了。一撮亮光沿著鐘面掠過，比蜂鳥的翅膀速度還快。我抓起蠟燭，點燃高台後側的引線。

它立刻點著，比我預期中更熾亮、更響亮地燃燒起來。面具武士會看見、會聽見的。但沒人有動靜，沒人在看。這時我想起廚子說的另一件事。

別忘了找掩護，除非妳想被炸斷頭。我匆匆趕到離引線最遠的平台另一端，蹲下來，用手臂和手蓋住脖子及頭，等待。成敗就看這一刻了。如果廚子記錯了配方，或者來不及點燃她的引線，或是我的引線被發現或熄滅，一切就都完了。我們沒有備案。

我上方的平台吱嘎響，引線發出嘶嘶的燃燒聲。

然後。

碰。平台爆炸了，碎木塊和碎屑噴入空中。低沉的隆隆聲接二連三地響起，廣場上突然塵土瀰漫。爆炸聲沒有確切的來源，又像無所不在，像上千個人同時尖叫般撕裂空氣，震得我暫時耳聾。

炸藥必須沒有傷害性，我叮嚀過廚子十幾遍。重點在分散注意力和製造混亂，要強到能把人震倒，但不能炸死人。我不希望任何人因我而死。

交給我吧，她說，我也沒興趣謀殺兒童。

我從平台底下往外窺視，但隔著塵霧很難看清楚。鐘塔的牆似乎向外爆開來，不過事實上，這些沙塵來自超過兩百袋的沙，是伊薺和我花了整夜工夫裝袋並運送到廣場來的。廚子在每袋沙上頭都裝了引爆器，將所有的沙連接起來，效果非常壯觀。

我上方的平台後端整個都不見了，站在那裡的面具武士已昏倒在地，包括殺害我家人的那位。帝國軍亂成一團，四處奔走、叫喊、逃命。學生如潮水般湧出廣場，年長的半拖半揹著幼齡生。遠處傳來更低沉的爆炸聲，是食堂和幾間教室——這個時間應該空無一人，而此刻很可能正在崩塌。我露出開心的笑容，廚子沒忘掉任何一個細節呢。

鼓聲狂熱而富有節奏地連續敲個不停，我不必了解奇特的鼓語也知道它在示警學校遭到破壞。黑巖學院陷入純粹的混亂，比我想像中的嚴重，比我所期盼得更嚴重。真是太完美了。

我沒有疑慮，沒有猶豫。我是母獅之女，擁有母獅的力量。

「我來找你了，戴倫。」我朝著風兒說，希望它能傳送我的訊息。「你要好好地活著，我來了，沒人能阻止我。」

接著我衝出藏身處，跳上處決平台。該是解救伊里亞斯．維托瑞亞斯的時候了。

50 伊里亞斯

人死的時候都是這樣的嗎？前一秒你還活著，下一秒已經死了，然後「碰」的巨響炸裂空氣。進入來世時的歡迎儀式真是激烈啊，不過至少真的有來世。

尖叫聲充塞我的耳道，我睜開眼，發現自己其實不是躺在陰曹地府的安詳平原上，而是四腳朝天地躺在原本的平台底下，我應該要死在平台上才對。空氣中瀰漫著窒人的煙霧和塵土，我摸了摸脖子，感覺非常疼痛，手指已染上深色的血。我愚蠢地心想：難道這表示我在死後擁有的還是被砍斷的頭嗎？好像不太公平……

一雙熟悉的金色眼睛出現在我的臉上方。

「妳也在這裡？」我問，「我還以為學人死後會去不同的地方。」

「你沒死，還沒死。我也是。我是來救你走的，來，坐起來。」

她把一條手臂塞到我的身體底下，撐著我坐起來。我們在處決平台底下，一定是她把我拖過來的。平台後段整個都不見了，我隔著沙塵勉強能看到四名趴在地上的面具武士。邊看著這些景象，邊慢慢明白自己還活著。原來剛才發生了爆炸事件，連續好幾次的爆炸，廣場上一片混亂。

「是反抗軍在攻擊嗎？」

「是我在攻擊。」蕾雅說，「昨天先知們使詐，讓所有人以為我死了。我晚點再解釋，重點是我要放你自由——但有個條件。」

「什麼條件？」我感覺有鋼鐵接觸脖子，低頭一看，她正用我給她的匕首抵著我的喉嚨，並從髮間拔出兩根髮夾，拿在我剛好搆不著的距離外。

「這兩根髮夾是你的，可以用來解鎖，並利用這片混亂逃出去，永遠離開黑巖學院，完成你的心願。但有一個交換條件。」

「什麼條件……」

「你要帶我離開黑巖學院，帶我去拷夫監獄，然後幫我把我哥救出來。」

這算三個條件吧。「我以為妳哥在——」

「不是，他在拷夫監獄，而你大概是我認識的唯一一個去過那裡的人。你的能力能幫助我撐過往北的旅程。你挖的地道——沒人知道它的存在，我們可以用來逃命。」

十層地獄啊。她當然不會平白無故地搭救我，由周圍的騷動看來，顯然是費了很大的工夫才完成這件事。

「快決定吧，伊里亞斯，」遮蔽我們視野的煙霧開始慢慢消散，「沒時間了。」

我花了點時間考慮。她提供我自由，然而卻不知道即使我銬著鐵鍊，即使死刑將至，我的靈魂早已經自由了。在我摒棄我母親病態的思考模式時，它就自由了；在我認定為了信念而死是值得的時，它就自由了。

真正的自由——身體和靈魂都能自由。

我在牢房裡經歷到的是靈魂的自由，但這個——這個是身體的自由，這個是坎恩所兌現的諾言。

「好吧，」我說，「我答應幫妳。」我不知道該怎麼幫，但那是目前仍不重要的枝微末節。「拿來吧。」我伸手要拿髮夾，但她的手往後縮。

「發誓！」

「我以我的血、骨、榮譽、姓名發誓，會幫妳逃出黑巖學院，幫妳走到拷夫監獄，幫妳救出妳哥。髮夾，快。」

幾秒鐘後，我的手銬卸除了，接下來換我的腳鐐。舞台後頭的面具武士開始蠕動，海琳仍然面朝下趴著，但已甦醒過來，口中唸唸有詞。

我母親在廣場中站起身，透過沙塵望向平台。這母夜叉，即使她身邊的世界都炸開來了，最關心的還是我死了沒有。她一定很快就會召集全校人力來搜捕我。

「來吧。」我抓著蕾雅的手，把她拉出平台底下。

她停下來，盯著一個動也不動的面具武士瞧，他是帶我來廣場的其中一人。蕾雅舉起我給她的匕首，她的手在抖。

「他殺了我的外公、外婆，」她說，「燒了我家。」

「我完全能理解妳想刺死殺親仇人的心情，」我說著回頭望向我母親，「不過相信我，不管妳對他做什麼，都比不上之後司令官會給他的折磨。他負責看守我，卻失敗了。我母親痛恨失敗。」

蕾雅又怒目瞪了那個面具武士一會兒，然後很快地朝我點點頭。我們鑽過鐘塔底部的拱門，我回頭看，感覺胃直往下沉。海琳正直直盯著我瞧，我們的眼神交會了一會兒。

然後我便轉身，推開通往一棟教學大樓的門。學生們在走廊上奔跑，但多半是幼齡生，沒人多看我們一眼。整棟樓房都發出不祥的隆隆聲。

「妳到底對這裡做了什麼？」

「在沙包上裝引爆器，放在廣場四周。還有——別的地方可能也有爆炸，例如食堂、競技場，還有司令官的屋子。」她說完又迅速補充道：「都是沒人的地方。我不想害死任何人，只是分散注意力。還有……很抱歉我拿刀抵著你。」她一臉羞愧。「我只是想確保你會答應。」

「不需要道歉。」我環顧四周尋找最暢通的出口，但多半都塞滿學生。「在整件事結束以前，妳還會拿刀抵著好幾個人的喉嚨呢。不過妳得多練習技巧，我大可以把妳的刀子奪走——」

「伊里亞斯？」

是德克斯。費里斯瞠目結舌地站在他的後頭，看見我生龍活虎、擺脫鐐銬，而且還牽著個學人女孩的手，感到大惑不解。那瞬間，我以為自己得和他們格鬥了。但接著費里斯就抓住德克斯，運用身材優勢將他轉了一百八十度，推進人群裡，遠離我的方向。他回頭看了一眼，我好像看到他笑了。

蕾雅和我衝出大樓，沿著一道草皮斜坡滑下。我想衝向一棟訓練大樓的門，但她把我往回拉。

「走別的路，」她因為奔跑而喘得上氣不接下氣，「那棟樓——」

她抓住我的手臂，我們腳下的地面開始搖晃。那棟建築開始震顫，然後崩塌，由內部爆出火焰，濃濃黑煙直沖天際。

「希望裡頭沒人。」我說。

「一個人也沒有。」蕾雅鬆開我的手臂，「門都事先封住了。」

「是誰在幫妳？」她不可能獨力完成所有事。或許是滿月慶典那個紅髮男？他看起來就像叛軍。

「別管那麼多啦！」我們繞著殘破的訓練大樓跑，蕾雅開始落後了。我無情地拖著她跟上，現在可不能慢下來。我不容許自己想到我離自由有多近，或是曾經離死亡有多近，只能想著下一步、下一個轉彎、下一個動作。

優等生營房在我們眼前出現，我們鑽進去。我回頭看——沒看到海琳。「進去。」我推開我的寢室門，進去之後把門鎖上。

「把壁爐中央的石頭往上拉，」我對蕾雅說，「入口就在底下。我得先拿幾樣東西。」

我沒時間穿上全套盔甲，但已扣上胸甲和腕甲，接著找了條斗篷，並繫上刀子。我的鐵勒曼彎刀昨天被丟棄在競技場的高台上，老早就不知去向了。我內心湧上一陣失落，現在它們應該已經落入司令官的手裡了吧。

我從櫥櫃裡取出努爾部落的阿芙雅送我的木頭硬幣，它象徵虧欠的人情，而蕾雅和我將會需要所有能討來的人情。我剛把木幣裝進口袋，就有人敲門。

「伊里亞斯，」海琳的嗓音壓得很低，「我知道你在裡面。開門，我只有一個人。」

我盯著門看。她已經向馬可斯宣誓效忠了，幾分鐘前，還差點砍下我的腦袋。而且由她這麼快就趕上我們來看，顯然是像獵犬追狐狸一樣緊盯著我不放。為什麼？為什麼我們共同經歷了那麼多事，我在她心中的分量卻那麼輕？

蕾雅已經把壁爐石頭拉起來了，她看看我又看看門。

「別開門。」她看出我的猶豫不決，「你沒看見她在行刑前的樣子，伊里亞斯。她很平靜，就像……就像她想做那件事。」

「我得問問她為什麼。」當我說出這幾個字的時候，就知道現在將發生的事對我有非常重大的意義。「她是我交情最久的朋友，我必須弄清楚。」

「開門啊，」海琳又敲門，「奉皇帝之名——」

「皇帝？」我猛然拉開門，手中擎著匕首。「妳是說那個出身下賤、殺人如麻，過去幾星期一直想暗算我們的強暴犯？」

「就是他。」海琳說。她從我的手臂底下鑽進房間，她的彎刀收在鞘裡。而在我的驚詫之下，把我的鐵勒曼彎刀遞給我。「你知道嗎，你說話的語氣跟你外公真是一模一樣。即使在我把他偷偷送出這座該死的城市時，他還是一直唸叨著馬可斯是庶民出身什麼的。」

她把外公偷偷送出城？「他現在在哪裡？妳是怎麼拿到這個的？」我舉起彎刀。

「昨晚有人把彎刀留在我房裡，我猜是某個先知吧。至於你外公呢，他很安全。在我們講話的同時，他大概正讓某個旅館老闆活在水深火熱之中吧。他想攻擊黑巖學院解救你，但我說服他暫且按兵不動。他夠聰明，即使藏身他處也有本事控制整個維托瑞亞家族。不過先別管他了，聽我說，我需要解釋一下——」

這時候蕾雅刻意地清了清喉嚨，海琳立刻拔出彎刀。

「我以為她死了。」

蕾雅緊握住匕首。「她活得好好的，多謝關心。她放他自由，不用說妳應該也看得出來吧。伊里亞斯，我們該走了。」

「我們要逃走，」我直視海琳的眼睛，「一起逃。」

「你們還有幾分鐘，」海琳說，「我派帝國軍往另一個方向去了。」

「跟我們一起走吧，」我說，「違背妳的誓言。我們一起逃離馬可斯。」蕾雅發出抗議的聲音——這不符合她的計畫。不過我還是說下去。「我們可以一起想辦法推翻他。」

「我也想啊，」小琳說，「你不知道我有多想，但我不能。對馬可斯宣誓效忠並不是重點，我還發過另外一個誓——不同的誓——那是我不能違背的。」

「小琳——」

「聽我說。結業式一結束，坎恩就來找我。他說死亡正朝你而去，伊里亞斯，但我能阻止，我能確保你活下來。我要做的唯一一件事，就是不管誰贏了試煉，都要向那個人宣誓效忠——並且不計代價地堅持到底。那表示如果你贏了，我就可以向你效忠。如果不是……」

「萬一妳贏了呢？」

「他知道我不會贏，說那不屬於我的命運。而寨克一向不夠強悍，沒辦法對抗他哥哥。從頭到尾這就是你和馬可斯的競賽。」她打了個冷顫。「我常夢到馬可斯，伊里亞斯，已經好幾個月了。你以為我只是討厭他，但我——我也怕他，怕他要逼我做的事，因為我現在不能拒絕他了。也怕他要對帝國、對學人、對部落民做的事。」

「所以我才想說服伊里亞斯在『忠誠試煉』時殺了妳。」海琳望著蕾雅，「還有我幾乎親自動手殺了妳的原因。妳的一條命能抵過馬可斯的黑暗統治。」

海琳過去幾週的行為忽然都有了合理的解釋。她拚了命地希望我贏，是因為她知道另一種結局是什麼：馬可斯登上帝位，用他的瘋狂蹂躪世界，而她將成為他的奴隸。我想起「勇氣試煉」時，她曾說自己不能死，一定要活下去，這是為了救我。我又想起「堅強試煉」前一晚她說的話：你不曉得我為你放棄了什麼——我做的交易。

「為什麼，海琳？妳為什麼不告訴我？」

「你以為先知們會讓我說嗎？再說，我了解你，伊里亞斯。就算你知道，也不會動手殺她的。」

「妳不應該發那個誓。」我輕聲說，「我不值得妳發那個誓。坎恩——」

「坎恩遵守他的誓言。他說如果我宣誓效忠，並且堅持到底，你就能活下去。馬可斯命令我宣誓效忠，我就照辦。他命令我負責砍你的頭，我也照辦。而你現在果真還活得好好的。」

我摸摸脖子上的傷——再深個幾吋，就沒命了。她真是賭上一切信任先知——她的命、我的命。但這就是海琳啊：她的信念是堅定不移的。她的忠誠、她的堅強。別人總是低估我。我比任何人都低估了她。

坎恩和其他先知都預見了。他告訴我，我有機會獲得身體和靈魂的自由時，就知道要迫使我在保有靈魂和失去靈魂之間作抉擇。他看到我會怎麼選，看到蕾雅會解救我，看到我們會逃走。他也知道到頭來，海琳會向馬可斯宣誓效忠。如此的神通廣大令我為之震撼，我第一次有點能夠理解先知們必須揹負著多麼沉重的使命。

但現在沒時間思考這種事了，營房大門開了，有人在大聲發號施令。是帝國軍，他們要地毯式搜索學校了。

「那麼等我逃走後，」我說，「妳就違背誓言吧。」

「不行，伊里亞斯。坎恩信守承諾，我也得信守承諾。」

「伊里亞斯。」蕾雅用警告的語氣輕聲說。

「你忘了東西。」海琳抬起手來拉我的面具。它頑強地攀附著，好像知道一旦被剝除，就再也沒有機會掌控我了。海琳慢慢撕下它，金屬鬆脫時我頸部的肌肉被扯破了，血沿著我的背往下流，但我幾乎渾然不覺。

走廊迴盪著腳步聲，一隻穿戴著鎖子甲的手敲在門上，我還有好多話要對她說。

「去吧。」她把我推向蕾雅。「我會替你掩護最後一次，但之後我就屬於他了。記住，伊里亞斯，從今以後，我們將是敵人。」

馬可斯會派她來獵捕我的。也許不是馬上，也許要等她證明自己的忠心之後。但他終究會這麼做的，我們兩人都很清楚。

蕾雅鑽進地道，我跟上去。海琳伸手要把壁爐石塊拉下來擋住我時，我抓住她的手臂。我想感謝她，想向她道歉，乞求她的寬恕，想把她拖下來跟我一起走。

「放開我，伊里亞斯。」她用柔軟的手指撫摸我的臉，露出只屬於我的、悲傷而甜美的笑容。「放開我。」

「別忘記這一切，海琳。」我說，「別忘了我們。別變成他那樣。」

她點了一下頭，我祈禱那表示允諾。接著她就扳著石塊往下，把壁爐蓋起來了。

蕾雅在我前方一吋吋往前走，在黑暗中摸索前進。片刻之後，她從我挖的地道掉進地下墓穴，發出一聲驚呼。

海琳目前還能替我們掩護，可是等黑巖學院重建秩序，賽拉城的港口便會封閉，帝國軍會封鎖各大城門，街道和地道裡都會塞滿士兵。鼓聲會從這裡一路傳到安蒂恩，警告每個崗哨和要塞說我逃走了。他們會懸賞；會組織獵捕小組；船隻、馬車、商隊都會被搜索。我了解馬可斯，也了解我母親，他們兩人在得到我的項上人頭前，絕不會收手。

「伊里亞斯？」蕾雅的語氣並不害怕，只是謹慎。

地下墓穴裡黑得像墳墓，但我知道我們在哪裡：一個已經很多年沒人巡邏的掩埋室。我們前方有三個出入口，兩個被封死了，一個只是看似被封死。

「我陪著妳，蕾雅。」我伸出手握住她的手，她捏了捏我的掌心。

我跨出一步，蕾雅緊靠在旁，然後再一步。我的心思向外擴張，規劃著接下來的行動：逃出賽拉城；完成往北的旅途；闖入拷夫監獄；救出蕾雅的哥哥。

這些事項之間還有好多細節，好多變數。我還不知道我們能不能活著走出地下墓穴，更別說其餘的部分了。

但那不重要。以眼前來說，這幾步已足夠。朝黑暗中跨出的最初這幾步，跨入未知。跨入自由。

（灰燼餘火　全文完。下集待續。）

誌謝

首先，我要向我的父母致上最深的謝意。感謝我母親，妳是我的北極星、庇護所，完全是與司令官相反類型的人；感謝我父親，你教導我堅持和信念的意義，而且對我從不曾有任何懷疑。

感謝我的丈夫卡詩，你是我最堅定的守護者，也是我所見過最無所畏懼的人。謝謝你說服我爬這座高山，並在我跌倒時揹著我前進。感謝我的兒子，你們是我靈感的來源：願你們長大後擁有伊里亞斯的勇氣、蕾雅的決心，以及海琳愛人的能力。

雅樂（fine music）的開創者和供應商Haroon，感謝你比任何人更支持我，還有提醒了我家人的意義。Amer，你是我的私人甘道夫，也是完美的人類，我有一千個理由要感謝你，但最重要的是，感謝你教我要相信自己。

我要深深地感謝：Alexandra Machinist——你是忍者級的經紀人、消滅疑慮的殺手，以及三萬兩千一百零一個疑問的解答——我實在太崇拜你了。謝謝你對這本書有無可撼動的信心；Cathy Yardley，你的指引改變了我的人生——我很榮幸有你這位良師益友；Stephanie Koven，我永不疲倦的國際冠軍——謝謝你幫助我將著作推廣到全世界；還有Kathleen Miller，你的友誼是最可貴的禮物。

我無法想像還有比企鵝出版社（Penguin）更好的東家了。我要感謝Don Weisberg、

Ben Schrank、Gillian Levinson（即使我一天寄給她十四封電子郵件，她還是很愛我）、Shanta Newlin、Erin Berger、Emily Romero、Felicia Frazier、Emily Osborne、Casey McIntyre、Jessica Shoffel、Lindsay Boggs，還有業務部、行銷部、公關部的傑出人員，你們讓這本書變得一級棒。

我的家人對我有堅定的信心，我對他們深懷感激：Tahir叔叔和嬸嬸；Heelah、Imaan和Armaan Saleem；Tala Abbasi；還有Lilly、Zoey和Bobby。

我由衷感謝Saul Jaeger、Stacey LaFreniere、Connor Nunley和Jason Roldan，感謝他們為國家服務，以及讓我見識到何謂戰士的靈魂。

你們在本書中看到的地圖出自Jonathan Roberts之手，一位卓越的製圖師。謝謝你讓黑巖學院和帝國如此美麗地有了生命。

感謝以下人士的鼓勵和幫助：Andrea Walker、Sarah Balkin、Elizabeth Ward、Mark Johnson、Holly Goldberg Sloan、Tom Williams、Sally Wilcox、Kathy Wenner、Jeff Miller、Shannon Casey、Abigail Wen、Stacey Lee、Kelly Loy Gilbert、Renee Ahdieh，以及Writer Unboxed論壇。

誠摯地感謝「天使頻道」樂團（Angels and Airwaves）的〈冒險〉（The Adventure）、「海狼」樂團（Sea Wolf）的〈邪惡的血液〉（Wicked Blood），以及「M83」樂團的〈Outro〉。沒有這幾首歌，就沒有這本書。

最後（但只因為我知道祂不會介意），我要謝謝從一開始就陪著我的天主。我到處都在找祢的「七」。沒有祢，我誰都不是。

中英名詞對照表

A

Aelia　伊莉雅

Afya Ara-Nur　努爾部落的阿芙雅

Agrippina Cassius
阿瑰琵娜．卡西亞斯

Antium　安蒂恩

Archer　射手星

Augur　先知

Aspirant　志士

B

Badcat　惡貓號

Barbarian　蠻族

Bekkar Prison　貝喀監獄

Bitch of Blackcliff
黑巖學院的婊子

Blackcliff Military Academy
黑巖軍事學院

Black Guard　黑武士

Blood Shrike　血伯勞

Blue Platoon　藍排

C

Cadet　培訓生

Cain　坎恩

Centurion　百夫長

Central Prison　中央監獄

Ceres Coran　希芮絲．柯冉

Chrysilla Aroman
克莉希拉．阿羅曼

Cobbler Row　鞋匠街

Cook　廚子

Coven　巫師會

Cyrena　希瑞娜

Cyril Antonius
　希里爾・安東尼亞斯

D

Daemon Cassius　迪蒙・卡西亞斯

Darien Titius　達里恩・特修亞斯

Darin　戴倫

Demetrius Galerius
　迪米崔斯・蓋勒瑞亞斯

Dex　德克斯

E

Elias Veturius
　伊里亞斯・維托瑞亞斯

Emperor　帝王

Empire　帝國

Ennis Medalus
　艾尼斯・麥德拉斯

Eran　艾朗

Execution Square　處決廣場

F

Falconius Barrius
　費爾孔尼斯・巴利亞斯

Fall Gathering　秋季聚會

Faris Candelan　費里斯・坎德蘭

Father of our Empire　吾國國父

Fen　芬恩

Fiver　五年生

Foreign Quarter　異國區

Fortis　佛提斯

Free Lands　自由之地

G

Galerius　葛萊瑞亞斯

Gather in the Night
　《暗夜裡的集會》

General Quin Veturius
昆恩・維托瑞亞斯將軍

Gens Aquilla　亞奇拉家族

Gens Farrar　弗拉家族

Gens Taia　泰亞家族

Gens Teluman　鐵勒曼家族

Gens Veturia　維托瑞亞家族

Governor Leif Tanalius
利夫・塔那利亞斯總督

Great River　巨流河

Great Wastes　大荒原

H

Haider　海德

Hannah　漢娜

Helene Aquilla (Hel)
海琳・亞奇拉（小琳）

I

Illustrian　依拉司翠恩

Illustrian Quarter　依拉司翠恩區

Ilyaas　伊利亞司

Izzat　伊札特

Izzi　伊薺

J

Jahan　傑翰

jinn　精靈

Julius　朱力亞斯

K

Kauf Prison　拷夫監獄

Keenan　奇楠

Kehanni　可哈尼

Keris Veturia　凱銳絲・維托瑞亞

King-of-No-Name　無名王

Kitchen-Girl　廚房女孩

L

Laia　萊雅

Lake People　湖人

Lake Vitan　萎潭

Lavinia Tanalia
　　拉薇妮雅．塔那利亞

Leander Vissan　林德．維杉

Lemokles offense　理默苛斯攻擊

Lord Nightbringer　夜臨者主君

Lioness　母獅

Lis　莉絲

Little Lioness　小母獅

Livia　莉薇雅

Lyris　萊里斯

M

Mamie Rila　麗拉瑪米

Madam Moh　茉夫人

Marcus Antonius Farrar
　　馬可斯．安東尼亞斯．弗拉

Martial　武人

Mariner　馬林人

Marinn　馬林

Mask　面具武士

Masked One　面具王

Maskhood　面具階級

Mazen　麥森

Mercator　賣開特

Mercator Quarter　賣開特區

Mirra　蜜拉

Moon Festival　滿月慶典

N

Nan　外婆

Navid　奈維德

Navium　納威恩

O

Old Rei　古雷語

P

Pater of Gens Taia　泰亞家族族長

Pater Aquillus　亞奇拉斯族長

Plebeian　庶民

Pop　外公

R

Raj　拉吉

Reaper　死神

Rei River　雷河

Resistance　反抗軍

Rowan Goldgale　羅安・金風

S

Sana　薩娜

Sadh　塞德港

Sadhese　塞德語

Scholar　學人

Scholar Empire　學人帝國

Scholars' Quarter　學人區

scim　希姆彎刀

Serra　賽拉城

Serran　賽拉語

Serran Mountain Range　賽拉山脈

Shan　山恩

Silas　錫拉斯

Silas Eburian　西拉斯・伊布里恩

Skull　優等生

South Lands　南方國度

Spiro Teluman　史匹洛・鐵勒曼

Star　星辰

Street of Storytellers　說書人街

Swordsman　劍士星

T

Taius　泰亞斯

Taius the First　泰亞斯一世

Tariq　塔里克

Thaddius　泰迪亞斯

Tribesman　部落民

Tristas Equitius
崔斯塔斯·伊奎席亞斯

Tribe Saif　塞夫部落

Trials　試煉

Tullius　塔利亞斯

W

Walker's Gap　行者山口

Warrior Emperor　武帝

Weapons Quarter　兵器區

West Branch　西支地道

Wildman　野人

Y

Yearling　幼齡生

Z

Zain　贊恩

Zak Farrar (Zacharias)
寨克·弗拉（寨克瑞亞斯）

Zara　札拉

幻想藏書閣

灰燼餘火

原著書名／AN EMBER IN THE ASHES
作　　者／莎芭・塔伊兒（Sabaa Tahir）
譯　　者／聞若婷
企劃選書人／王雪莉
責任編輯／張婉玲
行銷企劃／周丹蘋
業務主任／范光杰
行銷業務經理／李振東
副總編輯／王雪莉
發 行 人／何飛鵬
法律顧問／台英國際商務法律事務所　羅明通律師
出版／奇幻基地出版
　城邦文化事業股份有限公司
　台北市 104 民生東路二段 141 號 8 樓
　電話：(02)25007008　傳真：(02)25027676
　網址：www.ffoundation.com.tw
　e-mail：ffoundation@cite.com.tw
發行／英屬蓋曼群島商家庭傳媒股份有限公司城邦分公司
　台北市 104 民生東路二段 141 號 11 樓
　書虫客服服務專線：(02)25007718・(02)25007719
　24 小時傳真服務：(02)25170999・(02)25001991
　服務時間：週一至週五09:30-12:00・13:30-17:00
　郵撥帳號：19863813　戶名：書虫股份有限公司
　讀者服務信箱 E-mail：service@readingclub.com.tw
　歡迎光臨城邦讀書花園　網址：www.cite.com.tw
香港發行所／城邦（香港）出版集團有限公司
　香港灣仔駱克道193號東超商業中心1樓
　電話：(852)25086231　傳真：(852)25789337
　e-mail : hkcite@biznetvigator.com
馬新發行所／城邦（馬新）出版集團
　【Cite(M)Sdn. Bhd】
　41, Jalan Radin Anum, Bandar Baru Sri Petaling,
　57000 Kuala Lumpur, Malaysia.
　Tel: (603) 90578822　Fax:(603) 90576622
　email:cite@cite.com.my
封面設計／黃聖文
排　　版／極翔企業有限公司
印　　刷／高典印刷有限公司
■2017年（民106）3月2日初版

售價／380元

國家圖書館出版品預行編目資料

灰燼餘火 / 莎芭・塔伊兒（Sabaa Tahir）著；聞若婷譯. -- 臺北市：奇幻基地, 城邦文化出版：家庭傳媒城邦分公司發行, 民106.03
面；　公分. --（幻想藏書閣）
譯自：An ember in the ashes
ISBN 978-986-94076-7-0（平裝）

874.57　　106001817

Copyright © 2015 by Sabaa Tahir
All right reserved including the rights of reproduction in whole or in part in any form.
Complex Chinese Translation copyright© 2017 by Fantasy Foundation Publications, a division of Cité Publishing Ltd.
Published by arrangement with Janklow & Nesbit Associates, through Bardon-Chinese Media Agency
博達著作權代理有限公司
All rights reserved.

Printed in Taiwan.

著作權所有・翻印必究

ISBN　978-986-94076-7-0

城邦讀書花園
www.cite.com.tw

廣　告　回　函
北區郵政管理登記證
台北廣字第000791號
郵資已付，免貼郵票

104台北市民生東路二段141號11樓

英屬蓋曼群島商家庭傳媒股份有限公司城邦分公司 收

請沿虛線對摺，謝謝

奇幻基地

每個人都有一本奇幻文學的啓蒙書

奇幻基地官網：http://www.ffoundation.com.tw
奇幻基地粉絲團：http://www.facebook.com/ffoundation

書號：1HI104　　　　書名：灰燼餘火

15 annual

奇幻基地15周年龍來瘋慶典

集點好禮獎不完！還可抽未來6個月新書免費看！

活動期間，購買奇幻基地作品，剪下回函卡右下角點數，集滿點數，寄回本公司即可兌換獎品＆參加抽獎！

集點兌換辦法

2016年6月起至2017年12月20日前（郵戳為憑），奇幻基地出版之新書，剪下回函卡右下角點數，集滿點數貼至右邊集點處，寄回奇幻基地，即可兌換贈品（兌換完為止），並可參加抽獎。

集點兌換獎品說明

5點：「奇幻龍」書擋一個（寬8x高15cm，壓克力材質）

10點：王者之路T恤一件（可指定尺寸S、M、L）

回函卡抽獎說明

1.寄回集滿5點或10點的回函卡，皆可參加抽獎活動！回函卡可累計，每張尚未被抽中的回函卡皆可參加抽獎。寄越多，中獎機率越高！

2.開獎日：2016年12月31日（限額5人）、2017年5月31日（限額10人）、2017年12月31日（限額10人），共抽三次。

回函卡抽獎贈書說明

中獎後，未來6個月每月免費提供奇幻基地當月新書一本！

(每月1冊，共6冊。不可指定品項。)

特別說明：

1.請以正楷書寫回函卡資料，若字跡潦草無法辨識，視同棄權。

2.本活動限台澎金馬。

【集點處】

1	6
2	7
3	8
4	9
5	10

（點數與回函卡皆影印無效）

為提供訂購、行銷、客戶管理或其他合於營業登記項目或章程所定業務之目的，英屬蓋曼群島商家庭傳媒(股)公司城邦分公司，於本集團之營運期間及地區內，將以電郵、傳真、電話、簡訊、郵寄或其他公告方式利用您提供之資料（資料類別：C001、C002、C003、C011等）。利用對象除本集團外，亦可能包括相關服務的協力機構。如您有依個資法第三條或其他需服務之處，得致電本公司客服中心電話(02)25007718請求協助。相關資料如為非必要項目，不提供亦不影響您的權益。

個人資料：

姓名：________________________ 性別：☐男 ☐女

地址：____

電話：____________________ email：____________________

想對奇幻基地說的話：________________________________

____

請剪下右側點數，貼於集點處，集滿5點以上，即可寄回兌換抽獎

1p 2017

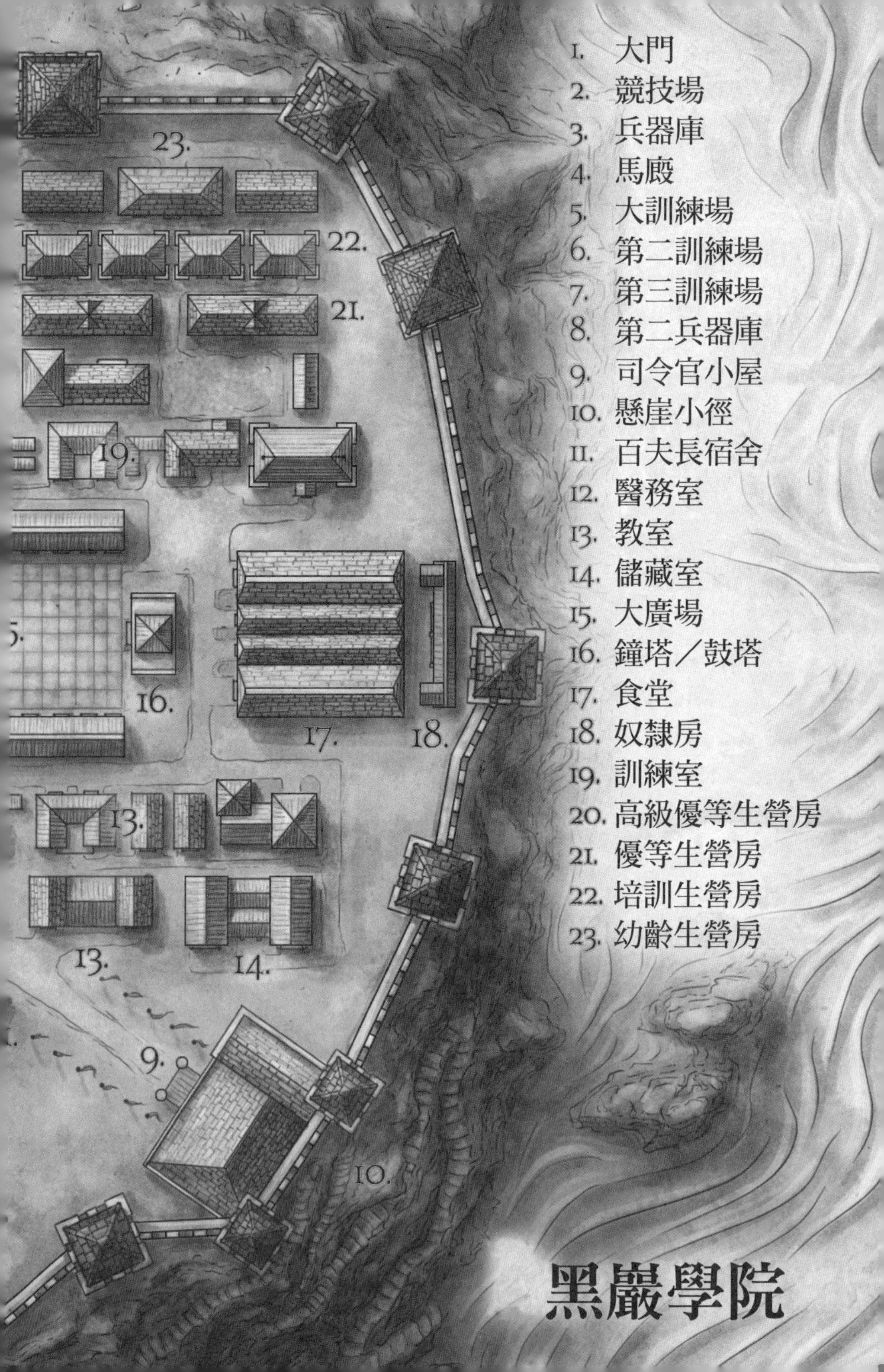
1. 大門
2. 競技場
3. 兵器庫
4. 馬廄
5. 大訓練場
6. 第二訓練場
7. 第三訓練場
8. 第二兵器庫
9. 司令官小屋
10. 懸崖小徑
11. 百夫長宿舍
12. 醫務室
13. 教室
14. 儲藏室
15. 大廣場
16. 鐘塔／鼓塔
17. 食堂
18. 奴隸房
19. 訓練室
20. 高級優等生營房
21. 優等生營房
22. 培訓生營房
23. 幼齡生營房
黑巖學院

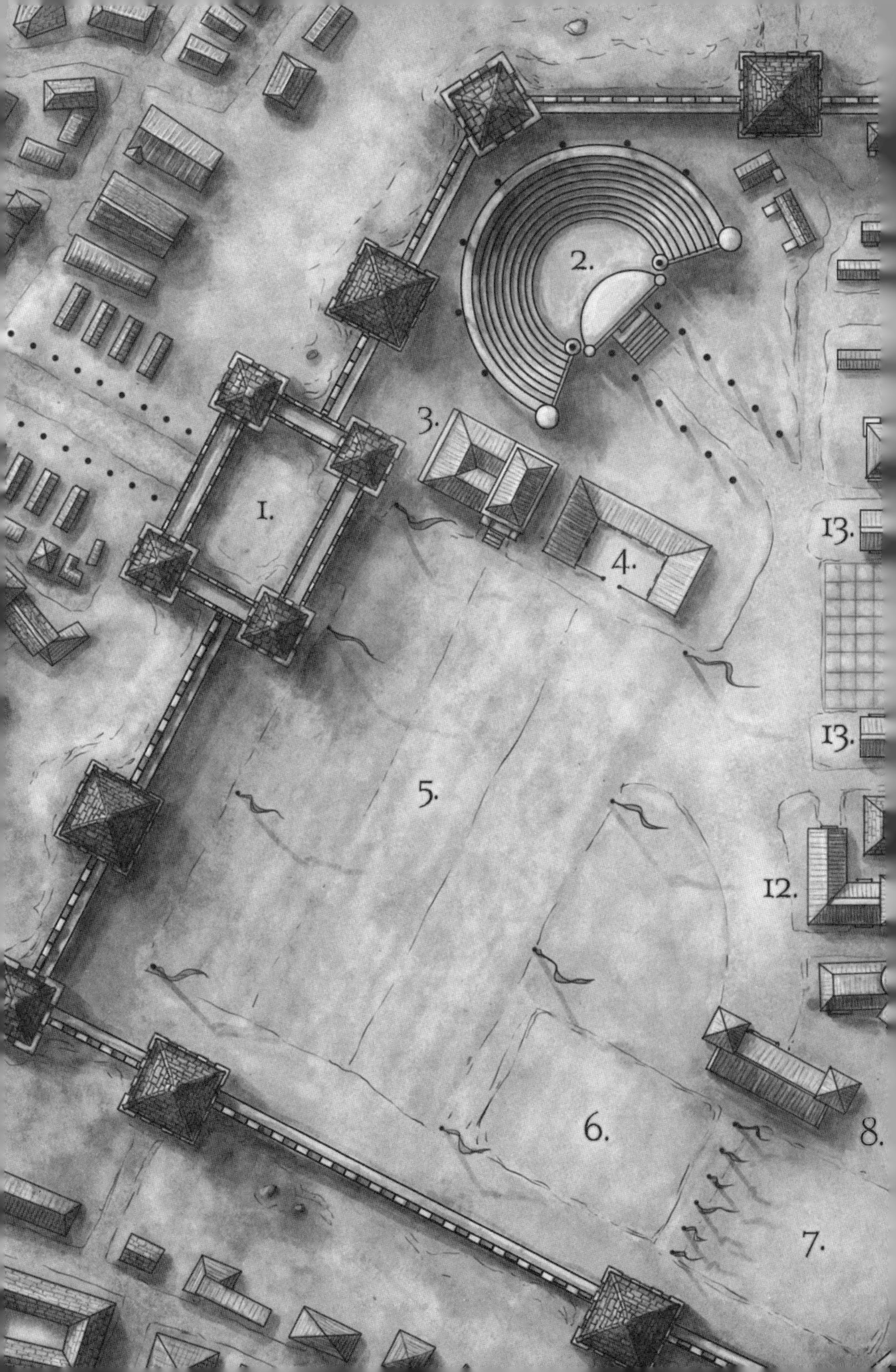
1.
2.
3.
4.
5.
6.
7.
8.
12.
13.
13.

AN EMBER
IN THE
A S H E S